Die Sehnsucht des Highlanders

Hannah Howell
im Weltbild Taschenbuch

Das Schicksal des Highlanders
Balfour Murray und Maldie Kirkcaldy

Die Ehre des Highlanders
Nigel Murray und Gisèle DeVeau

Unter dem Schutz des Highlanders
Eric Murray und Bethia Drummond

Der Schwur des Highlanders
Cormac Armstrong und Elspeth Murray

Der Zorn des Highlanders
Cameron MacAlpin und Avery Murray

Im Zeichen des Highlanders
Payton Murray und Kirstie MacIye

Irrtum des Herzens
Gillyanne Murray und Connor MacEnroy

Die Spur des Highlanders
Laird MacEnroy und Lady Lindsey

Der Fürst der Highlander
Jolene Gerard und Sigimor Cameron

Alle Geschichten sind in sich abgeschlossen und können in jeder beliebigen Reihenfolge gelesen werden.

Hannah Howell

Die Sehnsucht des Highlanders

Deutsch von Andrea Hahn

Weltbild

Originaltitel: *Highland Warrior*
Originalverlag: Zebra Books/Kensington Publishing Corp., New York

Besuchen Sie uns im Internet:
www.weltbild.de

Die Autorin

Hannah Howell hat sich seit ihrem ersten Buch 1988 einen Namen als Autorin romantischer historischer Romane gemacht. Die begeisterte England-Reisende lebt an der Ostküste der USA, wo ihre Familie seit 1630 ansässig ist. Sie ist verheiratet, hat zwei erwachsene Söhne, einen Enkel und fünf Katzen, von denen eine den Namen Oliver Cromwell trägt.

Weltbild Taschenbuch

1

Schottland – 1472

Bei des Teufels Großmutter!« – Fiona stand vorsichtig auf, bemühte sich, das Gleichgewicht zu halten, und versuchte vergeblich, den pochenden Schmerz in ihrem Hinterteil wegzureiben, während sie zusah, wie ihr Pferd den Berg hinauf verschwand. Ihre Brüder würden sie umbringen, und zwar langsam. Gillyanne, ihre Schwägerin, würde ihr dieses Mal wahrscheinlich nicht zu Hilfe kommen. Fiona beschlich das düstere Gefühl, dass sie sich in beträchtliche Schwierigkeiten gebracht und sich ganz und gar schwachsinnig verhalten hatte. Sie war meilenweit von ihrem Zuhause entfernt, besaß keinerlei Proviant, und die Sonne verschwand rasend schnell hinter dem Horizont. Doch was am schlimmsten war: Niemand auf Deilcladach wusste, wohin sie geritten war.

»Tja, eines ist sicher, du hast Connor gezeigt, wer die Zügel in der Hand hat, nicht wahr?«, schimpfte sie vor sich hin, während sie festzustellen versuchte, wo genau dieses verfluchte Pferd sie abgeworfen hatte. »Hätte Connor bloß höflich gefragt, anstatt mir auf seine lästige Art Befehle zu erteilen … Nein, nein, es ist nicht seine Schuld, es ist deine, ganz allein deine, Fiona MacEnroy. Du bist für diese Katastrophe selbst verantwortlich.«

Sie sah sich um und erkannte, dass nicht nur die Leute von Deilcladach nicht wussten, wo sie war, auch sie wusste es nicht. Ihr lästiges Reittier hatte sie an einer Stelle abgeworfen, an der sie noch nie zuvor gewesen war. Dank des wilden Ritts, den sie eben überlebt hatte, war sie sich nicht sicher, in welche Richtung sie sich wenden sollte, um nach Hause zu gelangen. Außerdem konnte sie sich selbst unter den günstigsten Umständen nicht sonderlich gut orientieren.

Zweifelsohne hatte sie noch nie zuvor etwas derart Leichtsinniges getan. Das einzig Gute an dieser Sache, das ihr einfiel, war, dass der Verrückte, der ihre lange Gefangenschaft auf Deilcladach herbeigeführt hatte, vermutlich auch nicht wissen konnte, wo sie war. Dieser Mensch mochte zwar den Erfolg verbuchen, dass sie etwas restlos Leichtsinniges getan hatte, aber wenigstens konnte er daraus keinen Nutzen ziehen.

Gedankenverloren strich Fiona mit dem Finger über die Narbe, die ihre linke Wange entstellte. *Er* hatte sie ihr zusammen mit einer identisch aussehenden Narbe auf der rechten Wange verpasst, als er sie zum ersten Mal bedrängt hatte. Die anderen Verwundungen konnte sie geradezu spüren. Sie waren Fiona von ihm zugefügt worden, bevor ihre Familie sie hinter den dicken Mauern von Deilcladach einsperrte, und das solange, bis sie den Verrückten stellen und töten würde. Allein schon der Gedanke an diesen Mann ließ ihren ganzen Körper vor Angst erschauern, dennoch hatte sie törichterweise diese Angst für kurze Zeit vergessen. Sie war nach viel zu vielen Monaten der Gefangenschaft einem rasenden Bedürfnis nach freiem Ausritt unterlegen.

Ein Geräusch lenkte ihre Aufmerksamkeit auf sich. Sie spannte sich an. Es kamen Pferde ihres Wegs – und das schnell. Noch während sie sich nach einem Versteck umsah, erklommen die Reiter schon die kleine Anhöhe, die direkt vor ihr lag. Fiona zog ihr Schwert und ihren Dolch und stellte sich mit leicht gespreizten Beinen in Position. Ihr war bewusst, sich gegen zehn oder mehr Männer niemals erfolgreich verteidigen zu können, kam aber zu dem Schluss, dass es besser wäre, im Kampf zu sterben, als diesem Verrückten namens Menzies zu erlauben, sie weiterhin in Stücke zu hauen.

Dann fiel ihr ein, dass Menzies selten mehr als ein paar wenige Männer bei sich hatte. Doch vor ihr befand sich mindestens ein Dutzend Reiter. Ein eingehender Blick auf den riesigen, dunklen Mann an der Spitze der Truppe verriet ihr, dass es sich hierbei nicht um Menzies handelte. Fiona verblieb standhaft in ihrer Kampfposition, musste aber eine Welle der Angst unterdrücken. Menzies mochte geisteskrank sein, aber er wollte sie nicht tot sehen. Sie konnte nicht sicher sein, ob diese Männer so viel Zurückhaltung besaßen.

»Guter Gott, schau, Ewan, dort!«

Ewan MacFingal antwortete auf den Schrei seines Bruders Gregor nur mit einem Brummen. Er schaute ja, aber er war sich nicht sicher, ob er wirklich deutlich genug sah. Da konnte doch gewiss keine kleine Frau stehen und ihm mit einem Schwert in der einen Hand und einem Dolch in der anderen entgegentreten, oder? Konnte sie nicht zählen? Die MacFingals waren zu zwölft, und sie war allein, war sehr klein und zart.

Ewan gab seinen Männern das Zeichen stehen zu bleiben und ritt langsam auf die Frau zu. Sie war wie ein Knabe mit Wams, Hosen und Stiefeln bekleidet, aber es bestand kein Zweifel daran, dass es sich um eine Frau handelte. Nicht nur der lange, dicke, honigblonde Zopf, der bis auf ihre schmale Taille hinunterhing, verriet sie, selbst die Knabenkleider konnten ihre weiblichen Formen nicht ganz verbergen. Und auch ihr Gesicht war eindeutig das einer Frau, einer sehr schönen Frau.

Als er nahe genug heran war, um ihre Augen zu sehen, spürte er, wie ihm der Atem stockte. Es waren große Augen. Die langen, dichten Wimpern, die sie umrahmten, waren ebenso wie die fein gebogenen Brauen einige Töne dunkler als ihr Haar. Diese Augen hatten die Farbe von Veilchen. Er glaubte nicht, schon einmal Augen mit dieser Farbe gesehen zu haben oder Augen, die so überwältigend schön waren.

Der Rest ihres herzförmigen Gesichts nahm ihn ebenso gefangen. Es besaß von der sanften Krümmung ihrer hohen Wangenknochen bis zu ihrem ein wenig eigensinnig wirkenden Kinn einen zarten Knochenbau. Die Nase war klein und gerade, die Haut rein und zart und von einem leichten Goldton, so als hätte ihr die Sonne einen sanften Glanz verliehen. Ihre Lippen waren voll und verführerisch. Er fragte sich beiläufig, woher sie die Narben haben mochte, eine auf jeder Wange. Sie waren niedlich, waren geradezu sanfte Male unter ihren anmutigen Wangenknochen.

Er fluchte lautlos, während er abstieg und sein Schwert zog. Wenn er selbst ihre Narben noch schön fand, war sie noch gefährlicher, als sie aussah. Ewan wusste, wie einschüchternd er wirkte, und war deshalb ziemlich überrascht, dass sie nur ein einziges Mal langsam zwinkerte, ihn von oben bis unten musterte und sich dann wie ein Krieger anspannte, der sich auf einen Angriff einstellte.

»Es kann doch nicht sein, dass Ihr mit mir kämpfen wollt, Mädchen.« Er sah sie grimmig an.

»Und warum nicht?«, fragte Fiona.

»Weil ich ein Mann bin, größer und breiter als Ihr.«

Es war nicht möglich, das zu übersehen, dachte Fiona bei sich. Er musste ihre mageren Einssechzig, die sie nur erreichte, wenn sie sich äußerst gerade hielt, mindestens um dreißig Zentimeter überragen. Vermutlich war er sogar größer als ihre Brüder. Er besaß breite Schultern, schmale Hüften und lange, gut geformte Beine. Sein locker sitzendes Wams und seine ebenfalls locker sitzenden Hosen verbargen die Stärke seines Körpers nur wenig.

Fiona wusste, dass ihr eigentlich die Knie zittern sollten, aber sie taten es nicht. Dies gab ihr Rätsel auf, denn in den harten Gesichtszügen dieses Mannes war keinerlei Weichheit zu finden. Sein Aussehen hatte etwas Raubtierhaftes. Vom Knochenbau her sah er gut aus, von den hohen Wangenknochen bis zu dem kräftigen Kinn, aber das Gesicht zeigte eine Härte, die jene erlesene Schönheit, die es eigentlich hätte haben müssen, raubte. Vermutlich war seine Nase einst lang und gerade gewesen, aber ein oder zwei Brüche hatten an der Nasenwurzel einen Höcker verursacht, der ihm einen falkenartigen Ausdruck verlieh.

Trotz seines finsteren Blickes konnte sie sehen, dass sein Mund gut geformt war und zu vollen Lippen tendierte. Seine Augen waren von einem faszinierenden Blaugrau – wie ein klarer Sommerhimmel, in den die Wolken der anbrechenden Nacht langsam Einzug hielten. Dabei hatte er Glück, dass er noch beide besaß, dachte sich Fiona, als sie einen Blick auf die Narbe warf, die sich von knapp oberhalb der rechten Braue über die rechte Wange bis zum Kinn hinunterzog und den Augenwinkel nur um Haaresbreite verfehlte.

Trotz allem lag in diesen Augen, in den langen, dichten Wimpern und eleganten, leicht gebogenen Brauen ein Hauch von Weichheit. Sein langes, volles pechschwarzes Haar, das mehrere Zentimeter über seine breiten Schultern hinunterhing, war seitlich vom Gesicht zu je einem Zopf geflochten, was den Eindruck von einem grimmigen, dunklen Krieger nur noch verstärkte.

Und er war in der Tat sehr dunkel. Selbst sein Kinn war dunkel, und etwas sagte Fiona, dass dies nicht von der Sonne herrührte. Man sah den schwarzen Schatten von Bartstoppeln, was sein Gesicht nur noch dunkler wirken ließ. Sie fragte sich, warum sie, die ihr ganzes Leben lang unter gut aussehenden blonden Männern verbracht hatte, diesen Mann so anziehend finden konnte.

»Mit mir wird es keinen Kampf geben«, sagte Ewan, der das Bedürfnis unterdrücken musste, sich vor ihrer eingehenden Musterung zurückzuziehen.

»Man sagt, dass ein Mann, je größer er ist, desto heftiger fallen wird«, murmelte sie.

»Dann müsste der alte Ewan eigentlich heftig den Boden erzittern lassen«, warf der junge Mann ein, der die Zügel des Pferdes dieses finsteren Mannes hielt. Die übrigen Männer kicherten.

»Ich werde nicht mit einem kleinen Mädchen kämpfen«, bekräftigte Ewan.

»Aha, das stellt eine Erleichterung dar, denn ich hege nicht unbedingt das Bedürfnis, über und über in Schweiß zu geraten und zu ermüden. Ich nehme also Eure Kapitulation an.«

»Ich habe nicht kapituliert.«

Diese tiefe, raue Stimme brachte Fionas Ansicht nach ein beeindruckendes Knurren hervor. »Wenn Ihr nicht die Absicht habt zu kämpfen und nicht die Absicht habt zu kapitulieren, was *habt* Ihr dann vor? Den ganzen Tag hier zu stehen und die Sonne abzuschirmen?«

Hätte Ewan es nicht für einen schwerwiegenden Fehler gehalten, dieser Frau den Rücken zuzukehren, hätte er seinen lachenden Männern einen finsteren Blick zugeworfen. »Jetzt, wo Ihr Euren kleinen Scherz hattet, schlage ich vor, dass Ihr kapituliert.«

Fiona war bewusst, dass sie kaum eine Alternative hatte, was ein ausgesprochen trotziges Gefühl in ihr wachrief. Zudem empfand sie noch immer keine wirkliche Angst. Er hatte sie weder angegriffen noch zu entwaffnen versucht. Die Heiterkeit seiner Gefolgsleute wies keine Spur von Wut oder Grausamkeit auf.

Und es lag ein Ausdruck im Blick des finsteren Kriegers, den sie seltsamerweise tröstlich fand. Es war der gleiche Blick, den ihr ihre Brüder zuwarfen, wenn sie sie für übermäßig lästig hielten und sich wünschten, sie sei keine Frau, damit sie ihr eines auf die Nase geben könnten. Fiona wusste instinktiv, dass dieser Mann sie genauso wenig schlagen würde, wie ihre Brüder es taten.

»Ich scherzte nicht«, antwortete sie und lächelte honigsüß. »Ich bin bereit, jetzt Eure Kapitulation entgegenzunehmen. Ihr könnt Eure Waffen ordentlich zu meinen Füßen aufstapeln.«

»Und was wollt Ihr mit einem Dutzend Gefangenen tun?«

»Euch gegen Lösegeld eintauschen.«

»Ich verstehe. Und von uns wird erwartet, dass wir einfach nur wie brave, kleine Jungen dasitzen und Euch erlauben, dass Ihr unseren Clan ausraubt.«

»Oh, ich möchte nicht Euren Clan ausrauben. Alles, was ich möchte, ist ein Pferd und ein wenig Proviant.«

»Ach, Ihr habt Eures verloren?«

»Vielleicht hatte ich nie eins.«

»Ihr seid meilenweit von jeder Zivilisation entfernt. Ich soll wohl glauben, Ihr seid einfach so aus dem Heidekraut entsprungen, was? Ihr albernes Weibsbild.«

»Weibsbild? Habt Ihr mich eben ›Weibsbild‹ geheißen?«

Ewan konnte sich nicht daran erinnern, jemals die gute Laune einer Frau derart schnell verschwinden zu sehen. Eben hatte er angefangen, ihr Spiel zu verstehen. Auf beinahe scherzhafte Weise hatte sie ihn auf die Probe gestellt, hatte versucht herauszufinden, ob er zu Gewalt gegen eine Frau angestachelt werden konnte. Sie hatte angefangen, sich zu entspannen. Jetzt schien es jedoch so, als hätte er sie mit einem einzigen schlecht gewählten Wort wieder in Anspannung versetzt und den Fortschritt ihrer eigentümlichen Verhandlung um mehrere Schritte zurückgeworfen. Bevor er etwas sagen konnte, um die Sache ins Reine zu bringen, mischte sich Gregor ein und machte alles noch schlimmer.

»Genau genommen nannte er Euch ›albernes Weibsbild‹.«

»Ich hasse es, wenn man mich ›Weibsbild‹ nennt!«

Sie steckte den Dolch weg, fasste das Schwert mit beiden Händen und griff derart schnell und anmutig an, dass Ewan vor Bewunderung starr war. So starr, dass er beinahe verwundet worden wäre. Er begegnete dem Angriff und erkannte dabei, dass es kaum mehr als ein Kratzer gewesen wäre, denn sie zielte nicht etwa auf lebensnotwendige Organe. Außerdem bemerkte er, dass sie gut geschult worden war. Ihr mochte die Kraft und Ausdauer fehlen, um einem Mann in einem langen, heftigen Kampf standzuhalten, aber sie hatte eindeutig die Geschicklichkeit und Beweglichkeit, um sich eine Aussicht auf Sieg zu erkämpfen. Ein glücklicher Zufall oder ein Fehler vonseiten des Mannes, und sie konnte einen Kampf gewinnen. Das Schweigen seiner Männer verriet Ewan, dass auch sie die

Fähigkeiten dieser Frau erkannt hatten. Allerdings verstand er nicht, warum sie ihn angegriffen hatte. Ganz gewiss war es nicht, weil er ihr einen Namen gegeben hatte, den sie nicht mochte. Ewan fragte sich, ob dies irgendeine weitere Prüfung sei, eine, mit der sie seine Geschicklichkeit in Erfahrung bringen wollte oder wie sehr er sich bemühen würde, sie nicht zu verletzen.

Fiona wusste innerhalb von wenigen Minuten, dass dieser Mann ihr kein Leid zufügen würde. Er kämpfte gegen sie in Abwehrhaltung, und sie war sich sicher, dass das nicht seine übliche Art war. Gerade als sie sich überlegte, wie sie sich aus dieser Auseinandersetzung zurückziehen konnte, war sie auch schon zu Ende. Er wehrte den Schwung ihres Schwertes ab und kam, auf welche Weise auch immer, nur wenige Zentimeter von ihr entfernt zum Stehen. Als Nächstes wurde Fiona bewusst, dass sie ihr Schwert nicht mehr in der Hand hielt, ihr die Füße weggezogen wurden und sie flach auf dem Rücken landete, und das so hart, dass ihr die Luft wegblieb. Während sie um Atem rang, machte sie sich auf den Schlag gefasst, mit dem sein Körper auf ihrem landete. Es überraschte sie nicht nur, sondern beeindruckte sie, als er es irgendwie schaffte, sie völlig auf den Boden zu drücken, ohne dass viel von dem Gewicht seines Körpers auf ihr lastete.

»Sind wir jetzt mit diesem mühseligen Unsinn durch?«, fragte Ewan fordernd, wobei er mühsam versuchte, das Gefühl ihres Körpers unter seinem zu ignorieren und die verführerischen Bilder, die dieses Gefühl in seinem Kopf auslösen wollte, abzuschütteln.

»Ja«, erwiderte Fiona, die ein wenig keuchte, als sie wieder atmen konnte. »Ich nehme Eure Kapitulation jetzt an.« Dieser Mann konnte wirklich beeindruckend knurren, dachte sie bei sich und wunderte sich gleichzeitig, warum dieses raue Geräusch ihr kleine, angenehme Schauer den Rücken hinunterjagte.

»Es reicht«, fuhr er sie an. »Ihr seid jetzt meine Gefangene.

Habt Ihr noch weitere Waffen?« Während er fragte, nahm er ihr den Dolch, den sie an der Taille trug, aus der Scheide und warf ihn weg. Sein Bruder Gregor tauchte schnell auf und sammelte ihn zusammen mit ihrem Schwert ein.

»Nein«, antwortete sie und konnte an der Art und Weise, wie er seine Augen zukniff, ablesen, dass er ihre Lüge durchschaut hatte.

»Übergebt Eure Waffen, Frau.«

»Ich sagte Euch bereits, dass ich keine weiteren habe.« Fiona fragte sich, ob das Messer, das sie im Kreuz in der Scheide stecken hatte und das ihr schmerzvoll in den Rücken drückte, ihre Fähigkeit zu lügen behinderte.

Dieser Gedanke war ihr kaum in den Sinn gekommen, als sie sich schon mitten in einem wilden Ringkampf mit dem Mann wiederfand, der versuchte, sie nach Waffen abzusuchen. Sie verspürte einiges Vergnügen bei seinen Flüchen und Grunzlauten, die offenbarten, dass sie ihm wenigstens Mühsal bereitete. Unglücklicherweise ließ er sich davon aber nicht abhalten. Rasch fand er all ihre Messer. Sein Fluchen verstärkte sich, als er die beiden herauszog, die sie unter den Ärmeln ihres Wamses an ihren Handgelenken festgeschnallt hatte, die beiden, die in ihren Stiefeln gesteckt hatten, und das, das in ihrem Rücken in der Scheide versteckt war. Er entdeckte sogar die raffinierten Schlitze in ihren Hosen, die ihr erlaubten, nach den Messern zu greifen, von denen je eines an ihren Oberschenkeln befestigt war, und nahm sie an sich. Ihre ganze Gegenwehr brach unvermittelt in sich zusammen, als er mit seinen großen Händen und den langgliedrigen Fingern über ihre Brüste strich und das Messer, das dazwischen in seiner Scheide lag, fand. Er warf es dem Mann zu, der ihre Waffen aufsammelte, und riss sie auf die Beine hoch. Sie wunderte sich, dass sie noch immer die Wärme seiner Berührung spüren konnte.

Ewan starrte auf die Anhäufung von Waffen, die ein breit grinsender Gregor auftürmte. Ihm wurde plötzlich bewusst, dass sie in jedem Augenblick ihrer Auseinandersetzung eines ihrer bestens versteckten Messer ziehen und auf ihn werfen oder es ihm zwischen die Rippen hätte jagen können. Er zweifelte nicht daran, dass sie es schnell, ungesehen und mit tödlicher Genauigkeit getan hätte. Offenbar hatte er bei keiner der Proben, denen sie ihn unterzogen hatte, versagt. Als er sie ansah, lächelte sie honigsüß, und er wurde sofort misstrauisch.

»Noch mehr?«, wollte er wissen.

»Natürlich nicht.« Eine ganze Minute lang hielt sie dem Blick, den er ihr aus zu Schlitzen verengten Augen zuwarf, stand, bevor sie aufseufzte. »Nur eins.«

»Gebt es mir.«

Er machte große Augen, als sie hinter ihren Kopf langte und ein Messer aus den üppigen Windungen ihres Zopfes zog. Sie klatschte es ihm in die ausgestreckte Hand, und er untersuchte es, wobei er die Heiterkeit seiner Männer überging. Es war lang, hatte eine schmale Klinge und steckte in dickem, weichem Leder. Das Heft war so gearbeitet, dass es nach nichts weiter als Haarschmuck aussah, dennoch war es bestens zu gebrauchen.

»Warum seid Ihr so schwer bewaffnet?«

»Na, weil es nicht klug wäre, ohne ein paar Waffen herumzureiten.« Fiona löste ihren Schwertgürtel und warf ihn zu den anderen Waffen. Danach begann sie die Scheiden jener Waffen zu entfernen, die sie diskret erreichen konnte.

»Es ist überhaupt nicht klug herumzureiten – egal wie gut bewaffnet Ihr seid.«

Sie funkelte ihn an, und er versuchte sich auf ihre schlechte Laune zu konzentrieren, was nicht leicht war. Sein Blick war auf die Stelle gefallen, an der ihre Hand in die klug angebrachten Schlitze ihrer Hosen geglitten war, um die Messerscheiden von ihren schlanken Oberschenkeln zu entfernen. Ewan konnte sich allzu gut an diese weiche Haut erinnern. Es hatte ihn eine Menge Willenskraft gekostet, dem Wunsch, dort zu verharren und diese weiche Haut zu streicheln, zu widerstehen und sich ins Gedächtnis zu rufen, dass er sie unter den belustigten Blicken seiner Männer entwaffnete.

Schlimmer noch, seine Handflächen schmerzten noch immer von dem Bedürfnis, einmal mehr diese festen, vollen Brüste zu fühlen. Viel zu kurz hatte er bei der Suche nach weiteren Waffen gespürt, wie perfekt sie sich in seine Hände schmiegten. Trotz ihrer Kleidung und der Tatsache, dass sie vor Waffen nur so strotzte, konnte er nicht übersehen, dass sie eine Frau war, eine weiche, verführerische Frau. Schlimm war auch, dass er unfähig zu sein schien, sein Verlangen nach ihr zu ignorieren.

»Wie heißt Ihr?«, fragte er sie, während Gregor all ihre Waffen in seinen Sack warf.

»Fiona«, antwortete sie. Seinem unnachgiebigen Blick, der nach mehr Information verlangte, begegnete sie mit einem Lächeln.

»Fiona und wie weiter? Welcher Clan? Welcher Ort?«

»Erwartet Ihr von mir, dass ich Euch lieb und nett antworte und Euch alles in die Hände spiele, was Ihr braucht, um mich und die Meinen zu berauben?«

Ewan kam zu dem Schluss, dass Klugheit bei einer Frau außerordentlich ärgerlich sein konnte. »Wohin seid Ihr unterwegs gewesen?«

»Zu keinem bestimmten Ort. Ich ritt nur herum und genoss den seltenen sonnigen Tag.«

»Wieso seid Ihr dann hier gestrandet?«

»Na ja, mein Pferd ist ein störrisches Biest. Es ging durch. Ich glaube, ich habe mir den Kopf am Sattel oder so angeschlagen, denn nach dem wilden Ritt war ich einigermaßen benommen. Als ich schließlich wieder zu Bewusstsein kam, bewegte sich das verdammte Biest langsamer, aber sobald ich versuchte, die Zügel, die mir entglitten waren, wieder zu packen, ging es erneut durch. Nach einem weiteren langen wilden Ritt warf es mich zu Boden und ließ mich hier zurück.«

»Ist das da das Biest?«

Fiona lenkte ihren Blick in die Richtung, in die er zeigte, und fluchte leise. Der große graue Wallach stand nur wenige Schritte entfernt und weidete sich müßig am weichen Gras. Hätte sie gewusst, dass er so nah war, hätte sie versucht, ihn einzufangen, und wäre vielleicht sogar den Schwierigkeiten, in denen sie sich jetzt befand, entflohen. Dann seufzte sie und nahm ihr Schicksal hin. Sie hatte wirklich ein Pferd nötig gehabt, doch dieses unangenehme Vieh hätte sich nie und nimmer einfangen lassen.

»Ja, das ist es.«

»Auf welchen Namen hört es?«

»Auf verschiedene, genau genommen. Wenn er besonders störrisch ist, benützt man am besten ›Verdammter‹.«

»Verdammter? Ihr nennt Euer Reitpferd tatsächlich ›Verdammter‹?«

»Das ist die Abkürzung für ›Verdammter Stachel im Hintern‹. Außerdem nennt man ihn auch ›Fluch für die Menschheit‹, ›Satansbraten‹ …« Sie unterbrach sich, als er die Hand hob.

»Vielleicht wäre er nicht so störrisch, wenn Ihr ihm einen anständigen Namen geben würdet«, warf Ewan ein.

»Er hat einen, er heißt ›Sturmwolke‹. Allerdings reagiert er darauf nicht sehr oft. Und er hat sich die anderen sehr wohl verdient.«

»Warum reitet Ihr ihn denn, wenn er so viele Probleme macht?«

»Er ist groß, kräftig, schnell und kann meilenweit laufen, ohne eine Pause zu brauchen. Natürlich ist das im Augenblick nicht so angenehm«, schimpfte sie und warf einen wütenden Blick auf das Pferd, das sie anschaute, wieherte und seinen edlen Kopf hochwarf, als ob es auf ihre Kosten herzhaft lachen würde.

»Bleibt hier«, befahl Ewan. »Gregor, pass auf sie auf.« Er ging auf das Pferd zu.

Fiona verschränkte die Arme über der Brust und beobachtete, wie er sich Sturmwolke näherte. Zu ihrer völligen Überraschung und mit einem Aufflackern äußerster Entrüstung sah sie zu, wie mühelos dieser Mann Sturmwolke einfing. Das Pferd unternahm nicht einmal den Versuch, ihm zu entwischen, sondern schien absolut hingerissen von ihm zu sein. Sie fluchte, als Ewan es zu ihr zurückführte. Als das Pferd sie anschaute und sie mit einer Art Pferdelachen bedachte, streckte sie ihm die Zunge heraus. Ihre Geiselnehmer fanden das eines herzhaften Lachens wert. Selbst der große Mann, der Sturmwolkes Zügel hielt, grinste.

»Vielleicht würde er Euch gegenüber freundlicher empfinden, wenn Ihr liebevoller mit dem Biest sprecht«, schlug Ewan vor.

»Ich *habe* mit ihm liebevoll gesprochen, anfangs, als ich ihn noch für ein vernünftiges Tier hielt«, gab Fiona zurück. »Ich habe so liebevoll gesprochen, dass aus jedem Wort Honig floss. Es hat nie funktioniert. Schaut her.«

Sie trat näher an das Pferd heran und sprach einschmeichelnd zu ihm: »Was bist du für ein toller Kerl, Sturmwolke. Groß, kräftig, ein schöner Anblick.« Sie konzentrierte sich darauf, mit gesenkter, lockender Stimme zu sprechen, und strengte sich an, ihn mit jedem nur erdenklichen Kompliment zu umwerben.

Ewan verlor schnell das Interesse an dem Spiel, das sie mit dem Pferd spielte. Er hatte sich fest in dem Zauber ihrer Stimme verfangen. Diese war tief, ein wenig heiser und gefährlich verführerisch. Die Schmeicheleien, mit denen sie die Ohren des Pferdes füllte, konnten sehr leicht auch bei einem Mann ihre Wirkung zeigen.

Er sah zu seinen Begleitern und bemerkte, dass sie ebenso oder annähernd so verführt waren wie er selbst. Ewan hoffte nur, dass sich ihre Körper nicht wie seiner vor Begehren strafften, sonst würde es vermutlich noch mehr Schwierigkeiten geben.

Gerade als er das Spiel beenden und den Bann, der von ihr ausging, brechen wollte, griff sie nach den Zügeln. Das Pferd senkte den Kopf und schob sie so energisch von sich, dass sie sich rücklings auf dem Boden ausstreckte.

Anschließend brachte Sturmwolke jenes wiehernde Geräusch hervor, das einem menschlichen Kichern allzu ähnlich schien. Ewan tat sein Möglichstes, um nicht zu lachen, doch die lautstarke Belustigung seiner Männer kostete ihn die Beherrschung.

Fiona fluchte leise, als sie wieder aufstand, und klopfte sich den Schmutz ab, bevor sie die lachenden Männer anfunkelte. »Ich nehme nicht an, dass Ihr mir erlaubt hättet, ihn zu reiten.«

»Nein, das hätte ich nicht«, gab Ewan zu. »Ihr seid unsere Geisel.«

»Darf ich erfahren, wer darauf sinnt, mich zu seinem Lager zu zerren, und versuchen will, die Geldbeutel meiner Verwandten zu leeren?«

»Wir sind die MacFingals. Ich bin Sir Ewan, der Laird of Scarglas, und der Mann, der mit Eurer enormen Ansammlung von Waffen beladen ist, ist mein Bruder Gregor. Den Namen der anderen könnt ihr erfahren, wenn wir das Nachtlager aufschlagen.«

»Und wie weit wollt Ihr mich mitnehmen?«

Während sie die Frage stellte, durchsuchte er ihren Sattel und ihr Gepäck und reichte Gregor ihr zweites Schwert und drei weitere Messer.

»Ihr habt zehn Messer und ein Schwert nicht für ausreichend gehalten?«

»Ich hätte in einem Kampf die eine oder andere Waffe verlieren können. Was macht Ihr da?«, wollte Fiona wissen, als er auf Sturmwolke aufsaß.

Ewan packte sie bei der Hand und war erleichtert, als sie sich behände hinter ihm aufschwang und keinen Wortwechsel vom Zaun brach. »Ich reite dieses Pferd. Es hat länger ausgeruht als meines. Euch nehme ich mit auf Scarglas, das etwas mehr als einen Tagesritt von hier entfernt liegt. Sobald wir dort angelangt sind, werdet Ihr mir erzählen, wer Ihr seid und woher Ihr kommt. Oder Ihr erspart uns allen eine Menge Ärger und tut es, bevor wir dort sind.«

Bevor sie ihm mitteilen konnte, wie gering seine Aussichten darauf waren, dass sie seinem Wunsch Folge leistete, hielt er Sturmwolke zum Galopp an und ließ ihr keine andere Wahl, als abzuwarten. Er mochte eine Menge Fragen an sie haben, wenn sie das Nachtlager aufschlugen, und sie würde ihm vielleicht sogar ein paar Antworten geben. Aber auch sie hatte ein paar Fragen zu stellen, zum Beispiel wer in aller Welt die MacFingals of Scarglas waren.

2

Sie schimpft«, sagte Gregor, als er sich neben Ewan an den Baum lehnte und ihm bei der Beobachtung von Fiona Gesellschaft leistete.

Ewan musste fast lächeln. Sobald sie das Lager aufgeschlagen hatten, hatte er Fiona befohlen, das Essen zuzubereiten. Sie hatte ihm gehorcht, aber kein Geheimnis aus ihrer Verärgerung gemacht. Die Tatsache, dass einzig Simon, mit sechzehn der jüngste unter seinen Männern und sein Halbbruder, ihr half, schien sie nur noch mehr zu reizen. Wenn sie nicht gerade einem offensichtlich hingerissenen Simon mit liebenswürdigen Worten sagte, was er zu tun hatte, schimpfte sie tatsächlich. Ewan hatte nur ein paar Worte von ihrer verstimmten Litanei aufgefangen und beschlossen, dass es besser wäre, wenn er sich von ihr entferne.

»Ich nehme an, dass sie diese Aufgabe als erniedrigend empfindet, weil sie glaubt, sie sei ein Mann«, fuhr Gregor fort.

»Ich glaube nicht, dass sie sich für einen Mann hält«, murmelte Ewan.

»Aber ihre Geschicklichkeit mit Waffen …«

»Sie wurde gezielt unterrichtet. Da bin ich mir ganz sicher. Und sie wurde gut unterrichtet.«

»Warum sollte jemand ein Mädchen im Kämpfen unterweisen?«

»Mir fallen eine Menge Gründe ein. Vielleicht eine gefährliche Knappheit an kampftauglichen Männern, vielleicht kommt sie von einem Ort, an dem regelmäßig Schlachten stattfinden, überall Gefahr lauert, oder vielleicht wurde sie überwiegend von Männern großgezogen, die nicht wussten, wie sie mit ihr umgehen sollten. Ich gebe Letzterem den Vorzug. Sie läuft in Knabenkleidung herum, als wäre sie an eine solche Aufmachung gewöhnt.«

Gregor beobachtete Fiona einen Augenblick lang prüfend und nickte. »Ja, das tut sie. Sie bewegt sich sogar eher wie ein Junge als ein Mädchen.«

»Sie scheint auch kaum Angst davor zu haben, mitten unter uns zu sein, eine einzelne Frau unter einem Dutzend Männer.«

»Vielleicht ist sie ja keine Jungfrau mehr und in jeder Beziehung an Männer gewöhnt.«

»Nein.«

»Du scheinst dir dessen sehr sicher zu sein.«

»So sicher, wie ich sein kann. Ich urteile aufgrund ihres Betragens.« Und, so gestand er sich selbst gegenüber widerwillig ein, aufgrund der Tatsache, dass er einen befremdlichen und heftigen Widerwillen gegen den Gedanken verspürte, dass Fiona von irgendeinem Mann berührt worden wäre, geschweige denn von vielen. »Sie trat uns mit Waffen gegenüber, ließ uns mit ihren Beleidigungen die Ohren heiß werden und versucht unser Vorhaben zu durchkreuzen, indem sie sich einfach weigert, uns ihren vollständigen Namen zu nennen und ihre Herkunft. Sie hat nicht den geringsten Versuch unternommen, mit einem von uns anzubändeln und ihre weiblichen Schliche einzusetzen. Und schau dir an, wie vernarrt unser Simon ist, dennoch macht sie von diesem Schwachpunkt in unseren Reihen keinen Gebrauch. In ihren Handlungen ist nicht einmal ein Hauch von Verführung zu erkennen.«

»Aha, ja. Sie scheint ihn wie einen jüngeren Bruder oder so etwas in der Art zu behandeln.« Gregor lächelte schwach. »Ganz sicher ist Simon deshalb so begeistert. Auf Scarglas haben ein paar Mädchen seinen Blick auf sich zu lenken versucht, aber er erweist sich als ziemlich schüchtern. Ich habe schon darüber nachgedacht, ihn bald zu einem Freudenmädchen mitzunehmen, das dem Jungen das eine oder andere beibringen könnte.«

Ewan dachte an damals zurück, als sein Vater ihn in das Bett einer Frau gestoßen und darauf bestanden hatte, dass es an der

Zeit für ihn wäre, ein Mann zu werden. Er war fünfzehn gewesen, groß, spindeldürr und schmerzlich schüchtern. Außerdem war er allmählich entsetzt über den offensichtlichen Versuch seines Vaters gewesen, seinen eigenen Clan zu zeugen und seine jeweilige Gattin und viel zu viele andere Frauen Jahr für Jahr zu schwängern.

Ewan schauderte bei der Erinnerung an die Nacht, in der er seine Unschuld verlor. Es war eine Nacht voller Versagen, Peinlichkeiten und Ungeschicklichkeiten gewesen, und das alles in den Armen einer Frau mit hartem Blick, die ihn mindestens um sechzig Pfund an Gewicht übertraf und dringend ein Bad gebraucht hätte.

»Nein«, sagte er scharf, wobei er vorgab, Gregors überraschten Gesichtsausdruck nicht zu sehen. »Lass den Jungen. Er wird diesen Schritt machen, wenn er dazu bereit ist, und das ist die beste Art und Weise, es zu tun.«

Gregor zuckte die Achseln. »Wie du willst. Ich dachte nur, dass es ein bisschen lange dauert, bis ihn der Juckreiz überkommt.«

»Ich bin mir sicher, dass ihn der Juckreiz überkommen wird, aber es ist besser, wenn wir ihn selbst die Zeit zum Kratzen aussuchen lassen.« Er musterte Simon, der ihn sehr stark an sich selbst in jenem Alter erinnerte. »Er muss wahrscheinlich einfach nur darüber hinauskommen, sich selbst einzig und allein als Haufen spitzer Knochen und ein Paar viel zu großer Füße zu sehen.«

»Hast du dich so gefühlt?« Gregor schmunzelte, als Ewans einzige Antwort ein grimmiger Blick war.

»Nicht alle von uns sind mit deinem Selbstvertrauen und hübschen Gesicht gesegnet.«

»Danke, dass du nicht Eitelkeit sagtest.«

»Bitte. Natürlich könntest du gewisse Körperteile ab und zu zur Ruhe kommen lassen, bevor du sie noch ganz auslaugst.« Er musste fast schmunzeln, als Gregor einen verdutzten Blick auf seine Leistengegend warf und ihn dann anblitzte.

»Wir können nicht alle Mönche sein wie du«, knurrte Gregor.

»Ich bin kein Mönch«, raunzte Ewan.

Gregor verdrehte die Augen. »Einmal im Jahr mit einer Frau zu schlafen ist mönchisch. Ich habe keine Ahnung, wie du das schaffst.«

»Man nennt es Zurückhaltung. Das ist allemal besser, als ein ganzes Scheffel voll unehelicher Kinder zu zeugen.«

»Ich habe nur zwei. Wir haben alle versucht, das zu tun, was du von uns verlangt hast. Aber ein Mann hat seine Bedürfnisse, und wir besitzen nicht alle deine Kraft. Manche von uns können nicht anders, als sich die Frage zu stellen, ob diese Zurückhaltung der Grund für deine düstere Stimmung ist.«

Ewan seufzte und schüttelte den Kopf. Das war ein alter Streit. Es war schwierig, Zurückhaltung zu predigen, wenn der Clan-Älteste sie nicht aufbrachte. Die Tatsache, dass es innerhalb der Mauern von Scarglas viel zu viele Frauen gab, die ihre Gunst frei verschenkten, war ebenfalls nicht hilfreich. Seit er vor fünf Jahren seinem Vater den Sitz des Lairds entrissen hatte, konnte er einen gewissen Erfolg dabei verbuchen, allerdings nicht so viel, wie ihm lieb gewesen wäre.

Ewan sah zu Fiona und konnte nicht aufhören, sich zu fragen, was sie wohl über Scarglas und seine Bewohner denken würde.

»Vielleicht weckt dieses Mädchen Selbstvertrauen in dem Jungen«, murmelte Gregor. »Wenn Simon lernt, dass er mit einem so schönen Mädchen wie diesem ungezwungen zusammen sein kann, kann er vielleicht auch bei anderen eine gewisse Ungezwungenheit aufbringen. Na ja, sofern das Mädchen einige Zeit bei uns bleibt.«

»Ach, ich glaube, sie wird für lange Zeit unser Gast sein. Es sei denn, dir fällt etwas ein, wie man sie dazu bringen kann, uns genau zu erzählen, wer sie ist.«

»Wir können versuchen, sie zu verführen, um die Wahrheit aus ihr herauszubringen. Wohin gehst du?« Gregor sah sich zu der Frage veranlasst, als Ewan, nachdem er ihm einen einzigen wütenden Blick zugeworfen hatte, in den Wald marschierte.

»Auf die Jagd. Ich versuche lieber ein Tierchen zu erlegen und Fleisch auf unseren Tisch zu bringen, als mein Schwert in dich zu rammen. Ich würde vielleicht anfangen, das in ein, zwei Jahren zu bedauern.«

Ewan war nicht überrascht, als er bald darauf hörte, dass Gregor ihm folgte. Die Gefahren, die ihn und seine Familie umgaben, brachten es mit sich, dass ihm nie erlaubt war, alleine unterwegs zu sein. Er wusste auch, dass er nicht jagen, sondern nur etwas einfangen würde, falls es ihm in den Weg lief. Es ärgerte ihn, sich eingestehen zu müssen, und sei es nur sich selbst gegenüber, dass er dem Reiz von Gregors Vorschlag entfliehen wollte.

Eine so schöne Frau wie Fiona verführen? Das war lächerlich oder wäre es wenigstens gewesen, hätte es nicht so viele Gedanken und Gefühle geweckt, die er so mühsam tief in sich zu verschließen suchte. Er war ein großer Mann, von finsterem Aussehen und finsterem Wesen. Fiona war ein einziger Sonnenstrahl, wunderschön, geistvoll und so voller Leben. Sie befand sich derart weit außerhalb seiner Reichweite, dass es schon beinahe schwindelerregend war, sie anzusehen. Er war erst wenige Stunden in ihrer Gesellschaft und musste bereits ein Sehnen nach etwas bekämpfen, von dem er wusste, dass er es niemals haben konnte. Irgendwie musste er herausfinden, wer sie war, sie gegen Lösegeld eintauschen und sie aus seinem Leben verbannen, bevor er seinen Sehnsüchten unterliegen und versuchen würde, die Hand nach ihr auszustrecken und sich restlos zum Narren zu machen.

»Wo hat ein Mädchen von Stand gelernt, so gut zu kochen?«, fragte Simon, der ausgiebig und anerkennend an dem Haseneintopf, den Fiona zubereitete, schnupperte.

»Wie kommst du auf die Idee, dass ich von Stand bin?« Fiona rührte in dem Eintopf und fragte sich, ob er für so viele

Leute reichen würde. Sie hatte zwei volle Töpfe auf den beiden Feuerstellen brodeln, die Simon errichtet hatte, doch zwölf Männer konnten den Inhalt wahrscheinlich innerhalb von Minuten verschlingen.

»Ihr mögt nicht wie eine Dame gekleidet sein oder Euch so verhalten, aber ich weiß, dass Ihr eine seid. Eure Kleidung und Waffen, selbst Euer Pferd sind einem hohen Stand gemäß. Ihr sprecht sogar sehr gut. Und« – Simon wurde rot – »Ihr seid sauber und duftet sehr angenehm.«

»Also gut, ich bin von Stand, aber während meiner Kindheit lebten wir wie die ärmsten Kleinbauern.« Sie warf die wilden Bohnen, die einer der Männer gesammelt hatte, in den Eintopf und lächelte Simon zu, der jetzt offensichtlich eine Geschichte erwartete. »Für viele Jahre nahmen sich mein Clan und zwei andere gegenseitig auseinander. Schließlich kam eine Zeit, in der nichts weiter mehr übrig war als Schutt, abgebrannte Felder, abgeschlachtete Viehbestände, Witwen und Waisen. Wir, die wir die letzte Schlacht, in der die Lairds und viel zu viele der erwachsenen Männer getötet worden waren, überlebten, standen aus der Verwüstung auf und gelobten, dass all das mit diesem Tag ein Ende haben würde. Keine Fehde mehr, kein Töten, keine Überfälle und all das. Und so war es. Wie dem auch sei, Überlebenskampf und Wiederaufbau kosteten uns unsere wenigen Mittel. Alle von uns, vom Ärmsten bis zum Laird, legten bei jeder Tätigkeit, die erledigt werden musste, Hand mit an.«

»Hat man Euch deshalb das Kämpfen beigebracht?«

»Ja, obwohl der Friede Gott sei Dank gehalten hat und es kaum Kämpfe gab. Trotzdem, wir waren so geschwächt, dass wir für jeden leichte Beute gewesen wären. Es war ein hartes Leben, ein sehr hartes, dennoch ist manches Gute daraus entstanden. Wir haben uns alle eine umfangreiche Sammlung von Fertigkeiten erworben, und ich glaube, wir stehen uns, naja, näher als andere. Wir müssen nicht mehr jeden Tag ums Überleben kämpfen, aber wir wissen, dass wir es können, wenn es nötig sein sollte, und wir wissen, dass jeder Mann, jede Frau, jedes Kind im Clan dasselbe kann, bereitwillig und geschickt. Das ist eine gute Sache.«

»Stimmt«, pflichtete ihr Simon bei. »Aber Ihr müsst doch trotzdem einen Laird haben, oder? Einen, der über den anderen steht?«

»Einen, der die anderen anführt, ja. Aber aufgrund dessen, was wir erlitten haben, ist sich jeder sicher, dass unser Laird, wenn es denn sein müsste, Seite an Seite mit seinen Leuten arbeiten würde. Egal ob es darum geht, ein Feld zu bestellen oder ein Strohdach einzudecken. Sie wissen auch, dass er sich nie den Bauch füllen oder warm in der großen Halle sitzen würde, während sie hungern oder vor Kälte zittern müssen.

Und dann ist da noch das äußerst beruhigende Wissen, dass ihr Laird sie nicht auf das kleinste Anzeichen einer Beleidigung hin in einen Krieg verwickeln würde, dass er sich nicht durch Stolz davon abhalten lassen würde, einen Kompromiss oder eine weniger blutige Lösung zu finden. Auch das ist äußerst beruhigend.«

»Es muss schön sein. Unser alter Laird kämpft gegen jeden, oder hat es getan. Vor fünf Jahren hat Ewan die Führung als Laird übernommen, und er arbeitet kräftig daran, sich Verbündete zu schaffen. Es funktioniert nicht sonderlich gut, denn unser Vater hat sich einige erbitterte Gegner geschaffen.«

»Oh, du bist auch ein Bruder von Sir Ewan?«

»Halbbruder, unehelich geboren. Von uns gibt es ziemlich viele. Bei der letzten Zählung waren es beinahe ein Dutzend.«

Und was konnte einem das sagen?, überlegte Fiona. Da ihr Bruder Diarmot fünf uneheliche Kinder hatte, wäre es einigermaßen scheinheilig gewesen, so etwas zu verurteilen. Dennoch schien der alte Laird zu weit gegangen zu sein. Vermutlich war diese zügellose Lasterhaftigkeit einer der Gründe dafür, dass Sir Ewan jetzt der Laird war. Das und der Hinweis, den Simon gegeben hatte, dass nämlich der alte Laird eine wahre Begabung darin hatte, Leute zu provozieren, wodurch sein Clan von Feinden umzingelt war. Fiona fragte sich, zu was für einem Ort man sie wohl bringen würde.

Einen kurzen Augenblick zog sie in Betracht, Sir Ewan zu sagen, wer genau sie war, damit sie schnell gegen Lösegeld eingetauscht werden konnte und nach Hause zurückkehren durfte. Doch dann schüttelte sie innerlich den Kopf. Ihr Clan war nicht so wohlhabend und konnte sich nicht leisten, dass seine Truhen geleert würden, nur weil sie dumm genug gewesen war, sich zu verirren und gefangen genommen zu werden. Ihre Familie würde sich Sorgen um sie machen, aber es gab keine Möglichkeit, die Familienmitglieder wissen zu lassen, dass es ihr gut ging, ohne sie möglicherweise maßlosen Lösegeldforderungen auszusetzen. Genau genommen brachten die Probleme, in denen sie sich jetzt befand, einen kleinen Vorteil mit sich, allerdings fühlte sie sich ein wenig schuldig, weil sie überhaupt darüber nachdachte: Menzies würde sie nicht finden, und sie würde egoistisch sein und dies genießen.

Fiona erklärte das Essen für fertig, nahm sich ihren Teil und drängte Simon, dasselbe zu tun. Sir Ewan und Gregor kamen gerade wieder ins Lager zurück, als sie den Männern sagte, dass sie essen könnten. Sie entfernte sich schnell und setzte sich mit dem Rücken an einen Baum. Simon schlüpfte zu ihr und reichte ihr einen Kanten Brot, wofür sie ihm dankbar zulächelte.

»Dein Laird reist bestens mit Proviant ausgestattet«, murmelte sie.

»Ach, das Brot bekamen wir von zwei Schwestern, die von unserem Gregor recht angetan waren«, erklärte Simon. »Die Mädchen stehen auf Gregor.« Simon schüttelte den Kopf. »Ihr müsst wissen, dass er zwei uneheliche Kinder hat. Das verleiht einem Mann einen Makel. Einen Makel, den er nie wieder loswird. Er zeichnet auch das Mädchen, das das Kind austrägt.«

Fiona nickte. »Das stimmt in der Tat. Ich habe einen Bruder, der fünf uneheliche Kinder hat, wobei er vielleicht nicht von allen der Vater ist. Die Frauen behaupteten, es seien seine, als sie die Kinder an seiner Türschwelle ablegten, und er nahm sie auf. Er hat großes Glück, denn seine neue Frau hat sie ebenfalls akzeptiert.«

»Oh, das ist gut. Meine Mutter hat einen Mann gefunden, aber der wollte mich nicht um sich haben, also hat Ewan mich zu sich genommen. Ich war noch ein kleines Kind, erst drei Jahre alt, und brachte dem Mann keinen Nutzen. Ich war nur ein weiterer Mund, den man füttern musste. Es war besser so. Hätte er mich behalten, würde ich mich damit abmühen müssen, auf unfruchtbarem Land Getreide anzubauen oder ein paar Viecher am Leben zu erhalten, um sie für einen Hungerlohn zu verkaufen. Stattdessen werde ich zum Krieger ausgebildet.«

Es war nicht einfach, aber Fiona äußerte ein zustimmendes Murmeln. Sie würde ihm niemals zeigen, welch großes Mitleid sie für ihn empfand. Es rührte aus dem Gedanken an einen kleinen vaterlosen Jungen, der von seiner eigenen Mutter verstoßen worden war. Simon hatte recht, wenn er meinte, dass er jetzt ein besseres Leben führte, als er es sonst wohl gehabt hätte. Vermutlich erfuhr er unter seinen Halbbrüdern und den anderen auch Akzeptanz, wenn nicht gar eine raubeinige Zuneigung. Die Seele dieses Jungen musste einige Verletzungen aufweisen, doch seine liebenswerte, schüchterne Art ließ vermuten, dass sie nicht sehr tief gingen. Simon hatte überlebt und er gedieh. Und das war letzten Endes das Allerwichtigste.

Sie wurde durch die anderen Männer von ihren Gedanken über Simons traurige Anfänge abgelenkt. Einer nach dem anderen warf seinen leeren Teller vor ihr auf den Boden. Fiona nahm an, dass die Grunzlaute, die sie dabei von sich gaben, ein Dankeschön oder Lob sein sollten. Sie erwarteten nun eindeutig, dass sie abwusch und aufräumte. Das war zwar ärgerlich, kam aber nicht überraschend. Allerdings wirkte der amüsierte Gesichtsausdruck von Sir Ewan auf ihre Stimmung wie peinigende Nadeln in der Haut. Einzig Simons hastiges Angebot, ihr zu helfen, rettete diesen Mann vor ein paar kräftigen Ohrfeigen. Mit leisem Murren räumte sie zusammen mit Simon die Überreste der Mahlzeit, die man ihr befohlen hatte zu kochen, auf und wusch ab.

»Was hast du vor?«, fragte Ewan Gregor, der sorgfältig den Rücken seines Bruders musterte, während sie sich von Fiona und Simon entfernten.

»Ich halte nach den Dolchen Ausschau«, gab Gregor ironisch zurück und grinste.

Ewan lächelte flüchtig. »Es ist wirklich ein Glück, dass ich alle Messer fand. Ich glaube, ich bin Simon noch etwas schuldig für seine schnelle Reaktion, mit der er mich vor einer ordentlichen Tracht Prügel gerettet hat.« Er kicherte und war beinahe so überrascht wie Gregor.

»Du findest es lustig, dass sie aussah, als würde sie dich aufschlitzen wollen?«

»Ja. Es ist saubere, klare Wut. Ganz wie die eines Mannes oder Jünglings. Ich kann sie sehen, und vermutlich bin ich bald in der Lage zu sagen, was sie weckt. Das könnte sich als hilfreich erweisen.«

Gregor nickte. »Du kannst sie vielleicht dazu bringen, ein paar Wahrheiten auszuspucken, wenn du sie wütend machst.«

»Könnte sein. Es ist eine wesentlich bessere Idee als die, die du hattest«, fügte er mit leisem Knurren hinzu.

»Verführung ist ein bewährter Weg, um einer Frau Geheimnisse zu entlocken«, entgegnete Gregor. »Wenn du nicht das Bedürfnis hast, es zu versuchen, könnte ich –«

»Nein!« Ewan verzog innerlich das Gesicht über die Schnelligkeit und Heftigkeit, mit der er dies gesagt hatte. »Wir brauchen nicht noch mehr Feinde, und ich denke, wir schaffen uns welche, wenn man sie benutzt, bevor sie freigekauft wird.« Ewan kam zu dem Schluss, dass das sehr vernünftig klang, und überging tapfer den belustigten Gesichtsausdruck seines Bruders.

»Einverstanden. Soll ich sie nachts in Gewahrsam nehmen? Ich habe zwar keine Ahnung, wie, aber ich glaube, es muss sein. Vermutlich könnte uns das Mädchen eine Menge Probleme verursachen, wenn sie sich das in den Kopf setzt.«

Ewan fluchte leise, als er sich umdrehte, um zu Fiona zu sehen. Gregor hatte recht. Sie musste irgendwie in Gewahrsam genommen werden. Es würde nicht so schwierig sein, die Einteilung der Wachen, die er gemacht hatte, zu ändern, um sicherzustellen, dass sie die ganze Nacht streng bewacht würde. Zu seiner Bestürzung konnte er sich aber nicht dazu bewegen, diesen äußerst vernünftigen Plan umzusetzen. Ihm gefiel der Gedanke nicht, dass irgendeiner nah bei Fiona war, während sie schlief, oder die Möglichkeit erhielt, ihr Interesse zu wecken.

Völliger Blödsinn, dachte er verärgert. Und dazu eine Schwäche, die ihm leicht eine Menge Kummer einbringen konnte. Zurück auf Scarglas, gab es Orte, an die er gehen konnte, Arbeit, die er erledigen konnte, um sie nicht mehr zu sehen und nicht mehr an sie zu denken. Hier gab es keinen anderen Ort.

Er seufzte und sah seine eigene Widersprüchlichkeit ein. Er wollte nicht, dass ein anderer Mann zu lange in ihrer Nähe war, also musste er derjenige sein, der sie nachts bewachte. Er konnte dadurch vielleicht Antworten auf ein paar Fragen erhalten, zum Beispiel wie groß die Schwäche war, an der er litt, und wie schwer es sein würde, ihre Anziehungskraft auf ihn zu bekämpfen. Es konnte sich aber auch als eine sehr lange, schlaflose Nacht erweisen.

»*Ich* werde sie bewachen«, sagte er. »Die Nachtwache wurde bereits eingeteilt. Es ist einfacher, alles dabei zu belassen. Ich brauche nur ein kleines Stück Seil.«

»Seil?« Gregor folgte Ewan zu den Vorräten. »Du hast vor, sie zu fesseln?«

»Das wäre besser. Aber nein, ich habe keine Lust, den Männern erklären zu müssen, warum ein Mann meiner Größe die

Notwendigkeit verspürt, ein so kleines Mädchen zu fesseln, nur damit er schlafen kann. Ich möchte sie an mich binden, damit sie nicht während der Nacht entwischen kann.«

Ohne ein weiteres Wort zu Gregor ging Ewan zu Fiona, die eben mit ihrer Aufgabe, die Essensreste zu beseitigen und abzuwaschen, fertig war. Ihre wundervollen Augen weiteten sich, als sie das Seil in seiner Hand bemerkte, und verengten sich anschließend zu Schlitzen. Bevor sie allerdings zurückweichen konnte, hatte er bereits mit einer Hand ihre beiden schmalen Handgelenke ergriffen. Er sah, wie sich ihr Bein anspannte, als sie es nach hinten zog.

»Ich werde nicht gerade begeistert sein, falls Ihr mir einen Fußtritt versetzt«, bemerkte er gedehnt, während er sie zu der Stelle zerrte, wo Gregor hastig eine Schlafdecke für sie beide ausbreitete.

»Na, das würde mich doch fast die ganze Nacht zu Tränen rühren.« Fiona gab die fruchtlosen Bemühungen, ihre Handgelenke zu befreien, auf. Der Griff dieses Mannes tat nicht wirklich weh, war aber nicht aufzubrechen. »Und was habt Ihr mit diesem Seil vor?«

Ewan gab keine Antwort. Ein Ende des Seils band er um ihre Handgelenke, das andere um eines seiner Handgelenke. Nachdem er geprüft hatte, ob die Fessel hielt, begegnete er ihrem Blick. Sie sah aus, als wollte sie ihm das Seil um den Hals winden und ihn erwürgen – und zwar langsam. Er fragte sich, warum er das lustig fand, und kam zu dem Schluss, dass die Lust ihm den gesunden Menschenverstand raubte.

Fiona gab ihm im Stillen jeden nur erdenklichen Schimpfnamen, den sie kannte, während er sie sanft, aber bestimmt auf die Decke hinunterschob. Er streckte sich neben ihr aus und breitete eine zweite Decke über ihnen aus. Als er einen Arm hinter den Kopf legte und den, an den sie gefesselt war, über seine Magengrube, war sie gezwungen, sich auf die Seite zu drehen und ihn anzusehen.

»Ich nehme an, Ihr würdet meinem Ehrenwort, nicht zu

fliehen, keinen Glauben schenken, oder?« Sie schob sich ein wenig hin und her, um eine bequeme Stellung zu finden.

»Nein. Ich weiß schließlich nicht, wer Ihr seid, und Ihr habt nicht die Absicht, mir das zu sagen, oder, Fiona-von-den-zehn-Messern?«

Beinahe hätte sie über den Namen, den er ihr gegeben hatte, lachen müssen, verzog aber stattdessen das Gesicht. Fiona-von-den-elf-Messern wäre besser gewesen, denn das hätte bedeutet, dass sie noch eines versteckte und sich hätte befreien können. Er hätte Schlimmeres tun können, um sicherzustellen, dass sie ihm nachts keine Probleme bereitete, aber das hier würde das Schlafen schwierig machen.

Und auch diese erzwungene Nähe würde es tun. Fiona erkannte dies, als ihr einige beunruhigende Tatsachen bewusst wurden. Sie war sich des großen, kräftigen Körpers, der ihrem so nah war, viel zu gegenwärtig. Er fühlte sich verführerisch warm an und roch angenehm und reinlich. Seinen ganz persönlichen Geruch empfand sie als gefährlich anziehend. Unvermittelt erinnerte sie sich an ihren Ringkampf, während er sie um ihre Waffen erleichterte. Röte überzog ihre Wangen, als sie den Wunsch verspürte, diese großen Hände erneut auf ihrem Körper zu spüren; nur dass sie dieses Mal bleiben und sie liebkosen sollten. Das war Irrsinn, doch sie wusste im Innersten, dass es sehr schwer sein würde, sich davon zu heilen.

Fiona schloss die Augen und versuchte, ihre Angst vor Fremden, vor Männern neu zu beleben, die Menzies' perverse Nachstellungen in ihr erzeugt hatten. Sie kehrte aber nicht zurück. Aus Gründen, die nur es selbst kannte, erlaubte ihr Herz es nicht, dass sie vor diesem großen, dunklen Mann Angst hatte. In ihr wurden Gefühle zum Leben erweckt, die sie noch nie zuvor, bei keinem einzigen Mann, erfahren hatte. Etwas in ihr wollte diese Gefühle wachsen und hochkommen lassen. Etwas anderes, Vernünftigeres in ihr wollte sie begraben. Dies war nicht nur eine äußerst schlechte Zeit, um festzustellen, dass sie sich zu einem Mann hingezogen fühlen konnte, ja sogar Leidenschaft für ihn empfinden konnte, nein, es konnte sich als eine ausgesprochen unkluge Wahl herausstellen. Nachdem sie innerlich ausgiebig und heftig geflucht hatte, bemühte sich Fiona, ihren Kopf von allen beunruhigenden Gedanken zu leeren. Vielleicht konnte sie nach etwas Schlaf die Kraft finden, Distanz zu gewinnen und alles klarer zu sehen.

Ewan riskierte es, einen Blick auf die Frau zu werfen, an die er gefesselt war, und er verweilte, als er feststellte, dass sie eingeschlafen war. Die Weichheit, die der Schlaf auf ihr Gesicht zauberte, und das Mondlicht ließen sie noch schöner erscheinen. Insgeheim fluchend, musste er zugeben, dass er dieses kleine herzförmige Gesicht sehr lange betrachten konnte, ohne dessen müde zu werden. Ewan war klar, dass viele Männer Fiona wegen der Narben in ihrem Gesicht für nicht makellos halten würden, doch in seinen Augen taten sie ihrer Schönheit keinen Abbruch.

Er krampfte die Hände zu festen Fäusten zusammen, um das Bedürfnis zu unterdrücken, Fiona zu berühren. Die Erinnerung an die seidige Wärme ihrer Haut, die er während seiner Suche nach Waffen unter seinen Händen verspürt hatte, war schwer zu verbannen. Nein, musste er sich eingestehen, es war sogar unmöglich. Er brannte darauf, diese Wärme einmal mehr zu spüren, über ihr zu verweilen, angefangen bei den Sohlen ihrer kleinen Füße bis hinauf zu ihrer sanften Stirn.

Allein der Gedanke daran, sie zu berühren, erregte ihn rasend schnell bis zu einem schmerzhaften Grad. Ewan wollte spüren, wie sich diese festen, vollen Brüste in seine Handflächen schmiegten. Er wollte, dass sich ihre langen, kräftigen Beine um seine Hüften schlangen. Er wünschte sich verzweifelt, zu hören, wie sie seinen Namen herausschrie, während sie in den Qualen der Leidenschaft verfangen war, die er in ihr weckte.

Es war Irrsinn. Die Träume eines Verrückten. Er war groß, von düsterem Aussehen und düsterem Gemüt und hatte schlimme Narben. Die Frauen scharten sich nicht um ihn, wie sie es um Gregor taten. Einmal im Jahr verbrachte er eine Nacht mit einem Freudenmädchen, das sein Geld nahm und niemals darum bat, dass er bald wiederkäme. Hatte jemals eine Frau seinen Namen herausgeschrien, dann war es aus Angst geschehen.

Ewan schloss die Augen und schwor sich, dieses Gefühl des Hingezogenseins abzutöten. Aus vielerlei Gründen hatte er sich entschieden, allein zu bleiben. Sollte er nicht auf der Hut und gegenüber seinen Gefühlen wachsam sein, so war zu befürchten, dass seine liebenswerte Geisel ihn mühelos dazu bringen konnte, seine Meinung zu ändern und nach etwas zu greifen, das er niemals haben konnte.

3

Fiona träumte, dass ihr Pferd sie zu Boden warf, davonlief und sie ihrem Schicksal überließ. Sie machte ein böses Gesicht und fragte sich, warum sie das Gefühl hatte, dass das störrische Biest sie abgeworfen und sich dann auf sie geworfen hätte. Noch immer mehr schlafend als wach, öffnete sie die Augen, sah aber weder Gras noch felsigen Boden, sondern nur eine Decke. Das ergab keinen Sinn. Man breitete keine Decken aus, um jemanden aufzufangen, der von seinem Pferd abgeworfen wurde.

Sie verdrängte die noch vorhandenen Nebel des Schlafes aus ihrem Kopf und hob eine Hand, um sich die Augen zu reiben. Fiona stockte der Atem. Ihre Handgelenke waren aneinandergefesselt.

Einen Herzschlag später kam die Erinnerung zurück, und nun war sie ganz wach. Auf ihr lag kein Pferd, das den ganzen Atem aus ihr herauspresste, sondern ihr Kidnapper.

Sie versuchte sich unter ihm herauszuwinden, doch er hatte sie fest auf die Decke gedrückt. Alles, was sie erreichte, war, das er so weit wach wurde, dass er seine Lage ein wenig veränderte. Fiona schnappte fast laut nach Luft, als sie gewahr wurde, was sich jetzt gegen ihr Hinterteil schob. Sie wurde nicht etwa nur von einem sehr großen Mann zerquetscht, sie wurde von einem sehr großen *erregten* Mann zerquetscht. Obwohl sie sich sagte, dass ihr Herzrasen auf ihre Angst zurückzuführen sei, wusste sie, dass sie sich belog. In ihr war der schwache Hauch eines Alarmsignals zu vernehmen, denn dieser Mann schien beeindruckend gut ausgestattet zu sein. Was sie allerdings wirklich beunruhigte, war das plötzliche Bedürfnis, ihre Hüften zu bewegen und sich an ihn zu drücken. Offensichtlich hatte der nächtliche Schlaf nicht alle ihre Sinne zurechtgerückt.

Sie spürte, wie er sich mit dem Gesicht in ihre Halsbeuge schmiegte, und Wärme überflutete ihren Körper. Noch während sie dieses Gefühl genoss, konnte sie die Frau ihres Bruders lachend sagen hören, dass ein Mann oft mit der Sonne hochkommen würde. Ihr Blut kühlte sich ab. Sir Ewan war vermutlich noch nicht einmal richtig wach. Er war einfach nur mit der Sonne *hochgekommen,* hatte einen warmen weiblichen Körper an seiner Seite gespürt und beabsichtigte, von diesem Gebrauch zu machen. In Ordnung, dachte sie beleidigt, wenn er vorhatte, sich zu schmiegen und zu reiben, dann sollte er wenigstens wissen, bei wem er das machte.

»Geht von mir runter, Ihr großer Ochse«, schimpfte sie und bewegte jeden Teil ihres Körpers, den sie nur bewegen konnte, in dem nutzlosen Unterfangen, ihn von sich zu drücken. »Ich kann nicht atmen.«

Ewan öffnete die Augen und starrte auf die Frau hinunter, auf der er sich ausgestreckt hatte. Er war müde, hatte wenig geschlafen, wachte aber schnell auf, als er sich der Stellung, in der er sich befand, bewusst wurde. Um Gottes willen, er hatte sich an ihren Hals geschmiegt und war hart wie ein Stein. Noch schlimmer, er hatte diesen Stein offenbar an ihrer wunderschönen Rückseite gerieben. Die Position, in der sie sich befanden, war so herrlich anzüglich, dass ihn die bloße Stärke seines Verlangens leicht erzittern ließ. Mit einem innerlichen Fluch bewegte er sich so schnell von ihr herunter, dass er heftig an ihren Handfesseln zerrte.

»Entschuldigt«, murmelte er, und da er hörte, wie seine Männer wach wurden, langte er mit der Hand hinüber, um sie loszubinden.

Fiona setzte sich langsam auf und atmete mehrmals tief durch, um sich zu beruhigen. Sie hatte das ungute Gefühl, dass es geraume Zeit dauern würde, bis sie vergessen würde, wie sich dieser große, starke und hocherregte Körper in ihrer unmittelbaren Nähe angefühlt hatte. Dies beängstigte und verärgerte sie zugleich. Sie wusste nicht nur nichts über diesen Mann, es war auch noch eine sehr schlechte Zeit für sie, einer derartigen Versuchung oder Vernarrtheit oder was immer es sein mochte, was sie quälte, zu erliegen. Es gab bereits einen Mann zu viel in ihrem Leben, dachte sie gereizt, als sie aufstand, sich abklopfte und in Richtung Bäume ging.

»Wohin gedenkt Ihr zu gehen?«, forderte Ewan zu wissen, als er auf die Füße sprang und ihr folgte.

»Es ist Morgen. Was haben wohl die meisten Leute zu tun, wenn sie eben erwacht sind, Ihr Dummkopf?« Sie hörte, dass er ihr weiterhin folgte, wirbelte herum und stellte sich vor ihn hin, erfreut darüber, dass er hastig einen Schritt zurücktrat. »Ich brauche keine Unterstützung.«

»Aber Ihr braucht eine Bewachung.« Schnell schlang er ein Ende des Seils, das er noch immer in der Hand hielt, um ihr Handgelenk und das andere um sein eigenes. »In Ordnung? Geht weiter.« Beinahe wäre er einen zweiten Schritt zurückgetreten, als sie ihn wütend anfunkelte.

Einen flüchtigen Augenblick lang überlegte sich Fiona, nicht zu gehen. Es würde eine Demütigung sein, sich zu erleichtern, wenn er so nahe bei ihr stand. Unglücklicherweise machte ihr eine volle Blase allzu deutlich, dass sie diese Entscheidung bereuen und sich noch viel mehr demütigen würde, wenn sie sich nicht eilig auf den Weg begab. Sie knurrte Verwünschungen gegen alle Männer und ging weiter, wobei sie wütende Blicke gegen seinen breiten Rücken schoss, als er die Führung übernahm.

Fiona fand sich auf der einen Seite eines wirren Gebüschhaufens wieder und fragte sich, warum sie sich von alldem hatte beunruhigen lassen. Sie war von ihren fünf Brüdern großgezogen worden, und die ersten dreizehn Jahre ihres Lebens hatte es kaum feines Betragen oder schüchterne Zurückhaltung auf Deilcladach gegeben. Als Gillyanne gekommen war, hatte dies eine gewisse Zivilisierung ihrer ungehobelten

Art zur Folge gehabt, doch sie zweifelte daran, dass irgendeiner die MacEnroys als vornehm bezeichnen würde. In Hörweite eines anderen eine grundlegende, lebensnotwendige Körperfunktion zu verrichten sollte ihr nicht annähernd so viele Probleme bereiten, wie es tatsächlich der Fall war. Es machte ihr derart große Probleme, dass sie sich trotz ihres verzweifelten Bedürfnisses nicht erleichtern konnte, bis Ewan seinerseits anfing. Wann war sie nur zu einer so zimperlichen Blume der Weiblichkeit geworden? Fiona betete, dass ihre plötzliche Empfindlichkeit nicht von dem verrückten Wunsch herrührte, Wirkung auf diesen Mann zu erzielen.

»Ich muss mich waschen«, protestierte sie, als er anfing, sie zum Lager zurückzuzerren.

Ewan sah sie an und grübelte, warum sie so verführerisch aussah, wenn sie ihn wütend anblitzte. »Euch ist doch wohl klar, dass Ihr eine Geisel seid und nicht etwa ein Gast?«

Fiona blickte vielsagend auf das Seil, das sie an ihn fesselte, und schließlich zurück auf ihn. »Ich glaube, mein armer kleiner weiblicher Verstand begreift allmählich diese Tatsache, aber ich möchte mich dennoch waschen.«

»Meiner Meinung nach seid Ihr mit zu lässiger Hand am Zügel erzogen worden«, knurrte er, während er sie zu einem kleinen Bach, der einige Meter entfernt lag, führte.

»Meiner Meinung nach wurde ich bestens erzogen.«

Sie überging sein Grunzen und versuchte auch das Seil um ihre Handgelenke zu ignorieren, als sie sich beide an den Bach knieten, um Gesicht und Hände zu waschen.

Fiona nahm aus ihrem Beutel ein besticktes Leinentüchlein, das sie auf Gillys Wunsch hin immer bei sich tragen sollte, und benetzte es mit kaltem Wasser. Sie rieb sich die Zähne sauber, als das plötzliche Gefühl einer herannahenden Gefahr sie zusammenfahren ließ.

Einen Herzschlag später, sie suchte gerade den Wald nach einem Hinweis auf das ab, was sie in Alarmbereitschaft versetzt hatte, spürte sie, wie Ewan sich anspannte.

»Feinde?«, fragte sie fast flüsternd, als sie zusammen mit ihm aufstand. »So nah an Euren Ländereien?«

»Auf jeder Seite und um jede Ecke«, knurrte er. »Wie schnell könnt Ihr laufen?«

»Wenn wir nicht aneinandergefesselt wären, könnte ich Euch bis zum Lager überholen.«

»Es reicht im Augenblick, wenn Ihr mit mir Schritt halten könnt.« Sein Blick fiel auf einen Sonnenstrahl, der im dichten Wald jenseits des Baches Metall aufleuchten ließ. »Jetzt.«

Sie waren noch nicht weit gelaufen, da zog Fiona ein wenig vorneweg, und Ewan erkannte, dass sie nicht selbstgefällig geprahlt hatte. Sie war nicht nur schnell, sondern auch gelenkig und umging oder übersprang behände jedes Hindernis, das ihnen im Weg lag. In der Sekunde, in der sie das Lager erreichten, löste er das Seil von ihren Handgelenken und befahl seinen Männern kurz und knapp, sich auf einen Angriff vorzubereiten. Fiona schob er auf Simon zu und hieß den Jungen, sie zu bewachen und zu beschützen.

Fiona musste ihren Protest unterdrücken, als Simon sie zu einer Stelle nahe der Pferde zog, die sich im Rücken von Ewan und seinen Männern befand. Es war jetzt keine günstige Zeit, um einen Wortwechsel über ihr Recht und ihre Fähigkeit, sich selbst zu verteidigen, vom Zaun zu brechen. Trotzdem wünschte sie sich ein Schwert. Es fühlte sich nicht gut an, völlig unbewaffnet dazustehen, einen sechzehnjährigen Jungen als einzigen Schutz gegen jeglichen Feind, der vielleicht das Lager stürmen würde.

Der Feind stürmte das Lager nur einen Augenblick später. Sie schwärmten aus zwei verschiedenen Richtungen derart schnell und lautlos aus dem Wald, dass es Fiona überraschte, dass die MacFingals nicht einen Moment lang in einem gefährlichen Zögern verharrten. Stattdessen begegneten sie dem Angriff mit Ehrfurcht gebietender Schnelligkeit und Heftigkeit. Obwohl Simon seine Aufgabe, nach heranschleichenden Männern Ausschau zu halten, auf bewundernswerte Weise erledigte, tat Fiona es ihm nach. Ein besonders wachsames Auge warf sie auf die Pferde. Dies mochte vielleicht kein Raubüberfall sein, aber es würde trotzdem niemanden davon abhalten, alles zu stehlen, was ihm in die Hände kam.

Die MacFingals dezimierten erfolgreich ihre Gegner, obwohl die Chancen beinahe drei zu eins gegen sie standen, und Fiona fing an, sich zu entspannen. Sie hasste Kämpfe und Blutvergießen, war aber froh, dass ihr Geiselnehmer und seine Gefolgsleute so geschickt waren.

Sorgen bereitete ihr dagegen das, was die große Geschicklichkeit der MacFingals besagte: Es schien, als wären sie viel zu sehr an Leute gewöhnt, die versuchten, sie umzubringen. Der Aufenthalt bei den MacFingals mochte ihr zwar zu einem Zufluchtsort verhelfen, an dem Menzies sie nicht fand, doch allem Anschein nach war es kein sonderlich sicherer Zufluchtsort.

Gerade als der Feind den Rückzug antrat, entfuhr Simon ein Fluch, und er schob Fiona noch weiter hinter sich. Ein großer, schmutziger und stark behaarter Mann rannte auf sie beide zu und blieb erst unmittelbar vor Simons Schwertspitze stehen. Der Mann grinste, wobei durch seinen fettigen Bart hindurch verfaulte Zähne zum Vorschein kamen. Fiona spannte sich an, als ihr auffiel, dass keiner der anderen MacFingals entdeckt hatte, wie dieser Gegner hinter ihren Rücken geschlüpft war. Instinktiv spürte sie, dass Simon trotz seiner Jugend mit dem Schwert gewandt umgehen konnte, doch er stand vor einem Mann, der knapp dreißig Zentimeter größer war als er selbst und wesentlich mehr wog.

»Gib auf, Jungchen. Gegen mich kommst du nicht an«, grollte der Mann.

»Es wird mich nicht einen Tropfen Schweiß kosten, Euch zu schlagen«, entgegnete Simon ironisch.

Fiona musste zugeben, dass dieser kleine Simon ein beeindruckend schauderhaftes Grinsen zustande brachte.

»Eine prahlende kleine Made, das bist du. Ich habe vor, dich aufzuschlitzen, Kind. Und danach beackere ich das Mädchen auf deinem blutigen Kadaver.«

Etwas an der Art, wie Simon sein Gewicht von einem Fuß auf den anderen verlagerte, verriet Fiona, dass das Gefecht seinen Anfang nahm. Sie verwünschte ihre Hilflosigkeit und entfernte sich von Simon, um ihn in keiner Weise zu behindern. Trotz der anderen Kampfgeräusche, die an ihr Ohr drangen, fuhr sie bei dem ersten Aufeinanderprallen der Schwerter zusammen. Schnell zeigte sich Simons größere Geschicklichkeit, doch ihr war klar, dass das vielleicht nicht reichte. Wenn sein größerer und stärkerer Widersacher lange genug durchhielt, konnte er Simon aufreiben. Hinzu kam die einfache Tatsache, dass Simon erst sechzehn Jahre alt war und sich noch nicht die Kampferfahrung angeeignet hatte, die sein Gegner besaß.

Sie sah sich nach Hilfe um. Ihre Waffen befanden sich bei den Pferden, doch sie widerstand ihrem Bedürfnis, sie zu holen. Zum einen hätte sie sich in Gefahr gebracht, hätte sie das offene Stück Land mitten in einer Schlacht unbewaffnet überquert, zum anderen hätte es Simon verhängnisvoll ablenken können, wenn er bemerkte, dass sie sich von der Stelle rührte.

Ein Aufschrei von Simon lenkte all ihre Aufmerksamkeit wieder auf ihn. Er blutete aus einer, wie es schien, ernst zu nehmenden Wunde am Arm. Auch wenn es nicht der Arm war, mit dem er das Schwert hielt, würde ihn der Blutverlust schnell schwächen. Sie betete innig, während sie erneut nach etwas, das sie als Waffe benutzen konnte, Ausschau hielt. Zu ihrer Rechten musste sie ein Ächzen und einen dumpfen Aufschlag vernehmen. Einer der Widersacher war verwundet aus der Schlacht getaumelt und aufgrund seines Blutverlustes nur wenige Schritte von ihr entfernt zusammengebrochen. Es war eine reichlich schauerliche Erhörung ihres Gebets, doch Fiona hatte nicht vor, es zu verschmähen. Sie zögerte nicht, den gefallenen Mann von Schwert und Dolch zu befreien.

Gerade als sie sich wieder zu Simon umwandte, sah sie ihn straucheln. Der Junge war dem Schwert seines Feindes nicht weit genug aus dem Weg gesprungen und hatte nun auch eine Bauchwunde. Simon ging in die Knie, und sein Gegner grinste. Die Art, wie er sein Schwert schwang, verriet Fiona seine eindeutige Absicht, Simon den Kopf von den Schultern zu trennen. Sie zögerte nicht und hieb dem großen Mann ihr Schwert in die Seite. Als er aufbrüllte und sich nach ihr umdrehte, versenkte sie den Dolch in seinem Herzen. Er taumelte einen Schritt zurück und fiel langsam zu Boden, sein Blick ließ nicht eine Sekunde von ihrem Gesicht.

Fiona überkam ein Schauder, sie war entsetzt über das, was sie getan hatte, auch wenn es absolut notwendig gewesen war. Sie beobachtete, wie das Leben aus den Augen des Mannes wich, und kämpfte gegen Übelkeit an. Ganz sicher würde sie dies geraume Zeit in ihren Träumen verfolgen.

Allmählich wurde sie gewahr, dass der Kampf zu Ende war, und sie fragte sich, wie lange sie wohl auf das grauenhafte Ergebnis ihrer Handlung gestarrt haben mochte. Fiona zwang sich, ihre Aufmerksamkeit auf Simon zu richten, der noch immer auf dem Boden kniete. Sie kauerte sich neben ihn, und da kamen auch schon Ewan und Gregor auf sie zugelaufen. Vermutlich würde sie die erstaunten und respektvollen Blicke, die beide Männer ihr schenkten, erst richtig zu schätzen wissen, wenn sie sich von dem Entsetzen, einen Menschen getötet zu haben, erholt hatte.

»Legt Simon auf eine Decke und macht seine Wunden frei.« Sie zog sich hoch. »Ich werde den kleinen Lederbeutel von meinem Sattel brauchen. Gleich bin ich wieder da.« Sie eilte zum Wald, wohl wissend, dass sie den Brechreiz nicht mehr länger unterdrücken konnte.

»Solltest du ihr nicht folgen?«, fragte Gregor, der Simon auf die Arme nahm.

»Nein, sie kommt zurück.« Ewan ging zu den Pferden, um zu holen, was sie zu Simons Pflege brauchte. »Sie wird zurückkommen, um Simons Wunden zu versorgen.« Ewan war über seine Gewissheit selbst überrascht.

»Wenn sie ihn versorgen will, warum läuft sie dann überhaupt weg?«

»Ich habe den Verdacht, dass sie weggegangen ist, um ihren Magen in einen der Büsche zu entleeren.«

»Aha, ja, das habe ich auch gemacht, als ich noch ein Junge gewesen bin.«

Bis Ewan und Gregor Simon auf die Decke gelegt und sein Hemd entfernt hatten, schien der Junge ein wenig aufzuleben. »Sie hat sich wie ein Blitz bewegt, Ewan«, sagte er mit belegter Stimme, während Ewan das Blut von seinem Körper wischte.

»Ja, sie war schnell«, stimmte ihm Ewan zu, froh darüber, dass die Wunden oberflächlich waren.

»Ich habe dich enttäuscht. Hätte sie nicht die Waffen entdeckt, wäre sie gestorben, sobald der Mann mit mir fertig gewesen wäre.«

»Du hast mich nicht enttäuscht. Dieser Mann war größer, kräftiger, kampferprobt und hatte die längere Reichweite. Du hast die Fähigkeit, die Auseinandersetzung mit einem ebenbürtigen Gegner oder einen gerechten Kampf zu gewinnen. Du musst nur noch die Fertigkeiten erlernen, mit denen man einen ungleichen oder unfairen Kampf gewinnt. Sobald du wieder gesund bist, werden wir mit diesen Übungen beginnen.«

Ewan sah Fiona zurückkommen. Sie ging mit festem Schritt, wirkte aber bleich.

Er war froh, dass die Leiche des Mannes, den sie getötet hatte, inzwischen entfernt worden war. Sie musste eine ruhige Hand und einen klaren Kopf haben, um Simon zu versorgen.

»Ihr habt mir das Leben gerettet«, begann Simon, als Fiona sich neben ihn kniete, wurde aber sofort beschwichtigt, indem sie ihm den Finger auf den Mund legte.

»Du hast dich zwischen ein Schwert und mein Herz gestellt. Es war meine Pflicht, dafür zu sorgen, dass du nicht deswegen stirbst. Jetzt lass uns nach deinen kleinen Wunden sehen.«

»Wisst Ihr viel über die Behandlung von Wunden?«, fragte Ewan.

»Ja, mir wurde von unserer Gilly und ihren Verwandten eine ganze Menge in Sachen Heilkunde beigebracht.« Sie wusch Simons Wunden aus und untersuchte sie sorgsam nach eventuell hängen gebliebenem Schmutz oder Stoffresten. »Es sind keine sonderlich schlimmen Wunden. Sie haben reichlich geblutet und sich selbst gereinigt. Ein bisschen Salbe, ein paar Stiche und etwas Ruhe, bis sie sich geschlossen haben, und alles ist wieder gut.«

»Kann man ihn denn von der Stelle bewegen, sobald Ihr ihn genäht habt?«

»Wie weit müsst ihr noch reisen, und ist es holpriger Untergrund?« Fiona hätte es für besser gehalten, wenn er die Möglichkeit gehabt hätte, sich ein paar Tage auszuruhen, bevor er transportiert wurde, verstand aber, dass ihre Sicherheit es erforderte, diesen Ort zu verlassen.

»Fast einen halben Tag, aber es ist kein allzu anstrengender Ritt. Eine Trage wäre nicht zu uneben für ihn.«

»Und ist es unbedingt nötig, dass wir schon jetzt abreisen? Haltet ihn bitte fest. Ich fürchte, Simon, das hier wird etwas brennen.« Sobald Gregor und Ewan Simon auf die Decke gedrückt hatten, wusch Fiona seine Wunden mit Whiskey. »Oh gut, er ist dadurch ohnmächtig geworden.«

»Warum schüttet Ihr das auf seine Wunden?«

»Es hat sich als hilfreich erwiesen. Die Wunden scheinen sich nicht zu infizieren, wenn man sie in dem Getränk badet. Seid bitte so nett und haltet ihn weiterhin fest, ich werde ihn jetzt nähen.«

Ewan beobachtete ihr geschicktes Vorgehen. Sie nähte schnell und ordentlich. Simon würde zwar Narben zurückbehalten, aber ihre kleinen, sauberen Stiche würden dafür sorgen, dass diese Narben nicht aussehen würden wie die hässlichen, zackigen, die sein Fleisch zeichneten. Die Zügigkeit und die Geschicklichkeit, mit denen sie vorging, versicherten ihm, dass sie weder gelogen noch geprahlt hatte, als sie behauptete, Kenntnisse in der Heilkunde zu besitzen. Schließlich erinnerte sich Ewan an ihre Frage zur Notwendigkeit von Simons Transport.

»Die Männer, die uns angriffen, waren Grays«, erzählte er, während sie mit dem Nähen zum Ende kam und Simons Wunden mit einer Salbe bestrich. »Einige flohen. Sie könnten weitere Männer zusammensammeln und innerhalb weniger Stunden zurückkehren. Jetzt, wo sie wissen, dass wir hier sind, werden sie meiner Meinung nach genau das tun.«

»Dann war das also kein von vornherein geplanter Überfall?« Sie befestigte das Ende der Bandage, die sie um die Wunde auf Simons Arm gewickelt hatte, und begann mit Gregors Hilfe den Verband um den Bauch des Jungen anzulegen.

»Nein, ich glaube, sie sind einfach über uns gestolpert. Trotzdem bin ich mir sicher, dass sie darauf brennen, es noch einmal zu versuchen.«

»Dann reisen wir weiter. Kann man Simon auf eine Trage legen, ohne dass uns das zu viel Zeit kostet?«

»Ja, das hatte ich vor. Aus diesem Grund rechne ich damit, dass wir einen halben Tag bis auf Scarglas brauchen.«

Fiona nickte und stand auf. »Macht das Lager auf der Trage mit Decken so weich wie irgend möglich und bindet ihn fest. Es wird die Härten der Reise mildern.« Sie hob ihren Beutel hoch. »Ich sehe nach, ob es noch weitere Wunden gibt, die es zu behandeln gilt.«

»Ein paar kleine. Wir hatten Glück und verloren niemanden. Die Warnung kam früh genug, um bereit für sie zu sein.«

Ewan beobachtete, wie sie sich zu seinen Männern begab, während er zwei Leute damit beauftragte, eine Trage für Simon herzustellen. Sie litt an dem, was sie getan hatte. Er konnte es an ihren Augen sehen, in ihrer Stimme hören. Obwohl jemand sie im Kämpfen unterwiesen hatte, und zwar gut unterwiesen hatte, hatte sie, dessen war sich Ewan sicher, nie zuvor einen Menschen getötet.

Er seufzte und verspürte sowohl Bedauern als auch Wut. Wegen seiner Familie hatte sie nun Blut an den Händen kleben. Sein rücksichtsloser Vater hatte dafür gesorgt, dass sie ringsum von Feinden umzingelt waren, von denen zu viele es gerne gesehen hätten, die Welt von jedem zu befreien, der Scarglas als sein Zuhause betrachtete. Ewan konnte sich nicht mehr daran erinnern, wann er einen Tag oder auch nur eine Stunde verbracht hatte, ohne Ausschau nach einem Überfall zu halten – sofern es überhaupt jemals so einen Augenblick gegeben hatte.

Es war nicht richtig, sie mitten in all diese Probleme hineinzuziehen, dennoch hatte er keine andere Wahl. Er konnte sie nicht allein über ein solch gefährliches Land reisen lassen, noch konnte er seinen Clan der Chance auf das dringend notwendige Lösegeld für sie berauben. Er konnte sich lediglich nach Kräften darum bemühen, dass ihr Aufenthalt in diesem von Dunkelheit umgebenen Land nicht länger dauerte als unbedingt nötig.

Was allerdings nicht leicht sein würde, wenn sie sich weiterhin weigerte, ihnen zu sagen, wer sie war und woher sie kam, dachte er bei sich, während er mithalf, die Trage für Simon zu bauen.

Ewan zog es in Erwägung, sie zu bedrohen, sie zu ängstigen, damit sie ihm alles sagte, was er wissen musste, schob diese Idee aber von sich. Zum einen zweifelte er daran, dies wirkungsvoll tun zu können, da er keine dieser Drohungen wirklich umsetzen konnte, zum anderen bezweifelte er, dass es funktionieren würde. Sein Instinkt sagte ihm, dass Drohungen und Einschüchterungen von Fiona entweder nicht geglaubt würden oder sie sich noch entschiedener weigern würde, ihm etwas zu erzählen.

Sobald sie zur Abreise bereit waren, sah sich Ewan mit einem weiteren Problem konfrontiert. Eigentlich sollte die Lösung einfach sein, doch seine eigenen widersprüchlichen Gefühle verkomplizierten es. Fiona hatte mit jemandem zu reiten, doch es widerstand ihm, dass sie den Sattel mit einem seiner Männer teilen sollte.

Mit insgeheimen Verwünschungen setzte er sie in seinen eigenen Sattel und stieg hinter ihr auf. Ihre so unmittelbare Nähe würde den Ritt auf Scarglas lang und beschwerlich werden lassen. Doch unglücklicherweise würde ihr Ritt in den Armen eines anderen Mannes wahrscheinlich noch schlimmer für ihn sein.

Nachdem er nur eine Stunde damit zugebracht hatte, ihren schlanken Körper seinem so nahe zu spüren und bei jedem Atemzug ihren Duft einzuatmen, war Ewan klar, dass er mehr Abstand oder Ablenkung brauchte.

»Wart Ihr heute zum ersten Mal in eine Kampfhandlung verwickelt?«

»Ja.« Fiona kämpfte gegen ihr Bedürfnis, sich an ihn zu schmiegen. »Ich war bei ein paar kleinen Scharmützeln dabei, habe sogar ein oder zwei Männer verletzt, aber ich habe nie einen Menschen getötet.« Sie zitterte, als ihr das Bild von den leeren, starren Augen des Mannes vor Augen stand.

»Er war im Begriff, Simon den Kopf von den Schultern zu trennen.«

»Ich weiß.« Das Gefühl ließ sie frösteln, und ihr Körper schmerzte von der Anstrengung, Abstand von ihm zu halten, und so begann sich Fiona vorsichtig an ihn zu lehnen. »Ich hatte keine andere Wahl. Selbst wenn ich es ertragen hätte, Simon sterben zu lassen, hätte ich es dennoch tun müssen. Sobald Simon am Boden gewesen wäre, wäre der Mann auf mich losgegangen.«

Sie seufzte und ließ sich noch ein bisschen mehr an Ewans breite Brust sinken. »Ich hatte immer Angst gehabt, dass ich zögern würde, wenn es tatsächlich einmal dazu käme, dass ich einen Mann töten müsste.«

»Aber das habt Ihr nicht.«

»Nein, Gott hat meine Seele gerettet, nicht ich habe es getan. Mein Bruder hatte recht, als er meinte, wenn ich einem gegenüberstehe, der mich oder jemanden, den ich lieber am Leben sähe, töten will, würde ich in der Lage sein, würde ich das Verlangen haben, das zu tun, was ich tun muss. Ich wünschte nur, er hätte nicht auch darin recht behalten, wie ich mich fühlen würde, sobald ich wieder in Sicherheit bin.«

»Das geht vorüber. Allem Anschein nach ist Euer Bruder ein kluger Laird.«

Sie lachte leise, während sie spürte, wie ihr die Erschöpfung die Glieder schwer werden ließ. »Nicht immer, aber er weiß, wie er für unsere Sicherheit sorgen kann.«

Fiona verspürte das ungute Gefühl, dass sie Ewan eben einen Hinweis auf ihre Herkunft gegeben hatte, war aber zu müde, um sich darüber Gedanken zu machen. Ein kleiner Hinweis würde ihm nicht viel weiterhelfen, und sie würde in Zukunft einfach vorsichtiger auf Fallen achten. Zu viele sorglos geäußerte kleine Hinweise konnten sich schnell summieren, um ein Ganzes daraus entstehen zu lassen, und ihr Spiel beenden.

Nachdem sie geschlafen hatte, würde sie sich alles ins Gedächtnis rufen, was ihr vielleicht schon entschlüpft war, und allen gegenüber vorsichtiger bei ihren Antworten und in ihren Unterhaltungen sein. Sie schloss die Augen und betete, dass die Erschöpfung die Albträume für eine Weile von ihr fernhalten würde.

Ewan verzog das Gesicht, als sein Körper sofort auf die zarte Frau reagierte, die sich an seinen Körper lehnte, doch dann schmunzelte er. Fiona war in Sachen Betrug nicht ganz so geschickt.

Sie konnte nicht die ganze Wahrheit für sich behalten. Es würde keiner Drohungen seinerseits bedürfen, sondern nur Zeit brauchen.

Wenn sie entspannt war, sprach sie frei von der Leber weg und war nicht in der Lage, ihre Zunge so streng zu bewachen, wie sie es tun müsste. Er würde jeden ermahnen, allem, was sie sagte, so genau wie nur möglich zuzuhören. Es würde Zeit kosten, aber er war überzeugt, dass Fiona Stück für Stück verraten würde, wer sie war, zu wem sie gehörte und woher sie kam.

Er ließ seinen Arm um ihre schlanke Taille gleiten, um sie festzuhalten, und sagte sich, dass er zufrieden sei. Streng sagte er sich zudem, dass er froh sein würde, sie wieder gehen zu sehen, und überging dabei die höhnische innere Stimme, die ihn einen Lügner nannte.

4

›Einschüchternd‹ war das erste Wort, das Fiona in den Sinn kam, als sie einen ersten Blick auf Scarglas werfen konnte. Finster, unheimlich und einsam wirkte es als Nächstes auf sie. Die Art und Weise, wie es vor ihnen auftauchte, klopfte an eine Erinnerung in Fionas Kopf. Sie ließ sie an Hexerei und Mord denken, ohne dass sie wusste, warum. Hatte sie jemals von Scarglas oder den MacFingals gehört, war momentan diese Erinnerung widerspenstig und ließ sie nicht an sich herankommen.

Die Burg von Scarglas lag inmitten einer gnadenlos gerodeten Landschaft. Ihre äußeren Mauern waren dick und hoch. Diese wurden von einem breiten Graben umschlossen, der wahrscheinlich gefährlich tief war. Mehrere Meter außerhalb des Burggrabens befand sich eine rundherum führende Böschung von der Größe eines Mannes – ein weiteres Hindernis, das ein Widersacher überwinden musste, bevor er zu den tückisch hohen Mauern gelangen konnte. In der Ferne konnte Fiona in direkter Verbindung mit den vier Ecken der Burg die Spitzen von vier hölzernen Wachtürmen sehen. Alles an Scarglas zeugte von einer Burg, die sich in ständiger Belagerung befand.

Der Durchgang durch die hohe Böschung war kaum groß genug für einen Karren. Es überraschte Fiona nicht, dass die Brücke über den Wall nicht anders war. Kein Feind würde sich den hohen, eisenbeschlagenen Toren von Scarglas in größerer Anzahl nähern können. Der enge Streifen Land zwischen dem Wall und dem Mauersockel war übersät mit kleinen Steinhütten. Fiona erkannte darin ein weiteres Hindernis. Selbst wenn die strohgedeckten Dächer in Brand gesetzt würden, würde das die Angreifer weitaus stärker aufhalten als die Verteidiger. Und es war zu bezweifeln, dass solche Feuer den Mauern etwas anhaben konnten.

Sie fragte sich, wie lange die MacFingals schon in Besitz von Scarglas sein mochten. Einen solchen Ort zu errichten musste viele Jahre in Anspruch nehmen und eine Menge Geld kosten, was die wenigsten Schotten besaßen. Wenn dieser Clan schon lange auf diesen Ländereien saß, warum hatte sie dann nie von ihm gehört? Fiona wusste, dass ihre Kenntnisse über die verschiedenen Clans nicht sehr groß waren, aber ganz gewiss hätte man von einem Clan, der so streitsüchtig war, dass er von Gegnern umringt war, gesprochen. Dennoch hatte sie kein Wort über ihn gehört oder konnte sich zumindest an keines erinnern.

Die flüchtige Sicht auf ein Dorf nördlich der Burg und einen faszinierenden Kreis von aufrecht stehenden Steinen im Süden schwächten den kahlen Anblick der Burg ab – allerdings nicht sehr. Fiona unterdrückte ein Schaudern, als sie durch die Tore ritten. Scarglas war eindeutig befestigt genug, um sie vor Menzies zu schützen, sollte er jemals in der Lage sein, ihrer Spur bis hierher zu folgen. Unglücklicherweise machte es aber den Eindruck, als würde das Verstecken vor dem einen Mann dazu führen, dass sie ihren Weg mit einer Menge anderer Männer kreuzte, die darauf brannten, diesen Ort dem Erdboden gleichzumachen. Es war vielleicht an der Zeit, ihr Vorhaben zu überdenken.

Ewan ließ sie gerade zu Boden, als ein großer Mann aus der Burg sprengte. Er schwang die schweren Türen, die unheilvoll mit eisernen Spitzen dekoriert waren, auf, als würden sie nichts wiegen. Auch wenn sein Haar weiß war, war die Ähnlichkeit mit Ewan nicht zu verkennen. Fiona bereitete sich innerlich darauf vor, dem Mann zu begegnen, der offensichtlich Kinder und Feinde mit gleicher Hingabe zeugte. Es verärgerte sie, dass er sie restlos überging.

»Du warst in einen Kampf verwickelt, nicht wahr, Junge?«

Er warf nur einen kurzen Blick auf Simon. »Hast du den Knaben verloren?«

»Nein, Simon ist nur verwundet«, antwortete Ewan. »Es waren die Grays.«

»Haben sie dir eine Falle gestellt?«

»Nein, ich glaube, sie sind einfach über uns gestolpert und dachten, sie hätten genug Leute, um uns zu schlagen.«

»Ha! Die Grays waren schon immer Idioten. Hast dir also eine Gefangene genommen, äh?« Der Mann schaute Fiona stirnrunzelnd an. »Sie sieht nicht unbedingt wie eine Gray aus.«

»Wir haben sie nicht von den Grays«, begann Ewan.

»Aha, du hast also endlich eine Braut gefunden. Das freut mich, Jungchen. Ich hatte schon angefangen, mir Sorgen zu machen.«

Fiona bemerkte die Röte auf Ewans dunklen Wangen. »Sorgen wegen was?«, fragte sie, doch beide Männer ignorierten sie.

»Sie ist nicht meine Braut. Wir haben sie gefunden, verirrt und zu Fuß unterwegs, und beschlossen sie festzuhalten, bis sie uns sagt, wer ihr Clan ist. Dann können wir sie gegen Lösegeld zurückgeben.« Ewan bemerkte das verräterische, lüsterne Glitzern in den Augen seines Vaters, während er Fiona musterte, nahm sie am Arm und zog sie ein wenig näher zu sich. »Vater, das ist Fiona. Fiona, mein Vater, Sir Fingal MacFingal.«

»Fiona was? Woher?«, fragte Sir Fingal mit finsterem Blick.

Fiona sah ihn ihrerseits finster an. »Nur Fiona. Das ist alles, was ich bereit bin zu sagen.«

»Ewan, ich denke, es ist besser, dass sie nicht deine Braut ist.« Sir Fingal musterte Fiona von oben bis unten auf eine Weise, dass Sie ihn am liebsten geohrfeigt hätte. »Zu klein, angezogen wie ein Junge, und sie hat Narben.«

Es fiel ihr nicht leicht, aber Fiona widerstand dem Drang, ihre vernarbten Wangen mit den Händen zu bedecken. Dieser Mann war beleidigend, überheblich und ungehobelt, doch das waren nicht die Gründe dafür, warum sie eine herzhafte Abneigung gegen ihn entwickelte. Es war das Verhalten dieses Mannes gegenüber Simon, weswegen sie ihm am liebsten einen Fußtritt versetzt hätte. Sir Fingal schien die Möglichkeit, dass der Junge, sein eigener Sohn, tot sein könnte, völlig unberührt zu lassen. Er hatte kaum einen Blick auf ihn geworfen und, als man ihm sagte, dass Simon nur verwundet sei, nicht einmal nachgefragt, wo oder wie schwer.

»Wir müssen Simon zu Bett bringen«, warf Fiona ein und sah zu Ewan hoch. »Ich muss mir seine Wunden ansehen.«

»Mab wird sich um den Jungen kümmern«, entgegnete Sir Fingal und sah zur Burg.

Fiona folgte seinem Blick und entdeckte eine kleine, mollige Frau auf sie zuhasten. Ihr grau werdendes hellbraunes Haar bildete um ihr Gesicht ein wildes Durcheinander, und ihre Kleider wirkten ebenso unordentlich. Sie blieb alle paar Schritte stehen, um etwas aufzuheben, das sie fallen gelassen hatte, und es in den überfüllten Korb zu werfen, der heftig an ihrem Arm hin und her schaukelte. Falls ihre Heilmittel in diesem Korb waren, waren sie jetzt reichlich mit Schmutz vom Boden des inneren Burghofes bedeckt.

Gerade als Fiona im Begriff war, der Frau höflich zu befehlen, ihnen fernzubleiben, erhaschte sie einen genauen Blick auf ihr Gesicht. Es lag eine Milde und eine Liebenswürdigkeit darin, die, wie Fiona meinte, aus dem tiefsten Herzen kamen. Mab verzog verwirrt das Gesicht, als sie die diversen Verbände der Männer bemerkte. Fiona fing ein Aufleuchten von Enttäuschung einerseits und Ängstlichkeit andererseits in ihrem Gesicht auf und legte innerlich die Stirn in Falten. Zweifelsohne war Mab die Heilkundige auf Scarglas, und Fiona war eben in ihr Territorium eingedrungen. Die Tatsache, dass Mab eher unbehaglich als wütend wirkte, verriet Fiona, dass sie sich in der Position, die sie für sich beanspruchte, nicht sicher fühlte. Mab würde nicht kämpfen, wenn Fiona sie verdrängen würde, aber Fiona würde sich in diesem Fall wie ein Unmensch fühlen.

»Ich versorgte die Wunden, Mistress Mab.« Fiona registrierte, dass Mabs große braune Augen nur Neugierde ausdrückten, als die Frau sie anschaute. »Es hat einen Kampf gegeben, aus dem ein paar Männer blutend hervorgingen, und ich dachte mir, sie würden den Rest der Reise hierher angenehmer bewältigen, wenn die kleinen Löcher gestopft sind.«

»Ihr kennt Euch ein bisschen in der Heilkunde aus?«, fragte Mab.

»Ein wenig. Ich habe etwas Unterricht erhalten, wurde von verschiedenen namhaften Heilerinnen unterwiesen.«

»Von wem? Vielleicht kenne ich ja einen Namen.«

Fiona überlegte sich ihre Antwort genau, bevor sie sie zum Besten gab. »Als ich jünger war, verbrachte ich einige Zeit mit Lady Maldie Murray.«

Sie fand, dass diese Äußerung vage genug klang und somit für Ewan unbrauchbar war.

Mab schnappte nach Luft und schlug ihre kleinen, plumpen Hände über ihrem ausladenden Busen zusammen, was dazu führte, dass mehrere Gegenstände aus dem Korb heraus zu Boden fielen. »Oh, was habt Ihr für ein Glück. Lady Maldie ist eine hochgelobte Heilerin. Was hätte ich sie gerne getroffen, bevor ich auf Scarglas gekommen bin.«

Fiona wusste nicht so recht, warum Mabs Ankunft auf Scarglas eine Begegnung mit Lady Maldie auf immer unmöglich machen sollte. Sie hob Mabs Sachen auf und legte sie in den Korb zurück. Irgendwie musste sie die Frau davon abhalten, etwas von diesen schmutzigen Dingen für die Wunden der Männer zu gebrauchen. Sie konnte die Frau nicht beschämen oder sie von ihrem Platz im Clan verdrängen, aber Fiona musste Mab ein paar Dinge beibringen, bevor sie Scarglas wieder verließ.

»Vielleicht solltest du einen Korb mit Deckel finden oder wie ich einen Beutel benutzen. Es würde dir die zusätzliche Arbeit ersparen, die Sachen, die auf den Boden fallen, wieder sauber zu machen.« Fiona konnte Mabs Gesichtsausdruck ablesen, dass diese nicht die Absicht hatte, die Sachen zu reinigen, und ihr auch nicht klar war, warum sie es tun sollte.

»Oh, selbstverständlich. Ich war in solcher Eile, um die Jungen zu sehen, müsst Ihr wissen, dass ich einfach nur all meine Sachen in das Erstbeste geworfen habe, das ich gefunden habe.«

Im Stillen seufzte Fiona sehr erleichtert auf. Sie hatte einen gangbaren Weg gefunden. Leicht würde es nicht sein, jede Unterweisung so klingen zu lassen, als würde sie nur einfach etwas aussprechen, was Mab bereits wusste, doch sie würde es versuchen. Ihr Instinkt sagte ihr, dass Mab es ihr nicht übel nehmen würde, würde sie sich offener äußern, doch das wollte Fiona nur machen, wenn sie allein sein oder Mab eine Frage stellen würde. Irgendwie wusste sie, dass Mab ihren Platz als Heilerin im Clan verzweifelt nötig hatte, und Fiona hätte niemals so grausam sein können, ihn ihr wegzunehmen, zumal sie nicht sehr lange auf Scarglas bleiben würde.

»Ich brauche ein Bett für Simon, Mistress, damit wir nach seinen Wunden sehen können. Durch den Ritt hierher öffneten sie sich vielleicht.«

»Selbstverständlich, selbstverständlich.« Mab sah zu den beiden Männern, die Simons Trage vom Rücken von Gregors Pferd abgespannt hatten. »Könnt ihr uns bitte mit dem Jungen folgen?« Mab ergriff Fiona am Arm und führte sie in Richtung Burg. »Es ist wunderbar, mit jemandem zu sprechen, der von Lady Maldie Murray Unterricht bekommen hat. Einfach wunderbar. Ihr müsst wissen, dass ich immer versuche, Heilmittel zu finden. Meine Aufgabe auf der Burg ist es, die Jungs gesund zu machen. Kürzlich habe ich einen Balsam zusammengemischt, der Narben verschwinden lässt. Ich werde Euch etwas davon geben.«

Ein Blick über die Schulter brachte Fiona in Augenkontakt mit Ewan und Gregor. Beide Männer schüttelten schnell den Kopf, und sie verstand. Mabs empfindliche Gefühle wurden offensichtlich von einer ganzen Reihe von Leuten behütet.

Mabs Heilmittel musste man allerdings meiden. Irgendwie musste sie Mab davon überzeugen, dass sie mit ihren Narben glücklich und zufrieden war. Da es sich dabei um eine Lüge handelte, würde es nicht einfach sein. Fiona schob diese Sorge von sich und folgte Mab in die Burg, wobei sie sich zwang, ihre Gedanken auf die wichtigere Angelegenheit von Simons Pflege zu konzentrieren.

»Ich dachte, du hättest gesagt, sie sei eine Geisel«, brummte Sir Fingal, der Mab und Fiona einen grimmigen Blick hinterherschickte.

»Das ist sie auch«, bestätigte Ewan, der ebenfalls zur Burg ging. Gregor und sein Vater fielen links und rechts von ihm in seinen Schritt ein.

»Sie benimmt sich nicht wie eine. Ich weiß nicht, ob es so klug ist, einer Geisel die Wunden unserer Männer anzuvertrauen.«

»Fiona hat eine wahre Begabung. Und sie wird sie nicht gegen die Männer benutzen.«

»Wie kannst du dir da so sicher sein? Du weißt nicht, wer das Mädchen ist. Einer unserer Feinde hat sie vielleicht hierhergeschickt. Sie könnte hier sein, um mich oder dich umzubringen oder uns auszuspionieren.«

Ewan dachte über diese Möglichkeit nach, als er die große Halle betrat, konnte aber nicht den kleinsten Funken Argwohn in sich wecken. Das war ungewöhnlich, da er vor langer Zeit schon gelernt hatte, kein sonderlich großes Vertrauen in Frauen zu setzen. Der Gedanke, dass er sich von körperlicher Lust und einem Paar wunderschöner violetter Augen den gesunden Menschenverstand rauben lassen würde, gefiel ihm nicht.

Er, Gregor und sein Vater nahmen ihre Sitze am Haupttisch ein und zwei Mägde stellten eilig Bier, Brot und Käse vor sie hin. Ewan spürte, wie sein flüchtig schwankendes Vertrauen wiederkehrte. Er konnte Fiona die Pflege von Simon anvertrauen, ja von jedem auf Scarglas.

Die Art und Weise, wie sie die Verletzungen Simons und seiner Männer behandelt hatte, verriet, dass sie durch und durch eine Heilerin war. Sie würde diese Fähigkeit niemals anwenden, um Schaden anzurichten.

In allen anderen Belangen, die sie betrafen, würde er klug daran tun, vorsichtig zu sein, jedes ihrer Worte und jede ihrer Handlungen genau abzuwägen. Trotz der Warnung wollte er nicht so recht glauben, dass Fiona geschickt worden war, um sie auszuspionieren. Ihr Zusammentreffen konnte unmöglich geplant worden sein. Allerdings konnte es sein, dass sie nach Scarglas unterwegs gewesen war, um sie auszuspionieren, und dabei zufällig ihren Weg gekreuzt hatte. Frauen, insbesondere junge, schöne Frauen, stellten ausgezeichnete Waffen und Spione dar. Dies würde er sich immer wieder in Erinnerung rufen müssen.

»Wie seid ihr an sie geraten?«, wollte Fingal wissen.

Gregor antwortete ihm, während Ewan Bier trank, seinen Hunger mit Brot und Käse stillte und nur halb zuhörte. Seiner Meinung nach fand Gregor die Begegnung viel zu belustigend. Später, wenn er dieses unkluge Angezogenwerden von Fiona mühsam im Griff haben würde, würde auch er es amüsant finden. Doch im Augenblick konnte er Fionas Eindringen in sein Leben nur als Fluch betrachten. Es schien ihm zudem kein gutes Zeichen, dass sein Vater an dieser Geschichte nichts Erheiterndes fand. Sein Vater sah um jede Ecke Feinde, und auch wenn er viel zu viele hatte, übertrieb er es oftmals mit der Vorsicht.

»Das ist alles äußerst verdächtig«, knurrte Fingal. »Ich finde, wir sollten das Mädchen hinauswerfen.«

»Nein«, entgegnete Ewan. »Du kannst nicht ein kleines Mädchen, wie sie es ist, alleine hinausschicken. Draußen lauern viel zu viele Gefahren.«

»Du hast die Gefahr vielleicht mitten in unsere Burg gebracht. Ich behaupte, sie könnte eine Spionin sein, die man hergeschickt hat, um unsere Schwachstellen auszuschnüffeln, möglicherweise sogar, um einen Weg zu finden, unsere Feinde in das Herz von Scarglas zu führen.«

»Dann bewachen wir sie so lange streng, bis wir herausgefunden haben, zu wem sie gehört, und sie gegen Lösegeld eingetauscht haben.«

»Und warum hast du noch nicht herausgefunden, wer sie ist?«

»Sie will es mir nicht sagen. Behauptet, dass sie mir nicht dabei helfen will, die Taschen ihrer Verwandten zu leeren.«

Fingal fluchte leise. »Dann werden wir sie dazu bringen, es uns zu sagen. Ich kenne viele Mittel, die jemanden die Wahrheit ausspucken lassen.«

In den Worten seines Vaters schwang eine Bedeutung mit, die einen frösteln ließ und über die Ewan nicht lange nachdenken wollte. Fühlte sich Fingal bedroht, konnte er herzlos, ja sogar grausam handeln. Dieser Mann sah überall Bedrohungen und Beleidigungen und reagierte oft gedankenlos. Dies war ein Grund dafür, dass sie von Feinden umzingelt waren. So ziemlich das Einzige, was seinen Vater von dem Gedanken ablenken konnte, dass angeblich gewaltige Scharen von Menschen danach trachteten, ihm alles, was er besaß, zu rauben, war Geld und Frauen. Da Ewan die Vorstellung, sein Vater könnte seinen lüsternen Blick auf Fiona lenken, äußerst abstoßend fand, würde er den Mann davon überzeugen müssen, dass sie ihnen außerordentlichen Reichtum einbringen konnte.

»Es besteht keinerlei Notwendigkeit, uns anzustrengen«, sagte Ewan, »wir müssen einfach sorgfältig auf alles achten, was sie sagt. Die Wahrheit wird ihr entschlüpfen. Sie mag vielleicht Stückchen für Stückchen kommen, aber sie wird kommen.«

»Wieso bist du dir da so sicher?«

»Es geschieht bereits. Ich weiß, dass ihr Bruder ein Laird ist; es gibt eine nahe Verwandte namens Gilly, und sie hat Beziehungen, die es ihr ermöglichen, sich von Lady Maldie Murray, einer legendären Heilkundigen, ausbilden zu lassen. Sobald ich mit Simon sprechen kann, werde ich wahrscheinlich noch mehr erfahren, denn sie hat gestern Abend eine Menge mit ihm geredet.«

»Nun, das könnte funktionieren. Kein Mädchen kann ein Geheimnis für sich behalten. Aber weißt du genau, dass sie einer Lösegeldforderung überhaupt wert ist? Sie ist nicht wie eine vornehme Dame gekleidet, und sie hat keine Eskorte, wie es einer vornehmen Dame ansteht.«

»Ihre Kleider sind von ausgesprochen edler Qualität. Auch ihr Reitpferd ist von der Sorte, wie es sich nur ein Mädchen von Stand leisten kann. Trotz ihrer seltsamen Aufmachung und ihrer Geschicklichkeit im Umgang mit Waffen weist alles auf ein Mädchen von vornehmer Abkunft hin. Ganz bestimmt wird jemand bezahlen, um sie zurückzubekommen, und es ist besser, sie unversehrt zurückzugeben und ohne dass sie Geschichten über Grausamkeiten erzählen kann.«

Ewan atmete erleichtert auf, als sein Vater nickte und seine Aufmerksamkeit von Bonnie angezogen wurde, einer drallen Magd, die das momentane Lustobjekt seines Vaters war. Fingal hatte die Rolle als kaltblütiger Ritter zugunsten der Rolle als heißblütiger Lüstling, die den Leuten auf Scarglas allzu bekannt war, aufgegeben. Die ständig wechselnden Launen seines Vaters, seine Unfähigkeit, Aufmerksamkeit und Energie für längere Zeit auf einen einzigen Gegenstand zu richten, sowie das Unvermögen, seine Gefühle zu beherrschen, hatten es Ewan ermöglicht, den Platz dieses Mannes als Laird einzunehmen. Die Tatsache, dass Fingal der Herrschaftswechsel nicht interessiert hatte, zeigte sehr deutlich, dass er die Bürde, seinen Clan anzuführen und zu versorgen, nicht wirklich auf sich nehmen wollte.

Dieses launische Verhalten war es, weshalb die Leute von Scarglas akzeptierten, dass Ewan den Platz als Laird einnahm. Und dieses Verhalten war es auch, das Ewan und viele andere an Fingals Geisteszustand zweifeln ließ. Ewan beobachtete, wie sein Vater innerhalb eines Herzschlags von einer Laune zur nächsten oder von einem Gedanken zum nächsten wechselte, und er fürchtete, dass eine Geisteskrankheit in ihm lauerte. Diese Angst führte dazu, dass Ewan in allem nach Selbstbeherrschung und Zurückhaltung trachtete. Manchmal spürte er heftige Gefühlsbewegungen und Begierden zum Leben erwachen und rang, voller Angst, er könnte ganz wie sein Vater sein, heftig darum, sie zu verbannen. Fiona weckte solche Gefühle in ihm, weshalb er die Absicht hatte, sein Bestes zu geben, um sie zu übersehen und ihr aus dem Weg zu gehen.

In ihm lauerte ein Untier, eine Kreatur mit starken Gefühlen und heftigen Begierden. Dieses Untier wurde jedes Mal, wenn er Fiona ansah, wachgerüttelt. Er war der Meinung gewesen, es gezähmt zu haben, wusste aber jetzt, dass er es nur eingesperrt hatte. Zum Wohle seiner eigenen Zurechnungsfähigkeit und der Leute auf Scarglas musste er sogar während der Zeit Abstand zu Fiona halten, während der er die Wahrheit über ihre Identität ans Licht holte. Die vor ihm liegenden Tage schienen lang und beschwerlich zu werden, dachte er bei sich und versuchte, die Aufmerksamkeit seines Vaters weg vom Schwung der ausladenden Hüften Bonnies hin auf wichtige Angelegenheiten zu lenken.

»Glaubt Ihr wirklich, dass eine solche Sauberkeit notwendig ist?« Mab sah mit hochgezogenen Augenbrauen auf den schlafenden Simon hinunter.

»Ja«, antwortete Fiona, die lässig in einem Sessel auf der anderen Seite von Simons Bett saß. »Ich weiß nicht, warum, aber Wunden, die man sauber hält, heilen schneller und besser. Sie verfaulen nicht und gefährden so nicht das Leben des Verletzten. Es kann sich außerdem nicht so leicht ein gefährliches Fieber entwickeln. Da eine Entzündung und Fieber schon die kleinste Verletzung tödlich werden lassen können, bin ich bereit, alles zu tun, um sie abzuwehren, auch wenn ich nicht weiß, warum das so ist.«

Mab nickte. »Ich gebe zu, dass ich nur ein dürftiges Talent habe. Als ich hierhergekommen bin, hat es niemanden gegeben, der Heilkundiger sein wollte, also habe ich diese Stelle selbst eingenommen. Es wird mir sehr nützlich sein, von Euch zu lernen, denn ich sehe, dass ihr eine wahre Begabung und viele Kenntnisse habt.« Sie lächelte Fiona zu. »Was ich allerdings sehr gut kann, ist die Zubereitung von Heiltränken und Salben. Ich bin sicher, dass ich schon bald auf ein großartiges Heilmittel für etwas ganz Bestimmtes stoße.«

Bevor Mab Fiona einmal mehr ihr Heilmittel für Narben ans Herz legen konnte, fragte Fiona: »Du hast gesagt, dass du hierhergekommen bist? Du bist also nicht von Scarglas? Du bist keine MacFingal?«

»Nein, ich bin vor, äh, ich meine, zehn Jahren hergekommen. Ich bin eine Drummond. Na ja, ich war eine Drummond. Die haben mir sehr deutlich gezeigt, dass sie mich nicht mehr haben wollen.« Mab seufzte. »Ich verstehe noch immer nicht, was ich falsch gemacht habe. Meine Salbe hätte helfen müssen. Und ich bin mir ganz sicher, dass ich die richtige Mischung in meinem Heiltrank hatte. Sie müssen alle eine sehr empfindliche Verdauung gehabt haben, weil er so schnell und kräftig gewirkt hat. Ich habe dem Laird zu erklären versucht, dass der Heiltrank kein Gift gewesen sei, dass es gut ist, den Körper hin und wieder zu reinigen. Aber er hat mir nicht zugehört. Er hat meine Versicherungen nicht angehört, dass meine Salbe seine Haare auf diesem seltsamen kahlen Fleck wieder wachsen lassen würde und dass der eigenartige grüne Farbton seines Haares ganz gewiss mit der Zeit herauswachsen würde. Er hat mir kein Wort geglaubt, sondern mich und meine Habseligkeiten einfach hinausgeworfen.«

Fiona versuchte sich das Ergebnis von Mabs Heiltrank und Salbe bildlich vorzustellen, gab es aber schnell wieder auf. Es war kein angenehmes Bild. »Und so bist du hierhergekommen? Du hattest von den MacFingals gehört?«

»Oh nein. Ich hatte noch nie etwas von ihnen gehört. Der alte Laird hat mich entdeckt, als ich eilig aus einem Dorf gerannt bin.« Mab verzog das Gesicht. »Ich wollte nur helfen, und ich habe die Haare dieser niederträchtigen Frau von Läusen befreit. Ihr Haar hat dadurch eine ziemlich schöne Farbe bekommen, fast wie blaue Glockenblumen. Aber ich darf über solche Sachen nicht grübeln. Als ich gegangen bin, habe ich den alten Laird getroffen und, na ja« – Mab wurde rot – »er war so bezaubernd, so feurig. Ich war ziemlich hingerissen. Es war ein bisschen peinlich, hier anzukommen und zu entdecken, dass er eine Frau hat. Aber ich brauchte ein Zuhause, nicht wahr? Also bin ich geblieben und habe meine Stellung als Heilkundige eingenommen. Mein Jungchen ist jetzt zehn und sucht seinen Platz innerhalb des Clans. Diese Woche arbeitet er beim Waffenschmied, um zu sehen, ob er diese Tätigkeit gerne lernen würde.«

»Du hast dem Laird einen Sohn geboren?«

»Ja, meinen kleinen Ned. Ein wundervolles Kind und die Freude meines Lebens. Ich hatte Angst, dass mich die Frau des Lairds wegschicken würde, aber sie ist gestorben, bevor jemand gemerkt hat, dass ich schwanger bin. Getötet vom Blitz, während sie ein Stelldichein mit einem Gray hatte.«

»Oh, und deshalb kam es zur Fehde, oder?«

»Nein. Der alte Laird hatte sich damals schon fast jeden zum Feind gemacht.« Mab strich gedankenverloren die Decke über Simon glatt. »Die Grays waren von Anfang an unsere Feinde. Sie wollten Scarglas haben und waren nicht glücklich, als Fingal es in die Hände bekam. Sie behaupten, es wäre ihnen versprochen worden, aber der Mann, dem es gehörte, gab es dem alten Laird, der sein Cousin war. Immerhin war Fingal von seinem Blut. Es war richtig so.«

Bevor Fiona noch etwas fragen konnte, betrat ein dickes, dunkelhaariges Mädchen den Raum, stellte auf dem Tisch beim Kamin ein Tablett mit Essen und Trinken ab und verschwand wieder. Sie sprach nicht ein einziges Wort, sondern nahm von den anderen Insassen des Gemachs nur durch einen kurzen, bösen Blick, der auf Mab abzielte, Notiz. Fiona setzte sich auf den Stuhl am Feuer und winkte Mab zum anderen

Stuhl. Einen Augenblick lang nippte sie an ihrem Wein und knabberte an einem dicken Kanten Brot.

»Wer war diese Frau?« Fiona schnitt sich ein Stück Hammelfleisch ab.

»Clare. Sie mag niemanden. War eine MacKenzie, ist aber aus ihrem Clan weggelaufen. Sie ist dreifache Witwe, und als ihr dritter Mann gestorben ist, haben viele geglaubt, dass sie ihn umgebracht hat. Sie kümmert sich nicht um die Frauen, die mit dem alten Laird schlafen, besonders nicht um die, die es getan haben, während er eine Frau hatte. Ich nehme an, sie hat sich herabgelassen, uns dieses Essen zu bringen, weil sie neugierig auf Euch war. Sie ist seit, oh, seit fast einem Dutzend Jahre hier. Vor fast zehn Jahren hat sie Angus, den Stallmeister, geheiratet, und er lebt noch immer, also waren ihre anderen Männer meiner Meinung nach nur scheußliches Pack.«

»Also ist sie jetzt auch eine MacFingal? Aber *wer* sind die MacFingals? Ich habe noch niemals von ihnen gehört, obwohl sie diese Ländereien schon seit vielen Jahren besitzen müssen, wenn ein Verwandter es dem alten Laird gegeben hat.«

»Der war kein MacFingal. Die MacFingals sind ein neuer Clan.« Mab kicherte. »Sehr neu. Tatsache ist, dass der alte Laird ihn erst angefangen hat. Er hat sich mit seinen Verwandten verkracht und ihnen den Rücken zugekehrt. Er hat beschlossen einen eigenen Clan zu gründen und hat ihn nach sich selbst benannt. Fingal ist, wenige Monate bevor sein Cousin gestorben ist, hergekommen und hat ihn offensichtlich dazu verführt, ihn zu seinem Erben zu erklären. Er hat seine Tochter geheiratet, um sich alles zu sichern, obwohl sie einem anderen versprochen war. Sie hat Fingal einen Sohn geschenkt, bevor sie gestorben ist.«

»Wie lautet dann der Name seines Herkunftclans?« Fiona war erstaunt, als Mab plötzlich ängstlich wirkte und sogar etwas blass wurde.

»Wir dürfen den Namen nicht sagen. Es ist verboten.«

»Ich glaube nicht, dass dich irgendjemand hört, Mab.«

Mab schüttelte den Kopf. »Es ist verboten. Wenn der alte Laird erfährt, dass jemand ihn verraten hat, bekommt er einen Wutanfall, der Stunden anhalten kann. Nein, es ist besser, dass Ihr uns einfach alle als MacFingals betrachtet.«

Fiona glaubte allmählich, in einer Burg voller Irrer gelandet zu sein, von denen der alte Laird der schlimmste war. Verrückte, gebrochene Menschen und Verstoßene. Die Verbannten und Verteufelten. Ihre Neugierde war geweckt. Sie war entschlossen, bevor sie Scarglas verließ, herauszufinden, wer genau Fingal MacFingal war und warum er seinen Verwandten den Rücken gekehrt hatte. Eine leise innere Stimme spottete, dass ihr Interesse eher durch einen großen, dunklen Ritter namens Ewan geweckt worden war als durch einen wütenden alten Mann, doch sie überhörte dies.

5

Das Geräusch einer Tür, die entriegelt wurde, brachte Fiona auf die Beine. Sie war gleichzeitig verärgert und erleichtert gewesen, als man sie in dem Gemach, in dem Simon lag, eingeschlossen hatte. Man hatte ihr am Kamin ein weiches Lager bereitet, und selbst ihrer Forderung nach einem Bad hatte man Folge geleistet. Ein bemalter hölzerner Wandschirm war in einer Ecke des Raumes aufgestellt worden, damit sie sich zurückziehen konnte. Man hatte ihr frische Kleider gebracht, und Fiona fand, dass sie in dem weichen wollenen Gewand, dessen tiefes Blau die Farbe ihrer Augen noch verstärkte, recht hübsch aussah. Mab war gegangen, um bei ihrem Sohn zu sein, Simon hatte eine ruhige Nacht verbracht, und auch sie hatte gut geschlafen. Es gab keinen Grund, verärgert zu sein, denn die Behandlung, die man ihr zukommen ließ, war bisher vorbildlich gewesen. Zu ihrem eigenen Missfallen wusste sie, dass ihre Gereiztheit daher rührte, dass sie von ihrem Entführer weder etwas zu hören noch zu sehen bekam. Dies bedeutete aber, dass sie ihn vermisst hatte, und Fiona verwünschte ihre eigene Schwäche.

Gregor betrat, gefolgt von Mab, das Gemach und lächelte Fiona zu. »Ihr räumt gut auf, Mädchen.«

Fiona verfluchte insgeheim die Röte, die ihre Wangen überzog. »Danke.«

»Wie geht es dem Jungen?« Er trat neben das Bett und sah auf Simon hinunter. »Keine Spur von Fieber«, bemerkte Mab, die ein Tablett mit Brühe und Wasser auf dem kleinen Tisch neben dem Bett absetzte und Simons Stirn und Wangen befühlte.

»Er verbrachte eine ruhige Nacht.« Fiona stand am Fuß des

Bettes und lächelte Simon zu, der rot wurde, als Mab die Bettdecken wegzog, um sich seine verbundenen Wunden anzusehen. »Die Wunden sahen heute Morgen, als ich die Verbände gewechselt und ein bisschen Salbe aufgetragen habe, sauber aus. Mab, findet Ihr auch, dass sie sauber aussehen?«

Mab zog sanft die Verbände zur Seite und nickte. »Sehr sauber. Ihr müsst mir verraten, aus was Eure Salbe besteht, denn sie wirkt eindeutig wunderbar.« Sie zog die Decken wieder hoch und lagerte Simon mit Gregors Unterstützung in halb sitzender Position gegen die Kissen. »Ich habe Brühe, Wasser und Apfelmost für dich, Jungchen. Und mach nicht so ein Gesicht. Du weißt, dass du für eine Weile nicht zu herzhaft essen darfst.« Sie schaute zu Fiona. »Ein oder zwei Tage, ja?«

»Ja. Meiner Meinung nach heute Brühe und wenn es dann immer noch keinerlei Anzeichen von Fieber oder einer Infektion gibt, morgen etwas, das ein wenig herzhafter ist. Es waren keine wirklich tiefen Wunden.«

»Bloße Kratzer«, sagte Simon. »Ich werde bald aus diesem Bett draußen sein.«

»Nicht, bevor Mab und ich sagen, dass du das kannst, oder wir binden dich ans Bett. Die Wunde auf deinem Bauch kann sehr leicht wieder bluten. Du wirst im Bett bleiben, bis sie sich schließt, und danach wirst du noch eine Zeit lang sehr, sehr vorsichtig sein. Sie war nicht tief genug, um dich aufzuschlitzen, aber sie ist mehr als nur ein Kratzer. Ich will sie fest verschlossen sehen, bevor ich dich herumstolzieren lasse.«

»Ich stolziere nie«, brummte Simon und seufzte, als ihn alle einfach nur angrinsten.

»Ich habe einen Heiltrank gebraut, um ihm die Schmerzen zu erleichtern«, warf Mab ein und bedachte Fiona mit einem nervösen Blick.

Fiona hätte beim Anblick des entsetzten Ausdrucks, der über Simons und Gregors Gesicht huschte, beinahe lachen müssen. »Nun, er hat die ganze Nacht über ohne einen Trank gut geschlafen, Mab. Stimmt, es hätte daran liegen können, dass er zu erschöpft war, um von Schmerzen gequält zu werden. Wir überlassen die Entscheidung also am besten Simon selbst.« Sie musste schmunzeln angesichts des erleichterten Aussehens beider Männer, das sie schnell vor Mab verbargen.

»Brauchst du etwas gegen die Schmerzen, Junge?«, fragte Mab Simon.

»Nein, Mab«, antwortete dieser. »Ich will nicht behaupten, dass es nicht wehtut, aber es ist nicht so schlimm, dass ich einen Trank zu mir nehmen muss. Solche Sachen verursachen mir Kopfschmerzen und verdrehen mir den Magen, wenn ich wieder aufwache.«

»Dann kommt mit, Fiona-von-den-zehn-Messern.« Gregor schmunzelte, als er ihren Arm nahm und sie zur Tür führte. »Zeit für das Frühstück.«

»Warum hat er sie bei diesem äußerst seltsamen Namen genannt?«, fragte Mab Simon.

Fiona seufzte, während Gregor über Simons Antwort die Tür schloss und mit ihr in die große Halle trat. Sie hatte den Verdacht, dass es übertrieben gewesen wäre zu hoffen, all die Einzelheiten ihrer Gefangennahme würden nicht ausgeplaudert werden. Immerhin waren zwölf aufs Herzlichste belustigte Männer dabei gewesen. Die Leute auf Scarglas mussten denken, dass sie sehr verschroben wäre, dachte sie bei sich, musste aber fast lachen. Wenn sie sich an das erinnerte, was Mab ihr erzählt hatte, war Verschrobenheit beinahe schon ein Einführungsritual auf Scarglas.

»Simon *wird* gesund werden, oder nicht?«, fragte Gregor, als sie die große Halle betraten. »Er sah entsprechend gut aus. Besser, als ich erwartete.«

»Ich denke, es wird ihm wieder gut gehen«, gab Fiona zurück. »Noch ein, zwei Tage ohne Anzeichen für Fieber oder eine Infektion, und man muss sich nur noch darum Gedanken machen, wie man ihn lang genug im Bett hält, damit sich die Wunden fest schließen können.« Sie verbarg ihre Überraschung, als Gregor sie an den Haupttisch führte.

»Würdet Ihr ihn wirklich im Bett anbinden?« – »Ohne jedes Zögern«, antwortete sie, wobei sie das leise Lachen überging. »Wäre es nur die Wunde an seinem Arm gewesen, hätte man ihn nicht allzu ruhig stellen müssen, seine Bauchwunde macht es allerdings erforderlich, dass er sich sehr still verhält, bis sie gut verheilt ist. Jedes Mal, wenn er seinen Körper bewegt, reißt es an den Stichen. Um ehrlich zu sein, wird es eine Woche oder sogar länger dauern, bis ich ihm erlaube, auch nur ganz, ganz lose Kleidung zu tragen. Sollte er also versuchen aufzustehen, muss er das nackt tun.«

Gregor lachte einmal mehr und drängte sie auf einen Platz neben Ewan. »Ich glaube, er wird im Bett bleiben.«

Fiona nickte einfach nur, durch Ewans Nähe fühlte sie sich zu unbehaglich, um sich eine schlüssige Antwort einfallen zu lassen. Etwas in ihr war von ihrer Reaktion auf Ewan fasziniert, ja sogar ermutigt, denn sie hatte allmählich schon geglaubt, niemals Interesse für irgendeinen Mann entwickeln zu können. Sie hatte so nie empfunden, bevor Menzies angefangen hatte, sie zu quälen, und hatte gefürchtet, dass Menzies' Handlungen jede Möglichkeit, etwas zu empfinden, abgetötet hatten. Was sie verunsicherte und erschreckte, war, dass ihr Körper und vielleicht auch ihr Herz sich zu einem Mann hingezogen fühlen konnten, der die Absicht hatte, sie an ihre Familie zu verkaufen.

»Wie geht's Simon?«, fragte Ewan, nachdem er Gregor, der sich rechts von ihm niedergelassen hatte, angeblitzt hatte.

Während Fiona antwortete, musterte er sie. Gekleidet wie ein Junge, sah sie wunderschön aus, für sein Seelenheil zu schön. Gekleidet wie eine Frau, raubte sie ihm den Atem. Sie war die wandelnde Verführung. Allein schon der Klang ihrer leicht rauen Stimme erregte ihn. Ein schneller Blick auf seinen Vater verriet ihm, dass er Fiona attraktiv fand, und Ewan machte ein finsteres Gesicht. Er würde doch wohl nicht auf den Gedanken kommen, seinen Charme bei einem Mädchen spielen zu lassen, dass über dreißig Jahre jünger war als er.

Ewan fand das nicht nur widerlich, etwas in ihm hatte auch Angst, dass er Erfolg haben könnte. Das schmeckte nach Eifersucht, und Ewan verzog innerlich das Gesicht. Er befand sich in weitaus größerer Gefahr, als ihm bewusst gewesen war.

»Warum kümmert Ihr Euch immer noch um den Jungen?«, fragte Sir Fingal fordernd.

»Ich war dabei, als er verwundet wurde. Und ich beende immer, was ich angefangen habe.«

»Mab kann das machen.«

»Aha, aber wenn wir uns beide um den Jungen kümmern, haben wir beide Zeit, uns auszuruhen, in Ordnung?«

»Woher habt Ihr diese Narben?«

»Vater!« Ewans Protest wurde von seinem Vater nicht weiter beachtet.

Fiona aß in aller Ruhe die Scheibe Honigbrot auf und sah Sir Fingal in die Augen. »Ein Mann hatte den Eindruck, dass mein Gesicht eine Verschönerung brauche.«

»Was meint Ihr damit, Ihr albernes Weibsbild?«

»Wenn ich du wäre, Vater, würde ich sie nicht Weibsbild nennen«, murmelte Gregor.

Ewan packte Fionas Hand, als sie nach dem Messer griff, mit dem man den Käse schnitt. Das Gefühl ihrer kleinen Hand in seiner schickte die Hitze des Verlangens geradewegs in seine Leisten, doch Ewan strengte sich an, dies nicht zu beachten. Ihn interessierte ihre Antwort auf die Frage seines Vaters.

»Erklärt es.« Ewan musste fast über die Art, wie ihre violettfarbenen Augen beinahe vor Empörung funkelten, lachen.

»Ein Mann hielt um meine Hand an.« Als er ihre Hand losließ, versuchte Fiona, das eigenartige Gefühl, beraubt zu sein, zu ignorieren. »Ich wies ihn zurück. Obwohl ich das sehr freundlich tat, ging er zum Angriff über. Er verfolgt mich, und jedes Mal, wenn er mich erwischt, hinterlässt er mir ein Mal. Dieses hier war das erste.« Sie berührte leicht die Narbe auf ihrer rechten Wange. »Er wurde meiner noch drei weitere Male habhaft. Seine Absicht wäre, so behauptet er, mich für eine Heirat untauglich zu machen und so zu zwingen, ihn zu heiraten, sei es auch nur, weil kein anderer mich mehr haben will.«

»Wer?«

»Das ist für Euch ohne Interesse.«

Ewan beschloss, das im Augenblick nicht zu diskutieren. »Warum seid Ihr dann alleine ausgeritten?«

»Ständige Gefangenschaft kann einen, selbst wenn sie zum eigenen Besten ist, verrückt machen.«

Er verstand sehr genau, was sie damit meinte, und nickte. Die Tatsache, dass er sich nirgends alleine hinbewegen konnte, weil sie von Feinden umringt waren, ließ ihn oft ebenso empfinden. Man brauchte keine hohen Mauern, um sich gefangen zu fühlen. Ewan fragte sich außerdem, ob sie deshalb eine solch willfährige Geisel wäre, weil sie zur Vernunft gekommen war und die Gefahr, in die sie sich gebracht hatte, erkannt hatte. Jetzt war sie hinter hohen Mauern sicher und bestens bewacht.

»Ich finde, dass Ihr mir unbedingt erzählen müsst, wer Euer Feind ist.« Ewan beobachtete sie genau. »Er könnte Euch immerhin hierher folgen.«

»Da ich nicht weiß, *wo* er ist, glaube ich nicht, dass er imstande ist, mich zu finden.«

»Er folgt Eurer Spur, er jagt Euch. Es ist nicht unmöglich, Euch zu unsren Toren zu folgen.«

Fiona verzehrte ruhig ihren Haferbrei, während sie über diese Sache nachdachte. Nur ihre Familie wusste von den Schwierigkeiten mit Menzies. Selbst wenn Ewan einen Verwandten von Menzies ausfindig machen und mit ihm sprechen konnte, so bezweifelte sie doch, dass viele von Ranalds Clan wussten, was er ihr antat, oder es zugaben, falls es ihnen bekannt war. Da Menzies sie immer dann erwischt hatte, wenn sie sich in Sicherheit wähnte, war es in der Tat möglich, dass er sie auf Scarglas finden konnte. Die MacFingals brauchten nicht noch mehr Probleme, die an ihre Tür hämmerten. Zudem würde es von Vorteil für sie sein, wenn sie es Ewan sagte, denn er konnte sie vor dieser Bedrohung behüten. Sie hoffte nur, dass er es einzig deshalb tat, um ihren Wert als Geisel zu schützen, schüttelte aber den seltsamen Schmerz, den dieser Gedanke ihr verursachte, ab.

»Sein Name ist Sir Ranald Menzies«, sagte sie schließlich. »Er reitet in Begleitung von sechs Männern.« Als Ewan zur Antwort knurrte, hätte sie beinahe gelacht, denn einen Augenblick lang erinnerte er sie sehr an ihre Brüder.

»Dieser Esel glaubt also, er könnte Euch als Braut für einen anderen wertlos machen«, warf Fingal ein, schaute sie dann aber finster an. »Hat er also mit Euch geschlafen?«

»Vater!« Ewan und Gregor protestierten gleichzeitig.

»Was ist? Das ist eine vernünftige Frage. Es ist ein sicherer Weg, sie für einen anderen zur Heirat unbrauchbar zu machen. Männer wollen eine unberührte Frau. Du solltest eine Jungfrau zur Braut nehmen, Ewan.«

»Sie ist nicht meine Braut«, Ewan schrie es fast, »sondern Geisel für eine Lösegeldforderung.«

Es war töricht, verletzt zu sein, weil er sie hartnäckig als Braut ablehnte, dachte Fiona bei sich. Er sagte einfach nur die Wahrheit. Sie war nicht als Braut auf Scarglas gekommen, sondern als Geisel. Allerdings bräuchte er ihrer Meinung nach nicht so verärgert, ja sogar entsetzt über diesen Vorschlag zu sein.

Sie hörte nur halb zu, während Ewan und sein Vater sich stritten, aß ihren Haferbrei zu Ende und langte nach einem Apfel, dann sah sie sich in der großen Halle um. Viele der Männer hier zeigten eine große Ähnlichkeit mit Sir Fingal, und sie waren in Ewans Alter oder jünger. Der alte Esel versuchte eindeutig, eine ganze Armee zu zeugen. Die älteren Männer waren vermutlich von anderswo nach Scarglas gekommen und geblieben oder nach dem Tod des früheren Lairds nicht fortgegangen.

Die Halle war von imposanter Größe und besaß an jedem

Ende einen wuchtigen Kamin. Wandvorhänge und Waffen schmückten die Wände. Am Tisch des Lairds standen geschnitzte Eichenstühle, während die übrigen Männer auf robusten Holzbänken saßen. Fiona fiel auf, dass die Halle außerdem überraschend sauber war. Wer auch immer den Haushalt hier führte, der tat es mit eiserner Hand. Frauen und Knappen bewegten sich lautlos zwischen den Tischen, füllten Krüge auf und servierten leere Teller ab. Entweder hatte Sir Fingal Geld, oder der frühere Laird hatte es gehabt. Auf Deilcladach hatte man erst vor Kurzem angefangen, ein paar von den Verfeinerungen, die man hier zu sehen bekam, einzuführen. Fiona kam zu dem Schluss, dass Scarglas kein schlechter Platz zum Leben sein würde, wäre es nicht so von Feinden umlagert. Plötzlich wurden ihre Gedanken jedoch unvermittelt wieder von dem Gespräch zwischen den MacFingals angezogen.

»Nun, wenn du das Mädchen nicht haben möchtest«, raunzte Sir Final, »kann Gregor sie heiraten. Es ist an der Zeit, dass er heiratet und eine Familie gründet.«

»Ich habe zwei Söhne«, sagte Gregor, »und ich suche mir meine Frau selber aus.«

»Und ich suche mir meinen Mann selber aus«, warf Fiona ein und funkelte Sir Fingal an.

»Seid nicht albern«, herrschte dieser sie an. »Es ist die Aufgabe eines Mannes, den passenden Gefährten für die Mädchen seiner Familie zu wählen.«

»Nicht in meiner. Und *Ihr* seid nicht mit mir verwandt, also geht es Euch nichts an.«

»Ihr steht jetzt unter meiner Herrschaft, Mädchen.«

Fiona schnaubte. »Das denke ich nicht. Wenn« – sie stand auf – »Ihr mich bitte jetzt entschuldigen wollt. Ich werde zu Simon zurückkehren, um zu sehen, wie es ihm geht.«

Ewan gab seinem Bruder Nathan ein Zeichen, und dieser fiel schnell in ihren Schritt ein, als sie die Halle verließ. Er sah zu Gregor und freute sich, ihn ebenso erheitert zu sehen, wie er selbst es war. Ihr Vater wirkte wie betäubt. Ewan hatte den Verdacht, dass sich zum ersten Mal eine Frau direkt gegen ihn gestellt und ihn zurückgewiesen hatte. Selbst seine letzte Frau war eingeschüchtert und unterwürfig gewesen – bis zu der Nacht, in der sie weggelaufen war. Trotz all der Probleme, die er durch Fionas Anwesenheit hatte, würde er es ganz gewiss genießen, ein weibliches Wesen zu beobachten, das sich seinem Vater widersetzte. Er würde aber sicherstellen müssen, dass sie nicht zu teuer dafür bezahlte.

»Dieses Mädchen wurde mit viel zu lässiger Hand am Zügel erzogen«, bemerkte Sir Fingal.

Ewan fuhr zusammen, als er seinen Vater etwas sagen hörte, dass er selbst geäußert hatte. Er war darüber bestürzt, dass er unwissentlich einige der Auffassungen seines Vaters in Herz und Verstand verinnerlicht hatte. Zwar fand er Trost in der Tatsache, dass er Fionas Stärken nicht bemängelt hatte, doch Ewan schwor sich, dass er viel nachdrücklicher versuchen würde, die Unterweisungen, die sein Vater ihm geben wollte, an sich abgleiten zu lassen.

»Sie hat recht«, sagte Ewan. »Du bist nicht ihr Verwandter und hast nicht das Recht, ihr einen Ehemann auszusuchen. Sie ist nicht deswegen hier. Sie ist hier, um gegen Lösegeld eingetauscht zu werden und so unsere leeren Truhen zu füllen.«

»Sie hat vielleicht eine nette Mitgift. Das könnte es genauso tun wie Lösegeld.«

»Nein, sie wird gegen Lösegeld eingetauscht.«

»Ich verstehe nicht, warum du so stur bist. Du brauchst eine Frau und zeigst keinerlei Anzeichen dafür, eine zu bekommen. Mit deinem Gesicht wird es zudem nicht leicht sein, einem Mädchen den Hof zu machen. Warum nimmst du also nicht eine, die dir in die Hände gefallen ist?«

»Vater, lass es«, warf Gregor ein. »Wenn wir sie mit einem von uns verheiraten, könnte das Ärger mit ihrem Clan bedeuten, und wir brauchen nicht noch mehr Feinde.«

Sir Fingal prustete. »Und du glaubst, dass es ihren Clan

nicht verärgern wird, wenn wir das Mädchen wegen Lösegeld festhalten, was?«

»Das ist durchaus üblich. Vermutlich wissen sie inzwischen, dass sie alleine losgeritten ist, und werden uns keine Schuld dafür geben, dass wir Vorteil daraus gezogen haben, dass sie uns in die Hände gefallen ist.«

»Hm. Das ist eine traurige Verschwendung eines jungen Mädchens. Sie ist trotz der Narben hübsch genug, und ich denke, ihr habt recht: Sie ist von Stand. Wir bekommen nicht viele von dieser Sorte hierher.«

»Lass es, Vater.« Überdrüssig wiederholte Ewan Gregors Worte. »Lass sie in Ruhe. Es ist doch unmissverständlich, dass sie nicht bereitwillig auf deine Pläne eingeht. Keiner von uns will eine unwillige Braut.«

Sein Vater machte ein grimmiges Gesicht und knurrte, sagte aber nichts mehr.

Ewan hegte den starken Verdacht, dass der Mann seine Meinung nicht geändert hatte. Jetzt musste er sich neben all dem anderen, auf das er zu achten hatte, auch noch gegen den Plan seines Vaters, ihn mit Fiona zu verheiraten, vorsehen. Oder noch schlimmer: einen seiner Brüder mit Fiona zu verheiraten. Beobachten zu müssen, wie Fiona einem anderen gegeben würde, wissen zu müssen, dass dieser mit ihr das Bett teilte, würde ganz sicher das Tier in ihm wecken. Es erwachte ja schon bei dem bloßen Gedanken an einen solchen Umstand zum Leben.

»Ich werde die anderen vor Vaters Anschlag warnen«, sagte Gregor, sobald ihr Vater die Halle verlassen hatte.

»Gut.« Ewan seufzte und fuhr sich mit der Hand durch die Haare. »Eine Frau, die so selbstbewusst ist wie Fiona, muss aus einem selbstbewussten Clan stammen. Wie du schon sagtest, wir brauchen nicht noch mehr Feinde.«

»Hast du schon jemals von diesem Sir Ranald Menzies gehört?«

»Nein, aber nicht weit weg von hier leben Menzies.«

»Versuchst du etwas über ihn herauszufinden?« – »Wenn mir eine Möglichkeit einfällt, einen unserer Männer sicher loszuschicken und ein paar Fragen zu stellen, dann schon. Ich weiß allerdings nicht so recht, ob er viel in Erfahrung bringen könnte, deshalb zögere ich, einen Mann aufs Spiel zu setzen. Dieser Sir Ranald scheint ein Geisteskranker zu sein, und wahrscheinlich wollen seine Verwandten nicht zugeben, dass er einer der ihren ist. Ich werde darüber nachdenken.« Er trank sein Bier aus und stand auf. »Da Simon nicht allzu sehr leidet, werde ich ein kurzes Gespräch mit ihm führen. Je früher ich in Erfahrung bringe, zu wem das Mädchen gehört, desto schneller kann ich sie zurückschicken.«

Fiona ignorierte Jung-Nathan, der im Eingang zur Kräuterhütte stand, und hörte Mab zu, die über das sprach, was sie in der Hand hielt, wie sie es gesammelt und wie zubereitet hatte. Solange sie nicht versuchte, ein kluges Heilmittel zu finden, stellte Mab wahrscheinlich keine Gefahr dar. Sie kannte sich einigermaßen mit Kräutern aus und war bewandert in Bezug auf einfache Medikamente. Fiona fragte sich, ob es eine Möglichkeit gab, sie an ihren Erfindungen zu hindern.

Es war schwer, sich auf das, was Mab sagte, zu konzentrieren, denn Fiona überlegte die ganze Zeit, was Ewan wohl mit Simon unter vier Augen besprechen wollte. Vergeblich versuchte sie sich alles in Erinnerung zu rufen, was sie dem Jungen erzählt hatte, und sie hoffte inständig, dass Simon es auch nicht konnte. Sollte Ewan nach Anhaltspunkten dafür suchen, wer sie war, wollte sie nicht, dass er allzu schnell allzu viele fand.

Es mochte unsinnig sein, aber sie fühlte sich zu diesem Mann hingezogen. Fiona wollte lange genug auf Scarglas bleiben, um zu sehen, was das zu bedeuten hatte oder ob es wundersamerweise erwidert wurde. Mochte auch vielleicht eine schwere Verletzung vor ihr liegen, glaubte sie trotzdem allmählich, dass es dumm wäre, aus Angst davor zu fliehen. Immerhin konnte ihr Bleiben vielleicht zeigen, dass ihre Zweifel und Ängste unberechtigt waren.

Mab begann über einen Trank zu sprechen, den sie mischte, und zog Fionas ganze Aufmerksamkeit auf sich. Bevor Mab ihr verraten konnte, welche Kräuter sie da zusammenrührte, wurde sie von einem kleinen, blonden Jungen abgelenkt. Fiona lächelte, als ihr Mabs Sohn vorgestellt wurde, und scheuchte dann die beiden aus der Hütte, wobei sie Mab versicherte, dass sie alleine zurechtkommen würde. Nachdem sie sich einverstanden erklärt hatte, mit Mab in Simons Gemach wieder zusammenzutreffen, widmete sie sich dem Trank, den Mab gerade kreierte. Sie war sich nicht sicher, ob sie sachkundig genug war, doch sie konnte wenigstens versuchen zu erraten, was Mab da zusammenbraute.

Fiona war nahe daran, des Rätsels Lösung zu finden, als sie direkt hinter sich die Anwesenheit von jemandem spürte. Noch bevor sie einen Blick hinter sich werfen konnte, wusste sie, dass es Ewan war. Die Tatsache, dass sie schon nach so kurzer Bekanntschaft seinen Geruch identifizieren konnte, stimmte sie ein wenig traurig. Offensichtlich war sie von Stunde zu Stunde mehr von diesem Mann angetan, obwohl er keinerlei Anzeichen für ein ähnliches Angezogensein verriet. Langsam drehte sie sich um, um ihn anzusehen.

»Was macht Ihr hier?«, wollte Ewan wissen, der seine Hände hinter dem Rücken verschränkte, um nicht dem Drang nachzugeben, sie zu berühren.

»Fürchtet Ihr, dass ich für den ganzen Haufen hier ein Fass voller Gift mische?« Sie schüttelte den Kopf, als er einfach nur eine seiner dunklen Augenbrauen hob. »Seid kein Esel. Ich versuche nur zu erraten, was Mab in den Trank, den sie mischt, gibt. Sie ging, bevor sie es mir sagen konnte.«

Ewan trat näher und beugte sich nach vorne, um an der Schale, die Mabs Trank enthielt, zu schnuppern. Sein gesamter Körper spannte sich an, als ihm bewusst wurde, wie nahe Fiona jetzt war. Als sie tief und zittrig einatmete, strichen ihre Brüste flüchtig an seinem Brustkorb vorbei. Beinahe hätte er aufgestöhnt, und es überraschte ihn nicht, dass er inzwischen seine Hände hinter dem Rücken hervorgezogen hatte, um links und rechts von ihr den Tisch zu umklammern. Er hob den Kopf gerade weit genug, um ihn auf gleicher Höhe mit ihrem Gesicht zu haben. Als sie sich nervös die Lippen leckte, spürte er, wie sich sein Unterbauch vor Verlangen verkrampfte.

»Glaubt Ihr, dass es ihr Heiltrank gegen Narben ist?«, fragte er weich. – »Nein.« Fiona ballte die Hände nah am Körper, um nicht dem fast überwältigenden Bedürfnis, ihre Arme um ihn zu schlingen, nachzugeben.

»Sie sind nicht so schlimm.«

Als er mit seinen Lippen über eine der Narben auf ihren Wangen strich, zitterte Fiona. Sie drehte leicht den Kopf, wollte etwas sagen, doch ihre Lippen strichen über seine. Er gab einen seltsamen, erstickten Laut von sich, und plötzlich fand sie sich in seinen Armen, die fest um sie lagen. Sie zögerte nicht, ihre Arme um seinen Nacken zu schlingen. Die Glut seiner weichen Lippen auf ihren raste durch ihren ganzen Körper. Die Gefühle, die sie bestürmten, ließen ihr die Knie weich werden, und sie klammerte sich fester an ihn.

Es brauchte nicht mehr Überzeugungskraft als den ersten Stups seiner Zunge an ihren Lippen, damit sie ihren Mund öffnete. Als er mit seiner Zunge in ihn eindrang, ächzte er leise. Mit jeder Bewegung seiner Zunge spürte Fiona, wie ihr Verlangen nach ihm wuchs.

Dann, ganz unvermittelt, wurde sie freigegeben. Fiona packte die Tischkante, um ihren zitternden Körper davon abzuhalten, auf den Boden zu sacken. In Ewans sturmgrauen Augen war deutlich die Glut des Begehrens zu sehen, doch er wirkte vollkommen bestürzt.

»Das hätte ich nicht tun sollen«, bekannte er mit seiner tiefen Stimme, die jetzt heiser und unsicher war. »Es wird nicht wieder vorkommen«, fügte er mit kräftigerer hinzu, bevor er in großen Schritten davonging.

Fiona atmete mehrmals tief durch, um sich zu beruhigen, während sie unverwandt in die Richtung starrte, in die er weggegangen war. Jetzt hatte sie den Beweis, dass er sich von ihr ebenso angezogen fühlte wie sie sich von ihm. Außerdem war deutlich geworden, dass er das nicht wollte und entschlossen war, dagegen zu kämpfen. Ein langsames Lächeln umspielte ihre Lippen, die noch immer von dem Kuss warm waren, während sie ihre Röcke glatt strich. Jede Art von Instinkt, die sie besaß, sagte ihr, dass Ewan MacFingal der Mann ihres Lebens war, ihr Seelengefährte. Falls dieser Mann glaubte, er könnte diesem Schicksal entgehen, war sie bereit und imstande, ihn vom Gegenteil zu überzeugen.

6

Wo ist Sir Ewan?«

Fiona überging das flüchtige Lächeln auf Gregors attraktivem Gesicht. Seit drei Tagen gab sie ihr Bestes, um Ewan so nah wie möglich zu sein. Mit jedem Tag wich er ihr mehr aus. Sie fing langsam an zu glauben, dass sie sich getäuscht hatte, dass der Kuss zwischen ihnen ihn nicht so stark bewegt hatte wie sie. Schlimmer noch, vielleicht hatte er ja einfach nur leere Schmeicheleien geäußert, als er ihr gesagt hatte, dass die Narben auf ihren Wangen nicht so furchtbar seien. Männer mochten mit ihren eigenen Narben angeben, aber bei Frauen mochten sie solche Male nicht sehen.

»Er ritt vor einer Stunde aus«, antwortete Gregor. »Nahm sechs Männer mit. Er hatte die Absicht, nach Anzeichen für die Grays Ausschau zu halten.«

Sie warf einen bösen Blick auf die Tore, durch die Ewan entkommen war. »Die Frage ist, ob er vor mir oder vor seinem Vater flieht«, murrte sie.

»Beides«, gab Gregor zu verstehen und lachte, als sie rot wurde.

»Ewan ist keiner für Mädchen, das müsst ihr wissen.« Nathans Augen funkelten vor Lachen. »Wenn Ihr ihn einfangen wollt, müsst Ihr sehr schnell laufen.«

Einen Augenblick lang erwog Fiona ernsthaft, Nathans Unterstellung zu bestreiten, seufzte dann aber nur. Er würde ihr nie Glauben schenken.

Es war peinlich, dass Ewans Brüder ihr Spiel durchschaut hatten, aber sie konnten sich auch als hilfreich erweisen. Sie ließen eindeutig keine Ablehnung gegen ihre Pläne erkennen, und das tröstete sie ein Stück weit.

»Was meint Ihr damit, wenn Ihr sagt, dass Ewan keiner für Mädchen ist?«, fragte sie Nathan. »Mag er keine Frauen?«

»Ach, er mag sie ganz gern. Aber wegen seines grimmigen Aussehens neigen die Mädchen dazu, sich abzuwenden, und er hat kein Talent in Sachen Liebeswerben.«

»Es ist die Narbe, oder?« Als sowohl Gregor als auch Nathan nickten, schüttelte sie empört den Kopf. »Mein Bruder ist vernarbt, aber das hielt unsere Gilly nicht davon ab, ihn für wirklich sehr attraktiv zu halten. Und unsere Gilly stammt aus einem Clan, der für seine ausgesprochen gut aussehenden Männer bekannt ist. Einige von ihnen sehen so gut aus, dass sie einem Mädchen gewaltig den Atem rauben. Es überrascht mich, dass seine Stellung als Laird nicht die Meinung der Mädchen geändert hat.«

»Vermutlich kann er ein Mädchen ins Bett bekommen, sofern er es nur fragen würde«, sagte Nathan. »Die Frauen hier kennen ihren Platz.«

Gregor lachte über den wütenden Ausdruck auf Fionas Gesicht. »Herrje, Junge, du riskierst noch Leib und Leben, wenn du so sprichst.«

»Wollt Ihr sagen, dass den Frauen auf Scarglas nicht erlaubt ist, einen Mann zurückzuweisen?«, fragte Fiona herausfordernd, wobei sie die Fäuste in die Hüften stemmte und zornig zu dem jungen Nathan hochsah.

Nathan trat einen kleinen Schritt zurück. »Na ja, einige machen es, aber Vater sagt …«

Sie hob die Hand, um ihn zum Schweigen zu bringen. »Wiederholt mir nichts von dem Unsinn dieses Mannes. Mir ist sehr wohl bewusst, was er für den Platz einer Frau hält. Doch mir ist nicht aufgefallen, dass die Frauen hier diesen Unsinn für bare Münze nehmen. Es ist höchste Zeit, dass ihnen jemand beibringt, Nein zu sagen. Es ist höchste Zeit, dass ihnen jemand erzählt, wie die Wahrheit wirklich aussieht. Wo ist Mab?«

»Oh, hm, in der Kräuterhütte.«

Fiona musste beinahe schmunzeln, als ihr junger Bewacher ein hochrotes Gesicht bekam. »Warum errötet Ihr bei der Erwähnung von Mab?«

»Ich werde nicht rot«, widersprach Nathan und gab Gregor einen Stoß, als dieser lachte.

»Wenn Ihr nicht rot geworden seid, dann muss ich annehmen, dass die intensive Färbung Eurer Wangen auf Fieber deutet. Das würde heißen, dass ich Euch am besten nach einem ordentlichen Einlauf zu Bett schicke.« Sie musste sich auf die Innenseite ihrer Backe beißen, um sich davon abzuhalten, über das entsetzte Gesicht des Jünglings zu lachen.

»Mab ist in der Kräuterhütte und bereitet einen Heiltrank für mich vor.«

»Oh, Ihr seid ein mutiger Knabe«, murmelte Fiona. »Einen Trank gegen was?«

»Na ja, es ist eine Salbe für meine Haut.« Er wurde erneut rot. »Um die Pickel wegzumachen.«

Fiona musterte Nathans hübsches Gesicht sehr eingehend. Es war ein bisschen picklig, aber da hatte sie viel Schlimmeres gesehen. »Das sieht nicht schlecht aus, Nathan. Wie alt seid Ihr?«

»Nächsten Monat werde ich neunzehn.«

»Die beste Medizin gegen Pickel ist das Älterwerden. Haltet außerdem Euer Gesicht sehr sauber. Reibt es wenigstens einmal am Tag mit Seife und heißem Wasser ein und wascht es sehr gut ab. Sollten die Pickel besonders schlimm sein, nachdem Ihr Euer Gesicht gewaschen habt, reibt die übelsten mit Whiskey ein.«

»Whiskey? Wie soll es helfen, wenn ich Whiskey auf mein Gesicht gebe?«

Fiona zuckte die Schultern. »Das weiß ich nicht. Vielleicht trocknet er sie aus. Aber ich *weiß,* dass es hilft.«

»Mab sagt, dass ihr Trank helfen wird.«

»Mab ist eine liebe, nette Frau, die sehr gut die gängigen Medikamente, Tränke und Salben kennt. Trotzdem rate ich

Euch eindringlich, all ihre eigenen Sondererfindungen zu meiden. Ich dachte eigentlich, dass Ihr Euch bereits alle in Acht davor nehmt.« Gregor nickte heftig, doch Nathan legte unsicher die Stirn in Falten. »Ihre Sonderbehandlungen neigen dazu schiefzugehen. Grüne Haare, blaue Haare, schnelle und heftige Durchfälle«, fing sie an.

»Und beängstigende Hautausschläge«, fügte Gregor hinzu.

»Das Letzte, was ich brauche, sind noch mehr Pickel«, protestierte Nathan.

»Ich gehe zu ihr. Wenn ich herausfinden kann, was sie zusammenmischt, kann ich Euch sagen, ob Ihr ihre Hilfe annehmen könnt und ihre Gefühle nicht verletzen müsst oder ob Ihr besser schnell davonlauft.«

Nathan ließ Fiona nicht aus den Augen, während sie auf die Kräuterhütte zuschritt, und fragte Gregor. »Wusstest du, dass Mabs Heilmittel nicht immer sicher sind?«

»Ja«, gab dieser zu. »Hast du dich denn nie gefragt, warum sich so viele von uns vor jeglichen Salben, Pudern oder Tränken, die sie anbietet, in Acht nehmen?«

»Ich dachte, ihr wärt unwillig, weil sie im Allgemeinen widerlich riechen.«

»Das tun sie, aber in den ersten Jahren, die sie hier weilte, führten ihre *Heilmittel* zu ein paar erschreckenden Endergebnissen. Du kannst ihr vertrauen, wenn sie eine Wunde versorgt, einen Knochen schient oder ein Fieber lindert, aber alles andere vermeidest du besser.«

»Das merke ich mir allerdings.« Nathan lächelte matt. »Ich werde mich bei Mab äußerst freundlich für ihre Hilfe bedanken, aber machen, was Fiona mir rät. Auf diese Weise geht das Spiel hoffentlich gut aus. Ich würde Mabs Gefühle verletzen, wenn ich ihre Hilfe zurückweise.«

»Mach dir keine Sorgen. Fiona wird das richten. Seit sie ihren Fuß zum ersten Mal auf Scarglas gesetzt hat, lenkt sie unsere Mab und hat dabei deren Gefühle nie verletzt. Mab wünscht sich sehnlichst, eine gute Heilerin zu sein, und da

Fiona von dieser Lady Murray unterwiesen wurde, die Mab so hoch preist, hört Mab auf alles, was sie sagt. Fiona lenkt Mab mit sanfter, freundlicher Hand in die richtige Richtung.«

»Glaubst du, dass Fiona die Absicht hat, auch unseren Bruder auf diese Art zu lenken?« Nathan stellte die Frage mit einem breiten Grinsen.

Gregor lachte und schüttelte den Kopf. »Ich fürchte, dazu braucht sie eine Peitsche und ein starkes Seil.«

»Warum sollte er ein solch hübsches Mädchen denn nicht haben wollen?«

»Oh, er will sie haben, weiß Gott. Er glaubt nur nicht, dass er ihrer wert ist.«

»Offensichtlich glaubt sie allerdings, dass er es ist.«

»Ja, aber ich bin der Meinung, auch sie macht sich viel zu viele Sorgen über ihre Narben. Die Einmischung unseres Vaters ist ebenfalls nicht gerade hilfreich. Sie führt dazu, dass Ewan davonläuft und Fiona über jede kleine Aufmerksamkeit, die Ewan ihr nicht schenkt, grübelt. Es wird eine verwickelte, verwirrende Liebeswerbung geben, die, wie ich fürchte, beiden Herzen ein paar blaue Flecken einbringt.«

»Vielleicht sollten wir etwas unternehmen, obwohl ich nicht weiß, was. Vielleicht sollten wir mit Ewan sprechen.«

»Nein, wir werden im Moment nichts unternehmen. Na ja, abgesehen davon, dass wir Ewan wissen lassen, wenn er sich wie ein völliger Esel benimmt. Bei solchen Sachen ist es das Beste, wenn das Paar es selber austrägt. Wenn er aber entdeckt, wer sie ist, und sie dann immer noch gegen Lösegeld eintauschen will, werden wir einschreiten. Ewan begehrt sie, sie begehrt Ewan, und sie würde eine wunderbare Herrin von Scarglas abgeben. Ich werde es nicht zulassen, dass Ängste und Zweifel, egal ob seine oder ihre, das kaputt machen, was ich als perfektes Paar ansehe.«

»Ich stehe bereit, um dir zu helfen.«

»Wie auch all unsere Brüder.«

»Bekommt denn jeder mit, was vor sich geht?«

»Na klar. Findest du es nicht seltsam, dass ein kleines, hübsches Mädchen tagelang durch die Hallen von Scarglas wandert und noch kein einziger MacFingal-Junge angefangen hat, ihr am Rock zu hängen?« Als Nathan zu lachen anfing, schloss sich ihm Gregor eilig an.

Veränderungen waren auf Scarglas nicht eben herzlich willkommen, überlegte sich Fiona und starrte auf die viel größere Clare hinunter. Sobald sie sich versichert hatte, dass das, was Mab zusammenmischte, harmlos war, war Fiona zu der Stelle geeilt, an der die Frauen die Wäsche wuschen. Sie hatte darauf gebrannt, ihnen ihre Seife anzubieten, musste aber gegen eine Steinmauer namens Clare anrennen. Es schien für diese Frau keinen Unterschied zu machen, dass sie in keiner Weise kritisiert wurde, sondern nur eine kleine, unbedeutende Veränderung vorgenommen werden sollte. Offensichtlich erkannte Clare jeglichen Vorschlag als einen ärgerlichen Übergriff auf ihr Territorium.

Fiona wünschte, Gillys Fähigkeiten zu haben, die Gefühle anderer Menschen zu empfinden, ihnen ins Herz zu sehen. Im Augenblick wäre es ihr nämlich eine außerordentlich große Hilfe gewesen zu wissen, wie viel von Clares Weigerung der Angst, ihren Platz zu verlieren, entsprang und wie viel einfachem Eigensinn.

»Es wird die Wäsche weicher machen«, erklärte Fiona und legte vorsichtig die Seifenstücke, die sie zubereitet hatte, auf einen Stuhl. »Außerdem hat man dadurch weniger Abnutzung bei der Haushaltswäsche und den Kleidern, die man säubert. Es reinigt ebenso gut wie das, was ihr jetzt benutzt.« Fiona hoffte, dass die Mägde nicht mit dem Waschen aufgehört hatten, um Clare und sie zu beobachten, weil sie den Ausbruch eines Streites erwarteten. »Und es wird viel milder zu euren Händen sein.«

»Ihr seid nicht die Herrin hier«, fauchte Clare. Ihre dunklen Augen waren hart. »Ihr seid nichts weiter als eine Geisel.«

»Stimmt, aber ich verstehe nicht, was das damit zu tun hat, ob ich eine bessere Seife kenne oder nicht.«

»Ihr habt nicht mitzureden bei dem, was man auf Scarglas macht oder nicht macht. Geht und rennt wieder dieser verrückten Hexe Mab hinterher.«

»Mab ist nicht verrückt, und sie ist keine Hexe.«

Clare schnaubte verächtlich. »Und sicher ist sie nicht die Heilerin, als die sie sich bezeichnet. Versteh nicht, warum der Herr die alte Hure und ihren Bastard nicht einfach aus Scarglas hinauswirft, bevor sie jemanden umbringt. Jetzt verschwindet, Weibsbild.«

Der Schubs, den Clare ihr gab, ließ Fiona ein paar Schritte zurücktaumeln, doch sie fing sich schnell wieder. Aus dem Augenwinkel heraus sah sie einen böse dreinblickenden Nathan auf sie zukommen und hörte, wie die Mägde entsetzt die Luft anhielten. Doch nichts von alledem ließ Fiona zögern. Sie sprang auf Clare zu, die ihr den Rücken zugedreht hatte. Ein einziger gut platzierter Fußtritt und die Frau fiel auf die Knie. Fiona packte sie am rechten Arm, drehte diesen kraftvoll nach hinten und legte ihr den eigenen freien Arm um die Kehle. Sie beugte sich ein wenig vor und konnte Clare etwas ins Ohr sagen, wobei sie sich nicht die Mühe machte, leise zu sprechen.

»Ich wäre vielleicht imstande gewesen zu überhören, dass du mich Weibsbild genannt hast, aber ich kann nicht übergehen, was du über Mab gesagt hast.«

»Sie …«, begann Clare.

Zur wortlosen Warnung straffte Fiona ein wenig ihren Arm um die Kehle dieser Frau. »Mab ist eine liebenswerte Frau mit einem großen Herzen, die sich einer Aufgabe angenommen hat, die scheinbar keiner übernehmen wollte. Sie ist außerdem keine Hure. Sie fiel nur den süßen Worten eines lüsternen Mannes zum Opfer, eines Mannes, der ihr verschwiegen hat, dass er verheiratet war. Richte deine Verachtung also gegen die, die es verdienen. Und wenn du nicht willst, dass deine scharfe Zunge gespalten wird, dann empfehle ich dir dringend, sie nicht an ihrem Sohn zu wetzen.« Sie stieß Clare von sich und trat zurück. »Wenn du zu dickköpfig bist, auch nur die kleinste Veränderung auszuprobieren, dann lass es. Ich werde meine Kleider und Bettwäsche selber waschen.«

Clare stand taumelnd auf und grinste Fiona höhnisch an, hielt sich aber sorgfältig aus der Reichweite der kleineren Frau fern. »Was will denn schon eine feine, kleine Dame wie ihr von ehrlicher Arbeit wissen?«

»Wieder ein Urteil treffen, ohne Ahnung zu haben? Offenbar lernst du nur langsam. Ich weiß, wie man Kleider schrubbt, ein Strohdach deckt, ein Feld bestellt, Pferdegeschirr repariert und vieles mehr. Und ich weiß, wie man eine bösartige Zunge zum Schweigen bringt.« Fiona schnappte sich das Messer, das zum Abschneiden von Seifenstücken benutzt wurde, und warf es. Sie spießte einen Ärmel von Clares Kleid fein säuberlich an den Pfosten, vor dem sie stand. »Und bevor du darüber nachdenkst: Lehne dich einfach zurück und sei versichert: Die Klinge steckt genau da, wo ich sie haben wollte.« Sie nahm eines ihrer Seifenstücke und machte sich auf den Weg. »Mach mit der Seife, was du willst. Meiner Meinung nach solltest du dir dein übles Mundwerk damit auswaschen.«

Sobald Fiona sich entfernt hatte, ging Nathan zu Clare und zog das Messer heraus, bevor er in ihre weit aufgerissenen Augen sah. »Sie mag es nicht, wenn man sie Weibsbild nennt.«

»Wer *ist* sie?« Clare fragte es mit zittriger Stimme.

»Na ja, der Laird nennt sie Fiona-von-den-zehn-Messern.« Er lächelte grimmig, als Clare noch blasser wurde. »Das war die Anzahl, die er bei ihr fand, als er sie gefangen nahm.« Er beugte sich ein wenig näher zu ihr, seine Stimme klang kalt, als er sagte: »Die meisten von uns haben Mab gern, und ihr Sohn ist mein Bruder. Eine kluge Frau würde sich wohl einen Augenblick Zeit lassen und sich ins Gedächtnis rufen, wie viele uneheliche Kinder es auf Scarglas gibt, bevor sie ihre Verachtung gegenüber ihnen ausspuckt. Eine kluge Frau würde wahrscheinlich auch ihre Augen und Ohren weit genug offen halten und feststellen, dass dieses kleine Mädchen sehr gut die nächste Herrin auf Scarglas sein könnte, die Gattin des Lairds.« Er wandte sich von einer zitternden Clare ab und folgte Fiona. »Um die Wahrheit zu sagen, alle meine Brüder und ich sind entschlossen zu sehen, dass das geschieht.«

Nathan fand Fiona mitten im Burghof. Sie hatte ihre Hände in die schmalen Hüften gestemmt und starrte in den Himmel. Als er bei ihr ankam, fiel ihm auf, dass sie tief ein- und langsam und laut wieder ausatmete.

»Ich habe mich gehen lassen«, sagte Fiona, ohne den Blick von den dunklen Wolken abzuwenden, die Regen versprachen.

»Oh ja, das habt Ihr. Ihr habt Clare nahe daran gebracht, sich in die Hosen zu machen.«

Fiona sagte sich streng, dass sie sich darüber nicht freuen dürfe. »Eine Dame sollte sich nicht gehen lassen. Unsere Gilly sagt, dass eine Dame, wenn sie wütend wird, ganz gewiss nicht Leute in die Knie zwingen oder Messer auf sie werfen darf.«

»Was sollte eine Dame dann tun?«

»Unsere Gilly sagt, eine Dame gibt höflich ihr Missfallen zu verstehen und spricht bestimmt, aber ruhig.«

»Nun ja, Ihr habt nicht geschrien.«

Sie tauschte ein kurzes Grinsen mit ihm und seufzte. »Ich wünsche, ich besäße die Gabe unserer Gilly. Sie kann sagen, was ein Mensch fühlt. Es ist, als könnte sie einem mitten ins Herz sehen.«

»Das klingt nach einer sehr nützlichen Gabe.«

Fiona nickte. »Das ist es. Wenn ich sie besitzen würde, wäre ich vielleicht imstande zu sagen, warum Clare so wütend und verbittert ist.«

»Galle anstelle von Blut?« Er lächelte, als sie kicherte, und fiel in ihren Schritt ein, als sie zur Burg zurückging.

»Es stimmt schon, dass manchen Leuten Missmut und griesgrämiges Gemüt angeboren sind, doch die meisten werden so, während sie aufwachsen. Kennt man den Grund dafür, kann man sie oftmals wieder freundlich stimmen oder wenigstens mit ihnen so umgehen, dass man ihnen nicht am liebsten die Zunge herausschneiden würde. Hat Clare jemals mit Eurem Vater geschlafen?«

»Nein. Ihr Mann sagt, dass sie auch mit ihm nicht viel schläft.« Nathan wurde rot. »Entschuldigt! Ich sollte nicht so mit Euch sprechen.«

»Macht Euch keine Gedanken. Ich wurde von meinen fünf Brüdern großgezogen, bis ich dreizehn war. Dann kam unsere Gilly und veränderte manches, sodass die derbe Art, auf die wir alle lebten, gemäßigt wurde. Wir sind allerdings noch immer ein bisschen derb. Ich bezweifle, dass Ihr viel sagen könnt, das mich schockiert oder das ich nicht schon zuvor gehört hätte.« Sie legte die Stirn in Falten. »Warum könnte Clare Mab eine Hure genannt haben?« Sie wunderte sich, warum es Nathan auf ihre Frage hin so unbehaglich zu sein schien.

»Tja, na ja, wenn Ihr lang genug hierbleibt, werdet Ihr hören, dass uns dieses Wort ziemlich oft nachgerufen wird. Ich vermute, dass die Grays die Gerüchte nähren. Es ist nicht gerade hilfreich, dass wir alle so dunkel sind und Scarglas ein kleines bisschen abweisend wirkt. Mein Vater hatte fünf Frauen und vier von ihnen sind gestorben. Das verursacht zusätzlich eine Menge Gerede. Man sagt, er würde Frauen verzaubern.« Er entspannte sich ein wenig, als Fiona verächtlich schnaubte. »Es ist auch keine Hilfe, dass er es liebt, jeden zu verfluchen.«

Fiona blieb plötzlich stehen und staunte Nathan offnen Mundes an. »Jetzt weiß ich, wer ihr seid. Ich habe dieses Gerede gehört, aber nie auf den Namen geachtet. Es sind die Grays, die diese dunklen Gerüchte verbreiten, und sie leisten gute Arbeit, wobei ich nur wenige vernommen habe.« Sie schüttelte den Kopf und ging wieder auf die Burg zu. »Ich weiß nicht, wo ich meine Gedanken hatte. Ich hätte wenigstens diese Burg erkennen müssen, denn sie wird ganz genau beschrieben, wenn die Geschichten über euch erzählt werden. Als ich sie zum ersten Mal sah, spürte ich die eine oder andere Erinnerung hochkommen, konnte sie aber nicht festhalten. Ich dachte, es sei nur das Aussehen dieses Ortes, das mich an Dinge wie Hexenwerk und Mord denken ließ.«

»Ihr fürchtet Euch jetzt nicht?«

»Nein. Ich sehe nichts davon. Ihr scheint einen eigenartigen Haufen von Leuten hier angesammelt zu haben, wie etwa den alten Ian, der innerhalb eines Steinkreises im Mondlicht tanzt, oder Peter, der so große Angst vor Wasser hat, dass er wohl zehn Jahre Schmutz an sich tragen muss.«

»Eher zwanzig.«

»Stimmt. Doch ich sehe in nichts davon Hexenwerk. Eine harmlose Mondsucht vielleicht, aber keine Zauberei. Und auch wenn ich Euren Vater nicht sonderlich mag, kann ich mir nicht vorstellen, dass er eine Frau töten würde. Die meisten, die so sind wie er, schwängern ihre Frauen unablässig, und das verkürzt deren Leben oder treibt sie in die Flucht. Was das Verzaubern von Frauen betrifft, so hat er offensichtlich ein wahres Talent dafür, Mädchen in sein Bett zu locken, und ich habe den dringenden Verdacht, dass er sich genau solche aussucht, die dumm genug sind, seinen Lügen Glauben zu schenken.«

»Ja, das tut er. Und er nutzt seine Stellung hier, um die Mädchen in sein Bett zu bringen. Er und Ewan streiten sich oft darüber.« Nathan blieb stehen und sah zu den Toren. »Da spricht man von Ewan, und schon kommt er.«

Fiona versuchte, nicht zu erfreut über Ewans Rückkehr zu wirken. Sie wollte ihre Verliebtheit in diesen Mann nicht allzu offen zeigen. Ihre Pose eines gelassenen, freundlichen Willkommens wurde allerdings erschüttert, als er fast unbeholfen abstieg, zusammenzuckte und ein wenig zusammensackte, als er den Boden berührte. Sie eilte an seine Seite, spürte einen Stich, als er einen argwöhnischen Schritt zurücktrat, doch sie bemühte sich, es zu ignorieren.

»Ihr seid verletzt.« Sie musterte ihn sorgfältig.

»Nichts von Bedeutung«, entgegnete er, tief berührt von ihrer Sorge und zugleich seine Schwäche verfluchend.

Sie entdeckte das Blut, das seine Hosen durchtränkte, und

sah ihn entsetzt an. »Ihr blutet wie ein aufgespießtes Schwein. Wir waschen das besser aus und nähen es so schnell wie möglich.«

Bevor Ewan etwas einfiel, um ihre Hilfe abzulehnen, wurde er von Nathan zu seinem Schlafgemach gebracht. Als er die schmale Blutspur sah, die er hinterließ, kam er zu dem Schluss, dass es sowieso kein vernünftiges Argument dagegen gab. Ihm blieb nur die Hoffnung, dass Schmerz und Blutverlust ihn derart schwächen würden, dass er keinerlei Anflug von Begehren verspüren würde, während sie seine Wunde versorgte.

Er gestand sich ein, dass er gefährlich geschwächt sein musste, wenn er nichts weiter als leisen Widerspruch knurrte, während Nathan ihm die Kleider abstreifte. Ewan stöhnte, als er beinahe ins Bett fiel. Nathan legte sorgsam die Bettdecken so über ihn, dass nur sein verletztes Bein und die nackte Brust den Blicken ausgesetzt waren, und Ewan strengte sich an, einen Anfall von Benommenheit zu überwinden.

»Was ist geschehen?«, fragte Nathan, während Fiona das Blut von Ewans Bein abwusch.

»Wir erwischten ein paar Grays beim Viehdiebstahl«, berichtete Ewan. »Unglücklicherweise befanden sich ein Dutzend weitere zwar in unmittelbarer Nähe, aber außer Sichtweite. Während wir damit beschäftigt waren, die einen in die Flucht zu schlagen, wurden wir von den anderen überrascht. Ein paar unserer Männer erlitten leichtere Verletzungen.«

»Oh Gott. Ich weiß nicht genau, wo Mab ist«, sagte Fiona. »Sie weiß vielleicht nicht, dass sie gebraucht wird.«

»Ich hole sie.« Nathan eilte aus dem Raum.

Ewan verbiss sich das Bedürfnis, Nathan zum Bleiben zu bewegen. Er sagte sich, dass er ein erwachsener Mann sei, ein Mann voller Stärke und Entschlossenheit. Er sollte in der Lage sein, mit Fiona allein zu sein und trotzdem seinen niederen Instinkten nicht nachzugeben. Sie berührte sein Bein nur, um seine Wunde zu versorgen, es war eine unschuldige Berührung, die man übergehen konnte.

Seine Entschlossenheit schmolz allerdings mit jeder Berührung ihrer Finger auf seinem Oberschenkel dahin. Beinahe hieß er den Schmerz, den das Auswaschen mit Whiskey und das Nähen ihm verursachten, willkommen, weil er sein Blut schnell abkühlen ließ. Allerdings dauerte die Gnadenfrist nicht lange. Während sie das Bein bandagierte, kamen ihre sanften Hände seiner Leistengegend gefährlich nah, und er spürte, wie Hitze in ihm aufstieg. Ein hastiger Blick verriet ihm, dass die Bettdecken weit genug hochgeschoben waren, um seine Reaktion auf ihre Berührung zu verbergen, und er atmete im Stillen erleichtert auf.

»Ihr blutet im Gesicht«, bemerkte Fiona, die sich nach dem Befestigen des Verbandes auf seinem Oberschenkel aufrichtete.

»Das ist nichts. Nur ein kleiner Kratzer.«

»Er sollte dennoch gesäubert werden.«

Sie beugte sich über ihn, um den Schnitt über seinem Ohr auszuwaschen, und Ewan musste so heftig den Atem einziehen, dass er sich beinah verschluckt hätte. Ihre Brüste waren nur Zentimeter von seinem Mund entfernt. Er ertappte sich dabei, wie er die weichen Ansätze ihrer Brüste, die im Ausschnitt ihres Kleides zu sehen waren, geradewegs anstarrte. Ihre Haut war von einem reinen, sanften Honigton. Egal wie sehr er sich auch bemühte, er konnte sich nicht von seinem Verlangen befreien und musste einfach feststellen, ob ihre samtene Haut ebenso süß und warm schmeckte, wie sie aussah.

Gerade als sie sich wegbewegen wollte, schlang er einen Arm um ihre Taille und hielt sie fest. Er küsste jede Brust am Ansatz und atmete tief ihren reinen Duft ein. Sie zitterte, und er hörte, wie ihr der Atem stockte. Obwohl er sich danach sehnte, dort zu verweilen, sich an der weichen Haut zu ergötzen, küsste er sich ihre aparte Kehle hoch bis zu ihren Lippen. Seine Augen waren weit geöffnet und offenbarten, dessen war er sich gewiss, sein wachsendes Verlangen. Ihre vollen Lippen waren leicht geöffnet. Er zog schnell seinen Vorteil daraus und küsste sie mit einer Tiefe und einem heftigen Begehren, das er nicht bezähmen konnte. Mit jeder Berührung seiner Zunge spürte Fiona, wie ihr Verlangen zunahm. Er strich mit seiner Hand über ihren Nacken, und es fühlte sich an, als würde sie in ihrem Sog Feuer nach sich ziehen. Ein leises Stöhnen entfloh ihr, als seine andere Hand seitwärts hochglitt und ihre Brust ungemein sanft drückte. Nicht eine der Ängste, die Menzies in ihr hervorgerufen hatte, wurde durch Ewans Berührung geweckt, nur ein heißes Verlangen nach mehr.

Eben war sie im Begriff, zu ihm ins Bett zu klettern, als er sie unvermittelt von sich schob. Verletzt und verwirrt bemühte sie sich um ihr Gleichgewicht, während sie ihn ansah. Auf seinen Wangen lag eine leichte Röte, und sein Atem ging unregelmäßig. Beides schienen ihr deutliche Anzeichen von Begehren zu sein. Doch dann hörte sie Mab auf dem Gang ihren Namen rufen, und der Schmerz seiner plötzlichen Zurückweisung ließ ein wenig nach.

Ewan bedeckte seine Augen mit einer unruhigen Hand. »Geht. Mab braucht Euch.«

Fiona zögerte nur einen Augenblick, bevor sie aus dem Gemach eilte und unmittelbar vor der Tür auf Mab traf. Sie war enttäuscht über das plötzliche Ende ihres Liebesspiels, wusste aber, dass es besser so war. Ewan war verletzt und nicht in der Verfassung, die Leidenschaft, die sie füreinander empfanden, zu ihrer Vollendung zu führen. Außerdem kämpfte er noch immer gegen diese Anziehung an. Es war keine günstige Zeit, um ihm zu zeigen, dass er nicht zu widerstehen brauchte. Schonungslos unterdrückte sie alle Reste ihres Begehrens und verwandte ihre ganze Aufmerksamkeit darauf, Mab bei der Versorgung der anderen verwundeten Männer zu helfen. Ewan würde mehrere Tage nicht in der Lage sein, wegzulaufen oder ihr aus dem Weg zu gehen, so lange, bis seine Wunde zu heilen begann. Sie würde eine Menge Zeit haben, seinen Widerstand zu brechen.

7

Ich rate Euch eindringlich, Euch hinzulegen«, sagte Fiona, als sie Ewans Gemach betrat und ihn bei dem Bemühen erwischte, sich auf die Bettkante zu setzen. »Ihr habt diese Naht erst seit zwei Tagen. Die Wunde kann sich unmöglich so schnell schließen.«

Einen Augenblick erwog Ewan rundweg, ihr nicht zu gehorchen, befahl sich dann aber, kein Esel zu sein. Er fühlte sich benommen und ihm brach der Schweiß aus, dabei hatte er sich noch nicht einmal ganz aufgesetzt. Er schimpfte Verwünschungen über seine Schwäche vor sich hin, ließ sich gegen die Kissen sinken, die Mab erst vor Kurzem in seinem Rücken aufgestapelt hatte, und warf einen finsteren Blick auf das Tablett, das Fiona eben auf den Tisch neben seinem Bett stellte.

»Das sollte mal besser nicht Haferschleim oder Brühe sein«, brummte er.

»Es ist weder das eine noch das andere, es ist Hammeleintopf.«

Als Fiona sich mit Schüssel und Löffel in Händen auf die Bettkante setzte, raunzte er sie an: »Ich kann selber essen.«

Fiona entgegnete nichts, sondern reichte ihm den Löffel, behielt jedoch die Schüssel fest in der Hand. Sie beobachtete gemeinsam mit ihm, wie er seinen Löffel zur Schüssel hinbewegte, und bemerkte, dass er mit aller Macht versuchte, das Zittern seiner Hand zu überwinden. Schließlich warf er den Löffel in die Schüssel und sackte gegen die Kissen.

»Ich bin so schwach wie ein Kind«, jammerte er. »Das kommt davon, dass Ihr mir zwei Tage lang nichts anderes als Brühe zu essen gegeben habt.«

Sie verdrehte die Augen und schob ihm einen Löffel voll

Eintopf in den Mund. »Das kommt davon, dass Ihr so stark geblutet habt, bevor Ihr die Wunde versorgen lassen konntet. Es kommt auch davon, dass Ihr eben die Kraft, die ihr durch die Ruhe wiedergewonnen habt, durch den Versuch, zu schnell aus dem Bett zu kommen, verbraucht habt. Ich fürchte, da hat auch der Schlag auf den Kopf nicht geholfen.«

»Er hat mich nur für ein paar Minuten schlafen lassen«, sagte er hastig, bevor sie ihm einen weiteren Löffel mit Eintopf in den Mund schob.

»Was heißt, dass es ein guter, kraftvoller Schlag war, auch wenn er den Knochen nicht zertrümmert hat.«

Er erwiderte nichts mehr, sondern saß stattdessen nur da und fühlte sich lächerlich, während sie ihn mit seinem Eintopf fütterte. Für seinen Seelenfrieden wäre es weitaus besser gewesen, wenn sich ausschließlich Mab um ihn gekümmert hätte, aber er konnte sich selbst nicht dazu bringen, so etwas einzufordern. Ewan wusste, dass eine solche Zurückweisung von Fionas Hilfe sie verletzt und beleidigt hätte, zumal er keinen guten Grund dafür hätte nennen können. Man sagte einer Dame nicht, dass man sie loshaben wollte, weil ihr bloßer Anblick einen hart wie einen Stein werden ließ. Wann immer sie in seiner Nähe war, schienen die Schmerzen, die ihm seine Wunden verursachten, nur geringfügige Stiche zu sein, verglichen mit dem brennenden Verlangen, das sie in ihm weckte.

Wenn er vorsichtig war, würde er bis zu seinem Geburtstag gesund sein, überlegte er sich. Dann konnte er zum Dorf gehen, eine der willfährigen Mägde aus der Schänke mit ins Bett nehmen und dieses Fieber in seinem Blut weghuren. Diese Idee hatte sich in seinem Kopf noch nicht richtig ausgebildet, da musste er sich schon eingestehen, dass es Zeit- und Geldverschwendung sein würde. Da er seit einem ganzen Jahr keine Frau mehr gehabt hatte, würde er nicht wirklich Probleme haben, dieses Vorhaben durchzuführen, doch er wusste, dass es ihn nicht befriedigen, sein Verlangen nach Fiona nicht im Geringsten abschwächen würde.

Es war acht Jahre her, seit er eine solch blinde Leidenschaft für eine Frau empfunden hatte, und ihm gefiel die Tatsache ganz und gar nicht, dass er im Begriff war, erneut in diese Falle zu gehen. Solch ein starkes Verlangen und, wie er fürchtete, solch starke Gefühle machten einen Mann schwach und töricht. Ewan berührte kurz die Narbe in seinem Gesicht. Helena hatte ihm das beigebracht, indem sie seine Leidenschaft und Liebe zu ihr benützt und ihn an seine Feinde verraten hatte. Er konnte sich nicht erlauben, noch einmal schwach zu sein.

Eine leise Stimme sagte ihm, dass Fiona nicht Helena war, aber er kämpfte dagegen an, ihr Beachtung zu schenken. Zwar stimmte es, dass Fiona aufrichtig und liebevoll zu sein schien, aber sie weigerte sich auch, ihm zu sagen, wer sie war. Es gab gute Gründe für eine Zurückweisung, allerdings konnte er die Tatsache nicht leugnen, dass es dafür auch schlechte Gründe gab.

Gerade als er ihr sagen wollte, dass er genug Eintopf gegessen hatte, wurde die Tür zu seinem Gemach so energisch aufgerissen, dass sie gegen die Wand schlug. Ewan spannte sich an, als er seinen Vater dort stehen sah. Die Art, wie er Fiona mit wütenden Blicken bedachte, verriet ihm, dass er einen seiner Wutanfälle hatte. Man konnte nie wissen, zu was Sir Fingal fähig war, wenn er sich in einer solchen Raserei befand. Ewan wollte nicht glauben, dass sein Vater Fiona wirklich verletzen würde, war davon aber nicht so überzeugt, wie er es gerne gewesen wäre.

»Ihr mischt Euch in Angelegenheiten, Frau, die Euch nichts angehen«, schrie Sir Fingal und zeigte mit dem Finger auf Fiona.

»Und was für Angelegenheiten sollen das sein?« Fiona war froh über den gelassenen Ton in ihrer Stimme, denn ein Sir Fingal, der außer sich vor Wut war, machte sie nervös.

»Ihr habt mit den Frauen gesprochen.«

»Mir war nicht bewusst, dass das verboten ist.«

»Seid nicht frech. Ihr wisst ganz genau, wovon ich rede. Ich habe eben Bonnie befohlen, in mein Bett zu kommen, und sie sagte Nein. Nein! Zu mir!«

Ewan starrte seinen Vater an, während er noch auf einem Löffel Hammeleintopf herumkaute, den er eigentlich nicht gewollt hatte. Sein Vater klang nach einer seltsamen Mischung aus Wut, Entrüstung und Verblüffung. Aus dem Augenwinkel heraus sah er, wie ein flüchtiges Lächeln Fionas Gesicht erhellte. Es hatte den Anschein, als hatte sie absichtlich etwas getan, von dem sie wusste, dass es den Mann aufbringen würde, und das erstaunte Ewan. Und was ihn noch mehr erstaunte, war, dass Sir Fingals Zorn sie völlig unberührt zu lassen schien.

»Das ist ihr gutes Recht, oder nicht?«, fragte Fiona mit einem Ausdruck sanfter Verwirrung und völliger Unschuld.

»Sie behauptet, *Ihr* hättet ihr das gesagt. Sie behauptet, Ihr hättet ihr gesagt, dass es keinerlei Gesetze geben würde, nach denen sie mein Bett teilen müsste, nur weil mich etwas juckt und ich mich kratzen muss.«

»Ich glaube nicht, dass ich damit unrecht hatte. Ich bin überzeugt, dass es kein Gesetz gibt, das besagt, dass sie Euch nicht zurückweisen darf.«

»Es gibt *mein* Gesetz! Das hier ist meine Burg, und ich mochte alles so, wie es war. Ihr werdet damit aufhören, die Frauen hier auf dumme Ideen zu bringen, oder es wird Euch sehr leidtun.« Er drehte sich um, um zu gehen, blieb stehen, roch an dem Hemd, das er trug, und fluchte. »Und ich weiß, dass Ihr dafür verantwortlich seid, dass mein Bettzeug und meine Kleider nach dreimal verfluchtem Lavendel riechen. Das könnt Ihr auch gleich aufhören.« Er schlug die Tür hinter sich zu und ging.

Ewan schüttelte den Kopf, als Fiona ihm einen weiteren Löffel Eintopf verabreichen wollte. Er beobachtete, wie sie die Schüssel beiseitestellte und einen Trinkkrug hochnahm. Sie sah sehr schuldbewusst aus, sah ihm nicht in die Augen, und auf ihren Wangen lag ein Hauch von Rot. Er ergriff den Henkel des Kruges, doch sie schlang ihre Hände darum, um ihn ruhig zu halten, während er trank. Sein Gesicht wich nicht von ihrem Gesicht, und er hatte fast ausgetrunken, bis sie aufseufzte und ihn widerwillig ansah.

»Ich bin nie auf die Idee gekommen, mit den Frauen zu sprechen«, sagte er.

Fiona atmete im Stillen erleichtert auf, da er keine Anzeichen für Verärgerung zeigte. »Nun, ich wollte nicht respektlos klingen, aber ich hatte den Eindruck, dass ich, anstatt Euren Vater zu mehr Zurückhaltung zu überreden, gleich mit dem Kopf gegen die Wand rennen könnte.«

»Genau so wäre es gewesen.« Er tauschte ein kurzes Lächeln mit ihr und verzog schließlich voller Selbstekel das Gesicht. »Ich gestehe, dass es mir nie in den Sinn gekommen ist, dass die Frauen vielleicht nicht mit ihm schlafen wollten. Ihr müsst wissen, dass mein Vater ein wahres Talent dafür besitzt, die Mädchen in sein Bett zu locken. Ich fürchte, ich bin einfach davon ausgegangen, dass alle Frauen Ja gesagt haben, weil sie es so wollten, weil er sie verzaubert hatte oder so etwas.«

»Ich nehme an, dass einige es wollen. Ich habe ihnen keine Predigt über Sünde oder all das gehalten, sondern ihnen einfach gesagt, dass sie das Recht besitzen, Nein zu sagen, wenn sie nicht wirklich von dem alten Laird oder irgendeinem der Männer hier benutzt werden möchten. Immerhin preist und predigt die Kirche Tugendhaftigkeit und so weiter, und sie hat ganz gewiss größere Macht als der alte Laird.«

»Wollt Ihr mir sagen, dass das dort, wo Ihr herkommt, funktioniert? Es ist üblich, dass die Männer einer Burg die Mägde, die sich innerhalb der Burgmauern befinden, benutzen. Manche werden sogar Gästen angeboten.«

»Nur weil es so üblich ist, ist es noch lange nicht richtig. Dort, wo ich herkomme, behandelt man die Frauen mit Respekt, und sie können nach ihrem eigenen Gutdünken Ja oder Nein sagen. Ein Mann sollte nicht seine Machtposition dazu benutzen, sich Frauen in sein Bett zu holen. Die Frauen, zumindest die meisten, wagen es nicht, einen Laird oder seinen Vater oder Bruder oder irgendeinen Mann, der über sie herrscht, zurückzuweisen. Wo immer es Geld zu verdienen gibt, versammeln sich Huren. Sollen die Männer doch eine von ihnen nehmen.«

»Oder einem Mädchen den Hof machen, wie es mein Vater macht?« Ewan stellte fest, dass er neugierig darauf war, was sie von seinem Vater hielt.

»Na ja, vielleicht.« Fiona bemerkte, dass er ausgetrunken hatte, und stellte den Krug zur Seite. Danach drehte sie sich ein wenig zur Seite, damit sie bequemer auf der Bettkante sitzen konnte, während sie ihn ansah. »Etwas in mir findet, dass eine Frau, die zulässt, dass man ihr durch nichts weiter als schöne Worte und ein gefälliges Lächeln die Tugend raubt, alle Schwierigkeiten, in die sie gerät, verdient. Doch etwas anderes in mir findet, dass jeder Mann, der einem Mädchen mit Lügen die Tugend raubt und geht und sie allen Konsequenzen, die vielleicht daraus folgen, überlässt, bestraft gehört.« Sie zuckte die Schultern. »Widersprüchlich, ich weiß. Aber allzu oft hat ein solcher Wüstling einem Mädchen das einzig Wertvolle geraubt, was es vielleicht besaß. Ich glaube, es sind die Lügen, durch die man etwas bekommt, was man haben möchte, die mich ärgern.«

»Auch Frauen lügen, um zu bekommen, was sie haben wollen.«

»Ja, und das ist nicht besser.« Sie legte ihre Hände im Schoß zusammen und machte sich bereit, ihm eine Frage zu stellen, die sie nicht länger zurückhalten konnte. »Warum wurde Euer Vater blau angemalt?«

Ewan brauchte einen Augenblick, um den unvermittelten Themenwechsel zu begreifen, schließlich verzog er innerlich das Gesicht. Da Fiona nichts über das Aussehen seines Vaters gesagt hatte, hatte Ewan gehofft, sie würde es einfach ignorieren. Seinem Gefühl nach hatte sie es versucht, aber wie konnte man schon einen Mann ignorieren, der auf jedem Fleckchen Haut, das sichtbar war, blaue Zeichen hatte? Und

Fiona war klug genug, um zu erraten, dass diese Zeichen zweifelsohne die Haut auch überall dort bedeckten, wo sie nicht zu sehen waren.

»Heute Nacht haben wir Vollmond.« Ewan fluchte leise, als sie ihn nur mit großen Augen anschaute und ihr Gesichtsausdruck deutlich verriet, dass sie eine bessere Erklärung haben wollte. »Mein Vater und verschiedene andere Männer bemalen bei Vollmond ihren Körper so, wie Ihr gesehen habt, und gehen hinaus, um innerhalb eines Steinkreises zu tanzen. Nackt.«

»Was sagt denn Euer Priester zu solch heidnischen Handlungen?«

»Der alte Esel ist genauso da draußen und tanzt mit ihnen.«

Fiona sagte sich, dass es unhöflich sei zu lachen. Der arme Ewan fühlte sich vom Verhalten seines Vaters eindeutig gedemütigt. »Der alte Ian war bereits dort.«

»Ja, er mag es einfach, da draußen herumzuspringen. Doch er malt sich bis zum Vollmond nicht blau an.«

»Ich verstehe.« Es überraschte sie nicht, dass ihrer Stimme die Anstrengung anzumerken war, denn das Bedürfnis zu lachen streifte schnell alle Zügel, die sie ihm angelegt hatte, ab. »Warum?«

»Mein Vater hat eine Erzählung gehört, in der behauptet wurde, dass die Alten es so gemacht hätten, um die Götter zu bitten, sie im Kampf stärker und wilder werden zu lassen und …« Er zögerte, zutiefst dagegen abgeneigt, den Satz zu beenden.

»Und was?«

»Männlicher.«

Fiona legte sich die Hand auf den Mund und starrte auf das Bettzeug hinunter. Sie spürte, wie das Lachen ihren Körper beben ließ, und legte sich auch die andere Hand auf den Mund. Es war grob unhöflich, vielleicht sogar ein wenig gemein, zu lachen, aber wie sollte man da nicht lachen? Die Vorstellung von einer Gruppe alternder Männer, die sich blau anmalten und unter dem Vollmond herumsprangen, war ganz einfach urkomisch. Sie verschluckte sich ein bisschen, während sie tapfer dagegen ankämpfte, aber schließlich sank sie geschüttelt vor Lachen auf die Bettdecken.

Wenigstens ist sie nicht entsetzt oder verängstigt, dachte Ewan bei sich. Flüchtig fragte er sich, ob er es ihr übel nehmen sollte, und sei es nur aus Achtung vor seinem Vater, schob diesen Gedanken aber beiseite. Was dieser Mann heute Nacht vorhatte, war lächerlich. Er hätte es selbst auch lustig gefunden, hätte es nicht zu so vielen Problemen geführt, indem es die Gerüchte von Hexenwerk nährte. Doch nach einer Weile fing er zu lächeln an, ihr Lachen steckte ihn an.

Als dieses Lachen nachließ, setzte sich Fiona auf und musste feststellen, dass sie sich näher an Ewan herangeschoben hatte. Ihre Gesichter waren nur Zentimeter voneinander entfernt. Er lächelte, und sie fragte sich, ob er eigentlich eine Vorstellung davon hatte, wie gut er aussah. Als sein Lächeln verschwand, spannte sie sich an. Welche Richtung würde er wohl dieses Mal einschlagen? Würde er sie an sich ziehen oder von sich schieben? Sie wünschte, dass dieser Mann endlich eine Entscheidung darüber treffen würde, was er eigentlich von ihr wollte. Die Art und Weise, wie er sich in der einen Minute hitzig und in der nächsten kalt zeigte, war ein bisschen schwer auszuhalten.

Sanft umfasste Ewan ihr Kinn und wischte mit der anderen Hand eine Lachträne weg, die auf ihren erhitzten Wangen glitzerte. Er heftete seinen Blick auf ihren Mund. Als sie sich mit der Zunge über die Lippen fuhr, verwünschte er leise seine Schwachheit, glitt mit der Hand zu ihrem schlanken Nacken und zog sie näher.

Nur ein einziger Kuss, sagte er sich. Ganz sicher brachte er die Willensstärke auf, ihr einen Kuss zu rauben, ohne die Beherrschung zu verlieren. Doch schon in der Sekunde, in der seine Lippen ihre berührten, begann er an seinem Vorsatz zu zweifeln. Die süße Wärme ihres Mundes schien durch sein

Blut geradewegs zu seinen Leisten zu eilen. Als sie unter seinen Lippen ihre öffnete, schlang er seine Arme um sie und drückte sie fest an sich, während er gierig die wortlose Einladung annahm.

Fiona hatte das Gefühl, als würde sie von der Glut ihres Begehrens dahinschmelzen. Voller Verlangen erwiderte sie seinen Kuss und unternahm nichts, die Leidenschaft, die er in ihr weckte, unter Kontrolle zu bringen oder zu verbergen. Als er den Kuss beendete und ihre Kehle, ihre Wangen und das Grübchen hinter ihrem Ohr küsste, versuchte sie vergeblich, Atem zu holen. Als er ihre Brust streichelte, zitterte sie und rang um Luft.

Er gab ihr erneut einen Kuss und veränderte ihrer beiden Position so, dass sie auf der Seite lagen. Fiona machte sich die Veränderung schnell zunutze, streichelte seinen Rücken und erschauerte bei dem Gefühl seiner weichen, warmen Haut. Langsam ließ sie ihre Hand unter die Bettdecken gleiten, um seine straffen Pobacken zu streicheln, und schluckte das Stöhnen, das ihm entkam. Einen Herzschlag später musste sie feststellen, dass sie weggeschoben wurde und Ewan sich auf den Rücken drehte.

Aufgewühlt und fröstelnd angesichts dieses abrupten Endes ihrer Umarmung, setzte sie sich auf und sah Ewan an. Er hatte einen Arm über seine Augen gelegt, weshalb es schwierig war, seinen Gesichtsausdruck zu interpretieren. Seine Wangen wurden von einer leichten Röte überzogen, und er atmete so unregelmäßig wie sie selbst. Das mussten Anzeichen für eine Leidenschaft sein, die ebenso stark war wie ihre eigene. Oder Anzeichen für Schmerz, kam ihr plötzlich in den Sinn, als ihr entsetzter Blick auf sein verletztes Bein fiel.

»Ewan«, begann sie, bestürzt darüber, dass sie so restlos seine Verletzung vergessen haben konnte.

»Geht!«

Fiona spürte, wie all ihre Besorgnis um ihn schlagartig verschwand, um einem Schmerz Platz zu machen, der so stechend war, dass sie beinahe aufgeschrien hätte. Er litt nicht aufgrund von Leidenschaft oder Schmerzen, sondern aufgrund von Reue, vielleicht sogar Beschämung. Nicht Leidenschaft oder Schmerz verursachte die Röte auf seinen Wangen und ließ seinen Atem unregelmäßig werden, sondern Abscheu. Ob der Grund dafür bei ihr oder bei ihm lag, tat nichts zur Sache.

»Das Beste ist wohl, dass Mab mich ab jetzt pflegt.«

»Wie Ihr wünscht.«

Sie nahm das Tablett, das sie ihm gebracht hatte, und verließ ihn. Am liebsten wäre sie gerannt und hätte sich ein Versteck gesucht, doch ihr Stolz hielt sie davon ab. Es erfreute sie ganz und gar nicht, wenige Schritte von Ewans Tür entfernt auf Gregor zu treffen. Seine Augen verengten sich zu Schlitzen, als er sie ansah, was ihr verriet, dass sie ihre ramponierten Gefühle nicht so gut verbarg, wie sie gedacht hatte. Sie lächelte dankbar, als Bonnie, die eben vorbeikam, ihr das Tablett abnahm, und verschränkte die Hände im Rücken.

»Ich verließ einen schlafenden Simon«, sagte Gregor, der sie noch immer forschend ansah.

»Ach gut«, antwortete Fiona. »Viel Schlaf ist die beste Medizin, die es gibt.«

Gregor nickte. »Stimmt etwas nicht? Ihr seht etwas blass und mitgenommen aus.«

»Ich bin nur müde, das ist alles. Ich denke, ich gehe zu Bett und schlafe selbst auch ein bisschen.« Fiona ging um ihn herum. »Wenn Ihr mich bitte entschuldigt.«

Nachdem er zugesehen hatte, wie sie verschwunden war, warf er einen erzürnten Blick auf die Tür zu Ewans Schlafgemach. Er hatte eigentlich nicht vorgehabt, Ewan zu besuchen, war nun aber entschlossen dazu. Wenn er den Ausdruck auf Fionas Gesicht richtig deutete, hatte sein Bruder und Herr dem Mädchen eben einen ordentlichen Schlag versetzt. Es hatte den Anschein, als müsse er sehr viel früher als erwartet etwas Verstand in Ewans sturen Schädel prügeln.

In dem Augenblick, in dem er Ewans Schlafgemach betreten

und die Tür hinter sich geschlossen hatte, fragte er schon fordernd: »Was hast du Idiot dem Mädchen angetan?« Er ging strammen Schritts zum Bett und funkelte Ewan, der nicht im Geringsten glücklicher aussah als Fiona, wütend an.

Ewan seufzte und fuhr sich mit den Händen übers Gesicht. »Wie kommst du auf die Idee, dass ich Fiona etwas angetan haben könnte?«

»Vielleicht weil sie aussieht, als hättest du ihr einen ihrer Dolche auf die harte Tour zurückgegeben – indem du ihn ihr ins Herz gesenkt hast?«

Dies hätte vorausgesetzt, dass er auf irgendeine Weise Fionas Gefühle verletzt hätte, und Ewan weigerte sich, das zu glauben. »Du missverstehst die Sache.«

Gregor kreuzte die Arme über seiner breiten Brust. »Nein, das glaube ich nicht. Ich traf sie unmittelbar vor deiner Tür, und sie lächelte nicht. Fiona lächelt immer. Zudem blieb sie nicht stehen, um ein kurzes Gespräch zu führen. Nein, sie sah bleich wie der Tod aus und floh auf ihr Schlafgemach. Also frage ich dich nochmals: Was hast du ihr angetan?«

Das war nichts, was Ewan mit Gregor ausdiskutieren wollte, aber ihm war klar, dass sein Bruder es nicht ruhen lassen würde. Oder er würde, was noch schlimmer war, seine eigenen Schlüsse daraus ziehen. Ewan seufzte und entschied sich, dass er zu müde und niedergeschlagen war, um zu lügen.

»Ich sagte Ihr, dass sie gehen soll und dass es besser wäre, wenn von jetzt an Mab mich pflegen würde.« Ewan wäre angesichts des übertrieben durchdringenden Blickes, den Gregor auf ihn heftete, fast zurückgewichen.

»Warum? Das Mädchen hat dich gewissenhaft und sehr gut versorgt.«

»Weil ich mit ihr nicht allein sein kann«, fuhr ihn Ewan an und raufte sich mit einer Hand die Haare. »Ich kann meine verdammten Hände nicht von ihr lassen.«

»Und das hältst du für etwas Schlimmes?«

»Natürlich ist es schlimm. Sie ist eine Geisel. Und auch wenn sie es immer noch nicht zugegeben hat, sie ist ein Mädchen von Stand. Und ganz bestimmt noch Jungfrau. Sie braucht keinen übergroßen Dummkopf, der sie jedes Mal, wenn sie es wagt, sich ihm zu nähern, misshandelt.«

»Da du weder Blutergüsse noch blutende Stellen hast, hat sie wohl nicht gerade herzhaft gegen die Misshandlung protestiert«, entgegnete Gregor ironisch.

Die Wahrheit dessen traf Ewan wie ein harter Kinnhaken. Fiona widersetzte sich seinen Küssen nicht. Wenn er seinem eigenen Urteil trauen durfte, schmolz sie in seinen Armen dahin und erwiderte seine Leidenschaft voll und ganz. Vielleicht war es töricht, sie wegzustoßen. Das, wonach er sich so sehnte, war allem Anschein nach da, um genommen zu werden. Jeder andere Mann, dem eine solche Gunst geschenkt wird, würde sie annehmen, schnell und begierig. Warum also nicht auch er?

Doch dann sah er finster drein, Argwohn loderte innerhalb seines Verstandes und Herzens auf. Warum aber sollte eine Frau, die so anmutig war wie Fiona, Leidenschaft für ihn empfinden? Leidenschaft konnte vorgetäuscht werden, konnte nichts weiter als ein niederträchtiger Betrug sein, um seine Wachsamkeit zu schwächen und seine Zunge zu lösen. Obwohl er gegenüber seinem Vater eine solche Möglichkeit bestritten hatte und sie auch nicht rückhaltlos glauben konnte, konnte er sie auch nicht blindlings verwerfen.

Was er Gregor gesagt hatte, entsprach ebenfalls der Wahrheit, und zwar einer, die er auf keinen Fall vergessen durfte. Wenn Fiona keine Spionin und keine Bedrohung war, war sie doch immerhin eine Geisel. Viele Männer würden der Ansicht sein, dass ihm dieser Umstand das Recht gab, sie zu nehmen, aber er gehörte nicht zu ihnen. Fiona würde unberührt ihren Leuten zurückgegeben werden. Seine Ehre forderte dies von ihm, ebenso der gesunde Menschenverstand. Das Allerletzte, was ihm fehlte, war, der langen Liste derjenigen, die ihm und den Leuten von Scarglas feindselig gegenüberstanden, noch einen weiteren Gegner hinzuzufügen.

»Sie ist ein Mädchen«, entgegnete Ewan. »Und sie ist unschuldig. Es ist nicht schwer, eine Unschuldige zu überwältigen.« Entschlossen übersah er Gregors entrüsteten Blick. »Und wenn sie nicht unschuldig ist, keine Geisel ist, die wir gegen Lösegeld eintauschen können, dann gehört sie zu unseren Feinden und wurde mitten unter uns eingeschleust, um uns in Schwierigkeiten zu bringen. Es wäre also Idiotie, mir von der Lust den Verstand umnebeln zu lassen. Ich bin schon einmal in diese Falle getappt und habe Köpfchen genug, um mich an eine Lektion, die ich gut gelernt habe, zu erinnern.«

»Fiona ist nicht wie Helena.«

»Nein? Helena schien alles zu sein, was man unter süß und unschuldig versteht, und führte mich wie ein Lamm zur Schlachtbank.«

»Süß vielleicht, aber ich nehme an, dass dir aufgefallen ist, dass sie nicht so ganz unschuldig war.«

»Ich könnte auch hinsichtlich Fionas Unschuld falschliegen. Es gibt nur einen Weg, mich dessen zu versichern, und der ist, sie in mein Bett zu holen. Wenn sie Jungfrau *ist,* dann raube ich ihr die Keuschheit. Das könnte ihren Wert mindern, wenn wir sie eintauschen, und würde ihre Verwandten ganz bestimmt auf Rache sinnen lassen. Es könnte uns beide auch vor einen Priester bringen, dorthin gezerrt von unserem Vater oder ihren Verwandten, und ich will keine Frau haben.

Wer auch immer sie ist – unschuldige Geisel oder gerissene Feindin –, das Klügste, was ich tun kann, ist, sie in Ruhe zu lassen.«

Gregor schüttelte den Kopf. »Du denkst zu viel nach, Ewan. Du kaust auf jedem Rätsel und jedem Gedanken herum, als handelte es sich um ein Stück zähes Fleisch. Manchmal sind die Dinge aber genau so, wie sie scheinen.«

»Zu oft sind sie es nicht. Jetzt sag mir, wie unsere Angelegenheiten stehen«, befahl er. »Ich fürchte, ich sitze noch ein paar Tage im Bett fest, und du musst Augen und Ohren für mich offen haben.«

Ewan war froh, dass Gregor den Themenwechsel mitmachte, obwohl er eindeutig gerne mehr in Bezug auf Fiona gesagt hätte. Zu seiner Erleichterung schien im Augenblick alles friedlich zu sein.

Nachdem Gregor weg war, sackte Ewan schwer gegen die Kissen. Ihm wurde bewusst, dass Fionas Urteil richtig gewesen war und er das bisschen Stärke, dass er wiedergewonnen hatte, bei dem Versuch, das Bett zu früh zu verlassen, verbraucht hatte, und das ärgerte ihn.

Er seufzte, als er die Augen schloss, und bemühte sich, den Schmerz in seinem Bein und das schleichende Kopfweh nicht zu bemerken. Langsam ließ er seine Zunge über die Lippen gleiten. Noch immer konnte er die süße Wärme von Fionas Mund schmecken. Ihr sauberer, weiblicher Duft, in dem ein Hauch Lavendel schwang, lag noch in der Luft. Die Hitze ihrer kleinen, sanften Hand stellte auf seiner Haut eine mächtige Erinnerung dar. Sie war ein berauschendes Gebräu, ein Fieber in seinem Blut, von dem er fürchtete, dass es nicht zu heilen war.

Warum sollte er also diesem Fieber nicht Nahrung geben? Warum nicht rücksichtslos zugreifen und sich nehmen, was sie ihm zu seiner Verwunderung so bereitwillig zu geben schien? Er besaß den Verstand und die Kraft, alle Konsequenzen zu vermeiden. Als Laird sollte er in der Lage sein, gegen die Pläne seines Vaters, ihn mit Fiona zu verheiraten, standzuhalten. Die meisten würden es nicht als Verbrechen betrachten, wenn er mit einer weiblichen Geisel schlief, sondern als sein Recht, als Teil des Freikaufs.

Sollten ihre Verwandten nach Rache schreien, na gut, was machte es schon, wenn zu den riesigen Horden von Feinden, die sein Vater sich schon gemacht hatte, eben noch ein Feind hinzukam? Vielleicht hatte Gregor ja recht, wenn er ihn für einen Esel hielt, weil er Fiona von sich stieß.

Mit leisem Fluchen strengte er sich an, seinen Kopf von jeglichem Gedanken an Fiona, an Leidenschaft und Begehren freizubekommen. Ewan sagte sich streng, dass er nicht sein Vater sei. Er besaß Selbstbeherrschung und konnte das natürliche Bedürfnis, sich zu nehmen, was er haben wollte und wann er es haben wollte, bekämpfen. Alle Gründe für die Distanz zu Fiona, die er Gregor aufgezählt hatte, waren vernünftig. Der vernünftigste von allen war aber der Grund, den er seinem Bruder nicht verraten hatte. Ewan wusste tief in seinem Herzen, dass er Fiona, wenn er sie zu sich ins Bett ließ, auch bald in sein Herz lassen würde. Und das entsetzte ihn zutiefst.

8

Fiona starrte blicklos auf die Männer, die innerhalb des Steinkreises im Mondlicht herumtanzten. Das Fenster in der Kemenate, dem Gemach, das offenbar der Herrin von Scarglas zugedacht war, führte in Richtung dieser befremdlichen Gruppierung von Steinen. Es war ein Ort, der von den Nebeln der Ewigkeit und des Geheimnisvollen umhüllt war. Wenn die Geister der Ahnen noch immer dort weilen sollten, was mochten sie dann wohl von den etwa Dutzend nackten Dummköpfen halten, die in ihren seltsamen Tänzen nur innehielten, um noch mehr zu trinken? In der Hoffnung, dass ein solcher Anblick sie genug aufheitern würde, um die Bedrückung, die sie wie eine schwere Decke umgab, zu durchlöchern, hatte sie einfach hier hochkommen und zusehen müssen. Doch stattdessen musste sie nun das Bedürfnis unterdrücken, laut und ohne jede Zurückhaltung zu weinen.

War es wirklich erst ein paar Stunden her, seit Ewan sie so kalt von sich gestoßen hatte? Sie war auf ihr Schlafgemach geflohen, um sich die Wunden zu lecken und ihre Fassung zurückzuerhalten, was ihr aber noch immer schwerfiel. Sie hatte geweint, doch das hatte den Schmerz, den sie angesichts seiner Zurückweisung und der Demütigung, die sie empfand, nicht lindern können. Vielmehr hatte sie von all dem Weinen Kopfschmerzen bekommen, und ihre Augen waren verschwollen und gerötet. Sie weigerte sich, einer solchen nutzlosen Schwäche erneut nachzugeben. Doch da ihre Augen unter dem Gewicht der ungeweinten Tränen wehtaten, fürchtete sie, dass ihr Entschluss schnell ins Wanken geraten würde.

Mab betrat den Raum, mehrere Kleider über dem Arm, und Fiona bemühte sich, die Frau anzulächeln. Der schnelle, prüfende Blick, mit dem diese sie bedachte, überzeugte Fiona, dass es ein jämmerliches Unterfangen war. Mab schien oftmals in ihrer eigenen kleinen, glücklichen Welt herumzuhüpfen, mühelos abgelenkt und verfangen von ihren großartigen Plänen, eine Wunderkur zu mischen, doch Fiona wusste, dass da auch ein scharfer Verstand war. Sie wünschte nur, dass diese Frau ihre wachen Sinne im Augenblick nicht ausgerechnet auf sie gerichtet hätte.

»Welcher der Frauen des alten Lairds gehörten diese Gewänder?«, fragte sie, als Mab die Kleider auf eine große Eichentruhe legte, die mit Leder und Eisen beschlagen war.

»Seiner zweiten Frau.« Mab ging zu dem Fenster, vor dem Fiona saß. »Sie hat ihm Gregor, Adam, Brian, Ross und Nathan geboren. Annie hat es am längsten von allen Frauen dieses alten Esels ausgehalten. Ich glaube, der alte Fingal liebte sie sogar auf seine ganz eigene Weise. Nicht treu ergeben oder liebevoll, aber er hatte sie gern. Manche geben seiner ständigen Untreue die Schuld an ihrem Tod. Man sagt, sie habe aus dem Fenster ihres Schlafgemachs geschaut, habe gesehen, wie Fingal eine dralle Magd beackerte, und sei bei dem Versuch, etwas sehr Schweres aus dem Fenster auf ihn zu werfen, hinausgefallen. Sie ist zu seinen Füßen gestorben.«

»Es ist schade, dass sie nicht auf ihm gelandet ist und ihn mit sich genommen hat«, schnappte Fiona und schüttelte den Kopf. »Dieser Mann ist wie ein verzogenes Kind. Jemand sollte etwas Selbstbeherrschung und Verantwortungsbewusstsein in den alten Dummkopf hineinprügeln. Ewan hatte eine andere Mutter?«

»Ja. Fingals erste Frau, Mary, war die Tochter des früheren Herrn. Sie ist bei der Geburt von Ewan gestorben. Fingal hat dem Jungen gern erzählt, dass er ein so großes, strammes Kind gewesen wäre, wie keine Frau mehr als eines von dieser Sorte auf die Welt bringen könnte.«

»Mein Gott. Denkt denn dieser Mann nie, bevor er spricht?« Trotz ihrer Verärgerung und Verletztheit spürte Fiona das kurze

Aufwallen von Mitleid für das Kind, das Ewan gewesen war – ein Kind, das man dazu gebracht hatte, zu glauben, dass es schuld am Tod der Mutter sei. »Es sollte mich wahrscheinlich nicht überraschen. Es ist ja deutlich zu sehen, dass er auch nicht denkt, bevor er handelt.«

Mit einem finsteren Blick aus dem Fenster auf die mondbeschienenen Gestalten, die in dem Steinkreis herumhüpften, antwortete Mab: »Das stimmt. Schaut Euch nur den Narren und seine närrischen Freunde an. Hüpfen nackt im Mondschein herum, bis sie auf ihre Gesichter stürzen, und sind blau wie Heiden angemalt. Keine Ahnung, wie sie glauben können, dass ein solcher Unsinn ihre Männlichkeit steigern könnte. Bei der Kälte schauen ihre Gemächte inzwischen ganz bestimmt so klein aus wie die von Jungs.« Sie schmunzelte, als Fiona lachte, sah aber sofort wieder traurig aus. »Warum wurde jetzt angeordnet, dass ich die Einzige bin, die sich um den Herrn kümmern darf?«

Aufgeschreckt von dieser unvermittelten Frage, antwortete Fiona wahrheitsgemäß: »Weil er es befohlen hat. Er kann mich offensichtlich nicht in seiner Nähe ertragen.« Sie fluchte, als sie die warme Spur von Tränen auf ihren Wangen spürte.

Mab reichte ihr ein mit zarter Stickerei versehenes Stück Leinen. »Nein, das könnt Ihr nicht ernsthaft glauben.«

»Doch, das kann ich. Seine Zurückweisung war klar und deutlich. Ich bin eine solche Närrin«, flüsterte sie.

»Wie kommt Ihr auf diese Idee?«, fragte Mab, die sich neben Fiona auf die Fensterbank setzte.

Fiona starrte auf das mittlerweile verknitterte und nasse Leinentuch in ihren Händen hinunter. Einen Augenblick lang überlegte sie, das Thema zu wechseln oder eine Lüge zu erzählen. Doch dann zuckte sie innerlich die Achseln. Mab würde einer Lüge keinen Glauben schenken, und es half vielleicht, wenn sie mit jemandem über Ewan und sein Verhalten sprechen konnte. Sie hatte kläglich dabei versagt, in dieser Angelegenheit selbst Ordnung in ihre Gedanken zu bringen.

»Dieser Mann zieht mich eng an sich, dann stößt er mich wieder von sich. Er küsst mich bis zur Besinnungslosigkeit, dann ignoriert er mich. Heute Nachmittag küsste er mich, dann schickte er mich kaltherzig weg. Und er möchte eindeutig, dass ich wegbleibe.« Sie atmete tief ein, um sich zu sammeln, und wischte sich die Tränen von den Wangen. »Ich hatte gedacht, das sei nur, weil er mich begehrt, aber sein Ehrgefühl sorgt dafür, dass er sich zurückzieht. Doch heute, nun ja, heute war er angewidert von mir, angewidert davon, dass er auch nur auf die Idee kommen kann, seine Gelüste bei mir zu befriedigen. Dessen bin ich mir sicher.«

»Seid Ihr Euch das? Na, Ihr seid vielleicht wirklich eine Närrin, wenn Ihr so etwas denkt.« Sie überging Fionas bösen Blick. »Wie hat er ausgesehen? Was hat Euch gesagt, dass er von Euch angewidert ist?«

Fiona versuchte, keine törichten Hoffnungen in ihrem Herzen aufkommen zu lassen, und erzählte Mab detailliert, wie Ewan ausgesehen hatte, nachdem er ihre Umarmung unvermittelt gelöst hatte. »Ich dachte, seine Wunden würden ihm wehtun, doch als ich seinen Namen sagte, befahl er mir kalt, ich solle gehen. Dann fügte er noch hinzu, dass er es für besser hielte, wenn du von jetzt an seine Wunden versorgst.«

»Fiona, ich kann darin keine Angewidertheit entdecken. Natürlich hält er es für das Beste, dass ich ihn versorge, und zwar weil er seine Finger nicht von Euch lassen kann.«

»Ja, weil seine männliche Lust geweckt wird, wenn eine Frau in seiner Nähe ist. Doch dann wird ihm bewusst, welche Frau er da eigentlich im Arm hält, und er wendet sich ab. Wahrscheinlich kann ich froh sein, dass er sich nicht nimmt, was er braucht, bevor er seine Augen aufmacht.«

»Fiona, Ewan nimmt sich nie, was er braucht. Er greift sich nie ein Mädchen wegen, äh, wegen seiner männlichen Gelüste. Ich glaube, er hat Angst, seinem Vater zu ähnlich zu werden. Aber Ewan ist noch nicht einmal wie seine Brüder, die lüsterne Knaben sind, aber sehr viel mehr Zurückhaltung üben als ihr

Vater, eine Zurückhaltung, die ihnen von Ewan gepredigt wird. Ich habe gehört, wie ihn einige der Jungen Bruder Ewan nennen und ihn mit seinem mönchischen Verhalten aufziehen.«

»Ewan und mönchisch?« Fiona konnte schwerlich glauben, dass ein Mann, der sie mit solch heftiger Leidenschaft küsste, in seinem Betragen jemals mönchisch sein konnte.

»Ja. Er schläft nur einmal im Jahr mit einer Frau. An seinem Geburtstag geht er ins Dorf und bringt die Nacht mit einer Hure zu. Nach dem wenigen, was ich weiß, klingt das ein bisschen, na ja, kaltherzig. Er bevorzugt keine Bestimmte, sondern nimmt sich einfach eine, die sauber aussieht, und schläft mit ihr. Bei Tagesanbruch geht er wieder und kehrt nicht zurück. Es ist fast so, als würde er ein Arzneimittel für seine Gesundheit gebrauchen, so wie man gelegentlich einen Aderlass macht, um den Körper von allen schlechten Körperflüssigkeiten zu befreien.«

Fiona lachte flüchtig, unfähig, dem Humor in Mabs Worten zu widerstehen, wurde aber schnell wieder ernst. »Einmal im Jahr? Bist du dir sicher, Mab?« In ihrem Herzen regte sich Hoffnung, und das machte Fiona Angst.

»Ganz sicher. Es ist ein einziges Mal der Fall gewesen, vor acht Jahren, dass er mit dieser Gewohnheit gebrochen hat. Ein Mädchen namens Helena kam auf Scarglas. Ewan war, fürchte ich, vernarrt in sie. Man hat von Heirat gesprochen.«

Der Gedanke, dass Ewan in eine Frau verliebt gewesen war, tat weh, selbst wenn es acht Jahre zurücklag. Fiona befahl sich, nicht solch eine Närrin zu sein. Dieser Mann war fast neunundzwanzig Jahre alt. Es würde in der Tat befremdlich sein, wäre er nicht mindestens einmal verliebt gewesen.

»Was ist geschehen? Er hat sie nicht geheiratet, oder?«

»Nein. Sie ist von einem der Feinde, die wir auf Scarglas haben, hergeschickt worden. Das Mädchen hat Ewan in eine Falle gelockt, die ihn fast das Leben gekostet hätte. Davon hat er die Narbe auf seinem Gesicht.« Mab seufzte. »Ewan ist schon immer ein ernster Junge gewesen, aber an jenem Tag ist ihm das bisschen Unbeschwertheit, das er besessen hat, auch noch abhandengekommen. Ewan kehrte dazu zurück, seine männlichen Gelüste einmal im Jahr zu befriedigen.«

»Vielleicht nähert er sich nur dem Ende seines jährlichen Zölibats.«

»Närrin. Ich habe Euch das alles erzählt, damit ihr seht und versteht, warum Ewan ein Mann voller Entschlossenheit und Selbstbeherrschung ist. Glaubt Ihr denn, dass keines der Mädchen hier versucht hätte, ihn ins Bett zu zerren? Er mag nicht der Bestaussehendste unter den Brüdern sein oder gar sehr geschickt darin sein, einem Mädchen den Hof zu machen, aber er ist der *Herr.* Und davor war er der erklärte Erbe des Herrn. Ein solcher Mann greift sich nicht einfach ein Mädchen, weil es ihn juckt. Nein, nicht bevor dieses Jucken ziemlich heftig wird.«

Fiona fragte Mab, ob sie etwas Apfelmost haben wolle, und stand auf, um diesen zu holen. Während sie zwei Trinkbecher mit dem stark gewürzten Getränk füllte, dachte sie über alles nach, was Mab ihr erzählt hatte. Würde sie allem, was Mab gesagt hatte, Glauben schenken, würde sie auch wieder davon überzeugt sein können, dass Ewan sie aus Ehrgefühl von sich gestoßen hatte, vielleicht sogar aus einer persönlichen Angst heraus. Was sie allerdings zögern ließ, war eine tief sitzende Angst vor weiteren Zurückweisungen durch Ewan. Es reichte, das einmal gekostet zu haben. Der Schmerz war zu groß.

Bevor Menzies in ihr Leben eingebrochen war, hatte sie niemals so etwas wie Zurückweisung gekannt. Männer hatten ihr Aussehen zu schätzen gewusst, hatten sie umschmeichelt und ihr Komplimente für ihre Schönheit gemacht. Sie glaubte nicht, dass sie eitel war, aber sie hatte diese Wertschätzung genossen. Als sie das erste Mal den Verlust dieser Wertschätzung zu spüren bekommen hatte, als sie erkennen musste, dass die Narben etwas daran geändert hatten, wie Männer sie ansahen, war sie verletzt gewesen. Sie hatte schließlich akzeptiert, was

Gilly und die anderen ihr sagten, nämlich dass solche Männer oberflächliche Dummköpfe und nicht einer einzigen Träne wert seien, dass sie bald einen Mann finden würde, der den Verstand besaß, tiefer zu sehen. Sie hatte Ewan für diesen Mann gehalten. Etwas in ihr wollte das immer noch tun, aber sie traute dem nicht.

»Ach, Mab, ich bin ein Feigling.« Sie reichte Mab den Becher und setzte sich neben sie. »Ich glaubte, einen Mann gefunden zu haben, der hinter meine Narben sehen kann, doch er hat mich von sich gestoßen.«

»Dummes Kind.« Mab trank einen Schluck und murmelte ihre Anerkennung für dieses Getränk. »Er hat Euch nicht von sich gestoßen.«

»Es hat sich ganz sicher so angefühlt.«

»Ich bin überzeugt, dass es sich so angefühlt hat, aber ich bin genauso überzeugt, dass er das nicht getan hat. Nein, er versucht Euch vor seinen Bedürfnissen zu schützen. Vielleicht versucht er auch, sich selbst zu schützen.«

»Vor mir? Ich bin keine Bedrohung für ihn.«

»Oh doch, das seid Ihr. Viele Männer empfinden Frauen als Bedrohung, und allen voran die Frauen, die Gefühle in ihnen wecken, die sie nicht zulassen wollen.«

»Körperliches Verlangen.«

Mab zuckte mit den Schultern. »Zweifelsohne, aber ich halte es für mehr. Immerhin hat dieser Mann viele Jahre lang eine bewundernswerte Zurückhaltung gegenüber seinen körperlichen Gelüsten an den Tag gelegt. Genau genommen hat Ewan in allen seinen Gefühlen eine bewundernswerte Zurückhaltung an den Tag gelegt.« Mab legte die Stirn in Falten und nippte an ihrem Getränk. »In vielerlei Hinsicht ist Ewan auch so geblieben, während er in Helena vernarrt war.«

»Woher wusstest du dann, dass er vernarrt ist?«

»Er hat mit ihr geschlafen, und es war nicht an seinem Geburtstag. Er war ein bisschen verwirrt. Sie konnte ihn von seinen Geschäften ablenken. Kleinigkeiten. Ziemliche Kleinigkeiten. Jetzt, wo ich darüber nachdenke, finde ich, dass nicht Ewan sie in sein Bett geholt hat. *Sie* hat *ihn* in ihr Bett geholt. Es sagt viel über einen Mann aus, wenn Leute auf die Idee kommen, ihn einfach aufgrund der Tatsache für verliebt zu halten, weil er von einer wunderschönen Frau ins Bett gelockt werden kann. Ihn hat das in einen Zustand versetzt, der bei Ewan als eine Art frohe Stimmung gelten kann, seine Brüder hat das ziemlich beunruhigt.«

Fiona lächelte. »Ich verstehe. Mein Bruder war früher ein ausgesprochen zurückhaltender Mann. Er ist es in vieler Hinsicht noch immer. Ich erinnere mich an das erste Mal, als unsere Gilly ihn zum Lachen brachte. Wir waren alle ziemlich aufgeregt. Ein paar Frauen standen sogar die Tränen in den Augen. Connor hatte jahrelang für uns alle die Lasten getragen, unser Überleben war das Allerwichtigste für ihn, und er hatte sich selbst dafür gestählt. Es war viel zu viel, um auf die Schultern eines gerade einmal fünfzehnjährigen Jungen geladen zu werden. Er hat es gut geschultert, aber es beraubte ihn seiner Jugend und hat jegliche Weichheit in ihm begraben. Unsere Gilly half ihm zu verstehen, dass er wenigstens ein wenig von diesen weicheren Gefühlen zeigen und dennoch der starke Laird bleiben kann, der er sein muss, um die Achtung und den Gehorsam des Clans weiterhin zu besitzen.«

»Und wer glaubt Ihr, hat wohl das Gewicht von Scarglas und seiner Leute geschultert?«, fragte Mab leise.

Die Erkenntnis, die durch Mabs Frage ausgelöst wurde, überfiel Fiona so unvermittelt, dass sie um Atem rang. Es gab in der Tat viele Ähnlichkeiten zwischen Ewan und Connor. Natürlich hatte Connor seinen männlichen Leidenschaften nicht allzu starke Zügel angelegt, aber vermutlich hätte er es getan, hätte er einen Vater wie Sir Fingal gehabt. Abgesehen davon waren es die Sünden und Dummheiten der Eltern, die jeden Menschen formen. Allerdings wusste Fiona nicht so recht, wie ihr dieses plötzliche Verständnis helfen konnte.

»Ewan war ein erwachsener Mann, als er Laird wurde«, gab

sie zu bedenken und richtete damit ihre Aufmerksamkeit auf den ersten deutlichen Unterschied, den sie zwischen Ewan und ihrem Bruder wahrnehmen konnte.

»Mit Ausnahme der Bezeichnung war er in allem anderen schon davor Laird. Ihr seid jetzt lang genug da, um zu wissen, was für ein Mann Sir Fingal ist. Wenn uns der alte Laird nicht gerade einen neuen Feind schafft, hurt er mit einem Mädchen und zeugt einen neuen Bankert. Dinge wie Essen für seinen Clan, das Erwirtschaften des Geldes, das er so freigiebig ausgeben kann, oder sicherer Schutz für seine Leute haben sein Interesse noch nie lange auf sich gezogen. Er hat es gemocht, sich als Laird zu bezeichnen, aber die Arbeit, die diese Ehre mit sich bringt, hat er nie sehr gemocht.«

»Ewan hat also die Arbeit erledigt. Wie ich schon sagte, ich habe ganz stark den Eindruck, dass Sir Fingal sehr einem verzogenen Kind gleicht.«

»Genau das ist er. Aus diesem Grund ist er hier, aus diesem Grund nennt er uns MacFingal. Er wollte ein Mädchen heiraten, aber sie und ihr Vater sagten Nein. Sie wurde mit seinem ältesten Bruder, dem Erben, verheiratet. Sir Fingal hat sie alle zum Teufel gewünscht und ist gegangen, hat seine Hände auf diesen Ort hier gelegt und sich seinen neuen Clan geschaffen. Ab und zu kommen seine Verwandten vorbei, um zu sehen, ob er bereit ist, den Bruch zu kitten, aber er ist ein sturer alter Esel. Und – nein, ich werde den Namen nach wie vor nicht nennen.«

Fiona lachte. »Komm, Mab, ich verrate es keinem. Selbst wenn es herauskommen würde, dass du ihn mir verraten hast, was würde es schon machen?«

»Der alte Laird würde einen Wutanfall bekommen, und das finde ich äußerst beunruhigend.«

»Ach, mach dir keine Gedanken. Vielleicht kommen sie ja vorbei, während ich noch hier bin, und ich kann dann das dunkle Geheimnis selber herausfinden.«

»Oh, ich denke, Ihr werdet für sehr lange Zeit hier sein.«

»Nein, Ewan will mich nicht hier haben. Ich überlege allmählich, ob ich ihm nicht einfach sage, wer ich bin, damit er mich nach Hause gehen lässt.«

»Selbst wenn er wirklich wollte, dass Ihr geht, würde er Lösegeld für Euch verlangen.«

»Ich muss auf den gesunden Menschenverstand meines Bruders vertrauen und mir eine List überlegen, um es gering ausfallen zu lassen.«

»Ich hätte nicht gedacht, dass Ihr eine von denen seid, die so schnell aufgeben«, warf Mab schnell ein.

»Es ist sehr schwer, um ihn zu kämpfen, wenn er mich nicht in seine Nähe lässt.«

»Nun, ich glaube, ich werde nicht in Reichweite sein, wenn es an der Zeit ist, die Fäden zu ziehen.«

Der verschlagene Ausdruck, den Mab aufsetzte, passte so wenig zu dem netten Gesicht, dass Fiona sich ein Lachen verbeißen musste. Sie wusste, dass Ihr Mab vorschlug, mehr zu tun, als nur in die Nähe von Ewan zu kommen und zu hoffen, er werde wieder die Hand nach ihr ausstrecken. Doch bei dem Plan zu Ewans Verführung existierten mehrere Schwierigkeiten. Fiona wusste nicht genau, wie man so etwas machte, denn abgesehen von den groben Anschlägen, die sie von Menzies' Händen hatte erdulden müssen, beschränkte sich ihre Erfahrung mit Männern auf ein paar gestohlene Küsse. Zudem fühlte sie sich bei dem Versuch unbehaglich, Ewan dazu zu bringen, etwas zu machen, das er offensichtlich nicht machen wollte. Die Konsequenzen, die daraus entstehen konnten, waren mannigfach, und keine davon war angenehm. Die Schlimmste davon wäre, wenn er der Verführung vielleicht erlag, aber nur um sich danach abzuwenden und sie zurückzuweisen. Ob sie das überleben würde? Zumindest nicht seelisch.

»Wenn ich richtig rate, deutet ihr eine Verführung an. Aber ich bin mir nicht sicher, ob das klug wäre«, sagte Fiona schließlich.

»Warum nicht? Ihr begehrt ihn, und er begehrt Euch. Ihr müsst ihn nur davon überzeugen, dass es nicht das Ende der Welt ist, wenn er seinem Wunsch nachgibt.«

»Gut. Er schläft also mit mir. Und was dann? Seine Schwachheit würde ihn entsetzen und er würde wieder weglaufen, weiter und schneller. Oder er würde den Eindruck haben, dass er mich heiraten muss, weil er mir die Unschuld raubte. Oder andere könnten ihn aus demselben Grund vor den Altar zwingen.«

»Wollt Ihr ihn nicht genau dort haben: vor dem Altar kniend?«

»Schon, aber ich würde es lieber sehen, wenn er sich dort freiwillig hinbegeben würde.«

Mab lächelte verstehend. »Ich bin mir nicht sicher, ob sich viele Männer freiwillig dorthin begeben. Und die, die das tun, denken im Allgemeinen an ihren Stammbaum, an Erben und Mitgift. Warum genau würdet Ihr dort knien, Mädchen? Weil er Euer Blut in Wallung versetzt?«

Fiona wurde rot. »Das tut er, aber ich weiß, dass er der Mann meines Lebens ist. Ich wusste es vom ersten Kuss an. Ich dachte törichterweise, ich könnte ihm zu der Einsicht verhelfen, dass es auch bei ihm so ist.«

»Wenn Ihr genug Zeit hättet, würdet Ihr das vielleicht schaffen. Bedenkt man, wie eigensinnig Ewan sein kann, könnte das sehr lange dauern, und ich glaube nicht, dass Ihr so viel Zeit habt. Wärt Ihr mit ihm verheiratet, hättet Ihr sehr lange Zeit.«

»Aber wenn er entweder durch sein eigenes Ehrgefühl oder durch die Forderungen anderer zur Heirat mit mir gezwungen wäre, wäre er mir gegenüber nicht sonderlich freundlich gestimmt. All die alten Probleme wären noch immer da, und ganz gewiss würden noch ein paar neue hinzukommen.«

»Stimmt, aber Ihr wärt in unmittelbarer Nähe, um zu versuchen, sie in Ordnung zu bringen.« Mab hob die Hand, als Fiona zu sprechen begann. »Ich weiß, was Euch beunruhigt, aber Ihr müsst sehr genau darüber nachdenken. Das, was wir hier besprechen, ist keine gute Art, sich einen Ehemann zu beschaffen, aber welche Wahl habt Ihr sonst? Euch bleiben ein paar Tage, um das Ganze in Kopf und Herz zu erwägen, bevor Ihr einen Entschluss fassen müsst. Er hat in nur zehn Tagen Geburtstag. Wenn er sich bei irgendeiner Hure befriedigt, müsst Ihr vielleicht feststellen, dass er neue Kraft hat, Euch zu widerstehen.«

Allein die Vorstellung von Ewan in den Armen einer anderen Frau, und sei es nur eines Freudenmädchens, für das er sich nicht interessierte, war beinahe zu schmerzhaft, um sie zu ertragen. Zudem kochte fast so etwas wie Wut in ihr auf, dachte sie daran, dass er das, was sie zusammen haben konnten, fliehen und stattdessen irgendeine Frau für ein seelenloses Gerangel bezahlen würde. Der bloße Gedanke reichte aus, um sich Mabs Vorschlag genauer zu überlegen. Konnte es denn noch viel schlimmer kommen? Es würde wehtun zu wissen, dass er ein unfreiwilliger Bräutigam war, aber wenigstens würde nicht eine andere Frau bekommen, wonach sie sich so verzehrte.

Mab sah aus dem Fenster. »Einige der jüngeren Männer haben sich dem Tanz angeschlossen. Das kommt oft vor. Die Jungen haben ein paar Krüge mit Bier und halten diesen Unsinn für Spaß. Es verbessert allerdings die Aussicht.« Mab und Fiona lachten, dann aber hielt Mab die Luft an. »Ach du Schreck, die Frauen kommen.«

»Haben sie vor …« Fiona schrie überrascht auf, als sich eine schwielige Hand über ihre Augen legte.

»Die Damen sollten sich schämen«, tadelte Gregor sie und verbiss sich angesichts von Mabs und Fionas aufsteigender Gesichtsröte ein Lachen. »Kommt weg von da.«

»Ich denke, Ihr zieht die Falschen zur Rechenschaft«, murmelte Fiona, als Gregor sie vom Fenster wegzog.

»Gegen diese Dummköpfe kann ich nichts ausrichten. Ich kann nur stehen und staunen, dass keiner von ihnen Lungenentzündung bekommt. Simon schickt mich nach Euch, Fiona. Er würde gerne wissen, ob Ihr eine Partie Schach mit ihm spielt, bevor Ihr zu Bett geht.«

Einen kurzen Augenblick zögerte Fiona, denn sie war nicht in der richtigen Stimmung zu einem Schachspiel. Simon war ein Neuling in diesem Spiel, was bedeutete, dass mehr Unterricht als Herausforderung angesagt war. Doch dann seufzte sie in sich hinein. Simon war zweifelsohne bis ins Unerträgliche gelangweilt. Ihr Mitgefühl wurde wach, sie nickte und verließ das Gemach, um zu ihm zu gehen.

»Sie scheint besserer Stimmung zu sein«, bemerkte Gregor, sobald Fiona sich entfernt hatte. »Hat sie nichts über Ewan gesagt?«

»Warum sollte das Mädchen denn mit mir über den Herrn sprechen?« Mab wandte Gregor den Rücken zu, während sie prüfend die Kleider durchsah, die sie für Fiona ausgewählt hatte, um festzustellen, welches sie zuerst umnähen wollte, und versuchte Gregor zu ignorieren.

»Spiel nicht dieses Spiel, Mab.«

»Was meint Ihr für ein Spiel, Junge?«

Gregor lachte über ihren höchst unschuldigen Blick, bevor er wieder ernst wurde. »Mein Idiot von Bruder war unfreundlich zu ihr, Mab. Als sie ihn verließ, wirkte sie aufgelöst. Frauen sprechen gern mit anderen Frauen, wenn sie aufgelöst sind. Da du die einzige Frau auf Scarglas bist, mit der sie viel Zeit verbringt, dachte ich, sie hat vielleicht mit dir darüber gesprochen.«

»Ja, sie hat mit mir gesprochen, aber das, was sie sagte, geht Euch nichts an. Was gesprochen wurde, waren persönliche Geheimnisse, die sie mir anvertraut hat. Ihr müsst schon sie selbst fragen.«

Gregor bemerkte, wie aufgeregt sie war, schlang den Arm um sie und gab ihr einen Kuss auf den Kopf. »Ich habe nur eine einzige Frage. Will Fiona-von-den-zehn-Messern unseren mürrischen, mönchischen Ewan haben?«

»Aha, ich denke nicht, dass ich ihr Vertrauen missbrauche, wenn ich das beantworte. Ja, das tut sie, aber sie ist sich nicht sicher, ob er sie haben will.«

Sie schaute ein wenig argwöhnisch zu ihm hoch. »Ich habe versucht, ihr zu erklären, wie die Dinge auf Scarglas stehen, ihr zu verstehen zu geben, warum unser Laird der Mann ist, der er ist. Ich glaube, sie hat manches davon verstanden, denn sie hat von ihrem Bruder Connor gesprochen.«

Sie sah das geschärfte Interesse in Gregors gut aussehendem Gesicht und erzählte ihm alles, was Fiona ihr über ihren Bruder berichtet hatte. »Meiner Meinung nach hatte sie es mit einem Mann zu tun, der unserem Herrn sehr ähnlich ist, und würde ihn deshalb sehr gut verstehen.«

»Ja«, stimmte ihr Gregor zu. »*Meiner* Meinung nach würde sie eine sehr gute Herrin von Scarglas abgeben. Das Problem ist nur, wie bringen wir das zustande, wenn Ewan so entschlossen ist, dieses Geschenk wegzuwerfen?«

Er grinste, als Mab rot wurde.

»Aha! Es sind also schon Pläne im Umlauf? Kannst du sie mir nicht mitteilen? Vielleicht könnte ich ja helfen?«

»Ein Plan wurde entworfen, aber Fiona hat bisher noch nicht zugestimmt«, gestand Mab, die erkannte, dass sie in Gregor einen mächtigen Verbündeten gefunden hatte. »Alles, was ich dazu sagen kann, ist, dass unserem Laird eines Tages die Fäden gezogen werden müssen. Ich brauche vielleicht etwas Hilfe dabei, äh, zu verschwinden.«

Gregor lachte. »So sei es. Ich verspreche es dir, Mab, an diesem Tag wirst du so schwer fassbar sein wie eine Rauchwolke.«

»Ihr glaubt nicht, dass der Laird über eine solche Verführung verärgert sein wird, oder?«

»Ein bisschen schon, aber vertraue mir, wir verschaffen ihm genau das, was er haben will. Es könnte nur etwas dauern, bis er sein eigenes glückliches Schicksal begreift.«

***

Fiona starrte hoch zum Betthimmel. Sie war müde, konnte aber nicht schlafen. Ihr Kopf war zu geschäftig und weigerte sich, zur Ruhe zu kommen. Was Mab ihr erzählt hatte, drängte sich immer und immer wieder in ihre Gedanken und verlangte von ihr, dass sie alles und jedes genau untersuchte und zu verstehen lernte.

Fast wünschte sie sich, nicht mit Mab gesprochen zu haben, sondern in ihrem Schmerz eingeschlossen zu bleiben und an all das zu denken, was sie verloren hatte. Letzteres war weitaus weniger verwirrend gewesen.

Sie musste eine Entscheidung treffen, und es war offensichtlich, dass sie keinen Schlaf finden würde, bevor sie sie getroffen hatte.

Jener Teil von ihr, der davon überzeugt war, dass Ewan der Mann ihres Lebens war, wollte Mabs Plan folgen. Der stolze Teil von ihr scheute aber vor dem Gedanken zurück, einen Mann in die Falle zu locken und ihre Unschuld zu gebrauchen, um ihn dazu zu bewegen, sie zu heiraten.

Sie wünschte sich, dass Ewan sie heiratete, dass er sie fragte, ob sie seine Frau werden wolle.

Sie wünschte sich, dass er sie liebte, dass er wusste, dass sie zusammengehörten.

Sie fluchte und zwang sich dazu, die Augen zu schließen. Ewan war entschlossen, sie auf Abstand zu halten. Er versteifte sich darauf herauszufinden, wer sie war, sie gegen Lösegeld einzutauschen und sie nach Hause zu schicken.

Er war nicht bereit, ihr auch nur eine Chance zu geben, um ihn zu werben, ihm zu zeigen, dass sie so wunderbar zusammenpassten. Wenn sie ihn haben wollte, musste sie skrupellos sein und jedes ihr zur Verfügung stehende Mittel gebrauchen, um ihn an ihrer Seite zu halten, bis sie ihn zur Einsicht bringen konnte.

Fiona fiel auf, dass sie eben ihre Entscheidung getroffen hatte, und schon wurde sie von zunehmendem Schlafbedürfnis niedergezogen.

Ihr Vorhaben beinhaltete ebenso großen Schmerz wie große Wonnen. Kein Mann mochte gezwungen oder überlistet werden.

Und jeder Mann, der die Willenskraft besaß, seine Gelüste nur einmal im Jahr zu stillen, obwohl er von bereitwilligen Frauen umgeben war, würde sich zweifelsohne als sehr eigensinnig gegenüber einer Sinnesänderung erweisen.

Ihr letzter klarer Gedanke in dieser Angelegenheit war: *Oh gut, wenigstens kann ich mir sicher sein, dass er treu sein wird, während wir unsere Probleme ausdiskutieren.*

9

Ewan war bewusst, dass ihm das Entsetzen, das er empfand, als Fiona in sein Schlafgemach trat, vermutlich deutlich ins Gesicht geschrieben stand. Trotz Gregors und Simons Versicherungen, dass sie Mab nicht finden könnten, hatte er diese erwartet. Offenbar hatte er sein ungeduldiges Warten darauf, dass diese Fäden gezogen würden, allzu deutlich gezeigt, und sie waren zu der Überzeugung gelangt, dass er nicht mehr warten konnte, bis sie Mab gefunden hatten.

Fiona lächelte ihn sanft an, als sie sich seinem Bett näherte, und er spürte, wie sich seine Innereien vor Verlangen zusammenzogen. Anscheinend hatte es nicht gereicht, sie auf Abstand und außer Sichtweite zu halten, um ihn von seiner Leidenschaft zu ihr zu heilen. Doch er hätte diese traurige Wahrheit bemerken sollen. Er hatte die acht Tage, seit er sie aus seiner Gegenwart verbannt hatte, damit zugebracht, an sie zu denken. Die Zeit hatte die Erinnerung daran, wie sie schmeckte, wie süß die Glut ihrer Küsse oder wie weich ihre Haut war, nicht löschen können. Hastig schob er die Decken über seine Leisten, um seine Erregung zu verbergen.

»Wo ist Mab?«

»Das scheint keiner zu wissen«, antwortete Fiona. »Man denkt, dass sie vielleicht losgezogen ist, um nach Beeren oder Kräutern zu suchen, die sie für ihre Heilkunst braucht. Es tut mir leid, aber Ihr müsst mit mir vorliebnehmen, egal wie abstoßend Ihr das findet.«

»Ich finde Euch nicht abstoßend«, knurrte er, fügte aber schnell hinzu: »Es ist nur so, dass ich an Mab gewöhnt bin.«

»Selbstverständlich.«

Sie müsste nicht so unverhohlen ungläubig klingen, dachte

er gereizt. Es war eine vollkommen vernünftige Begründung für seinen Widerstand gegen ihre Pflege. Immerhin kannte er Mab seit Jahren, und sie war eine ausgesprochen mütterliche Frau. Hinzu kam die einfache Tatsache, dass kein Mann in einem solchen schwachen Zustand von einer jungen, wunderschönen Frau gesehen werden wollte.

Er spannte sich an, als sie das Bein aufdeckte. Die leichten Berührungen ihrer Finger auf seiner Haut, während sie den Verband löste, überfluteten ihn mit Verlangen, und er musste die Zähne zusammenbeißen. Zu seinem großen Schrecken bereitete ihm das Ziehen der Fäden nicht genug Schmerzen, um seine unverzüglich aufflackernde Leidenschaft zu dämpfen.

Das Untier in ihm wurde zum Leben erweckt. Mit jeder sanften Berührung ihrer Hand schnappte es nach einem weiteren Glied der Kette, die er ihm umgelegt hatte. Ewan versuchte an Getreide zu denken, an das Vieh, an das Hauptbuch, aber nichts half. Er hatte viel zu viele Stunden in Gedanken an sie verbracht, an die stürmische Glut ihrer Umarmungen. Als ihr dicker Zopf über Fionas Schulter fiel und gegen seinen Oberschenkel strich, zitterte er. Ewan sah sich selbst zu, wie er die Hand danach ausstreckte, und wusste zugleich, dass er dieses Mal nicht in der Lage sein würde, sich zu zügeln.

Fiona entfernte den letzten Faden und bemühte sich, ihre Aufmerksamkeit auf die Narbe zu lenken, die zurückbleiben würde, doch sie scheiterte. Sie musste ihre Hand zu einer festen Faust ballen, um nicht Ewans langes, gut geformtes Bein zu streicheln. Mit seinen weichen Muskeln und leicht überstäubt mit dunklem Haar schien es ihr wunderschön zu sein. Fiona schüttelte den Kopf, erstaunt und ein wenig belustigt darüber, wie betört sie war.

Andererseits, überlegte sie, war es vielleicht ein Mittel, ihn zu verführen, wenn sie seinen Oberschenkel streichelte. Mab hatte ihr äußerst deutlich zu verstehen gegeben, dass eine Verführung nötig sein würde, wenn Ewan entschlossen war, ein Gentleman zu sein. Mab hatte es ›einen kleinen Schubs in die richtige Richtung‹ genannt. In der inständigen Hoffnung, dass sie nicht im Begriff war, sich bloßzustellen, legte Fiona ihre Hand auf seinen Oberschenkel.

Ewans schnelles Einziehen des Atems lenkte ihre Aufmerksamkeit auf sich. Sie drehte sich gerade um, um ihn anzusehen, als er ihren Zopf ergriff und sie näher an sich zog. Unter dem Blick, mit dem er sie ansah, erschauerte sie, seine Augen waren dunkel vor Verlangen. Sollte er sie auf diese Weise ansehen und nach einem einzigen Kuss wegschicken können, dann, das spürte Fiona deutlich, würde ihre Jagd vollkommen hoffnungslos sein.

»Ich habe Euch gesagt, dass es das Beste wäre, wenn Mab mich versorgt«, sagte Ewan.

»Mab ist nicht da, und ich sehe nicht, was es für einen Unterschied machen soll, ob Mab die Fäden zieht oder ich.«

»Nein? Wenn Mab hier wäre, würde ich mich nicht gezwungen fühlen, das hier zu machen.«

Ein leises Keuchen entfuhr Fiona, als er sie unter den Armen packte und auf sich zog. Es war eine solch schnelle, unvermittelte Bewegung, dass ihr die etwas zu großen Schuhe, die sie trug, von den Füßen glitten. Sie legte ihm ihre Hände auf die breite, weiche Brust, um das Gleichgewicht halten zu können, und er stöhnte leise auf. Dann küsste er sie.

Sein Kuss war heftiger, fordernder als die anderen, die er ihr gegeben hatte. Hoffentlich hatte das zu bedeuten, dass er den eisernen Griff um seine Leidenschaft endlich verloren hatte. In seinem Kuss war solches Verlangen, solcher Hunger zu spüren, dass es Fiona zunehmend schwerfiel, sich nicht blindlings ihrem eigenen hoch aufschießenden Verlangen zu unterwerfen.

Sie kämpfte darum, ein paar ihrer Sinne beisammenzuhalten, denn sie wollte gegenwärtig genug sein, um zu spüren, falls er vielleicht wieder zu seiner Selbstbeherrschung zurückfand. Obwohl sie nicht so richtig wusste, was sie unternehmen konnte, um ihn vor einem erneuten Rückzug ihr gegenüber abzuhalten, wollte sie sich genug Geistesgegenwärtigkeit bewahren, um ihr Bestes zu versuchen.

Sie strich mit ihrer Hand über seine Brust und spürte, wie er den Schauder, der sie durchzog, einem Echo gleich beantwortete. Das Gefühl warmer Haut, straffer Muskeln und selbst das Haargefieder in der Mitte seiner Brust ließen ihr das Herz rasen. Ihre Hände brannten darauf, alles an ihm zu berühren, jede Anhöhe aufzusuchen und jede Vertiefung. Trotz der Küsse, die sie ansteckten, wurde ihr ihre Position lästig. Die Art und Weise, wie er seine Arme um sie geschlungen hatte und sie auf seinem Körper festhielt, erschwerte es, ihr Verlangen, ihn zu berühren, zu befriedigen.

Wie in Antwort auf ihre Gebete drehte er sich um, sodass sie nun auf der Seite lagen und sich in die Augen sahen. Sie machte sich dies schnell zunutze, ließ ihre Arme um ihn gleiten und streichelte seinen Rücken. Er begann ihre Kehle zu küssen, und ihr entfuhr ein geflüstertes Stöhnen. Das bisschen Verstand, an das sie sich noch geklammert hatte, schmolz unter der Glut, die er in ihr entfachte, schnell dahin.

»Ihr solltet weglaufen, Fiona-von-den-zehn-Messern.« Ewan sagte dies noch, als er schon ihr Kleid aufschnürte, voller verzweifelter Sehnsucht, sie zu sehen, zu berühren und ihre weiche Haut zu spüren.

»Warum?«

Fiona konnte spüren, wie er an ihren Kleidern zerrte. Flüchtiges Unbehagen kühlte ein wenig die Hitze ihres Blutes, denn sie fürchtete, dass er widerstreben würde, wenn er ihre Narben sah. Skrupellos begrub sie diese Angst und bewegte sich, um ihm das Abstreifen ihrer Kleider zu erleichtern. Sollte ihn der Anblick ihrer Narben zurückstoßen, war es besser, wenn sie es sofort erfuhr. Denn das würde bedeuten, dass er nicht der Mann war, für den sie ihn hielt, dass sie ihr Herz an ein Trugbild verschenkt hatte.

Ewan schaute unverwandt auf Fiona hinunter, die jetzt nichts weiter als ein dünnes Hemd trug, dass mehr enthüllte als verhüllte, und kämpfte darum, sich an ein paar Fäden seiner Selbstbeherrschung zu klammern. »Weil Ihr das Untier entfesselt habt.«

»Oh, das klingt faszinierend.«

Er öffnete den Mund, um es besser zu erklären, aber sie streichelte mit einer ihrer sanften, hübschen Hände seine Hüfte, und alles, was er herausbrachte, war ein tiefes Ächzen. Es war zu spät für Fiona, sich in Sicherheit zu bringen. Wobei sie nicht sonderlich geneigt schien, dies zu tun, dachte er bei sich, während er mit stark zittrigen Fingern ihr Hemd aufschnürte. Ihre deutliche Bereitschaft machte es ihm unmöglich, in geordneten Bahnen nachzudenken. Er zog ihr das leichte Leinengewand aus, warf es zur Seite und sah sie an. Es bedurfte nur eines Blickes, um davon überzeugt zu sein, dass ihn jetzt nichts weiter als der Tod mehr aufhalten konnte. Ein einziges Mal nur würde er sich nehmen, was er haben wollte, und nicht an die Konsequenzen denken.

Die Anspannung, die sich ihres Körpers bemächtigt hatte, als Ewan sie ansah, löste sich unter der Glut seines Blickes schnell. »Ist das Untier noch immer entfesselt?«, fragte sie mit unsicherem Flüstern.

»Oh ja. Entfesselt und tobend.«

Sie wusste nicht, was er damit meinte, doch einen Herzschlag später interessierte es sie nicht mehr. Er legte seine großen, kräftigen Hände auf ihre Brüste, und die Flammen, die in ihr aufloderten, waren so mächtig, dass sie überrascht war, unter seinen Händen kein Aufleuchten wahrzunehmen. Nun war sie sich sicher, dass er sie nicht wieder zurückstoßen würde, und sie ließ die letzten Fäden ihrer Selbstbeherrschung schießen und die Leidenschaft regieren.

Ewan folgte jeder Liebkosung durch seine Hände mit Küssen und langsamen Strichen seiner Zunge. Fiona fand sich auf dem Rücken liegend wieder. An ihr Ohr drang das leise Geräusch von etwas Zerreißendem, als er die Bettdecken wegriss und seinen Körper von deren Griff befreite. Er war ein sehr großer Mann, und Fiona entschied sich, ihn im Moment besser nicht genau zu betrachten. Dann nahm er die schmerzende Spitze ihrer Brust in die Hitze seines Mundes auf und sie verlor jegliche Fähigkeit zu denken.

Ewan bemühte sich verzweifelt, wenigstens etwas Selbstbeherrschung aufzubringen, aber es war ihm nicht möglich. Die leisen Schreie, die sie von sich gab, die Art, wie sich ihr geschmeidiger Körper unter seinem bewegte, drängten ihn blindlings vorwärts. Sein Liebesspiel war heftig, fast wild, aber sie schien genauso entflammt zu sein. Erst als er in sie eindrang, sich durch das Tor ihrer Jungfräulichkeit Bahn brach und ihren Aufschrei wahrnahm, brachte ihn das ein wenig zur Besinnung. Er bemühte sich eben um die passenden Worte und um Atem, sie auszusprechen, als Fiona ihre kräftigen, schlanken Beine um ihn schlang. Sie bog ihm ihre Hüften entgegen und drängte ihn tiefer in sich hinein. Er war verloren. In seinem Bewusstsein war nichts anderes mehr als das schreiende Verlangen seines Körpers.

Fiona schaute unverwandt zur Decke über Ewans Bett hoch. Gedankenverloren streichelte sie seinen breiten Rücken, während er schwach und stoßweise atmend in ihren Armen lag. Das Gefühl ihrer vereinten Körper, das Wissen darum, dass sie ihm Befriedigung geschenkt hatte, schenkte auch ihr Befriedigung. Dennoch machte sich unmittelbar neben dieser warmen, kribbelnden Freude ein schwaches Gefühl der Unzufriedenheit breit.

Ihre Augen weiteten sich, als sie feststellte, was ihr zusetzte. Ewan hatte sie nicht zum Schreien gebracht. Sie konnte sich daran erinnern, wie Gilly ihr stammelnd zu erklären versucht hatte, was man in den Armen eines Mannes, den man liebte, empfinden konnte, was sie berüchtigt für ihre Schreie während des Liebesspiels mit Connor gemacht hatte. Ewan hatte ihr das nicht verschafft.

Einen Augenblick fürchtete Fiona, dass mit ihr etwas nicht

stimmte, doch dann schüttelte sie diese Besorgnis von sich ab. Sie hatte Leidenschaft empfunden, war dabei wild gewesen. Das Begehren in ihr hatte fast schmerzhafte Höhen erreicht. Selbst der scharfe Schmerz, den sie beim Verlust ihrer Jungfräulichkeit verspürt hatte, hatte sie kaum gedämpft. Mit jedem Stoß von Ewans kräftigem Körper empfand sie, wie sie einen steilen Hang erklomm. Dann war er zum Ende gekommen, hatte ihren Schoß mit seiner Saat überschwemmt und war in ihren Armen zusammengebrochen. Und das war das Problem, überlegte sie. *Er* war zum Ende gekommen, sie nicht. Ewan hatte sie bis vor die Tore des Paradieses geführt, war dann hindurchgegangen und hatte sie zurückgelassen.

Sie öffnete den Mund, um ihn von diesem Scheitern in Kenntnis zu setzen, schloss ihn aber schnell wieder. Ihr Instinkt sagte ihr, dass jeder Kommentar, selbst die kleinste Spur von Kritik, wahr oder eingebildet, ein ernster Fehler sein konnte. Egal ob es ihr bekannt war, weil sie etwas gehört hatte oder weil Ewan es gesagt hatte, sie wusste auf alle Fälle, dass er sehr wenig Vertrauen in seine Anziehungskraft gegenüber Frauen hatte. Ein Mann wie ihr Bruder Connor würde jede Spur von Kritik als eine Herausforderung betrachten, der man begegnen musste. Ewan dagegen würde es als harten Schlag gegen sein Selbstvertrauen auffassen.

Während sie spürte, wie er in ihren Armen ruhig wurde, versicherte sie sich, dass es nichts zur Sache tun würde, ob sie schrie oder nicht. Schließlich gab es da all die berauschende Freude an seinen Küssen und Liebkosungen, die sie genießen durfte. Sie konnte Befriedigung darin finden, dass sie ihm Befriedigung schenken konnte. Außerdem war es möglich, dass er im Moment einfach zu verlangend, zu hungrig gewesen war, um ihre Bedürfnisse eben jetzt zu befriedigen, schließlich befriedigte er seine männlichen Gelüste nur einmal im Jahr. Das würde vorübergehen, und er würde ihr diese Glückseligkeit, die Gilly hatte beschreiben wollen, doch noch schenken. Im Augenblick sollte ihre größte Sorge sein, ihn von dem Versuch abzuhalten, sich erneut zurückzuziehen. Sie spürte, wie er sich leicht anspannte, und bereitete sich auf diese Konfrontation vor.

Ewan verzog das Gesicht, als er wieder zur Besinnung kam. Er hatte jegliche Beherrschung verloren. Und was am schlimmsten war, er war sich ziemlich sicher, dass er Fiona unbefriedigt zurückgelassen hatte. Dabei wusste er noch nicht einmal, wie er das wiedergutmachen konnte, denn sie machte ihn verrückt. Die Art, wie sie bei seinen Liebkosungen in Wallung geriet, beraubte ihn jeder Beherrschung und augenscheinlich jeder Rücksichtnahme. Da es nun kein Zurück mehr gab, musste er einen Weg finden, diesen Wahnsinn zurückzuhalten, bis sie ihr Vergnügen gehabt hatte.

Er setzte sich auf, nahm ein Leinentuch vom Tisch und feuchtete es in der Schüssel, die ebenfalls dort stand, an. Er überging ihr Erröten, als er alle Spuren ihrer verlorenen Unschuld wegwusch. Während er das Gleiche bei sich tat, suchte er in Gedanken krampfhaft nach den richtigen Worten.

Er machte es sich auf der Seite bequem, stützte den Kopf in die Hand und lächelte schwach, als Fiona die Decke über ihre Körper zog. Es verwirrte ihn, dass sie seine armselige Vorstellung als Liebhaber nicht bemängelte. Helena war mit Klagen immer schnell bei der Hand gewesen, wenn er dabei versagt hatte, sie zu befriedigen. Selbstverständlich war Helena keine Jungfrau mehr gewesen. Es bestand die Möglichkeit, dass Fiona, die unschuldig gewesen war, keine Ahnung davon hatte, dass er sie im Stich gelassen hatte.

»Das habe ich nicht gut gemacht.« Er fragte sich, warum sie ihn mit gehobenen Augenbrauen anschaute.

»Ich glaube nicht, dass du das allein getan hast«, fuhr sie ihn an. »Es gibt nichts, wofür man sich schuldig fühlen müsste.«

Doch das gab es, aber er konnte im Augenblick nicht darüber diskutieren, noch würde er es riskieren, ihre Gefühle zu verletzen, indem er seinem Bedauern und seinen Ängsten Ausdruck verlieh.

»Ich habe dich nicht befriedigt. Ich habe meine Sache ziemlich schlecht gemacht.«

»Oh nein, es war sehr gut.«

»Fiona, du musst nicht lügen. Ich weiß, dass ich dich nicht befriedigt habe, dass du nicht zum Höhepunkt gekommen bist.«

»Du meinst, du hast mich nicht zum Schreien gebracht.« Plötzlich wurde ihr bewusst, dass jeden Augenblick jemand zu ihnen hereinkommen konnte. Fiona hob ihr Hemd vom Boden auf und streifte es über.

Obwohl sein Körper schon wieder nach mehr verlangte, hinderte Ewan sie nicht daran, sich anzuziehen. Einen kurzen Moment lang hatte er in Erwägung gezogen, sie mit der Hand zu befriedigen, doch er wusste, dass er nicht imstande sein würde, dort haltzumachen. Er würde sie einmal mehr lieben, sich dem Sehnen danach, ihre Hitze eng um sich zu spüren, einmal mehr hingeben. Es war das Beste, wenn sie sich jetzt selbst seiner Reichweite entzog, und sei es auch nur, damit sich ihr Körper von seinem ersten Geschlechtsverkehr erholen konnte.

»Zum Schreien gebracht?« Er beobachtete, wie sie sich ankleidete.

»Ja. Unsere Gilly schreit, wenn mein Bruder sie liebt, und bringt die Mauern ziemlich zum Beben. Sie sagt, es sei die Glückseligkeit, die sie dazu veranlasst, alles laut herauszusingen. Sie ließ an ihrem Schlafgemach dickere Türen anbringen.« Fiona lächelte über Ewans Lachen.

Er nahm sie bei der Hand, als sie sich vom Bett entfernen wollte. »Wenn wir verheiratet sind, werde ich dich zum Schreien bringen.« Ewan beobachtete sie genau, während er sprach.

Das war es, was sie sich wünschte, sagte sich Fiona. Das war es, was Mab und sie geplant hatten. Dennoch konnte sie sich nicht eines Schuldgefühls erwehren. Es war nicht richtig gewesen, ihn zu überlisten, ihm eine Falle zu stellen, egal wie einleuchtend die Gründe dafür waren. Sie musste ihm eine Wahlmöglichkeit geben.

»Du musst mich nicht heiraten«, sagte sie. – »Doch, ich muss. Ich nahm dir eben die Jungfräulichkeit.«

»Ich war es, die sie nach meinem Belieben weggab.«

»Vielleicht, aber es war meine Pflicht, dieser Verlockung zu widerstehen. Ich mag nicht genau wissen, wer du bist, aber ich zweifle nicht daran, dass du von Stand bist. Dein Bruder ist ein Laird.« Fast hatte er lachen müssen, als sie die Stirn in Falten legte und einen Fluch auf den Lippen formte, weil ihr bewusst wurde, dass sie etwas preisgegeben hatte. »Meine Ehre verlangt es, dass ich das in Ordnung bringe.«

»Ich möchte keinen unwilligen Ehemann haben, den man nur aufgrund seines Ehrgefühls vor den Altar bringt.«

Er küsste ihre Handinnenfläche. »Es wäre nicht nur aus Ehrgefühl. Kannst du denn leugnen, dass auch Leidenschaft dabei im Spiel ist?«

»Nein«, gab sie weich zu, »aber du wolltest nicht heiraten.«

»Ein Mann kann seine Meinung ändern. Wäre ich denn als Ehemann eine solch jämmerliche Wahl?«

»Sei kein Esel. Obwohl du eine gute Wahl bist, geht es hier nicht darum, ob du eine bist oder nicht. Es ist die Frage, ob du wirklich auserwählt sein möchtest oder nicht.«

»Vielleicht wollte ich es nicht sein, aber jetzt will ich es sein. Glaubst du denn, deine Verwandten werden mir einfach nur auf den Rücken klopfen und mir sagen, was für ein tapferer Junge ich bin, sobald sie erfahren, dass ich dir die Jungfräulichkeit genommen habe? Ich brauche nicht noch mehr Feinde.«

Ihr Herz sagte ihr, dass das ein elender Grund war, um zu heiraten, aber der gesunde Menschenverstand brachte sie zum Schweigen. Sobald sie auf Deilcladach zurück war, würde Connor ihr die Wahrheit abfordern, und sie konnte nicht sicher sein, dass sie seine Wut mit Worten bezähmen konnte. Das Allerletzte, wonach ihr der Sinn stand, war, dass Connor und Ewan wegen ihr die Klingen kreuzten. Ihr liebestrunkener Verstand klammerte sich schnell an den Gedanken, wie wundervoll es wäre, wenn sie Ewan mit einem Verbündeten beschenken könnte, und sie fluchte in sich hinein. Da es sicher war, dass sie heiraten würden, musste sie Rückgrat bewahren, denn bei dem Versuch, ihm zu gefallen, konnte sie sich in schmerzhaften Knoten verfangen.

»Und ich habe meine Saat in dir hinterlassen.« Dass sie über das, was er bisher gesagt hatte, nachdachte, ermutigte ihn zu weiteren Argumenten für eine Heirat. »Du könnest sogar schon jetzt mein Kind in dir tragen.«

Fiona entzog ihre Hand seinem Griff und hob sie hoch, um ihn zum Schweigen zu bringen. »Es reicht. Du musst mich nicht mit Argumenten zuschütten. Um ehrlich zu sein, könnte ich mich dickköpfig auf das Gegenteil versteifen, wenn du noch weitere gute, praktische Gründe für eine Heirat anbringst.«

Ewan fuhr innerlich zusammen, als er sich aufsetzte. Er hätte versuchen sollen, ein paar liebenswürdige Worte zu sagen, aber er hatte in Sachen Schmeicheleien und Umwerben kein Talent. Der einzige klare Gedanke, den er im Moment fassen konnte, war der, wie sehr er sich wünschte, sie wieder in sein Bett zurückzuholen. Aber einer Frau zu sagen, wie sehr man sie sich wieder in seinem Bett zurückwünschte, hielt sie wahrscheinlich nicht gerade für ein geeignetes Kompliment. Er gelobte, dass er sich ein paar süße Worte überlegen würde, die er Fiona in ihrer Hochzeitsnacht sagen würde. Sie verdiente einige für die Wonnen, die sie ihm schenkte, und ein paar Komplimente würden sie nicht auf den Gedanken bringen, dass er schwach oder vernarrt sei.

»Gut. Dann werden wir in zwei Tagen heiraten«, sagte Ewan.

»In zwei Tagen?!«

»Ja. Das müsste dir genug Zeit lassen, um auszuheilen, und mir, um etwas sicherer auf den Beinen zu stehen.« Er packte sie am Handgelenk, zog sie zu sich und küsste sie schnell, aber glühend. »Ich werde treu sein, und ich werde dich zum Schreien bringen.«

Als Fiona aus dem Gemach eilte, fragte sie sich, ob sie das zweite Versprechen eher als Drohung verstehen sollte. Als sie in der Halle auf Gregor und Mab traf, ergriff sie Mabs Hand und zerrte die Frau mit auf ihr Schlafgemach. Als sie Mab in dem Gemach hatte, war sie noch immer ganz rot angelaufen wegen des prüfenden Blicks, den Gregor auf sie gerichtet hatte.

»Er hat Euch dieses Mal nicht weggestoßen, nicht wahr?« Mab grinste über das ganze Gesicht.

»Nein.« Fiona seufzte und setzte sich auf die Bettkante. »Wir werden in zwei Tagen heiraten.«

»Ihr klingt nicht so erfreut, wie ich es angenommen hatte.«

»Oh, ein Teil von mir ist in der Tat sehr erfreut, es ist dieser törichte, immer hoffnungsvolle Teil, der denkt, er könne Ewan einfach dazu bringen, mich gernzuhaben. Der andere Teil von mir ist verletzt über seinen Mangel an liebevollen Worten. Kein einziges, nicht einmal die kleinste, dümmste Schmeichelei.«

Mab setzte sich neben Fiona und klopfte ihr auf den Rücken. »Die werden kommen. Ihr wisst, dass Ihr seine Leidenschaft besitzt. Bei vielen anderen Männern hat das nicht viel zu bedeuten, aber bei unserem Ewan heißt das eine ganze Menge.«

»Das würde ich gerne glauben.«

»*Glaubt* es, denn es ist tatsächlich so. Was immer Ihr in diesem jungen Dummkopf weckt, es ist stark genug, um ihn seine eigenen Regeln vergessen zu lassen, ihn seine legendäre Selbstbeherrschung verlieren zu lassen. Das ist weitaus mehr als das, womit viele Frauen ins Eheleben starten. Es liegt an Euch, es zu etwas Tieferem, Reicherem zu machen, zu dem, was Ihr Euch wünscht und was Ihr braucht.«

»Du hast recht. Ich habe jetzt die Möglichkeit dazu, denn er wird nicht in der Lage sein wegzulaufen. Vielleicht hält er es auch gar nicht mehr für notwendig. Es liegt an mir, diese Ehe zu einer guten Ehe zu machen. Ich wünschte nur, ich würde meiner Fähigkeit, dies zu schaffen, mehr vertrauen.«

»Nehmt einen kleinen Rat von einer Frau an, die ein bisschen Erfahrung mit Männern hat. Ja, Fingal war ein Fehlurteil, aber ich war einmal verheiratet. Es ist keine Liebesheirat gewesen, das sind die wenigsten, aber ich machte sie zu einer.«

»Es liegt ein Geheimnis darin, nicht wahr?«

»Ja, obwohl ein Mann schon ein Herz haben muss, das man erreichen kann. Wie auch immer, ich kenne Ewan seit Jahren, und glaubt mir in diesem Punkt: Der Knabe hat wirklich ein sehr großes Herz, auch wenn er es tief in sich drinnen zu verstecken versucht. Am Anfang musste ich lernen, mir nicht alles zu Herzen zu nehmen. Selbst ein Mann, der das Mädchen, das er heiratet, innig liebt, sagt oder unternimmt einmal etwas Falsches. Männer brauchen ein bisschen Erziehung, müsst Ihr wissen.«

Fiona schmunzelte und nickte. »Unsere Gilly musste meinen Bruder erziehen. Er hatte ein paar äußerst befremdliche, aber fest gefügte Vorstellungen über Damen und Ehefrauen.«

»Das haben die meisten Männer. Nach allem, was Ihr mir von den beiden erzählt habt, würde es Euch bestimmt sehr helfen, an all das zu denken, was eure Gilly unternommen hat, um ihre Ehe zu einer guten Ehe werden zu lassen. Meinem Gefühl nach sind Ehrlichkeit und Vertrauen unentbehrlich. Und mit Ehrlichkeit meine ich, dass Ihr sagen müsst, was Ihr denkt und empfindet. Es ist der einzige Weg, dem Dummkopf zu verstehen zu geben, dass Ihr mehr als nur ein Körper in seinem Bett seid. Ein Mann kann ein Mädchen, dass er nicht kennt oder nicht versteht, nicht lieben, oder?«

»Nein. Es wird einfacher sein, wenn Ewan und ich auch verheiratet sind, denn dann brauche ich nicht mehr jedes Wort auf die Waagschale zu legen.« Sie verzog das Gesicht. »Ich hoffe nur, dass er unter meinen Verwandten keine Feinde hat, sowohl unter denen, mit denen ich blutsverwandt bin, als auch unter denen, mit denen ich durch Heirat verwandt bin.«

»Aber wer *seid* Ihr?« Mab legte eine Hand auf ihr Herz. »Ich schwöre, es niemandem zu verraten und es Euch zu überlassen, die Wahrheit zu sagen.«

»Ich bin Fiona MacEnroy of Deilcladach. Mein Bruder ist dort der Herr. Er ist mit Gillyanne Murray verheiratet, der Tochter von Sir Eric Murray of Dubhlinn, der Nichte von Lady Maldie Murray of Donncoill, und Pflegeschwester von James Drummond, Laird of Dunncraig. Mein Bruder Diarmot ist der Laird von Clachthrom und seit Kurzem mit Ilsa Cameron verheiratet, der einzigen Schwester von Sigimor Cameron, dem Laird of Dubheidland. Und Eurem Gesichtsausdruck nach zu urteilen, Mab, stelle ich fest, dass ich bereits vor einem Problem stehe.«

»Na ja, gut. Vielleicht. So viele mächtige Verbündete könnten möglicherweise den Weg ebnen, den Schlag lindern. Diese Drummonds sind verwandt mit dem Clan meines verstorbenen Mannes. Aber es sind die Camerons, meine Liebe.«

»Sie sind Feinde der MacFingals?«

»Nein – Verwandte.«

»Oh nein, sag nicht, dass es *die* Verwandten sind, die, die Sir Fingal hasst.«

»Na ja, es können vielleicht andere sein. Es gibt viele verschiedene Familien namens Cameron. Sigimor könnte ein geläufiger Name sein.«

»Nein, das ist er nicht, und das weißt du sehr wohl. Ein Sigimor, der Laird of Dubheidland ist, kommt sogar noch seltener vor. Ein großer Mann, rotes Haar, seltsamer Humor? Hat dreizehn Brüder? Alle rothaarig?«

»Ach du Schreck! Das ist er, Fingals Neffe. Der Sohn jener Frau, von der Fingal glaubt, dass man sie ihm geraubt hat. Na ja, das tut nichts zur Sache. Ewan hegt keinen Groll, den hat er einfach in den Händen seines Vaters zurückgelassen. Um ehrlich zu sein, ich glaube sogar, dass die Jungen das allmählich alles für sehr töricht halten, wo sie doch so verzweifelt Verbündete brauchen. Und die meisten von denen, mit denen sich Fingal zerstritten hat, sind inzwischen tot. Sein Bruder, dessen Frau und die Väter der beiden. Es ist also nicht so, als bekäme er mit denen zu tun, von denen er glaubt, dass sie ihm einst

Unrecht taten. Wäre Ewan hier gewesen vor, äh, vor drei Jahren, als Sigimor hier haltmachte, dann hätte er den Mann wohl willkommen geheißen.«

»Ich bete, dass du recht hast, Mab. Auch wenn diese Camerons nur durch Heirat mit mir verwandt sind, würde ich den Gedanken verabscheuen, mich gefangen zwischen ihnen und meinem Ehemann zu wissen.« Fiona seufzte und schüttelte den Kopf. »Und dabei hatte ich mir eingeredet, dass Ewan freudig überrascht sein würde, wenn er erfährt, wer ich bin und wie viele Verbindungen ich habe.«

»Na, er wird ganz bestimmt überrascht sein.«

10

Ich kann nicht glauben, dass du nicht von ihr verlangt hast, dir zu erzählen, wer sie ist«, sagte Gregor, während er Ewan in sein mit Schwarz und Silber besticktes Wams half. »Du wirst sie in nur einer Stunde heiraten.«

»Sie wird es mir sagen, wenn wir heiraten. Ich glaube, sie hat ein bisschen Angst, dass ich meine Meinung ändern und versuchen könnte, Lösegeld für sie zu fordern, wenn ich erfahre, wer sie ist, bevor sie ihr Eheversprechen ablegt.«

Es bestand nicht die Möglichkeit, dass das geschehen würde, dachte Ewan. Allerdings hatte er sich auch nicht die Mühe gemacht, Fiona davon zu überzeugen. Um das zu tun, hätte es der zärtlichen Worte bedurft, für die er kein Talent besaß, und bei all den Anstrengungen der letzten beiden Tage hatte er sich keine überlegen können.

Außerdem hatte er befürchtet, dass er bei dem Versuch, ihr Vertrauen ihm gegenüber zu wecken, in etwas hineinstolpern würde, das ihn veranlasst hätte, Gefühle zu gestehen, von denen er nicht wollte, dass sie sie kannte.

Leidenschaft war eine sichere Sache. Leidenschaft konnte er ihr im Überfluss geben, und er wusstc, dass sie nicht mehr als das in den natürlichen Gelüsten eines Mannes sehen würde. Alle anderen Gefühle würde er für sich behalten. Helena hatte ihm beigebracht, wie gefährlich es war, einer Frau Herz und Seele zu schenken. Es mochte ungerecht sein, Fiona zu behandeln, als wäre sie eine zweite Helena, zumal es keinen Hinweis darauf gab, dass sie es war, aber er konnte nicht anders, als auf der Hut zu sein. Er begehrte Fiona, aber er kannte sie nicht wirklich gut. Helenas Verrat hatte ihn verletzt und misstrauisch gemacht. Ein Verrat aus den Händen Fionas würde ihn vernichten. Ewan war sich nicht klar, woher er das wusste, aber er verspürte nicht den Wunsch, einen zu eingehenden Blick in sein Herz zu werfen, um herauszufinden, warum das so sein würde.

Er musste sich wehmütig eingestehen, dass er der Leidenschaft, die Fiona in seinen Armen entwickelte, nicht ganz traute. Frauen empfanden selten Leidenschaft für ihn. Helena war eine einzige Lüge gewesen. Die Freudenmädchen im Dorf machten einfach das, wofür sie bezahlt wurden. Die wenigen Mädchen auf Scarglas, die versuchten mit ihm anzubändeln, wurden von seiner Stellung als Laird angelockt, wurden von dem verführt, was es ihnen vielleicht einbringen würde. Die vergangenen beiden Tage hatte er ständig über das Liebesspiel, das er mit Fiona erlebt hatte, nachgedacht, hatte sich jeden Ton in Erinnerung gerufen, jede Berührung, jede Bewegung. Er konnte in ihrer Leidenschaft nicht die geringste Falschheit entdecken. Da er aber schon den bloßen Gedanken verabscheute, ihre Seufzer und Küsse könnten Lügen sein, durfte er seinem eigenen Urteil nicht ganz vertrauen.

»Allzu glücklich siehst du nicht aus«, murmelte Gregor. »Du heiratest ein schönes Mädchen. Man sollte meinen, du könntest wenigstens über die Tatsache, dass sie schon bald jede Nacht in deinem Bett liegt, lächeln.«

»Ja, das sollte ich«, erwiderte Ewan. »Und innerlich mache ich das auch ein bisschen. Und, ja, sie ist sehr schön.«

Gregor fluchte und schüttelte den Kopf. »Deshalb fragst du dich, warum sie dich haben will. Ewan, du bist schwerlich ein Monster. Klar, dein Gesicht ist vernarbt und verbeult, aber es gehört nicht zu denen, die den Kindern Albträume verursachen. Es ist doch deutlich zu sehen, dass Fiona von einem Ort stammt, der seine Streitigkeiten und Kriege gesehen hat. Ich nehme an, dass ihr die eine oder andere Narbe keine Probleme bereitet. Außerdem hat sie selbst welche, oder etwa nicht?«

»Kleine. Fast nicht zu sehen. Meine sind nicht so ordentlich und klein.« Er sah auf den Putz, den er trug. »Das da ist ganz dazu angetan, eine Nessel zu vergolden, um alle davon zu überzeugen, dass es sich um eine Rose handelt.«

»Verdammt, Ewan, ist das das Erbe, dass dir dieses Miststück Helena hinterlassen hat?«

»Sie war wunderschön, und sie behauptete, Leidenschaft für mich zu empfinden. Aber es war nichts weiter als eine Falle. Eine Lüge. Sie zeigte das äußerst deutlich, als sie mich an Hugh Gray auslieferte. Da verrieten sich ihre wahren Gefühle, und zwar in Wort und Tat.«

»Und du hast ihr Glauben geschenkt, hast einer Frau geglaubt, die in der einen Nacht an das Bett eines Mannes kommt und ihn in der nächsten zur Schlachtbank führt? Ewan, du warst erst einundzwanzig. In Ordnung, ein Mann, aber dank deiner eigenen etwas mönchischen Zurückhaltung nicht sehr erfahren mit Frauen. Stimmt, keinem von uns ist es viel besser ergangen. Wir anderen waren sogar noch jünger, und auch wenn wir mehr Erfahrung in Sachen Geschlechtsverkehr hatten, hatten wir keine, um mit einer Frau wie Helena fertig zu werden. Die Mädchen hier sind einfach und direkt. Manche sagen Ja und manche Nein. Selbst die Freudenmädchen im Dorf sind ohne Falschheit. Man gibt ihnen eine Münze, und du kannst dich bei ihnen abreagieren. Manche von ihnen jammern und schreien vielleicht auf oder schmeicheln einem Mann, während er mit ihnen zugange ist, aber das ist alles harmloser Betrug, der den, der Geld bezahlt hat, glücklich machen soll. Doch Helena war eine Hure, vollgesaugt mit Verrat und gut geübt in der Sorte von Intriganz, die einem Mann teuer zu stehen kommen kann. Keiner von uns war auf sie vorbereitet.«

»Ich habe mich immer gefragt, warum sie nicht unserem Vater hinterherjagte, der der Laird war.«

»Weil sie erkannt hat, dass er genauso herzlos war wie sie selbst. Er hätte mit ihr geschlafen, aber sie hätte davon nichts gehabt. Ihn konnte man nicht umwerben. Und wir übrigen waren zu jung, nicht die Erben und hatten wenig mit der Ausbildung der Männer oder der anderen Arbeit hier zu tun. Unser Vater war im Besitz des Titels, aber schon damals hattest du die Zügel in der Hand.« Gregor schenkte jedem von ihnen einen Kelch mit Wein ein und reichte einen davon Ewan.

»Und du glaubst nicht, dass Fiona mehr ist, als sie zu sein scheint – ein hübsches kleines Mädchen, das sich verirrt hat?«

»Nein, das glaube ich nicht. Sie ist jetzt schon seit zwei Wochen hier, und trotzdem hat sie noch nichts getan, das mich auf die Idee gebracht hätte, sie könnte etwas anderes sein, als sie vorgibt. Sie stellt keine argwöhnischen Fragen und wandert nicht in der Burg herum, um alles zu erforschen. Auch bändelt sie mit keinem von uns an. Aber ich kann trotzdem verstehen, dass es eine Weile brauchen wird, bis du das glaubst.«

Während er seinen Wein trank, dachte Ewan über alles nach, was Gregor ihm gesagt hatte. In den Worten seines Bruders lag eine Menge Wahres.

Und es stimmte auch, dass es eine Weile dauern würde, das anzunehmen.

Er schüttelte seinen Kopf, um ihn von all den verwirrenden Gedanken freizubekommen, trank aus und sagte zu Gregor: »Es ist wohl das Beste, wenn wir in die große Halle hinuntergehen. Ich hoffe, dass Nathan ein wachsames Auge auf diesen Priester gehabt hat. Ich will, dass er nüchtern ist.«

»Das wird er sein«, versicherte ihm Gregor, als sie das Gemach verließen. »Ich denke, unser Vater wird sich darum kümmern.«

»Der alte Mann gibt wohl immer noch damit an, dass das hier das Ergebnis seines klugen Planes ist, oder?«

»Oh ja. So wie er das Ganze erzählt, könnte man meinen, er hätte dir das Mädchen an jenem Tag in den Weg gestellt.« Gregor beobachtete Ewan aufmerksam. »Bescheiden wird er, wenn er zugibt, dass seine Wahl für dich vielleicht nicht gerade ideal war, weil ein Mädchen mit mehr Fleisch auf den Knochen und ohne Narben besser gewesen wäre.«

Ewan entfuhr ein leises Knurren. »Dieser Dummkopf. Vor

Fiona sollte er seine Zunge lieber hüten. Es ist besser, sie nicht zu beleidigen.«

»Wie wahr. Sie könnte ihn verletzen.« Gregor grinste, während Ewan kurz kicherte.

Ewan blieb unmittelbar vor dem Eingang zur großen Halle stehen und mied dabei die weit geöffneten Tore. »Ich kenne Fiona zwar nicht gut, aber ich bin mir ziemlich sicher, dass sie eine bessere Partie als mich machen könnte …«

Gregor schob ihn vor die offenen Tore und mehrere Männer riefen Ewan Begrüßungen zu. »Hege und pflege deine Zweifel so viel du willst, aber du wirst dieses Mädchen nicht in Schande bringen, indem du sie vor dem Altar sitzen lässt.«

Obwohl ihn die Aggressivität in Gregors Stimme überraschte, nickte Ewan. Sein Bruder hatte recht. Ewan nahm an, dass viele Leute auf Scarglas wussten oder zumindest den Verdacht hatten, dass er Fiona die Unschuld geraubt hatte. Bis die Mägde das Leinentuch auf seinem Bett gewechselt hatten und ihm der kleine Blutfleck darauf in die Augen gesprungen war, hatte er nicht einen Gedanken daran verschwendet, diese Tatsache zu verbergen. Da die Mägde, nur wenige Augenblicke nachdem Fiona gegangen war, gekommen waren, nahm er auch an, dass selbst die dümmste von ihnen erraten hatte, was geschehen war. Es war ein Verdacht, der sich durch die Ankündigung seiner in zwei Tagen stattfindenden Hochzeit mit Fiona noch erhärtete. Würde er jetzt seiner Feigheit nachgeben, wäre es nicht nur unehrenhaft, sondern würde Fiona vor aller Augen in Schande setzen. Dass ihm Letzteres mehr zusetzte als Ersteres, bereitete ihm allerdings Sorgen. Schließlich schüttelte er aber dieses Problem von sich ab und trat in die große Halle, um Glückwünsche anzunehmen, die ihm das Gefühl gaben, sie nicht wirklich verdient zu haben.

»Fiona, hört auf, Euch hin und her zu drehen«, befahl Mab, »oder Bonnie wird Euch diese Blumen am linken Ohr festmachen.«

Nach einem kurzen Schmunzeln in die Richtung der kichernden Bonnie hielt sich Fiona sehr ruhig. »Mab, du wirst ziemlich herrisch.«

»Ja. Nach dem heutigen Tag seid Ihr die Herrin auf Scarglas, also hielt ich es für das Beste, das jetzt schnell noch aus meinem Blut loszuwerden.« Mab und die anderen Frauen lachten. »Es wird schön sein, wieder eine Burgherrin zu haben. Das ist lange her. Um ehrlich zu sein, weiß ich nicht, ob wir jemals wirklich eine hatten.«

»Sir Fingal hatte fünf Ehefrauen, Mab.«

»Das hatte er, aber seht Ihr irgendwo ihre Spuren – sieht man einmal von den Jungen ab, die die Burg vollstopfen?«

Fiona sah sich in dem Schlafgemach um, das man ihr zugewiesen hatte. Es war behaglich, überraschend frei von Durchzug und sehr einfach. Es war wie auch der Rest der Burg sauber, doch Fiona wusste, dass das Clares Werk war. Gartenanlagen und Kräuterhütte waren Mabs Revier. Die große Halle wirkte sehr edel, aber das ging überwiegend auf die Arbeit des früheren Lairds zurück. Sie dachte daran, was Gilly und Ilsa geleistet hatten, als sie bei ihren Brüdern eingezogen waren, und Fiona wurde bewusst, dass Mab recht hatte. Sir Fingals Gattinnen hatten außer ihren Söhnen kaum Spuren hinterlassen.

»Wie seltsam«, murmelte sie. »Nicht einmal Annie Logan?«

»Nein«, antwortete Bonnie. »Meine Mutter hat gesagt, diese Frau hat sich zerrissen, um ihren Mann aus den Armen anderer Mädchen fernzuhalten. Die anderen Frauen haben nicht so lange ausgehalten. Die sind gestorben, außer der, die weggelaufen ist.«

»Na wenigstens hat die Letzte dafür gesorgt, dass Sir Fingals Wiederverheiraten ein Ende hat«, warf Fiona ein. »Er kann sich keine neue Frau suchen, solange er noch mit derjenigen, die weggelaufen ist, verheiratet ist.«

»Bin mir nicht so sicher, ob ihn das abhalten würde«, sagte Mab. »Ich denke es liegt daran, dass er nirgends mehr hingeht. Er verlässt Scarglas nie, also kann er keine Frau finden, die nicht die Wahrheit über ihn kennt. Dieser Esel hat elf eheliche Söhne und beinahe vierzig Bastarde. Es ist an der Zeit, ja sogar höchste Zeit, dass jemand einen Knoten daran macht.« Mab wurde rot, musste aber lächeln, als Fiona und Bonnie kicherten.

»Ach, Mylady, Ihr seht schön aus.« Bonnie trat einen Schritt zurück und musterte Fiona von oben bis unten. »So schöne Haare.«

Fiona langte nach ihrem vollen Haar, das ihr in langen, lockigen Wellen lose bis über die Hüften fiel. »Danke. Obwohl ich nicht so recht weiß, ob ich die Aufmachung einer jungfräulichen Braut tragen sollte.«

»Keiner außer dem Laird wird das entdecken.« Mab strich ein letztes Mal die Röcke von Fionas dunkelblauer Robe glatt. »So, jetzt seid Ihr fertig.«

»Ich gehe und sage es den anderen«, rief Bonnie noch zurück, als sie schon das Gemach verließ.

»Ach Mab, mir macht das alles Sorgen. Wirklich«, flüsterte Fiona, die Bonnie einen Blick nachwarf.

»Ach hört mit Eurem Grübeln auf«, befahl Mab. »Glaubt Ihr denn, dass alle Brüder Ewans so begeistert wären, wenn sie daran etwas auszusetzen hätten? Jeder von ihnen, ehelich oder nicht, ist Ewan gegenüber uneingeschränkt treu ergeben und behütend, wobei ich nicht weiß, ob er sich dessen so ganz bewusst ist. Hätte einer von ihnen Angst gehabt, dass Ihr Ewan Schaden zufügen würdet, sei es in Sachen Herz oder Körper, hätte er versucht, dem hier ein Ende zu machen.«

»Sie würden es vielleicht tun, wenn sie wüssten, dass es eine Intrige gab, um Ewan zum Altar zu bringen.«

»Quatsch. Glaubt Ihr denn, das wissen sie nicht? Gregor wusste es. Das stimmt wirklich. Wie hätte ich es denn Eurer Meinung nach an jenem Tag sonst geschafft, unauffindbar zu sein? Ich war nur in der Kräuterhütte, aber selbst der Jüngste unter ihnen war plötzlich zu blind, um mich zu sehen.« Mab hakte sich bei Fiona unter und führte sie aus dem Gemach. »Tatsache ist, dass Euch die Knaben für ihren Laird auserwählten, um Eurem Stirnrunzeln ein Ende zu bereiten. In den vor uns liegenden Tagen wird es eine Menge Schwierigkeiten geben, warum genießt Ihr nicht einfach den heutigen Tag?«

»Ich werde es versuchen, Mab. Es wird einfacher sein, sobald ich aufgedeckt habe, wer ich bin, und sich alle Aufregung, die durch diese Neuigkeiten entstehen wird, gelegt hat.«

»Es wird alles gut gehen«, versicherte Mab Fiona, wobei sie allerdings sehen konnte, dass die jüngere Frau es genauso wenig glaubte wie sie selbst.

»Fiona-von-den-zehn-Messern?« Ewan unterbrach den Priester, um Fiona verärgert anzusehen. »Du kannst diesen Namen doch nicht bei deinem Eheversprechen benutzen. Du musst deinen richtigen nehmen.«

»Nein, das tue ich nicht«, entgegnete Fiona, wobei sie sich fragte, wie dieser Mann noch immer so groß aussehen konnte, wenn er neben ihr kniete. »Der Priester sagt, dass es nichts zur Sache tut, solange ich meinen richtigen Namen unter die Papiere setze.«

»Das ist unsinnig. Benütze deinen richtigen Namen.«

»Nein, nicht bis wir die Papiere unterzeichnen, und du unterschreibst zuerst.«

»Du bist meine Frau. Es ist deine Pflicht, mir zu gehorchen.«

»Ja, Junge, sag ihr, wo es langgeht«, warf Fingal ein, der allerdings ein paar Schritte zurücktrat, als sowohl Fiona wie auch Ewan ihm böse Blicke zuwarfen.

»Jetzt sag dem Priester deinen richtigen Namen«, befahl Ewan Fiona. Fast hätte er über ihr finsteres Augenblitzen schmunzeln müssen.

»Du bist noch nicht mein Ehemann, und solltest du blinden Gehorsam erwarten, sobald das Eheversprechen abgelegt ist, dann sollten wir besser innehalten und ein kurzes Gespräch führen.«

»Oh nein. Zieht man in Betracht, wie eigensinnig du bist,

streiten wir uns in dieser Angelegenheit womöglich immer noch, wenn du das Kind zur Welt bringst, das ich wahrscheinlich schon in dich eingepflanzt habe.« Er nickte, als sie nach Luft schnappte und rot wurde. »Wir sprechen später darüber.« Er schaute finster auf den Priester. »Na? Mach weiter.«

Da sie sich durchgesetzt hatte, widersprach Fiona nicht und wiederholte pflichtschuldig ihr Eheversprechen. Der Kuss, den Ewan ihr gab, während seine Brüder Beifall klatschten und johlten, raubte ihr den Atem und machte sie benommen. Doch als ihr der Federkiel in die Hand gedrückt wurde, kam sie schnell wieder zu Sinnen. Sie spürte, wie sich die anderen hinter sie und Ewan drängten, während sie auf das Dokument hinunterstarrte, das sie unterzeichnen sollte. Ewan hatte seinen Namen bereits in steilen Buchstaben hingekritzelt. Sie atmete tief durch und fügte ihren eigenen hinzu.

»MacEnroy?«, fragte Ewan, der das Murmeln seiner Familie in seinem Rücken überging. »Von Deilcladach?«

»Ja, ich bin die einzige Schwester des Lairds, Connor MacEnroy«, erwiderte sie.

»Mädchen, die wohnen fast vier Tagesritte von hier. Du kannst keine MacEnroy sein.«

»Vier Tagesritte«, flüsterte sie entsetzt. »Um Gottes willen, wie lange hat mich denn dieses verwünschte Pferd herumgeschleppt? Ich hatte mich nur für benommen gehalten, aber ich muss bewusstlos gewesen sein. Doch, ich *bin* eine MacEnroy.« Sie zog ihr verziertes silbernes Essmesser aus der Scheide, die sie an der Hüfte trug, und reichte es Ewan. »Lies, was in das Heft geätzt wurde. Connor hat es mir zum sechzehnten Geburtstag geschenkt. Er sagte, dass ich jetzt, wo wir Geld übrig hätten, ein so edles Geschenk verdienen würde, weil ich ein gutes kleines Mädchen gewesen sei, dass den Anstand gehabt hätte, unter seiner Pflege zu überleben.« Sie lächelte flüchtig in Erinnerung daran.

»Der kleinen Fiona, einer MacEnroy durch und durch. Connor«, las Ewan. Dann starrte er Fiona an und gab ihr das Mes-

ser zurück. »Wer ist diese Gilly, von der du ständig sprichst? Seine Frau, oder?«

»Ja, Gillyanne Murray, Tochter von Sir Eric Murray of Dubhlinn, Nichte von Lady Maldie Murray of Donncoill, und Pflegeschwester von James Drummond, Laird of Dunncraig. Wir MacEnroys sind mit dem Dalglish-Clan auf Dunspier und den Goudies auf Aberwillen verbündet. Mein Bruder Antony besitzt Ald-dabhach, das südlich von uns liegt.« Das Gemurmel unter den anderen in der großen Halle wurde lauter, doch Fiona hielt ihren Blick fest auf Ewan gerichtet. Er schien zunehmend fassungslos zu sein. »Mein anderer Bruder, Diarmot, ist der Laird of Clachthrom. Er hat erst kürzlich geheiratet« – sie atmete tief durch, um sich zu beruhigen – »Ilsa Cameron, die einzige Schwester von Sigimor Cameron of Dubheidland.« Dem lauten Luftholen der Umstehenden folgte eine so völlige Stille, dass Fiona sich kurz fragte, ob wohl jemand daran gedacht hatte, wieder auszuatmen. »Durch Gillys Verwandte, den Murrays, gibt es Verbindungen zu den MacAlpins of Cairnmoor, den Armstrongs of Aigballa, den MacMillans of Bealachan, den Drummonds of Dunnbea, den Kirkcaldys, den Kinloches, den Lucettes in Frankreich –« Sie hielt stotternd inne, als Ewan ihr leicht zittrige Finger auf den Mund legte.

»Eine verfluchte Cameron«, fauchte Sir Fingal, während er sich durch die anderen, die Ewan und Fiona umstanden, schob und sie anblitzte. »Ich wusste es. Sie ist nichts weiter als eine Spionin, die dieser Idiot Sigimor hergeschickt hat.«

Obwohl er wegen des Schocks, den Fiona ihm zugefügt hatte, um einen klaren Kopf ringen musste, legte Ewan ihr den Arm um die Schultern und zog sie eng an sich. »Sie ist keine Cameron. Die Verbindung beruht ausschließlich auf Einheirat – auf der Heirat ihres Bruders.«

»Das ist nah genug. Wir sollten sie zu Sigimor zurückschicken.«

»Du schickst sie nirgendwo hin«, entgegnete Ewan mit kalter und harter Stimme. Er musste gegen seine Verärgerung über den blindwütigen Hass seines Vaters seinen eigenen Blutsverwandten gegenüber ankämpfen. »Sie ist jetzt meine Frau. Sie trägt vielleicht schon mein Kind.«

»Ich wünschte, du würdest das nicht andauernd betonen«, murrte Fiona. Als Ewan sie kurz und kräftig an sich drückte, presste sie die Lippen fest aufeinander.

»Die Camerons, von denen du dich unrecht behandelt fühlst, sind alle tot«, fuhr Ewan fort. »Sigimor stellt für uns keine Bedrohung dar. In der Tat, ich verstehe nicht, warum er immer noch herkommt, um sich deine Schimpftiraden anzuhören und die Tore vor der Nase zugeschlagen zu bekommen.«

»Ich will mit keinem dieser verfluchten Camerons etwas zu tun haben.«

»Dann lass es bleiben. Wenn die Notwendigkeit besteht, werde ich mich darum kümmern. Es ist höchste Zeit, dass wir damit aufhören, den Einzigen, die uns meilenweit nicht umbringen wollen, den Rücken zuzukehren. In Namen der Muttergottes, sie sind Blutsverwandte!«

»Nicht meine.«

»Mach, was du willst.« Er seufzte, als sein Vater mit einem letzten wütenden Blick auf Fiona ging und nach Bier rief.

»Glaubst du, dass es damit jetzt ein Ende hat?«, wollte Fiona wissen.

»Ich nehme an, dass er eine Weile darüber schmollen wird, weiter aber nichts. Das ist ein alter Groll, an dem er hängt wie an einer heiligen Reliquie, aber er ist blutleer. Das Schlimmste, was er tun kann, ist, Sigimor einmal mehr zu beleidigen, sollte er wieder vor unseren Toren erscheinen.«

Fiona konnte ein Schmunzeln nicht ganz unterdrücken. »Darüber würde ich mir keine Sorgen machen. Sigimor wird es nicht tun.« Ihr fiel auf, dass sie von allen und jedem mit zunehmender Eindringlichkeit angestarrt wurde. »Was quält euch denn? Ist mir ein anderer Kopf gewachsen?«

»Nein, nur eine Armee«, antwortete Gregor gedehnt. »Wir ahnten, dass wir durch dich einen Verbündeten bekommen.

Aber großer Gott, Mädchen, wir hatten nicht erwartet, dass du Verbindungen zu halb Schottland hast.«

»Das sind keine sonderlich großen Clans«, murmelte sie, hob aber die Augenbrauen, als Gregor lachte.

»Kommt, ein Festmahl wurde bereitet«, sagte Ewan. »Ich schlage vor, dass wir uns den Bauch damit vollschlagen.«

Ewans Worte durchbrachen die Stille, und alle gingen zu Tisch. Fiona beobachtete Ewan genau, während er sie zu ihrem Platz führte und sich schließlich neben sie setzte. Für einen Mann, der jahrelang danach gestrebt hatte, sich Verbündete zu schaffen, schien er nicht schrecklich erfreut über das zu sein, was sie ihm in die Ehe gebracht hatte. Es stimmte zwar, dass viele von ihnen Gillys Verwandte waren, aber Fiona war überzeugt, dass sie sich zugleich auch als ihre Verwandten betrachteten. Während sie zum Unterricht bei Lady Maldie gewesen war, hatte sie viele von ihnen kennengelernt. Von daher wusste sie, dass sie die MacEnroys als Teil ihrer weitgefächerten Familie betrachteten. Und selbst wenn man nur die Verbündeten ihrer eigenen Familie rechnete, war es immer noch ein schönes Geschenk, das sie ihm da machte. Dennoch saß er schweigend und unaufmerksam da.

»Bist du etwa verärgert, Ewan?«, fragte sie ihn schließlich, wobei sie mit gedämpfter Stimme sprach, damit die anderen sie nicht hören konnten.

»Nein.« Ewan strich sanft über ihre Hand, die auf dem Tisch lag. »Schockiert. Dank des Talents meines Vaters, sich Feinde zu machen, waren wir Zeit meines Lebens auf uns allein gestellt. Nach Jahren der Anstrengung war ich nahe daran, Bündnisse mit jenen zu schließen, die mein Vater verärgert hatte, doch ich konnte keine wirklichen Verbündeten gewinnen. Immerhin sind inzwischen nur noch die Grays eine echte Bedrohung für uns. Die anderen mögen zwar keine wahren Verbündeten sein, aber sie sind auch nicht länger echte Feinde, sondern nur gelegentlich ein Reizmittel. Jetzt, urplötzlich, nachdem ich kurz vor einem Priester gekniet habe, finde ich mich geradezu erstickt vor lauter Verbündeten wieder. Selbst wenn man ausschließlich die unmittelbaren Bündnispartner deiner Familie zählt, sind es noch immer weitaus mehr, als mir jemals in den Sinn gekommen wären.«

»Mein Bruder war entsetzt, als er entfuhr, wer genau Gilly ist. Auch wir haben uns lange als alleingelassen empfunden. Erst als Gilly ankam, entdeckten wir, dass die Goudies und die Dalglishes enger mit uns verbunden waren, als wir bis dahin gedacht hatten – ihnen war es nicht anders ergangen.«

Er schüttelte den Kopf. Langsam begriff er die ungeheuerliche Veränderung in seiner Situation. Ewan legte innerlich die Stirn in Falten, als ihm bewusst wurde, dass sich Fiona tatsächlich weit außerhalb seiner Reichweite befand. Zum Wohl seiner Leute war er über die Bündnisse, die Fiona in ihre Ehe gebracht hatte, froh. Doch solch ein prächtiger Preis hätte an einen reicheren, mächtigeren Laird, als er jemals sein würde, gehen müssen.

Es war geschehen, wie auch immer, dachte er, während er zusah, wie Fiona über etwas, das Simon sagte, lachte. Er hatte sie berührt, hatte ihr die Unschuld genommen und hatte sie geheiratet. Jetzt gab es kein Zurück mehr. Zog man ihre Verbindungen in Betracht, konnte sich selbst ein Nachdenken über ein Zurück als ungut erweisen, für sie wie für seinen Clan. Ewan glaubte nicht, dass Fiona zu der Sorte Frauen gehörte, die nach Vergeltung schrien, wenn man sie verwarf, aber es konnte sein, dass sie in diesem Fall nicht das Sagen hatte. Es würde ihn nicht überraschen, wenn ihm nicht sowieso eine angespannte Begegnung mit ihren Verwandten bevorstehen sollte, und zwar weil er sie als Geisel genommen, mit ihr geschlafen und sie geheiratet hatte. Vielleicht war es ja möglich, die Geiselnahme und den Geschlechtsverkehr zu verheimlichen, aber große Hoffnung hegte er diesbezüglich nicht.

Während sie aßen und sich durch zunehmend lächerliche Trinksprüche quälten, die seine Brüder von sich gaben, bis er ihnen mit langsamer Zerstückelung drohte im Fall, dass sie nicht damit aufhörten, stellte Ewan Fiona Fragen über ihre Familie. In ihren Erzählungen war mehr Licht als Dunkelheit zu sehen. Es störte ihn auch, dass sie seine Verwandten, die Camerons, offenbar besser kannte als er. Ein roter Faden zog sich durch alles, und das war das feste Band des Blutes und des Clans. Das Band konnte für neue Mitglieder der Familie erweitert werden, wie es etwa bei den Murrays und seinen Cousins, den Camerons, der Fall gewesen war. Ewan wollte für sich und seinen Clan die Hand danach ausstrecken.

Er verzog das Gesicht, als jemand anfing Musik zu machen. Angetrieben von seinen Brüdern, zwang sich Ewan, einmal mit Fiona zu tanzen. In dem Gefühl, groß und ungeschickt zu sein, überließ er sie bald der sehr viel bereitwilligeren Fürsorge seiner Brüder. Er setzte sich und schaute ihr zu, der Schwung ihres glänzenden Haares und die Bewegungen ihres geschmeidigen Körpers erhitzten sein Blut. Sie lachte und lächelte, tanzte mit jedem seiner Brüder, den errötenden, linkischen Simon eingeschlossen. Einmal tanzte sie sogar einen ungewöhnlichen, aber lebhaften Tanz mit den Kindern, alle zusammen unehelich, bevor sie von ihren Kinderfrauen ins Bett gescheucht wurden.

Ein Funke von Schuldgefühl flackerte in ihm auf, als er gewahr wurde, dass er den Anblick seiner Braut, die sich herzlich amüsierte, nicht nur genoss. Ewan gestand sich ein, dass er zugleich nach Anzeichen von Betrug und Verrat Ausschau hielt, doch er konnte keine entdecken. Sie tändelte nicht herum, lächelte keinen Mann zu lang oder zu einladend an und behandelte keinen mit größerer Gunst als die anderen. Ja, durfte er seinem eigenen Urteil trauen, dann bedachte sie alle mit freundlicher Aufmerksamkeit, nicht mehr und nicht weniger.

Sie betrug sich wie eine Frau, die unter Männern groß geworden war, behandelt worden war wie ein Bruder, genau wie sie gesagt hatte. Fiona zeigte keine Furcht und nicht einen einzigen Tropfen Unterwürfigkeit. Ewan vermutete, dass sie einem Mann ihre Achtung nur schenkte, wenn er sie auch verdiente, und dass sie niemals blind gehorchen würde. Es schien ihm, als hätte Fiona, indem sie ihn geheiratet hatte, seine Brüder auch zu ihren Brüdern gemacht. Es freute ihn mehr, als er sagen konnte, zu sehen, dass seine Brüder und seine Gefolgsleute Fiona als seine Gattin nicht nur akzeptierten, sondern willkommen hießen. Hätte sich nur auch sein Vater so verhalten.

Ewan schob diesen Gedanken beiseite, stand auf und ging auf seine Frau zu. Er war noch immer gespickt voll mit Zweifeln und Ängsten, aber im Augenblick war er entschlossen, sie alle an das andere Ende seines Verstandes zu verbannen. Das Schicksal hatte ihn mit einer wunderschönen Frau gesegnet, die ihn in Brand versetzte. Es war an der Zeit, dem Grübeln über sie ein Ende zu machen und anzufangen, sie zu genießen. Er hatte nicht die Absicht, das zum Klang von irgendeiner schlecht gespielten Musik im Galopp um die große Halle herum zu tun. Als sie an ihm vorbeisprang, packte er sie am Arm, um sie in ihrem Tanz zu unterbrechen.

»Oh, Ewan, hast du …«, begann Fiona, um im selben Moment entsetzt und überrascht aufzuschreien, da er sie hochhob und sich über die Schulter warf. »Ewan, lass mich runter!«, befahl sie. Röte überzog ihr Gesicht, als seine Brüder und viel zu viele andere zahlreiche ungehobelte Vorschläge zu Ewans weiterem Vorgehen machten. »Was ist mit der Feier?«

»Die Feier kann ohne uns weitergehen.« Ewan verließ mit ihr die große Halle. »Es ist an der Zeit.«

»An der Zeit für was?«

»An der Zeit, dich zum Schreien zu bringen.«

11

Fiona fiel es schwer, sich zu entscheiden, was eigentlich der Grund für die Röte auf ihren Wangen und die leichte Benommenheit, an der sie litt, als Ewan sie absetzte, war: die Tatsache, dass sie wie ein Sack voll Hafer die Treppen heraufgetragen worden war, oder Ewans Gerede darüber, sie zum Schreien zu bringen.

Sie holte tief Atem, um ihn zu tadeln, während er die Tür schloss und verriegelte und sich im Anschluss daran umwandte, um sie anzusehen. Schnell entwich die gerade erst frisch eingeatmete Luft ihren Lungen wieder. Ewans sturmgraue Augen waren fast schwarz vor Verlangen.

»Ich bin froh, dass wir uns nicht durch Hochzeitsnachtsgebräuche quälen müssen.« Fiona fragte sich, warum sie denn bloß so nervös war.

Ewan stellte sich vor sie hin und löste die Blumen aus ihrem Haar. »Ich sagte meinen Brüdern, dass sie sich ohne wertvolle Teile ihres Körpers wiederfinden würden, falls sie auch nur einen Gedanken darauf verschwenden würden.« Er kämmte ihr mit seinen Fingern durch das Haar und genoss dessen reiche, seidene Fülle. »Warum hast du Angst?«

»Ich habe keine Angst«, entgegnete sie mit innerlichem Fluch auf das leichte Beben in ihrer Stimme. »Vielleicht bin ich ein bisschen nervös.«

»Warum? Du bist keine Jungfrau mehr. Dieses Mal wird es nicht wehtun.« Er begann ihre Robe aufzuschnüren.

»Das war das letzte Mal nicht schlimm.« Sie schauderte, als er ihr das Kleid auszog, hielt ihn aber nicht davon ab. »Ich weiß nicht, warum ich nervös bin. Vielleicht, weil es dieses Mal nicht, äh, unvermittelt geschieht, sondern geplant ist.« Sie zwinkerte, als sie bemerkte, dass er sie bereits bis aufs Unterkleid ausgezogen hatte. »Das ging schnell.«

»Das wird sogar noch schneller gehen.« Er begann, seine eigenen Kleider abzulegen.

Und so war es auch, dachte sie benommen, während sie dabei zusah, wie Ewans Kleidungsstücke geradezu vom Körper fielen. Dass sie dabei nichts zerreißen hörte, überraschte sie. Er war schon nackt, bevor sie richtig Zeit hatte, darüber nachzudenken, dass sie ihn nackt sehen würde.

Ihr Atem ging stockend, als sie ihn ansah. Die gelegentlichen Blicke, die sie auf ihn erhascht hatte, während seiner Pflege und während ihres ersten Liebesspiels, hatten sie nicht auf das hier vorbereitet. Er war durch und durch schlank, voller straffer Muskeln und besaß weiche, dunkle Haut. Auf seinem Körper befanden sich eine Menge Narben, große und kleine, angefangen bei der neuen auf seinem Bein bis zu einer, die schräg über seinen flachen Bauch schnitt. Sie musterte ihn von seinen breiten Schultern bis zu seinen langen, schmalen Füßen, bevor ihr Blick an seinen Leisten hängen blieb. Fiona kam zu der Ansicht, dass es gut gewesen war, keinen eingehenden Blick darauf geworfen zu haben, als er sie vor zwei Tagen in sein Bett gezogen hatte. Ganz bestimmt hätte sie sich feige abgewendet, weil sie törichterweise Angst bekommen hätte, dass er sie entzweireißen würde. Sie bekam große Augen, als sie eine Narbe entdeckte, die seiner stolzen Männlichkeit gefährlich nahe kam.

»Mein Gott, Ewan, du wärst beinahe entmannt worden!«

»Ja.« Er kniete sich hin, um ihr Schuhe und Strümpfe auszuziehen. »Vor acht Jahren wurde ich von einer Frau an meinen schlimmsten Feind verraten – Hugh Gray. Es schien den beiden nichts auszumachen, dass sie in ihrem brennenden Verlangen, mich in die Falle zu locken, in mein Bett geklettert war. Beide waren der Meinung, ich müsse dafür zahlen, dass ich angeblich ihre reine weiße Haut mit meiner Berührung beschmutzt hätte.« Er warf den letzten ihrer Strümpfe zur Seite, glitt mit seinen Händen ihre langen, schlanken Beine hinauf und hinunter und hörte sie leise keuchen. »Die Narbe stammt von dem Hieb, den sie mir verpassten, um mich mit dem, was mir bevorstehen würde, zu verhöhnen, und mir Angst zu machen.«

»Hat es funktioniert?«, fragte sie, als er sie hochhob und zum Bett trug.

»Oh ja, sehr gut, obwohl ich glaube, dass ich imstande gewesen bin, es zu verbergen.« Bevor er ihr das zierlich bestickte Leinenhemd auszog, genoss er einen Augenblick lang, sie in seinem Bett liegen zu sehen.

»Was hat sie davon abgehalten?«

»Gregor, viele meiner Brüder und meine Gefolgsleute. Unglücklicherweise entkamen Gray und Helena. Man hatte den Eindruck, dass es wichtiger wäre, mir zu helfen, als den beiden hinterherzujagen. Ich blutete ziemlich stark. Aus dieser Begegnung stammen mehrere der kleineren Narben und die Narbe auf meinem Gesicht.«

»Folter«, flüsterte sie. Er zog ihr das Kleid aus, und sie ballte die Hände zusammen, um nicht ihrem Bedürfnis zu folgen und sich damit zu bedecken. »Aus Vergnügen oder um Informationen zu erhalten?«

»Etwas von beidem.« Ewan legte sich neben sie ins Bett und zog sie in seine Arme.

Fiona zitterte, als ihr Körper seinen berührte. Die Hitze seines Fleisches schien sich in ihr Blut zu drängen. Sie glaubte nicht, dass sich jemals etwas so gut angefühlt hatte, so wichtig. Hier gehörte sie her. Doch als er ihr sanft seine Hände auf die Wangen legte und ihr Gesicht zu seinem hindrehte, hatte sie den Eindruck, dass es einer Menge Arbeit bedurfte, damit auch er das erkannte.

»Es ist an der Zeit, Mädchen. Du wirst nun das Ganze kennenlernen.« Er küsste sie.

Als Ewan seinen Kuss beendet hatte, hörte sich Fiona leise keuchen. Sie fuhr mit zittrigen Händen über seinen breiten

Rücken, während er sich seinen Weg zu ihren Brüsten hinunterküsste. Er nahm eine der harten, schmerzenden Brustwarzen in den Mund und saugte daran, während er ihre andere Brust mit seiner Hand und den langen, geschickten Fingern folterte. Ein leises Stöhnen entfuhr ihr. Sie versuchte, ihren Körper unter ihm in eine bessere Position zu schieben, weil sie unbedingt spüren wollte, wie er sich an sie drückte, aber er hielt sie an Ort und Stelle fest.

Seine Männlichkeit presste sich heiß und hart seitlich gegen ihr Bein, aber er hielt sie auf eine Weise unten, dass sie dieses Bein nicht bewegen konnte. Sie ließ schließlich ihre Hand über seine Hüfte in Richtung Leisten gleiten, aber er packte sie am Handgelenk und zog sie weg. Fiona wusste nicht so recht, was sie von seinem offensichtlichen Wunsch, nicht berührt zu werden, halten sollte. Als sie es noch einmal versuchte, drückte er ihre Hand auf das Betttuch nieder.

»Nein, Mädchen.« Seine Stimme war belegt und zittrig. »Wenn du mich da berührst, wirst du nicht die Möglichkeit bekommen, aufzuschreien.«

Der Gedanke, dass allein ihre Berührung ausreichte, um ihn seine Beherrschung verlieren zu lassen, steigerte Fionas Begehren. Sie schlang ihre Arme um ihn, als er sie erneut küsste. Im Moment würde sie Trost und Hoffnung in der Tatsache finden, dass sie seine Leidenschaft offenbar genug entflammte, um ihn seine legendäre Selbstbeherrschung verlieren zu lassen.

Als er seine Hand zwischen ihre Oberschenkel gleiten ließ, zuckte sie leicht zusammen. An eine solche schockierende Berührung war sie noch immer nicht gewöhnt. Es bedurfte nur ein paar weniger Liebkosungen seiner langen Finger, um diesen Anflug von Verlegenheit zu verbannen. Bald schon öffnete sich Fiona seinem Streicheln, hob ihre Hüften leicht an, um sich mit rapide steigerndem Verlangen seinen Händen entgegenzubewegen.

Ein leiser Aufschrei voller Begehren und Willkommen entfloh ihr, als er sich zwischen ihren Oberschenkeln niederließ.

Sie schlang ihre Beine um ihn, während er langsam ihre Körper vereinigte. Ewan bewegte sich in ihr, als hätte er Angst, sie zu zerbrechen, und Fiona verzehrte sich nach mehr. Sie streichelte seine Pobacken, er stöhnte und drückte ihre Hände aufs Bett. Da sog er ihre Brustspitze tief in seinen Mund, und sie spürte, wie sie sich wieder jenen bestimmten Höhen näherte.

Gerade als sie dachte, sie könne es nicht mehr ertragen, gab er ihre Hände frei. Sein Mund schwelgte noch immer an ihren Brüsten. Er glitt mit der Hand zwischen ihre vereinten Körper und streichelte sie. Fiona fragte sich eben, was er wohl berührt haben konnte, das eine so gewaltige Welle von Glückseligkeit durch sie hindurchschicken konnte, da tat er es noch einmal, und sie zersprang – seinen Namen schreiend. Während sie in das Paradies stürzte, von dem sie zuvor nur einen Blick erhascht hatte, spürte sie, wie er sich aus ihr zurückzog. Sie klammerte sich an ihn, als er stöhnte und sein Gesicht auf ihre Brüste presste, doch in unmittelbarer Nähe zu den unermesslichen Wonnen, die durch ihren Körper hindurchrasten, war ein Gefühl von Verlust zu spüren.

Erst als sie langsam wieder zu sich kam, erkannte Fiona, was er getan hatte, und ein Schauder bemächtigte sich ihres Herzens, der die verbliebene Wärme ihres Verlangens vertrieb. Er hatte sich zurückgezogen, hatte ihr seinen Samen versagt. Fiona befahl sich, sich nicht von der Verletzung und Wut, die sie empfand, zu einem übereilten Urteil hinreißen zu lassen. Als er sich bewegte, um sich neben sie zu legen, schaute sie ihn an, konnte aber in seinem Gesichtsausdruck keine Antwort entdecken. Er sah einfach nur gesättigt aus, zufrieden und ein wenig selbstgefällig. Als er ihrem Blick begegnete, legte er die Stirn in Falten, und sie fragte sich, ob ihr Gesicht allzu deutlich ihre Gefühle verriet.

»Warum?« Fiona betete, dass seine Erklärung ihren Schmerz lindern würde.

»Warum was?«, fragte er zurückhaltend.

»Warum hast du dich aus mir zurückgezogen?«

Ewan fluchte in sich hinein, kam aber zu dem Schluss, dass es dumm gewesen war zu glauben, sie würde seinen Rückzug aus ihr nicht bemerken. »Ich will keine Kinder.« Als er den Schmerz, der ihr Gesicht überzog, sah, fluchte er laut. Er versuchte sie in seine Arme zu nehmen, doch sie entwand sich seiner Umarmung.

»Warum?«, fragte sie fordernd. Fiona bemühte sich, ruhig genug zu sein, um Verständnis für ihn zu entwickeln.

»Fiona, du bist lange genug hier, um zu wissen, wie mein Vater ist«, begann er. Er rang um die richtigen Worte.

»Was hat denn dein Vater damit zu tun, dass du mir dein Kind verweigerst? Vor zwei Tagen hast du noch nicht an diesem Widerwillen gelitten.«

»Da war ich leichtsinnig. Ich kann nur inständig hoffen, dass mein Samen keine Wurzeln schlägt. In meinem Blut lauert der Irrsinn«, gestand er ihr.

»Welcher Irrsinn? Von was sprichst du?«

»Von meinem Vater, seinem Betragen, den Dingen, die er tut, er …«

»Du hältst deinen Vater für geisteskrank?«

»Ja.«

»Dein Vater ist nicht geisteskrank. Er ist nichts weiter als ein verzogenes Kind«, fuhr sie auf.

»Du verstehst nicht …«

»Nein? Das glaubst du?« Sie ergriff seine Hand und legte sie, während sie sprach, auf jede ihrer Narben. »*Das* ist geisteskrank, Ewan. Ich erkenne weiß Gott sehr genau, was Wahnsinn ist. Ich habe ihn gesehen. Ich wurde von ihm hier auf meinen Wangen gezeichnet, hier über meinem Herzen, hier mit dieser Narbe über meinem Schoß und hier mit jeder dieser Narben auf meinen Oberschenkeln. Ich habe den Wahnsinn in den Augen des Mannes gesehen, der dies getan hat, eines Mannes, der in der Lage war, von Liebe zu sprechen, während er mir Schmerzen zufügte. Ich hörte den Schauder des Wahnsinns, als ich jedem Wort zuhörte, das er sprach, während er mich wie ein frisch erlegtes Wildbret aufhängte, sich überlegte, wo er als nächstes sein Zeichen hinterlassen sollte, und sich darauf vorbereitete, mich zu vergewaltigen. Ich habe jetzt seit fast zwei Jahren mit Wahnsinn zu tun, also erzähl mir nicht, dass ich nicht wüsste, was es damit auf sich hat.

Dein Vater ist nicht geisteskrank. Er ist ein verzogener, egoistischer Mann, einer, der so überheblich ist, dass man die Augen verdreht, aber er ist nicht geisteskrank. Er hat keine Zustände und Krampfanfälle, er hat Wutanfälle. Das Einzige, was mit deinem Vater nicht stimmt, ist, dass ihn nichts und niemand interessiert, abgesehen von seinen Wünschen.«

Sie ließ sich auf den Rücken fallen und bedeckte ihre Augen mit dem Arm, um ihre Tränen zurückzuhalten. Zu wissen, dass Ewan nicht sie verschmäht hatte, als er ihr seinen Samen verweigerte, sondern sich selbst, spendete ihr etwas Trost. Er glaubte, dass sein Blut mit Wahnsinn befleckt sei. Dennoch würde ihre Vernunft einige Zeit brauchen, bis die Verletzung, die sie eben erlitten hatte, ein Stück geheilt war.

Ewan schlang vorsichtig seinen Arm um ihre schmale Taille und zog sie zu ihm hoch. Ihre Worte hatten ihn bis ins Innerste erschauern lassen. Sie hatte ihm von Menzies' Nachstellungen erzählt und wie dieser Mann sie viermal erwischt hatte, aber er hatte sich nie überlegt, wie es für sie gewesen sein musste und wie er ihre wunderschöne Haut konkret mit diesen Malen gezeichnet hatte. Sie hatte recht. Das war Wahnsinn, reiner, grauenerregender Wahnsinn. Und auch wenn er nicht ganz bereit war, ihr zuzustimmen, dass es bei seinem Vater keinerlei Anzeichen für eine Geisteskrankheit gab, so wusste er doch, dass in ihm nichts von dem Gift war, mit dem sie es viel zu lange zu tun gehabt hatte.

Der Schmerz, den er in ihrem Gesicht gesehen hatte, als er ihr seinen Samen verweigert hatte, tat ihm noch immer weh. Zu seiner Beschämung freute ihn das aber auch, schmeichelte es seiner Eitelkeit. Fiona wollte sein Kind austragen und war bei dem Gedanken, dass er ihr diese Möglichkeit verweigerte, am Boden zerstört. Die Vorstellung, dass Fiona von seinem Kind einen rundlichen Bauch bekommen könnte, war süß und berauschend – trotz seiner Ängste in Sachen Geburt. Ewan war sich nur nicht sicher, ob er es wagen konnte, sich hinsichtlich seines Vaters auf die Richtigkeit ihres Urteils zu verlassen.

»Fiona«, er begrub sein Gesicht in ihrem vollen, wirren Haar, »ich könnte deinen Schoß nicht mit dem Blut eines Wahnsinnigen beflecken.«

Seufzend nahm sie den Arm von ihren Augen und sah ihn an. »Ewan, dein Vater ist nicht wahnsinnig.«

»Er sieht überall Feinde. Seine Launen können sich in Sekundenschnelle ändern. Er kann in einem Moment außer sich sein vor Wut und plötzlich innerhalb eines Augenzwinkerns an nichts anderes mehr denken als daran, irgendeiner Frau unter die Röcke zu fassen. Ein erwachsener Mann, ein Laird sollte sich nicht so aufführen.«

»Nein, das nicht«, stimmte sie ihm zu, »aber es ist auch kein Wahnsinn. Wenn er um jede Ecke Feinde sieht, dann vermutlich deshalb, weil sie da sind und er weiß, dass er sie dorthin gebracht hat.« Sie atmete tief durch, erinnerte sich daran, dass sie von seinem Vater sprachen und Ewans Angst vor Wahnsinn Realität war. »Versuche nur einen Augenblick lang, dir deinen Vater nicht als erwachsenen Mann und euren Erzeuger vorzustellen, sondern einfach als ein kleines Kind.«

Ewan war etwas entsetzt darüber, wie leicht ihm das fiel, und ihm fiel auf, dass er seinen Vater oft als kindisch empfand. »Ich gebe zu, dass er sich oft so aufführt, als hätte er vergessen, erwachsen zu werden und die Verantwortung eines Mannes zu übernehmen.«

»Weil dem auch so ist. Alles, was ich von diesem Mann gesehen oder gehört habe, gleicht dem, was ein Kind, ein äußerst verzogenes Kind, tut und sagt. Jemand versäumte es, ihm beizubringen, wie er sich zu benehmen hat, oder er weigerte sich, diese Unterweisungen zu beherzigen. Er will in dem Augenblick haben, was er haben will, in dem er es haben will – genau wie ein Kind. Er verschwendet keinen Gedanken an die Folgen oder die Zukunft – genau wie ein Kind. Er wird wütend, wenn es ihm verweigert wird – genau wie ein Kind. Er springt von einem Interesse zum anderen – genau wie ein Kind. Um ehrlich zu sein, sind die einzigen Unterschiede, die ich zwischen deinem Vater und einem verzogenen Kind feststellen kann, die, dass er Kinder zeugen kann und dass er aufgrund seiner Größe während einem seiner Tobsuchtsanfälle jemanden verletzen oder töten kann.« Sie machte ein nachdenkliches Gesicht. »Hat er denn während eines Wutanfalls schon einmal jemanden verletzt oder getötet?«

Es dauerte einen Moment, bis Ewan ihr antworten konnte, denn er musste sich weit zurückerinnern. »Er kann im Kampf blutrünstig sein, aber nein, ich kann mich nicht erinnern, dass er jemanden während eines Wutanfalls getötet hätte. Er hat ein paar Blutergüsse ausgeteilt, wenn jemand ihm nicht schnell genug aus dem Weg ging, aber normalerweise tobt er nur, stößt ein paar markerschütternde Flüche aus und zerbricht gelegentlich ein paar Sachen. Er hat uns befohlen, Leuten ziemlich grausame Dinge anzutun, aber wir haben es nie gemacht.«

»Darf ich raten? Er hat euch nicht für diesen Ungehorsam gegenüber seinem Befehl bestraft.«

»Nein. Er schien vergessen zu haben, dass er uns so einen Befehl gegeben hat.«

»Hat er jemals eine Frau vergewaltigt, die sich ihm verweigerte?«

»Nein, obwohl er sehr wütend auf dich ist, weil du den Frauen hier gesagt hast, dass sie das tun sollen«, antwortete er mit einem schwachen Lächeln.

»Und doch bin ich hier, unbestraft und ohne blaue Flecken.«

Ewan zwinkerte und schaute sie staunend an. Obwohl er sich davor warnte, seine Überzeugungen von seinen eigenen Hoffnungen lenken zu lassen, konnte er die Wahrheit dessen, was sie ihm aufzeigte, nicht leugnen. Je mehr er sich seinen Vater als ein verzogenes Kind vorstellte, desto mehr sah er, dass Fiona recht hatte. Sein Vater mochte zwar nicht ganz *in Ordnung* sein, aber geisteskrank war er nicht.

»Er ist nicht geisteskrank«, flüsterte Ewan.

»Nein«, bekräftigte Fiona, die schmerzliches Mitgefühl für die Qualen, die Ewan jahrelang hatte ertragen müssen, verspürte.

»Er *ist* nichts weiter als ein verzogenes Kind im Körper eines erwachsenen Mannes.«

»Ja, leider. Denke nach, Ewan, wäre dein Vater geisteskrank, wenn es ihm im Blut liegen würde, dann wäre diese Geisteskrankheit in mindestens einem der Dutzende von Kindern, die er erzeugte, ausgebrochen, oder in einem von den Kindern deiner Brüder. Das ist doch nicht der Fall, oder?«

»Nein.« Ewan fuhr sich mit der Hand durch die Haare. »So lange hatte ich Angst, dass uns der Wahnsinn im Blut liegt, es ist schwer zu akzeptieren, dass ich damit nicht recht hatte.«

»Nein, das hattest du nicht.« Sie begegnete seinem finsteren Blick mit einem sanften Lächeln.

»Ich war nicht der Einzige, der es befürchtet hat.«

»Oh, ich bin mir sicher, dass viele sich das überlegten. Wahrscheinlich ist das der Grund dafür, dass manche tuscheln, er hätte seine Frauen umgebracht. Es ist schwer hinzunehmen, dass ein erwachsener Mann sich so aufführt, wie er es tut. Er ist groß, kräftig und potent, weshalb keiner nach dem Kind sucht, das noch immer in diesem Mann steckt.«

»Er muss also nicht im Turm eingeschlossen werden. Man muss ihm den Hintern verdreschen.«

Fiona kicherte bei der Vorstellung, wie Ewan das Hinterteil seines Vaters bearbeitete. »Zu spät, fürchte ich. Sei einfach nur froh, dass er zugestimmt hat, dir die Zügel in die Hand zu geben.«

Ewan seufzte. »Ich habe den Verdacht, dass er dieses Spiels einfach überdrüssig geworden ist. Selbst er konnte erkennen, dass harte Arbeit nötig war, allein schon, um alles in Ordnung zu bringen, was er falsch gemacht hatte, und er wollte das nicht machen. Er war der Laird gewesen, deshalb war seine Eitelkeit verletzt, doch nachdem ihn alle weiterhin so nannten, ging es ihm gut. Allerdings war er nicht sonderlich begeistert über das *alte,* das sie dem Titel voranstellten. Inzwischen schenkt er dem aber keine Beachtung mehr.«

Langsam ließ Fiona ihre Hand über seine Seite gleiten, um seine Hüfte zu streicheln. Sie spürte ihn leicht erschauern. »Wenigstens hat er nicht mehr das Sagen und kann sich nicht länger Feinde schaffen, mit denen du dann fertig werden musst.« Sie streichelte seinen Oberschenkel und sah, wie sich seine sturmgrauen Augen verdunkelten. »Und ich glaube, er hat dir vorhin die Erlaubnis erteilt, die Camerons zu akzeptieren.«

Ewan brauchte einen Augenblick, um den unkontrolliert sich ausbreitenden Nebel in seinem Gehirn zu durchdringen und über ihre Worte nachzudenken. »Ja, ich glaube, das hat er. Er hat nicht gesagt, dass ich das nicht tun kann, oder? Er sagte nur, dass er mit ihnen nichts zu tun haben will. Verbündete«, flüsterte er und ließ die Honigsüße ebenso wie die Hoffnung, die dieses Wort für die Zukunft versprach, auf der Zunge zergehen.

»Sigimor wird ein mächtiger Verbündeter sein. Es ist seltsam, dass er und seine Familienmitglieder alle so rothaarig sind, während du samt den deinen so dunkelhaarig bist.«

»Verschiedene Mütter. Mein Vater stammte von der zweiten Frau, Sigimors von der ersten. Mein Großvater war rothaarig. Alle Frauen meines Vaters waren dunkelhaarig, alle Frauen seines Bruders waren rothaarig oder blond. Wir haben es weggezüchtet. Sie züchteten es hinein.«

Er sah sie stirnrunzelnd an, als er sich ins Gedächtnis rief, dass Sigimor ein großer, attraktiver Mann war. »Kennst du Sigimor gut?«

»Nicht sehr gut. Mein Bruder heiratete seine Schwester erst

vor einem Jahr, und ich verbrachte sehr viel von diesem Jahr feige hinter den Mauern von Deilcladach.«

»Sich während der Jagd auf einen Wahnsinnigen an sicherem Ort aufzuhalten ist nicht feige.«

»Vielleicht, aber es gab Zeiten, da war es wirklich feige. Nach jedem Angriff dauerte es eine Weile, bis die Angst wieder nachließ.«

»Das überrascht mich nicht. Ich werde ihn für dich umbringen«, gelobte Ewan und meinte auch jedes Wort seines Versprechens genau so.

»Danke«, flüsterte Fiona. Ein schwaches Lächeln umspielte ihren Mund.

Sie begann seinen Bauch zu streicheln, und Ewan atmete heftig durch zusammengebissene Zähne ein. Er sah unverwandt auf die kleine, blasse Hand hinunter, die sich über seine dunkle, vernarbte Haut bewegte, und spürte seine wachsende Erregung. Selbst Helenas geübte Berührung hatte ihn nicht derart restlos entfacht. Das Verlangen, das Fiona in ihm weckte, war tief und hungrig. Es würde nicht einfach sein, Herz und Seele zu schützen und trotzdem diese Leidenschaft zu genießen, aber er würde es immerhin versuchen. Das Sicherste für ihn wäre gewesen, sich völlig von ihr abzuwenden, doch ihm war bewusst, dass er niemals einer weiteren Kostprobe von der Leidenschaft, die sie füreinander empfanden, widerstehen konnte. Er hatte recht gehabt, als er zu der Ansicht gelangt war, dass er ihr niemals mehr erlauben würde, sein Bett zu verlassen, wenn er sie erst einmal darin hatte.

»Berühre mich«, bat er. Der heisere Klang seiner Stimme überraschte ihn nicht, denn er brannte fast verzweifelt darauf zu spüren, wie ihre langen, feinen Finger ihn anfassten.

Fiona legte ihre Hand um sein erregtes Glied. Es war zugleich heiß, hart und dennoch seidenweich. Sie beobachtete ihn, während sie ihn liebkoste. Seine Augen waren beinahe geschlossen, doch sein Blick war fest auf ihre Hand gerichtet. Eine leichte Röte zog sich hoch oben über seine Wangenknochen, und sein Atem ging etwas unregelmäßig. Dieser Mann war so voller Leidenschaft, trotzdem legte er ihr straffe Zügel an. Obwohl sie verstand, warum er das machte, war sie entschlossen, ihn von dieser Fesselung zu befreien, und sei es auch nur in ihrem Ehebett. Sie ließ die Hand zwischen seine Beine schlüpfen, um den Beutel, der dort hing, zu streicheln, und fand sich augenblicklich auf dem Rücken wieder, mit einem in Hockstellung kauernden Ewan über ihr.

»Ich brachte dich zum Schreien, doch dann machte ich alles kaputt.« Ewan kämpfte um die Herrschaft über sein Verlangen.

»Ach, na ja, ich würde nicht sagen, dass es kaputt gemacht wurde. Ein bisschen gedämpft vielleicht, sobald ich bemerkt hatte, was du getan hast.«

»Es lag nicht an dir«, begann er, doch sie berührte mit den Fingern seine Lippen und brachte ihn zum Schweigen.

»Ich weiß. Ich möchte dein Kind empfangen, wenn Gott in seiner Güte uns mit einem segnet. Es stimmt schon, dass ich nicht, wie ein Mutterschaf, jedes Jahr schwanger sein will, aber Lady Maldie hat mir eine Möglichkeit gezeigt, das zu verhindern.«

»Ich muss mich also nicht zurückziehen?«

Sie lächelte beinahe über die Freude, die er nicht ganz verbergen konnte. »Nein. Was ich kenne, funktioniert genauso gut.«

»Dann gebrauche es ganz, wie dir beliebt, aber wenn es zu oft versagt, werde ich Zurückhaltung üben. Ich habe viel zu viele Frauen gesehen, die, ausgemergelt von ständigen Schwangerschaften, ins Grab geschickt wurden. Du wirst keine von diesen sein.« Er küsste sie, über alle Maßen erfreut über den benommenen Ausdruck, den ihr Gesicht angenommen hatte, nachdem er seinen Kuss beendet hatte. »Und jetzt werde ich dafür sorgen, dass du wieder schreist.«

»Vielleicht werde *ich* dafür sorgen, dass *du* schreist.«

»Ich zweifle nicht daran, dass du das wirst, obwohl ich berechtigten Zweifel daran habe, dass es über deinen Lustschreien zu hören sein wird.«

Bevor sie auf diese neckende Überheblichkeit etwas antworten konnte, küsste er sie einmal mehr, und bald schon war sie im Griff der Leidenschaft gefangen, die er in ihr weckte. Bereitwillig gab sie sich den süßen Wonnen hin, die er mit jedem Kuss, mit jeder Liebkosung auslöste. Als sie spürte, wie ihre Erlösung sie in Stücke zerriss, hörte sie sich laut seinen Namen herausschreien. Ihre Glückseligkeit wurde noch umfassender, als sie spürte, wie er sich tief in ihrem Körper vergrub und ihren Schoß mit seiner Saat wärmte, während er ihren Namen schrie.

»Ich glaube, du warst lauter«, murmelte sie später, als sie sich, nachdem sie die Überreste ihrer Leidenschaft abgewaschen hatten, an ihn schmiegte und ihren Kopf auf seiner Brust ruhen ließ.

»Nein, im Vergleich mit dem Lärm, den du veranstaltet hast, war es nur ein Flüstern.«

Er grinste, als ihre einzige Antwort ein leises Knurren war, bevor ihr Körper schläfrig neben ihm zusammensackte. Ewan konnte nicht anders, als einen Anflug von männlichem Stolz darüber zu empfinden, dass er sie offensichtlich ausgelaugt hatte. Und sie zum Schreien gebracht hatte, dachte er bei sich – mit noch breiterem Grinsen. Es war reines Vergnügen, eine Frau laut seinen Namen schreien zu hören, während er vor Leidenschaft bebte.

Die Tatsache, dass Fiona in seinen Armen Glückseligkeit empfand, verwunderte ihn, doch er konnte nicht länger daran zweifeln, dass sie es tat. Zudem stellte er fest, dass er keinen Zweifel mehr an der Aufrichtigkeit ihrer Leidenschaft hegte. Im Lauf der Jahre hatte er hinreichend oft falsche Leidenschaft gesehen, in den Betten der Dorfhuren und in Helenas Armen, um den Unterschied wahrzunehmen. Er konnte diesen Unterschied in der Art, wie sich Fiona bewegte, feststellen, in dem Ausdruck, der auf ihrem Gesicht lag, in den Geräuschen, die sie von sich gab, und sogar in der Art, wie ihr Körper seinen tief in sich festhielt, wenn ihr Höhepunkt sie überflutete. Aus irgendeinem Grund wurde Fionas Verlangen durch seine Berührung entfacht, und er empfand Demut vor diesem Geschenk.

Ewan fuhr gedankenverloren mit seinen Fingern durch ihr volles Haar und genoss das Gefühl ihres weichen, schlanken Körpers so nah an seinem und die verbliebene Wärme befriedigten Begehrens. Endlich hatte er gehört, wie eine Frau seinen Namen schrie, während seine Berührung sie zu jenem grandiosen Gipfel der Glückseligkeit führte, und er würde es ganz bestimmt wieder und wieder hören wollen. Groß, dunkel und vernarbt wie er war, konnte er eine kleine, entzückende Fiona zum Schreien bringen. Es reichte hin, um ihn eitel werden zu lassen, dachte er bei sich, als er ihr einen Kuss auf das Haar drückte.

Er fühlte sich nahezu heiter, in Kopf und Herz unbeschwert. Einiges davon verdankte Ewan der Tatsache, keine Angst mehr davor zu haben, dass in seinem Blut der Wahnsinn lauerte. Auch dieses Geschenk hatte ihm Fiona bereitet, und seine Dankbarkeit war groß. Er hatte keine Frau haben wollen, aber nach einer Nacht als Fionas Ehemann war er froh, dass er sie geheiratet hatte.

Der einzige Schatten am Horizont war das Wissen, wie leicht es sein würde, sie zu lieben. Etwas in ihm wünschte sich dies, wünschte sich, Herz und Seele in ihre kleinen Hände legen und ihr vertrauen zu dürfen, dass sie sie gut behandelte. Ewan hielt es für feige, vielleicht sogar ungerecht gegenüber Fiona, aber er konnte sich nicht dazu überreden. All die Jahre, in denen er sich vor zu tiefen Gefühlen, vor zu großem Vertrauen geschützt hatte, konnten nicht so einfach beiseitegeschafft werden.

Er fand es fast ein bisschen lustig, wenn auch auf traurige Weise, dass er, der Verwundungen seines Körpers aushalten konnte und dennoch nicht vor einem Kampf zurückscheute, sich aus Angst vor einer Verwundung seines Herzens derart wegducken konnte.

Er schlang seine Arme um seine schlanke Frau, ließ seine Wange an ihrem Haar ruhen und seufzte, als er die Augen schloss.

Ewan fürchtete in hohem Maße, dass sie sein Herz bereits in ihren schmalen Händen trug, egal, wie sehr er gegen ihre Anziehungskraft ankämpfte. Er konnte nur hoffen, dass er die Willenskraft haben würde, sie davon abzuhalten, es in Erfahrung zu bringen.

12

Ein verfluchter Cameron in meinem Haus«, knurrte Sir Fingal. »Ich hätte nie gedacht, diesen Tag einmal erleben zu müssen.«

Fiona verdrehte die Augen, als sie sich ihm gegenüber am Tisch des Lairds niederließ. Sie war dem Morgen mit einem Lächeln begegnet. Ihr Körper war noch immer warm von Ewans Liebesspiel, und ihr Appetit war groß. Nach einem Bad hatte sie sich zur großen Halle begeben, um zu frühstücken. Selbst der Anblick von Ewans Vater, der am Tisch saß, hatte ihre gute Stimmung nicht dämpfen können. Unglücklicherweise hatte er sie angesprochen, und Fiona fragte sich, wie lange es wohl dauern würde, bevor er ihr die Laune verdarb. In den zwei Wochen, die sie nun Ewans Frau war, hatte er ein wahres Talent darin entwickelt, sie zu verärgern.

»Ich bin keine Cameron«, entgegnete sie zum, wie es ihr schien, wohl tausendsten Male. »Ich bin eine MacEnroy durch direkte Abstammung. Eine Cameron bin ich nur durch Heirat.« Sie füllte sich eine Schüssel mit Haferbrei und tropfte etwas dunklen Honig hinein.

»Du bist durch Heirat eine MacFingal.«

»Gut. Ich bin eine MacFingal. Das heißt aber immer noch, dass ich keine Cameron bin.«

»Du bist ein freches Mädchen.«

»Ja, das bin ich.« Enttäuscht darüber, dass Sir Fingal sein Mahl offenbar noch nicht beendet hatte und somit noch für eine ganze Weile ihre Gesellschaft darstellen würde, begann sie ihren Haferbrei zu essen.

»Mein Sohn muss bei dir eine festere Hand haben.« Sir Fingal füllte sich seinerseits eine große Schüssel mit Haferbrei und begrub diesen unter Honig. »Er muss dir Respekt und Gehorsam beibringen. Du musst gefügig gemacht werden.«

»Ich würde gerne sehen, wie er das versucht«, murmelte sie.

Sir Fingal schüttelte den Kopf und schob sich ein Stück Brot in den Mund. »Na ja, wenigstens bist du zu einer Sache nutze. Ewan führt sich nicht mehr wie ein Mann auf, der keine Ahnung davon hat, zu was seine männlichen Teile da sind. Du bist vielleicht in der Lage, ihm ein paar Söhne zu gebären, obwohl du viel zu dünn und klein dafür aussiehst. Und du hast mich erinnert, warum ich mir nicht noch einmal eine Ehefrau genommen habe.«

»Ihr habt Euch keine Ehefrau mehr genommen, weil Ihr noch immer mit der verheiratet seid, die die Flucht von hier ergriffen hat.« Dem verwirrten Ausdruck, der Fingal über das Gesicht huschte, entnahm sie, dass er diese Frau vergessen hatte.

»Ach, ja, *die.* Treuloses Weibsstück«, brummte er. »Sie hat mir nur einen Sohn geboren und mich dann mit einem verfluchten Gray betrogen.«

Da es restlose Zeitverschwendung gewesen wäre, Sir Fingal aufzuzeigen, dass seine Klagen über die Untreue eines anderen der Gipfel an Heuchelei waren, überging Fiona seine Worte. »Noch einen Sohn? Habt Ihr nie das eine oder andere Mädchen gezeugt?«

»Doch, drei. Eine habe ich an einen Guthrie verheiratet und eine an einen Kinnaird. Dachte, das könnte uns ein, zwei Verbündete einbringen, aber nein, die Mädchen hatten es eilig, sich mit ihren Ehemännern gegen ihren eigenen Vater zu stellen. Ein kleiner Fehler, und meine ganze Arbeit war dahin. Das andere Mädchen ist mit einem Gray durchgebrannt. Am Ende betrügen Frauen immer den Mann, selbst wenn der ihr eigener liebender Vater ist.« Er schniefte und schien den Tränen nah zu sein.

Fiona schnaubte verächtlich über diese Zurschaustellung von Gefühlen, von denen sie wusste, dass sie völlig unaufrichtig waren, und es überraschte sie nicht, als er sie einmal mehr wütend anfunkelte. Sie hoffte, dass sich die Männer der Töchter als bessere Ehemänner erwiesen hatten als ihr Vater. Zudem bezweifelte sie aufrichtig, dass ein einziger kleiner Fehler Bündnisse gelöst haben soll, die durch Heiraten geschlossen worden waren. Immerhin hatten diese Heiraten Ewan gewiss dabei geholfen, etwas von dem Schaden wiedergutzumachen, den sein Vater angerichtet hatte. Unglücklicherweise hatte es zwischen den Grays und den MacFingals keine Heirat gegeben. Nur jede Menge Verführungen und Entführungen von MacFingal-Frauen.

»Warum nehmen sich die Grays ständig eure Frauen?«

»Sie haben nicht viele eigene«, warf Mab ein, die sich eben neben Fiona setzte und sich mit Haferbrei bediente. »Sie haben auch eine Menge Feinde. Einer dieser Gegner drang in ihre Burg ein, als fast alle Männer abwesend waren. Das war vor ungefähr fünfzig Jahren. Sie waren brutal.« Mab schauderte. »Sie haben Alte und Junge, Männer, Frauen und Kinder umgebracht. Nur ganz wenige sind entkommen. Gott sei gedankt, es waren überwiegend die Kinder. Ein paar Frauen wurden mitgenommen, aber ich glaube nicht, dass sie jemals zurückgefordert wurden.«

»Und so ziehen diese Mistkerle los und verhelfen sich zu den Mädchen von anderen«, fügte Fingal hinzu.

»Ja«, stimmte ihm Mab zu. »Sie sind inzwischen ziemlich berüchtigt dafür.«

Sir Fingal nickte und schaute Fiona scharf an. »Du bleibst also besser innerhalb dieser Mauern.«

Er stand auf und wollte sich entfernen. »Du bestehst vielleicht nur aus Knochen und Narben, aber ein Gray kann nicht allzu wählerisch sein.«

Fiona sah dem Mann wütend nach. Sie war heftig versucht, ihm zu folgen und einen Tritt zu verpassen. »Dieser Mann ist mehr als genug, um ein Mädchen dazu zu bringen, zu brüllen und sich die Haare auszureißen«, schimpfte Fiona, bemerkte aber, dass Mab sie merkwürdig ansah. »Hab ich Haferbrei zwischen den Zähnen kleben?«

Mab lächelte und schüttelte den Kopf. »Nein, es ist nur so, äh, dass der alte Laird wohl anfängt, Euch gernzuhaben, so gern, wie er nur jemanden gernhaben kann.«

»Gernhaben? Dieser Mann macht nichts anderes, als mich grimmig anzufunkeln, anzuraunzen und mich zu beleidigen. Das soll gernhaben sein?«

»Fiona, er redet mit Euch fast genau so, wie er mit den Jungen redet. Fingal spricht mit Frauen nicht so.«

»Er spricht mit dir fast genau so, wie er mit mir spricht«, entgegnete Fiona noch, obwohl sie eben feststellte, dass Mab auf gewisse Weise recht hatte: Sir Fingal sprach mit Frauen nicht wie mit Männern.

»Warum er das wohl tut? Wahrscheinlich weil ich schon so lange hier bin und ihn bei einigen Verwundungen und Verletzungen gepflegt habe. Aber es unterscheidet sich trotzdem von dem, wie er sonst mit anderen Frauen redet. Den anderen befiehlt er entweder, was sie zu tun haben, oder er ignoriert sie, oder er versucht sie aus ihren Unterkleidern herauszuschmeicheln.

Manchmal glaube ich, dass er die meisten nicht beim Namen kennt. Wenigstens nicht, solange er nichts von ihnen will. Dann erinnert er sich entweder daran, oder er nennt die Frau einfach Mädchen oder Weibsstück.«

»Ich weiß nicht, ob ich möchte, dass du mich davon zu überzeugen anfängst, dass an diesem Mann mehr sein soll, als ich dachte.«

»Dazu müsstet Ihr Euch mehr an ihn gewöhnen. Aber ich frage mich langsam, ob dieser alte Esel vielleicht ein bisschen mehr Tiefgang hat. Nicht viel, nur ein kleines bisschen mehr. Er empfindet etwas für seine Söhne.«

»Nein. Ich habe gesehen, wie er sich benommen hat, als Simon verwundet war. Er hat nicht mit der Wimper gezuckt, als er den Jungen für tot hielt, oder nach seinen Verletzungen gefragt, als er herausgefunden hatte, dass der Junge nicht tot war.«

»Natürlich hat er das nicht. Ihr seid mit all den Männern dort gestanden. Da hat Fingal keine Gefühle für einen der Jungen zeigen können. Aber er hat Simon jeden Tag besucht, während er sich erholte, um ihm wilde Geschichten zu erzählen oder ihm vorzulesen. Auch Ewan hat er besucht, während er genas. Ich habe darüber nachgedacht und festgestellt, dass er immer kommt und nach den Jungen sieht, wenn sie krank oder verletzt sind. Ich habe entdeckt, dass er auch die Kleinen besucht, seine eigenen und die Kinder seiner Söhne. Dann ist da noch die Tatsache, dass er für jedes Kind, das er gezeugt hat, sorgt. Zwei seiner Kinder sind gestorben, und alle vierzehn Tage besucht er ihre Gräber.«

Fiona war ein wenig schockiert. Dies schien vorauszusetzen, dass Fingal für die Kinder, die er so rücksichtslos in die Welt setzte, einen Schimmer von Zuneigung empfand. Das würde erklären, warum keiner seiner Söhne Abneigung gegen ihn hegte oder Wut und Feindseligkeit gegen ihn empfand. Es würde auch heißen, dass er trotz seiner Schwächen und Eigentümlichkeiten eine Art von Band zwischen sich und den Kindern entwickelt hatte.

»Kennt er die Namen aller seiner Kinder?«

Mab nickte. »Alle ihre Namen und ihr Alter. Allerdings ist er sich nicht immer sicher, wer ihre Mütter waren.«

Das sagte viel, dachte Fiona bei sich, während sie einen Schluck Apfelmost trank. Sir Fingal mochte kein sonderlich guter Vater sein und ein miserabler Laird, aber vielleicht war er nicht so durch und durch schlecht, wie sie anfangs geglaubt hatte. Dass er Probleme hatte, sich die Namen der Mütter der Kinder zu merken, war natürlich keine Überraschung und passte zu dem Mann, für den sie ihn hielt. Seine Meinung von Frauen war so schlecht, dass es haarsträubend war. Trotzdem würde sie sich diesen Mann in Zukunft etwas genauer ansehen. Ein Mann, der sich an die Namen und das Alter so vieler Kinder erinnern konnte, konnte doch nicht so richtig schlecht sein, oder?

Nachdem sie und Mab ihr Mahl beendet hatten, kamen sie zu dem Schluss, dass es ein guter Tag wäre, um im Garten zu arbeiten. Fiona hatte ihre wahre Liebe für die Gartenarbeit entdeckt. Zwar hatte sie schon früher Kräutergärten gepflegt, doch sie interessierte sich mehr für die Blumen. Es war befremdlich, innerhalb einer so Respekt einflößenden Burg einen derart kunstvollen Garten vorzufinden, zumal diese angefüllt war mit großen, dunklen und ein wenig ungehobelten Männern. Sie hatten allerdings Mab freie Hand gelassen. Und diese hatte einen Himmel an Schönheit geschaffen, dachte Fiona, während sie sich zwischen den Blumen bewegte und Unkraut jätete.

Sie arbeitete vor sich hin und überlegte sich, was sie mit ihrem Mann machen sollte. Die Leidenschaft zwischen ihnen war süß und glühend. Sie schwelgten jede Nacht wie hungrige Kinder in ihr, und oft genug auch am Morgen. Es wäre einfach gewesen, sich nur an das zu halten und alles andere auf sich beruhen zu lassen. Fiona hatte den Verdacht, dass es da draußen jede Menge Frauen gab, die auf die Knie fallen und überschwängliche Gebete der Dankbarkeit zum Himmel schicken würden, wenn ihnen ihre Ehemänner die Wonnen bereiten würden, die Ewan ihr bereitete. Es schien ihr egoistisch, sich mehr zu wünschen, aber sie tat es.

Was sie sich wünschte, war Liebe, grübelte sie, als sie begann, das wild in die Höhe kletternde Geißblatt zuzuschneiden. Sie liebte Ewan mit jeder Faser ihres Herzens und wünschte sich, dass auch er sie liebte. Naiverweise hatte sie geglaubt, dass er ihre Liebe einfach erwidern *musste,* wenn sie ihn liebte, wie sie ihn liebte. Sie hatte zudem den Eindruck gehabt, dass diese Liebe unter Ewans heftiger Leidenschaft verborgen sein musste. Auch das war naiv gewesen, denn es war allseits bekannt, dass die Leidenschaft eines Mannes nichts mit Liebe oder auch nur der geringsten Zuneigung zu tun haben musste.

Sie hatte zwei Wochen gebraucht, um aufzuwachen von dieser sinnlosen Dummheit oder dieser blinden Naivität, doch jetzt war es so weit.

Das Problem war, dass sie jetzt nicht mehr wusste, was sie tun sollte oder ob es überhaupt etwas gab, was sie tun *konnte.* Er war tagsüber nicht abweisend zu ihr, aber zwischen ihnen schien sich eine Mauer aufzutürmen, die sie nicht durchbrechen konnte. Trotz der Leidenschaft, die sie füreinander empfanden, wurde Ewan, sobald er ihr Bett verlassen hatte, zu dem Mann, der er gewesen war, bevor sie zu einem Paar geworden waren. Das Einzige, was er nicht mehr machte, war, wegzulaufen, wenigstens nicht mehr so offensichtlich. Er machte sie nicht wirklich zu einem Teil seines Lebens. Mehr und mehr glaubte sie, dass sie für ihn nichts weiter war als die Frau, die sein Bett wärmte und ihm legitime Kinder gebären konnte. Das allerdings fing an, einige sehr üble Gefühle in ihrem Inneren auszulösen. Sie empfand sich allmählich eher als seine Geliebte denn seine Ehefrau. Irgendwie musste sie das ändern, denn es war eine Herzenswunde, die mit der Zeit eitern und Galle und Bitterkeit entstehen lassen würde.

Der Hunger lenkte sie schließlich von ihren Gedanken und dem Garten ab. Mab war bereits gegangen, um im Dorf eine Frau zu besuchen, die im Begriff war, ein Kind zur Welt zu bringen. Trotz all der Leute um sie herum fühlte sich Fiona seltsam allein, als sie zu ihrem Schlafgemach ging und unterwegs stehen blieb, um die Zubereitung eines Bades für sich anzuordnen. Eigentlich vermisste sie sogar Nathan, der ihr überallhin gefolgt war. Und das war ein ziemlich trauriger Beweis für den problematischen Zustand ihrer Ehe.

Sobald das Bad bereitet war, sank Fiona in das warme Wasser und seufzte vor Behagen. Verloren in ihren Gedanken um Ewan und ihre Ehe, hatte sie zu lange und zu schwer im Garten gearbeitet. Sie legte den Kopf an den Rand des Zubers und erlaubte der Wärme des Wassers die diversen Schmerzen in ihrem Körper zu lindern. Indem sie die Augen schloss, wünschte sie sich schläfrig, dass das heiße Bad auch die Schmerzen in ihrem Herzen lindern könnte.

Ewan betrat das Schlafgemach und blieb unvermittelt stehen. Sein Blick heftete sich auf Fiona, die in ihrem Bad eingeschlafen war. Ohne ihre schlanke Gestalt aus den Augen zu lassen, schloss er die Tür und verriegelte sie. Er kam eben von einem schnellen Bad im Fluss zurück, wo er den Schweiß und Staub abgewaschen hatte, der ihn nach dem Exerzieren seiner Männer bedeckt hatte, und suchte ein sauberes Hemd. Das Hemd konnte warten, und so ging er zum Zuber und stellte sich daneben.

Gott, wie schön sie war, dachte er, während er auf Fiona hinunterschaute. Sie waren jetzt seit zwei Wochen verheiratet, und noch immer spürte er, wie sich seine Innereien zusammenzogen, wenn er sie ansah. Den Tag über war es viel zu oft der Fall, dass er sie sehen wollte, mit ihr sprechen wollte, sich versichern wollte, dass sie noch immer da war, aber er unterdrückte dieses Bedürfnis. Ein erwachsener Mann sollte nicht seiner Frau nachlaufen wie ein junger Hund, der nicht entwöhnt war und hinter seiner Mutter herlief. Das war ganz gewiss nicht würdevoll oder beherrscht. Hätte er ihr so oft hinterhergejagt, um mit ihr zu schlafen, wie er daran dachte, würde er nicht die geringste Selbstbeherrschung aufweisen.

Das war alles nur, weil es für ihn so neu war, versuchte er sich zu überzeugen, als er sich neben den Zuber kniete. Er hatte noch nie erlebt, dass ihn eine so wunderschöne Frau in ihren Armen willkommen hieß und sich unter seiner Berührung zu einem süßen Feuer verwandelte. Helena war schön gewesen, aber ihre Wärme war eine Lüge, ihr Willkommen eine Falle gewesen. Er nahm Waschtuch und Seife, und in diesem Moment wurde ihm klar, dass er Fionas Leidenschaft nicht mehr infrage stellte. Allerdings steigerte das sein Erstaunen noch zusätzlich.

Er begann sie abzuwaschen und fing bei ihren ziemlich hübschen Füßen an. Ewan lächelte, als ein Stirnrunzeln über ihr schönes schlaftrunkenes Gesicht huschte. Bevor sie die Augen öffnete, hatte er schon ihre Beine gewaschen und war beim linken Arm. Die Röte, die ihre Wangen färbte, ließ ihn leise lachen.

»Ewan«, protestierte Fiona, »ich kann mich jetzt selber baden.«

»Nein, ich genieße es.« Er machte bei ihren Brüsten weiter. »Du solltest beim Baden nicht schlafen, Fiona, du könntest ertrinken.« Er warf das Tuch beiseite, seifte seine Hände ein und fuhr fort, ihre Brüste zu waschen.

»Ich glaube, sie sind jetzt sauber.« Fiona war von dem leichten Zittern in ihrer Stimme nicht überrascht, denn seine Berührung entfachte ihr Verlangen. »Außerdem glaube ich, dass du ein bisschen mehr machst, als mich zu baden.«

»Ja, das mache ich, aber sei zu deinem Ehemann nett und lass ihn dieses kleine Spiel zu Ende spielen. Ich habe noch niemals einem Mädchen bei seinem Bad geholfen.«

Diese Feststellung erstickte Fionas letzten Protest über diese Intimität im Keim. Die Vorstellung, dass sie eine Erfahrung mit Ewan teilte, die er noch nie mit einer anderen Frau geteilt hatte, war zu verführerisch, um ihr zu widerstehen. Sie bezwang ihre Verlegenheit, und schon brach sich das Verlangen, das sich in ihr rührte, freie Bahn. Er führte eine nasse, seifige Hand zwischen ihre Beine, und sie verlor jegliches klares Bewusstsein. Lüstern gab sie sich der versengenden Lust hin, die seine Berührung in ihr auslöste.

Noch immer von den Wonnen ihrer Erlösung zitternd, sah Fiona durch ihre Wimpern hindurch ihren Ehemann an. Ewan hatte wieder ein leicht selbstgefälliges Aussehen angenommen, und dieses verstand sie allmählich als Herausforderung. Er wirkte höchst erregt – ein Beweis dafür, dass er sie nicht berühren konnte, ohne nicht sein eigenes Begehren zu entzünden. Das war auch schon das Einzige, was sie davon abhielt, ihm diesen überheblichen Blick geradewegs aus seinem hübschen

Gesicht zu ohrfeigen. Es gab ihr aber die Freiheit für eine Rache der besonderen Art.

Fiona stand langsam auf und sah, wie Ewan schwer schluckte. Sie lächelte honigsüß, als sie aus dem Badezuber stieg, und murmelte ihren Dank dafür, dass er schnell ein Handtuch um sie wickelte. Aus irgendeinem Grund handelte er nicht entsprechend seines offensichtlichen Verlangens nach ihr. Fiona fragte nicht nach dem Warum, weil sie den Verdacht hatte, dass ihr die Antwort nicht gefallen oder sie sie nicht verstehen würde. Eine innere Stimme sagte ihr, dass er ihre Liebesspiele auf die Nacht und ein gelegentliches Stelldichein am Morgen beschränkte, um dann das Ehebett zu verlassen und eine Art von Distanz zwischen ihnen aufrechtzuerhalten. Vielleicht dachte er ja sogar, dass es sie schockieren würde, wenn er mitten am Tag mit seiner Frau schlief. Fiona war mehr als bereit, ihn hinsichtlich des letzteren Gedankens eines Besseren zu belehren. Das Zwischenspiel im Bad war aufregend und befriedigend gewesen, kam aber dem Gefühl von Ewans starkem Körper, der mit ihrem vereint war, während sie beide sich der Ekstase unterwarfen, in nichts nahe.

Sie bemühte sich nicht, ihren Köper zu verhüllen, und trocknete sich ab. Dabei beugte sie sich nach vorn, drehte und wendete ihren Körper und rieb sich mit dem Tuch ab, alles in der Hoffnung, Ewan zu verlocken. Wenn sein zunehmend schweres Atmen ein Indiz war, hatte sie trotz ihres Unwissens in Sachen Verführungskunst Erfolg. Es verblüffte sie, dass sie sich so schamlos zur Schau stellen konnte. Fiona kam aber zu dem Schluss, dass vierzehn Tage des Genusses von Ewans Leidenschaft dazu geführt hatten, sie sehr viel weniger wegen ihrer Narben besorgt sein zu lassen als am Anfang.

»Fiona«, Ewan versuchte vergeblich die Belegtheit seiner Stimme wegzuräuspern, »was machst du da?«

»Mich abtrocknen.« Sie musterte ihn von oben bis unten und freute sich zu sehen, dass er nur seine Hosen trug. Offenbar war er in ihr gemeinsames Schlafgemach zurückgekehrt, um sich saubere Kleider anzuziehen, nachdem er sich den Schmutz der morgendlichen Arbeit abgewaschen hatte. »Dich aufreizen.« Sie streckte die Hand aus und streichelte sanft seine männliche Erregung. »Ich glaube, es gelingt mir.«

»Es ist mitten am Tag.«

Nach einem Blick auf die Sonne, die durch das schmale Fenster fiel, lächelte Fiona ihm zu und schnürte seine Hosen auf. »Wie scharfsinnig von dir, Ehemann.«

»Damen haben kein Interesse an einem Techtelmechtel mitten am Tag.«

Da er trotz seiner Worte nichts unternahm, um sie aufzuhalten, schob Fiona seine Hosen nach unten. »So, unsere Gilly hat mir nichts von dieser speziellen Regel gesagt.« Sie kniete sich vor ihn hin und zog ihm auch noch den Rest seiner kurzen Stiefel und Hosen aus. »Um ehrlich zu sein, ich glaube, sie und Connor haben sich nie so einzwängen lassen.«

Ewan starrte auf Fiona hinunter, die zu seinen Füßen kniete. Der Anblick zerriss den letzten Faden an Selbstbeherrschung, der ihm noch geblieben war, seit er gespürt hatte, wie sie unter seiner Berührung in Stücke gesprungen war.

»Was machst du da?«

Noch während er diese Frage in forderndem Ton stellte, kam er zu der Ansicht, dass es sich um eine besonders dumme Frage handelte. Allerdings konnte er nicht glauben, dass seine zarte Frau etwas im Sinn hatte zu tun, von dem er zwar gehört hatte, nach dem er aber nie gewagt hätte auch nur zu fragen.

»Ich dachte, das wäre deutlich zu sehen.«

»Wenn es das ist, was ich denke – aber nein, davon kannst du nichts wissen.«

»Unsere Gilly hat mir eine ganze Menge über das erzählt, was zwischen einem Mann und einer Frau geschehen kann.«

Da sie zwischen ihre Worte Küsse und langsame Striche mit ihrer Zunge einstreute, musste Ewan heftig darum kämpfen, sich wenigstens so weit einen klaren Kopf zu bewahren, dass er die Unterhaltung fortführen konnte. »Sie hat dir von solchen Intimitäten berichtet?«

»Ja. Ihre Cousins haben ihr viel davon erzählt, und sie behauptet, dass es dieses Wissen viel einfacher macht, vom Mädchen zur Frau zu werden. Gefällt es dir nicht?« Sie entschied, dass das heisere Ächzen, dass ihm entfuhr, während sie ihn leckte, so etwas wie ein *Ja* war, und küsste die Narbe, die so gefährlich nah an seiner Männlichkeit verlief. »Ich bin so sehr froh, dass du gerettet wurdest, bevor deine Feinde ihre Drohung wahrmachen konnten.«

»Du kannst darüber nicht glücklicher sein als ich.«

»Vielleicht können wir uns darauf einigen, dass wir beide gleichermaßen erfreut darüber sind. Ich habe den mannhaften Jungen weiß Gott sehr zu schätzen gewusst, und vielleicht schenke ich ihm jetzt eine kleine Belohnung dafür, dass er so freundlich zu mir gewesen ist.«

Ewan öffnete den Mund, um ihr zu sagen, dass sie diejenige wäre, die sich eine Belohnung verdient hätte, weil sie ihn mit ihrer Leidenschaft beschenkte. Doch die Worte, die er äußern wollte, verwandelten sich in eine Mischung aus Keuchen und Stöhnen, als sie ihn mit der Wärme ihres Mundes aufnahm. Er erzitterte und wickelte seine Finger in ihre Haare, hielt sie ohne nachzudenken an Ort und Stelle fest, obwohl sie gar nicht den Anschein erregte, sich zurückziehen zu wollen.

Trotz all seiner Anstrengungen, trotz all der jahrelangen Übung in Selbstbeherrschung konnte er diese Seligkeit nicht lange genießen. Er beobachtete sie so lange dabei, wie sie ihn befriedigte, bis er fürchtete, dass seine zittrigen Beine ihn nicht länger tragen würden. Für kurze Zeit überlegte er, das volle Ausmaß dieser Ekstase zuzulassen, wagte aber dann doch nicht, sie derart zu prüfen. Sie mochte zwar eine gewisse Ahnung davon haben, aber sie hatte keine Erfahrung, sah man von der ab, die er ihr verschafft hatte. Das aber konnte dazu führen, dass sie Widerwillen dagegen entwickelte, ihm noch einmal diese Freude zu bereiten.

Mit sanftem Fluch packte er Fiona unter den Armen, hob sie hoch und rannte nahezu zum Bett. Er warf sie darauf, kostete ihr heiseres Lachen aus und warf sich auf sie. Ewan fuhr mit zitternder Hand zwischen ihre Beine und hätte vor Dankbarkeit fast laut gebetet, als er feststellte, dass sie bereit für ihn war. Dass sie durch ihre Liebkosungen selbst erregt worden war, berührte ihn auf eine Weise, die er nicht wagte, genauer zu untersuchen. Er küsste sie und vergrub sich im selben Moment tief in ihr, entschlossen, sich so lange an die ausgefransten Fasern seiner Selbstbeherrschung zu klammern, bis er sie befriedigt hatte. Zu seiner Erleichterung und Verblüffung bedurfte es nur kurzer Zeit, um dieses Versprechen einzulösen. In dem Augenblick, in dem er spürte, wie Fionas schlanker Körper um ihn herum fest wurde, gab er sich seinem eigenen Verlangen voll und ganz hin. Sein Höhepunkt und sein freudig erregter Aufschrei vermengten sich mit ihrem gleichzeitig erfolgtem Höhepunkt und Aufschrei.

Fiona klammerte sich an Ewan, als er in ihren Armen zusammenbrach. Ihr ganzer Körper bebte noch von der Kraft seiner Erlösung. Sie freute sich, dass es seinem nicht anders erging. Warum konnte er nur nicht erkennen, wie perfekt sie zusammenpassten, fragte sie sich, während sie mit ihren Fingern durch seine Haare kämmte. Selbst wenn er in seinem männlichen Verstand Leidenschaft nicht mit Liebe verband, musste er doch erkennen, dass das, was sie miteinander erlebten, einmalig war. Vielleicht brauchte es einfach mehr Zeit, doch Fiona wurde zunehmend ungeduldig und fürchtete, dass diese Ungeduld sie zu Handlungen veranlasste, die ihn von ihr wegtrieben, statt ihn näher an sie zu ziehen.

Ewan schob sich auf die Ellbogen und hauchte ihr einen Kuss auf die Lippen. Sie fühlte sich überwältigt und war sich nicht sicher, was sie tun oder sagen sollte. Obwohl seine Erregung nachgelassen hatte, genoss er es, noch ein bisschen in ihr zu verweilen, bevor er sich zurückzog und zur Seite rollte. Er bemerkte die Röte auf Fionas Wangen sowie den Blick, mit dem sie ihn vorsichtig bedachte, und entspannte sich. Sie war ebenso unsicher wie er.

»Weiß dein Bruder eigentlich, was für Sachen seine Frau dir beigebracht hat?« Erleichtert atmete er auf, als sie ihn nach kurzem Zögern anlächelte.

»Sie hat mir eine Menge beigebracht«, antwortete Fiona, »und wenn Connor es mitbekommen hat, hat er nichts dagegen unternommen. Nimmst du Anstoß daran, dass deine Frau ein bisschen etwas von solchen Sachen kennt?«

»Wenn ich Anstoß daran nähme, würdest du damit aufhören. Und so ein Riesendummkopf bin ich nun auch wieder nicht.« Er küsste sie einmal mehr und kletterte aus dem Bett. »Vielleicht brauche ich ein paar Nachhilfestunden.« Er zwinkerte ihr zu und begann sich anzukleiden. »Ich glaube fast, ich besitze einige nicht ganz sachkundige Vorstellungen von dem, was eine damenhafte Ehefrau sein soll und was nicht.«

»Du kannst gar keine seltsameren Vorstellungen davon haben als mein Bruder.« Fiona glitt aus dem Bett und beeilte sich, ihr Hemd anzuziehen. Plötzlich war sie sich ihrer Nacktheit bewusst. »Er war sein ganzes Leben lang mit den Lügen unseres verräterischen Onkels gefüttert worden, eines Mannes, der die Auslöschung unserer ganzen Familie plante, der die Fehden am Leben erhielt, damit diese seine Mordpläne für ihn erledigten, und der sogar versucht hat, unsere Gilly umzubringen.«

Fiona bemerkte die Neugierde auf Connors Gesicht und erzählte ihm alles über den heimtückischen Verrat ihres Onkels, während sie sich weiter ankleidete. »Es bedurfte der Ankunft unserer Gilly auf Deilcladach, um die gemeine Niederträchtigkeit unseres Onkels aufzudecken.«

Ewan war von ihrer Erzählung so entsetzt, dass er schweigend seine Stiefel anzog und zu ihr ging, um sie in den Arm zu nehmen.

Der Gedanke daran, was ihr Onkel getan hatte, wie er vielleicht sein Ziel, die ganze Familie seines Bruders tot und begraben zu sehen, erreicht hätte, wäre da nicht der eigensinnige Mut ihres Bruders gewesen, ließ ihn frösteln. Er war sich bewusst, dass ihn diese Geschichte derart heftig quälte, weil er sich einen kurzen Moment lang überlegt hatte, was sein Leben ohne sie gewesen wäre.

Ewan war froh, dass er sie nie mit seinem Misstrauen ihr gegenüber behelligt hatte. Nach allem, was sie erlitten hatte, hätten sie seine Zweifel an ihr gewiss zutiefst beleidigt.

»Ist er jetzt tot?« Er fragte dies in Reaktion auf den Anflug von Angst, den er in ihrer Stimme vernommen hatte, während sie ihm das alles erzählt hatte.

»Ja, getötet von der Geliebten meines Bruders.« Sie bemühte sich, in seiner gefühlsbetonten Umarmung nicht mehr zu sehen als das, was sie war, eine tröstliche Geste gegenüber dem Schmerz und der Angst, die diese alten Erinnerungen geweckt hatten.

»Dein Bruder hat seine Geliebte in seiner unmittelbaren Nähe gehabt, nachdem er schon verheiratet war?«

Das Entsetzen in Ewans Blick beglückte sie. Sie mochte lange brauchen, um viel von diesem Mann und seinen Gefühlen zu entdecken, aber sie konnte bestimmt auf seine Treue zählen, während sie den Versuch unternahm, ihn zu enträtseln.

»Ja und nein. Sie blieb in der Nähe, kam aber nie mehr in sein Bett. Sie wurde gehängt, nachdem Gilly bewiesen hatte, dass nicht Connor, sondern diese Hure unseren Onkel getötet hatte.«

»Solche Unterstützung von der eigenen Frau ist eine gute Sache.« Ewan nahm sie bei der Hand und führte sie aus dem gemeinsamen Schlafgemach. »Es ist ihre Pflicht, aber es ist viel angenehmer, wenn diese freiwillig geleistet wird. Das trifft im Übrigen auch auf alles andere zu.«

Und das, überlegte sich Fiona, während er sie hinunter zur großen Halle zog, war wohl das einzige Kompliment, das sie vermutlich erhalten würde.

Als er diesen Satz mit einem leichten Druck auf ihre Hand beendete und ihr Herz vor Freude einen Sprung machte, schüttelte sie innerlich den Kopf.

Es würde schwer werden, ihren Mann den Weg entlangzuführen, von dem sie wollte, dass er ihn ging, wenn sie so leicht zufriedenzustellen war.

Unglücklicherweise konnte sie ihr Herz ebenso wenig bezähmen wie ihr Verlangen nach ihm. Ihr Ziel, Ewans Herz zu gewinnen, bedurfte eindeutig sehr viel mehr der Planung, wenn sie es denn erreichen wollte.

13

Hmmm.« – »Hmmm?« Fiona musste schmunzeln, denn Mab schaute auf das Moos unter dem Baum, als würde es das Geheimnis des Heiligen Grals bewahren. »Nur ein Hmmm? Und ist es ein Hmmm der Missbilligung oder eines, das fragt, ob wir überhaupt Moos brauchen?«

Mab stemmte die Hände in die wohlgerundeten Hüften und warf Fiona einen vermeintlich strengen Blick zu. »Es ist ein Hmmm, das fragt, ob ich dieses Moos haben will. Es schaut arg zertreten aus und ist voller Ameisen.«

»Die Ameisen würden mich ganz gewiss zögern lassen.«

»Ihr seid heute äußerst unbeschwerter Stimmung.« Mab ging zu einem anderen Mooskissen. »Ich muss annehmen, dass mit Eurem Ehemann alles gut geht. Ah bestens, nicht eine einzige Ameise.«

»Gut genug.« Fiona kniete sich hin, um Mab beim Aufsammeln des Mooses zu helfen.

»Nach drei Wochen ist alles, was Ihr sagen könnt, gut genug? Ihr habt doch, was Ihr haben wolltet, oder nicht?«

Fiona seufzte und spürte, wie ihre gute Laune ein wenig abflaute. Die einzige Änderung, die sie in der Woche, seit Ewan ihr Bad so herrlich unterbrochen hatte, feststellen konnte, war, dass er das eine oder andere Mal tagsüber aufgetaucht war, um mit Fiona zu schlafen. Auch wenn es zutraf, dass er nicht mehr den ganzen Tag über fast unsichtbar war, war das nicht die Änderung, die sie sich erhofft hatte. Es hieß zwar, dass sie sich ein paar Minuten mehr miteinander unterhielten, und sei es auch nur, während sie sich anzogen, doch sie war diejenige, die Dinge von sich enthüllte, und nicht er.

»Ich habe, was ich haben wollte«, erwiderte sie. »Es ist *noch immer,* was ich haben will. Das Problem ist nur, dass es nicht *alles* ist, was ich haben will.«

»Aha.« Mab nickte. »Kein Wort der Liebe, keine gewisperten Geständnisse. Ihr begegnet Euch in eurem Schlafgemach, geht miteinander ins Bett, und das war's dann. Ich nehme an, dass das gut ist, oder?«

»Oh ja, sehr gut.« Fiona lenkte ihren Blick auf den Boden, hielt Ausschau nach nützlichen Pflanzen und verbarg ihre Verlegenheit. Einzig Mabs sachlichem Ton war es zu verdanken, dass sie überhaupt in den Versuch einwilligte, ein solches Gespräch zu führen. »Er begehrt mich. Daran hege ich keinerlei Zweifel mehr. Und richtig ist auch, dass er mir das Gefühl gibt, wunderschön zu sein.«

»Das ist keine Kleinigkeit.« Mab prüfte sorgfältig eine niedrig wachsende Pflanze, schüttelte aber den Kopf und murrte: »Zu früh, um sie zu pflücken.« Sie sah zu Fiona zurück. »Manch eine Frau wäre froh über einen gesunden, muntren Mann, der sich an sein Eheversprechen hält und ihr das Gefühl gibt, wunderschön zu sein.«

Fiona verzog das Gesicht, während sie sich den Platz einprägte, wo eine andere nützliche Pflanze wuchs, damit sie sie wiederfinden konnte, sobald es an der Zeit war, sie zu pflücken. »Ich weiß das alles, und ich finde mich äußerst egoistisch und undankbar, wenn ich mich dabei erwische, nach mehr zu schmachten. Das hält mich jedoch nicht davon ab, es zu tun. Ich liebe ihn, und ich wünsche mir, dass er mich liebt«, sie legte die Stirn in Falten, »obwohl es Tage gibt, an denen ich mich frage, warum«. Sie lächelte über Mabs Kichern, seufzte aber schließlich. »Ich möchte mehr für ihn sein als eine Frau, die sein Bett anwärmt und ihm Töchter schenkt.«

Mab blieb stehen, hob die Augenbrauen und sah Fiona an. »MacFingals zeugen Söhne.«

»Ich beabsichtige, mit dieser Tradition zu brechen. Na ja, wenigstens ein einziges Mal.«

»Ich verstehe. Ja, es wäre sehr schön, ein kleines Mädchen

um sich zu haben, aber die MacFingals zeugen Söhne. Scarglas wimmelt geradezu von den Jungchen. Und Ihr habt fünf Brüder. Natürlich hat Fingal auch drei Töchter.«

»Ja, und meine Eltern haben mich gezeugt. Unsere Gilly hat Connor ein Mädchen geschenkt, und sie hat das Gefühl, das das nächste Kind, das sie zur Welt bringt, auch ein Mädchen ist.« Fiona lächelte über Mabs verwirrten Gesichtsausdruck. »Gilly kann manchmal Dinge vorhersagen. Ihr größtes Talent ist die Kenntnis, was andere Menschen empfinden, aber ab und zu hat sie so etwas wie eine Vision. Sie ist sich sicher, dass ihr nächstes Kind ein Mädchen wird. Ich wünsche mir oft, dass sie hier wäre, damit sie Ewan kennenlernen könnte. Sie wäre vielleicht in der Lage, mir zu sagen, warum er mich in so vielerlei Hinsicht von sich fernhält. Ach, übrigens, es gibt da auch einige Leute, in deren Herz sie nicht schauen kann, wie zum Beispiel meinen Bruder. Ich habe den Verdacht, dass Ewan vielleicht einer von dieser Sorte ist.«

»Ewan behält seine Gedanken und Gefühle für sich. Er ist ein stiller, zurückhaltender Mann. Ein guter Laird.« Mab wandte sich nach Osten. »Diesen Weg entlang gibt es einen kleinen Bach. Vielleicht finden wir dort ein paar nützliche Sachen.«

»Dort wächst ein guter Bestand an Disteln«, sagte Fiona, als sie Mab folgte.

»Gut, gut. Ich denke, Ewan hat zu viele Leute verloren.«

Fiona brauchte einen Augenblick, um zu merken, dass Mab das Thema gewechselt hatte und das Gespräch wieder auf Ewan und Fionas Probleme mit ihm zurückbrachte. »Was heißt *verloren?*«

»Seine Mutter und drei andere Frauen, die er, weil er noch so jung war, als Mütter betrachtete. Fingals letzte Frau kam, als er schon zu alt und zu abgehärtet war, um in ihr noch einmal die Mutter zu suchen. Er kümmerte sich um seine Schwestern, und die sind jetzt weg. Dann war da Helena. Ich denke, er hat die Hand nach ihr ausgestreckt, sein Herz ein kleines bisschen für sie geöffnet, und ihr Verrat hat ihn tief verletzt.«

»Ich bin *nicht* Helena, und man sollte mich nicht für ihre Verbrechen leiden lassen.«

»Nein, dass sollte man nicht, aber ich fürchte, Ihr müsst es. Wenigstens für eine Weile.«

»Glaubst du, Ewan verdächtigt mich, ihn zu verraten?«

»Nein, das glaube ich nicht, aber vielleicht beunruhigt ihn allein das. Andererseits bin ich mir nicht sicher, ob er der Tatsache vertraut, dass Ihr seine Frau seid und Ihr es genießt, sein Bett mit ihm zu teilen. Ewan war unter den Mädchen in der Umgebung von Scarglas nie die erste Wahl gewesen. Das war noch mehr der Fall, nachdem sein Gesicht die Narbe abbekommen hat.«

»Also das verstehe ich nicht. Er ist kräftig, gut gebaut, und die Narbe verunstaltet nicht seine Gesichtszüge, sie zeichnet einfach nur seine Haut.« Fiona wurde bewusst, dass sie um seinetwillen beleidigt war, und musste fast lachen. Sie war froh, dass er nicht viele Frauen gekannt hatte, war aber der Ansicht, man hätte ihn der Aufmerksamkeit für Wert befinden sollen. »Das kommt bestimmt davon, dass er das Spiel des Umwerbens nicht sonderlich gut beherrscht.«

»Und Ihr wollt umworben werden?«

»Nein, dieser Mangel macht mir nichts aus. Seine Worte mögen nicht so süß sein wie die, die Gregor von sich gibt, aber Ewan hat Sachen gesagt, die mich freuen. Es ist nur so, dass ich ein wirklicher Teil seines Lebens sein möchte, seine Gedanken kennen möchte, seine Vorhaben, seine Gefühle. Er teilt seinen Körper und seine Leidenschaft mit mir, aber sonst kaum etwas. Ich möchte, dass er mich liebt, wie ich ihn liebe, doch wenn er diese Distanz zwischen uns aufrechterhält, kann ich sein Herz niemals erreichen.«

»Gebt euch mehr Zeit, Mädchen. Ewan hatte neunundzwanzig Jahre lang Zeit, diese Mauer um sein Herz zu errichten und der Mann zu werden, der er jetzt ist. Ihr könnt nicht erwarten, dass er sich innerhalb eines Monats ändert. Ruft Euch einfach immer wieder in Erinnerung, dass Ihr das erste

Mädchen seid, von dem er die Hände nicht lassen konnte, das erste, das er in sein Bett geholt hat. Nicht einmal Helena hat das geschafft. Sie musste ihn verführen und musste dazu mehr tun, als nur in seiner Reichweite zu stehen.«

Diese Ermahnung ermutigte Fiona ungemein. Eben war sie im Begriff, Mab dafür zu danken, als sie auf eine kleine Lichtung traten. Ein Teppich aus Veilchen breitete sich vor ihnen aus, und die Schönheit dieses Anblicks vertrieb für den Augenblick Ewan aus ihren Gedanken.

»Wir könnten herrliche Seifen herstellen«, murmelte Fiona.

»Und Parfüms«, fügte Mab hinzu.

»Unser Korb ist nicht groß genug, und wir könnten Hilfe gebrauchen.« Fiona stellte fest, dass Mab ihr nicht zuhörte. »Mab?«

»Da kommt jemand«, flüsterte Mab. Sie drehte sich langsam zur Seite, um sich umzusehen.

Obwohl sie sich sagte, es sei töricht, sich zu fürchten, konnte Fiona nicht ganz verhindern, dass Angst in ihr hochstieg. Sie hatte nichts gehört, und selbst wenn jemand kam, konnte es leicht einer der MacFingals sein. Gerade als sie sich umgedreht hatte, um in die Richtung zu sehen, in die Mab sah, kamen sieben Reiter aus dem tarnenden Schatten der Bäume hervor. Fiona erblickte den Mann, der etwas vor den anderen ritt, und das Blut in den Adern gefror ihr derart schnell, dass ihr Zittern fast schmerzhaft war.

»Sei gegrüßt, meine Liebe«, sagte der Mann gedehnt. Ein kaltes Lächeln umspielte seine sinnlichen Lippen.

»Menzies«, flüsterte Fiona, die darum rang, sich aus dem eisernen Griff der Angst zu befreien. »Wenn ich es dir sage, Mab, musst du losrennen, sehr schnell, rechts vorbei an diesem Schwein«, sagte sie ihrer Freundin so leise flüsternd, wie sie nur konnte, während sie ihren Blick fest auf den äußerst attraktiven und äußerst geisteskranken Sir Ranald Menzies geheftet hielt. »Lauf! Jetzt!«

Fiona stürzte nach links davon und war erleichtert zu sehen, dass Mab sofort nach rechts flüchtete. Das Herz schlug ihr in der Kehle. Fiona rannte so schnell, wie sie nur konnte, und unterdrückte das Bedürfnis nachzuschauen, wie es Mab erging. Sie hoffte nur, dass diese ebenso diszipliniert war. Als sie Menzies' Rufe und die Geräusche einer Verfolgungsjagd wahrnahm, versuchte Fiona den Schutz der Bäume zu erreichen. Im Wald würden die Männer auf ihren Pferderücken im Nachteil sein. Trotzdem rückte einer von Menzies' Männern auf, um ihr den Weg zu versperren.

Übel fluchend versuchte Fiona dem Zugriff ihrer Verfolger zu entkommen. Sie verschloss ihre Ohren gegenüber den Stimmen in ihrem Kopf, die ihr ständig sagten, dass es ein Kampf sei, den sie bereits verloren hätte. Plötzlich sah sie eine Lichtung und rannte auf sie zu. Die Flüche ihrer Verfolger verrieten ihr, dass sie tatsächlich die Chance hatte, es zu schaffen.

»Fiona! Du bleibst besser stehen! Sofort!«

Etwas an der Art, wie Menzies seinen Befehl brüllte, die arrogante Belustigung hinter seinen Worten veranlasste Fiona dazu, stehen zu bleiben. Dass die Männer, die ihr hinterherjagten, bereits angehalten hatten, schien ihr tatsächlich verdächtig. Noch als ihr Kopf Fiona befahl, weiterzulaufen und ihren Befreiungsversuch zu vollenden, wandte sie sich um, um Menzies anzusehen. Das Herz sank ihr in die Knie, als sie eine sich hin und her windende Mab sah, die über Menzies' Sattel geworfen worden war.

»Lasst sie gehen, Menzies. Sie ist Euch nicht von Nutzen.«

»Ist sie das nicht?« Menzies packte Mab an den Haaren, unterband ihre Bewegungen und hielt ihr einen Dolch an den entblößten Hals. »Ich denke, die Kuh könnte einen Zweck erfüllen.«

»Wenn Ihr Mab verletzt, ladet ihr den Zorn der MacFingals auf Euch. Sie ist ihnen sehr wichtig.«

»Deshalb lassen sie sie herumstromern, mit dir als einzigem Schutz? Und so wie es aussieht, bist du auch noch unbewaffnet. Außerdem funktioniert es nicht, mir mit dem Zorn von so

Leuten wie den MacFingals zu drohen, lauter Verrückten und Frauenmördern. Glaubst du, sie gebrauchen ihr Hexenwissen, um einen Zauberbann über mich zu verhängen?« Menzies lachte, und seine Männer taten es ihm dienstbeflissen nach.

Aus dieser Falle gab es kein Entrinnen, das wurde Fiona nun klar. Mab starrte sie an und machte kleine Bewegungen mit den Händen, die Fiona sagten, dass sie fliehen solle. Falls Mab tatsächlich glaubte, sie würde sie in den Fängen dieses Wahnsinnigen zurücklassen, dann war diese Frau ebenso verrückt wie Menzies. Fiona wusste, dass er, nur um sie zu ärgern, Mab umbringen würde. Menzies seinerseits wusste, dass er sie hatte, weil sie das Leben dieser Frau niemals gegen ihre eigene Freiheit eintauschen würde. Sein hämischer Gesichtsausdruck weckte den sehnlichen Wunsch in ihr, ebenso kaltherzig zu sein wie er.

»Gebt sie frei, Menzies«, befahl sie, dieses Mal wieder mit kühler, harter Stimme, entschlossen, ihre Angst vor diesem Mann zu verbergen.

»Nur wenn du zustimmst, zu mir zu kommen«, entgegnete Menzies.

»Ich stimme zu«, antwortete Fiona und überging dabei Mabs gemurmelten Widerspruch.

Dann zog Menzies zu Fionas großem Entsetzen sein Messer über Mabs Kehle und warf ihren Körper auf den Boden. Fiona schrie eine Verwünschung und zog ein Messer aus dem Ärmel, aber einer der Männer packte sie, bevor sie es Menzies in die Brust senken konnte. Sie versuchte ihr Bestes, aber es gab kein Entrinnen aus dem Griff des Mannes. Als er sie grob umdrehte, damit sie ihn ansehen musste, sah sie, wie er mit seiner Faust ausholte. Unmittelbar darauf schwang er diese große Faust, und Fiona erlitt einen Augenblick blindwütigen Schmerzes. Dunkelheit umfing sie.

Der Schmerz drang so schnell in Fionas Bewusstsein, dass sie die Luft anhielt. Sie hörte jemanden lachen. Ihr Kopf tat weh, und Fiona führte diese Beschwerden auf den noch stechenderen Schmerz in ihrem Kinn zurück. Der Schmerz in ihren Armen verwirrte sie einen Moment lang, doch dann konnte sie sich Menzies' entsinnen.

Ihr Magen verkrampfte sich vor lauter Angst und in der Erinnerung an den Anblick von Mabs schlaffem Körper, wie er auf dem Boden aufschlug und das Vorderteil ihres Kleides mit Blut tränkte.

Jemand stieß sie an, und sie spürte, wie ihr Körper hin und her baumelte. Jetzt stand fest, dass Menzies sie wieder an den Handgelenken aufgehängt hatte. Das Entlangstreifen von weichem Leinen an ihren Oberschenkeln sagte ihr, dass er ihr dieses Mal wenigstens das Hemd angelassen hatte, und sie versuchte, sich damit ein wenig zu trösten.

Langsam öffnete sie die Augen und starrte zornig auf einen leicht amüsierten Menzies. Sie hasste ihn aus ganzem Herzen und kostete es aus, dass dieses bittere Gefühl ihre Angst verdrängte.

»Ihr werdet dafür bezahlen, dass Ihr Mab umgebracht habt, Ihr Bastard. Ich werde dafür sorgen, dass Ihr für diese Schuld bezahlen müsst. Blut gegen Blut.«

»Mit was?«

Menzies deutete auf den Stapel mit ihren Kleidern. Obenauf lagen ihre Dolche.

»Wenn es sein muss, mit meinen Zähnen«, erwiderte sie mit eisiger Stimme. »Es bestand keinerlei Notwendigkeit für Euch, sie umzubringen.«

»Sie wollte dir helfen, vor mir wegzulaufen. Das kann nicht gestattet werden.«

Müßig wischte er sich, während er sprach, etwas Staub von der Brust seines eleganten Wamses. »Du gehörst mir. Und die, die versuchen, mir das zu nehmen, was mir gehört, und es außerhalb meiner Reichweite zu halten, die müssen sterben.«

Er sagte dies, als ob Mabs Leben ihm ebenso unwichtig sei wie der Staub, den er von seinen Kleidern schnippte. Auf Fiona wirkte dies beinahe ebenso beängstigend wie das, was er ihr antat. Eine solche gefühllose Missachtung eines Lebens, dem er gerade ein Ende gemacht hatte, mochte auf dem Schlachtfeld akzeptabel sein, doch dass er so von einer Frau redete, die er eben ermordet hatte, verriet seine Geisteskrankheit. Sie musste sich fragen, wie lange er sie am Leben lassen würde, nachdem er seinen Anspruch auf sie erhoben hatte.

Galle brannte ihr bei der Vorstellung, dass dieser Mann sie berühren würde, in der Kehle. Dass er mehrmals versucht hatte, sie zu vergewaltigen, hatte ihr schon Kummer genug bereitet, bevor sie die Freuden von Ewans Umarmung kennengelernt hatte. Jetzt durfte sie nicht einmal daran denken, wie sie sich fühlen würde, sollte Menzies dieses Mal mit der Vergewaltigung Erfolg haben. Oder, was noch beängstigender war, wie Ewan dann fühlen mochte. Jetzt gab es da so viel, was Menzies zerstören konnte, dass sie am liebsten geweint hätte. Doch sie drängte dieses Bedürfnis zurück, weigerte sich, diesem Mann eine Schwäche zu zeigen.

Aus früheren Begegnungen wusste sie, dass Menzies es liebte, von sich selbst zu sprechen, von seinen Fähigkeiten, seiner Klugheit, seiner Kühnheit. Obwohl sie keine Vorstellung davon hatte, wie viel es ihr helfen würde, entschloss sie sich, ihn zum Sprechen zu animieren. Es würde ihr etwas Zeit verschaffen. Vielleicht zögerte es den unausweichlichen Gräuel seiner Hände hinaus, vielleicht vollbrachte es aber auch ein Wunder. Möglicherweise hatte jemand auf Scarglas entdeckt, wie lange Mab und sie schon weg waren, und suchte nach ihnen. Möglicherweise hatte einer der Männer in den Wachtürmen trotz der großen Entfernung zu ihr und Mab etwas gesehen. Es war nur ein kleiner Hoffnungsschimmer, aber sie klammerte sich daran und zog Kraft daraus.

»Wie habt Ihr mich gefunden?«

»Das war nicht leicht«, antwortete Menzies und warf ihr einen gereizten Blick zu. »Ich hörte schließlich, dass du verschwunden seist, dich verirrt hättest.«

Gab es auf Deilcladach einen Spion? Menzies war eindeutig attraktiv genug mit seinen langen blonden Haaren und hellen blauen Augen, um eine Frau zu verführen, ihm Geheimnisse der MacEnroys auszuplaudern. Es war auch möglich, dass es dank der Aufregung, die durch ihr Verschwinden ausgelöst worden war, überhaupt kein Geheimnis war. Dies zu glauben fiel ihr allerdings schwer. Seit die Probleme mit Menzies ihren Lauf genommen hatten, hatte Connor die Angelegenheiten von Deilcladach streng geheim gehalten. Fiona konnte dem Ausdruck auf Menzies' fast schönem Gesicht ablesen, dass er von ihr die Frage hören wollte, wie er denn erfahren hätte, dass sie die Burg verlassen hatte. Sie bändigte den stolzen Teil ihres Ichs, der ihm dieses kleine Vergnügen verweigern wollte, indem sie sich ins Gedächtnis rief, dass sie sich dadurch vielleicht wertvolle Zeit erkaufen konnte.

»Ihr habt irgendeinen Esel gefunden, der Euch verraten hat, was auf Deilcladach geschehen war, nicht wahr?« Fast hätte sie ein Würgen überkommen, als er sich stolz in die Brust warf.

»Sie war ein hübsches kleines Mädchen. Süß und vernarrt, begierig darauf, mich mit ihrem Wissen über all das, was von Tag zu Tag auf Deilcladach vor sich ging, zu befriedigen.«

»War?« Fionas Gedanken hatten sich bei diesem Wort aufgehalten. Und obwohl sie für einen Verräter wenig Mitleid hegte, konnte sie für die törichte, vernarrte Frau, die vielleicht nicht gewusst hatte, mit wem sie eine Beziehung eingegangen war, ein bisschen davon aufbringen.

»Nun ja, ich konnte es ja nicht zulassen, dass sie, als sie erfahren hatte, wer ich bin, einen Warnschrei ausstößt. Sie war selber schuld, wenn sie diese Kerze anzündete. Ich hatte ihr gesagt, dass es gefährlich für sie sei, so viel zu wissen, und dass Verschwiegenheit sehr wichtig sei.« Er zuckte mit den Schultern. »Offensichtlich hatte sie nicht bedacht, dass das auch den nahen Blick in das Gesicht ihres Liebhabers einschloss. Ich konnte doch schließlich nicht zulassen, dass deine verdammten Brüder dahinterkamen, wie nah ich ihnen war.«

»Und Ihr seid nicht auf die Idee gekommen, dass der Mord an einem armen verblendeten Mädchen sie vielleicht misstrauisch machen könnte?«

»Nein. Ich bin doch nicht solch ein Dummkopf, dass ich eine Leiche zurücklasse. Sie ruht auf dem Grund des Flusses, festgebunden an einen Sack voller Steine, der sie an Ort und Stelle hält. Glaub also nicht, dass dein Bruder meine Spur gewittert hat. Diesmal wird er dir nicht zu Hilfe eilen.«

»Damit ist meine Frage, wie Ihr mich gefunden habt, noch immer nicht beantwortet.«

»Ich bin deiner Spur gefolgt. Verschiedene Leute haben sich daran erinnert, dein Pferd gesehen zu haben. Dann traf ich auf eine nette Truppe von Männern namens Gray. Die sagten mir, dass der Laird von Scarglas vor knapp einem Monat eine Frau bei sich gehabt hätte, die langes goldblondes Haar hatte, wie ein Junge gekleidet war und das Schwert wie ein Mann führte. Es war leicht zu erraten, wer das wohl gewesen ist.«

»Es war leicht? Ich *bin* seit einem ganzen Monat hier.« Sie spannte sich an, als Zorn seine Gesichtszüge straffte.

»Ja. Das bist du gewesen.« Er stieß ihr mit der Schwertspitze in die Seite. »Manches von dem, was die Grays mir erzählten, machte mich sehr wütend.«

»Und warum glaubt Ihr alles, was sie sagen? Sie sind Feinde der MacFingals.«

Fiona konnte sehen, dass er darüber nachdachte, und nutzte seine Ablenkung, um sich etwas Spielraum in den Stricken zu verschaffen, die ihre Handgelenke fesselten. Nachdem er sie zum ersten Mal an ihren gefesselten Handgelenken aufgehängt hatte, hatte sie Connor dazu überredet, das Gleiche mit ihr zu machen, und sie hatten beide hart daran gearbeitet, eine Möglichkeit zu finden, dass sie sich gegebenenfalls selbst befreien oder zumindest etwas Gegenwehr bieten könnte. Fiona war überrascht, dass Menzies sie, nach den blauen Flecken, die sie ihm und seinen Männern das letzte Mal verpasst hatte, noch einmal an einem Ast aufgehängt hatte. Doch dann bemerkte sie, dass seine Männer Abstand von ihr hielten, und musste fast schmunzeln.

»Nein«, sagte Menzies, nachdem er eine Weile in Gedanken versunken gewesen war, »hinter ihren Worten lauerte kein Verrat oder eine List. Genau genommen waren sie neugierig, als sie feststellten, dass du die Frau bist, die ich suchte. Doch ihr Interesse an dir zählt nicht. Was allerdings zählt, ist, dass sie mir von dir und dem Laird von Scarglas erzählten.«

»Da es nichts über den Laird von Scarglas und mich zu erzählen gibt, wüsste ich nicht, was sie Euch gesagt haben könnten.«

Menzies seufzte und schüttelte den Kopf, bevor er sie mit einem Blick so voller herablassender Gegenanklage bedachte, dass sie sich sehnlichst wünschte, ihm diesen aus dem Gesicht zu schlagen. Er ähnelte sehr stark jenem Blick, der sie veranlasst hatte, seinen Antrag abzulehnen, als er um ihre Hand angehalten hatte. Sie war wie so viele Frauen von seinem engelhaften Aussehen überwältigt und geblendet worden, doch dann hatte sie diesen Blick gesehen. Es war einer von jener Sorte Blick, der einem sagte, dass man nur eine arme, dumme Frau war, die die Führung und Weisheit vonseiten des Mannes jämmerlich nötig hatte, dass man sie für ihre Mangelhaftigkeit bedauern, sie ihr aber vergeben und sich um sie kümmern müsste. Fiona hatte sich oftmals gefragt, ob die Tatsache, dass sie, die in seinen Augen nichts weiter als eine mitleiderregende Frau war, ihn zurückgewiesen hatte, der Auslöser für das war, was ihn derart verdrehte. Gleichzeitig befahl sie sich aber, nicht so eitel zu sein. Er hatte bereits vorher an dieser Geisteskrankheit gelitten. Ihre Zurückweisung hatte sie schlimmstenfalls verstärkt und deutlicher zutage befördert.

»Du warst über einen Monat lang die Gefangene des Lairds.« Menzies sagte es in einem Ton, der den Eindruck erweckte, als würde er diese einfache Tatsache einer Person zu erklären versuchen, die den Verstand eines Flohs besaß. »Trotz all meiner Anstrengungen bist du noch immer entzückend genug, um die

Lust eines Mannes zu erregen.« Sein Gesicht verfinsterte sich, und er warf einen misstrauischen Blick auf seine Männer, die klug genug waren, ihr gegenüber vollkommen uninteressiert zu wirken. »Ich hörte auch, dass der Laird ein verdrießlicher Mensch sei, von dunkler Erscheinung und schrecklich voller Narben.«

Fiona verbiss sich instinktiv das Bedürfnis, Ewan gegen diese Beleidigung zu verteidigen. Der durchtriebene Ausdruck, der auf Menzies' Gesicht lag, warnte sie vor einer Falle, die er ihr stellen wollte. Ihre innere Stimme sagte ihr, sie würde es büßen, sollte der Verdacht in ihm aufkeimen, dass sie sich für Ewan interessierte. Schlimmer noch, Menzies würde dann den Wunsch haben, dass auch Ewan es büßte. Das Letzte jedoch, was Ewan brauchte, war ein weiterer Mann, der ihn verfolgte, und Menzies schien trotz seines Irrsinns den Verstand und die Fähigkeit, die den Grays fehlten, dazu zu haben. Sie begegnete gelassen seinem Blick, so als wartete sie einfach nur darauf, dass er weitersprach.

»Diese groben Hände sollen dich niemals berühren«, sagte Menzies, nachdem er sie sekundenlang scharf beobachtet hatte. »Das wäre ein Verbrechen, eine Sünde, die ich bestrafen müsste. Die Frage wäre: Wer würde verdienen, mehr bestraft zu werden, er oder du? Fiona, hast du diesem Mann erlaubt, dich zu berühren? Hast du ihm deine Jungfräulichkeit dargebracht, seine Betttücher mit deiner Unschuld gezeichnet, während du dich geweigert hast, meine zu zeichnen? Hast du ihm erlaubt, dich zu seiner Hure zu machen? Die Grays behaupten, dass du das getan hättest.«

»Die Grays behaupten auch, dass sie ein Recht auf Scarglas hätten, obwohl der frühere Laird der Cousin des neuen war. Ich würde dem Gerede eines Clans kein Gewicht beimessen, der davon überzeugt ist, dass er einen größeren Anspruch auf etwas hat als der Blutsverwandte eines Mannes.«

Sie spannte sich an, als er langsam um sie herumging und sie berührte, als habe er ein Recht darauf. Obwohl ihr der gesunde

Menschenverstand sagte, dass es unmöglich war, stieg die Angst in ihr auf, an ihr könnte es etwas geben, das ihm verriet, dass sie keine Jungfrau mehr war. Wortlos redete sie sich ihre zunehmende Furcht aus, und als er sich wieder vor sie hinstellte, begegnete sie offen seinem Blick. In seinen Augen schimmerte nun etwas, das ihr zeigte, dass nichts mehr, was sie sagen oder tun würde, ihn noch davon überzeugen konnte, dass die Grays gelogen hatten. Er war schon davon überzeugt gewesen, dass sie ihre Unschuld verloren hatte, bevor er ihr hierher gefolgt war.

Ein Schauder rannte ihr den Rücken hinunter, als er das Band, das ihr Hemd zusammenschnürte, mit der Spitze seines Schwertes wegschnippte. Es würde keine Zeit mehr bleiben, kein Gespräch mehr geben. Fiona wunderte sich, dass sie ihn überhaupt so lange hatte aufhalten können. Es war schwierig zu erkennen, wie sehr ihn seine Überzeugung, dass sie keine Jungfrau mehr war, traf.

»Ihr seid Euch hoffentlich im Klaren, dass Euch mein Bruder für jeden Makel, den ihr meiner Haut zufügt, zehnfach bezahlen lässt? Er zählt jeden blauen Fleck, jeden Schmerz als eine Schuld, die mit Blut und Höllenqual bezahlt werden muss. Jedes Mal, wenn Ihr mich einfangt und mich foltert, fügt er dem Zeitraum, in dem er Euch leiden lässt, eine weitere Woche hinzu.« Obwohl Menzies von ihren Drohungen unberührt zu bleiben schien, traten seine Männer voller Unbehagen von einem Bein auf das andere. »Connor hat sehr genau alle Möglichkeiten studiert, mit denen er Euch in den Fesseln der Höllenqualen festhalten kann, ohne Euch dem Zugriff des Todes preiszugeben.«

»Dein Bruder hat mich während all dieser Zeit nicht ein einziges Mal erwischt. Ich halte es für keine besondere Drohung.«

»Nein? Glaubt Ihr, dass er aufgibt, wenn es zu lange dauert, Euch zur Strecke zu bringen? Vielleicht solltet Ihr einen Moment lang innehalten und über den Mann, der mein Bruder ist, nachdenken, Euch eine Minute lang an die Geschichten darüber erinnern, wie er mit nur fünfzehn Jahren zum Laird wurde und was er alles ausgehalten und erreicht hat. Euch zur Strecke zu bringen wird für ihn, selbst wenn es Jahre dauern sollte, ein Nichts sein. Ihr werdet nie imstande sein, weit genug und schnell genug wegzulaufen, und niemals aufhören können, einen Blick über die Schulter zu werfen, um zu sehen, ob er da ist. Eines Tages wird er es sein, und dann beginnt Ihr zu leiden, lange und schwer. Ja«, fügte sie fast flüsternd und mit kaltem Lächeln hinzu, »dann werdet Ihr anfangen, laut zu brüllen.«

Der Blick, mit dem er sie ansah, ließ Fiona glauben, dass sie ihm endlich Angst eingeflößt hatte. Doch dann lachte er, und sie spürte, wie ihr das Herz bis zu den Zehen hinuntersank und ihr Mut ins Wanken geriet. Zeit zu gewinnen hatte ihr nichts gebracht. Die Drohungen hatten Menzies nicht dazu veranlasst, zu zögern oder Angst zu verspüren. Sie biss die Zähne zusammen, um nicht zu weinen, als er mit der Spitze seines Schwerts das Band ihres Unterkleides zerschnitt. Er kam ihr nicht einmal nah genug, damit sie ihm einen Tritt versetzen konnte.

Sie betete. Sie betete um den Mut, dass sie das, was auch immer Menzies ihr zufügen würde, ohne zu zucken ertragen könnte. Sie betete um ein Wunder, betete darum, dass die Hand des Schicksals herablangen und sie in Sicherheit reißen würde. Sie betete auch darum, dass ihr, nachdem sie vor diesem Mann schon viermal gerettet worden war, die Chancen und kleinen Wunder nicht ausgegangen waren.

14

»Wo ist deine Frau?« – Ewan steckte das Schwert in die Scheide, winkte die Männer weg, mit denen er trainiert hatte und sah seinen Vater an. »Ich bin mir nicht sicher. Mit Mab in der Kräuterhütte? Auf Krankenbesuchen? Wieso erwartest du von mir, dass ich weiß, wo sie ist?«

»Weil sie deine Frau ist.« Fingal schaute seinen ältesten Sohn finster an. »Du hast sie also verloren?«

»Nein, ich habe sie nicht verloren. Ich weiß nur nicht, wo sie ist. Schließlich halte ich sie nicht angeleint bei mir. Was willst du von ihr?« Ewan runzelte die Stirn und sah seinen Vater prüfend an. »Bist du krank?«

»Natürlich bin ich nicht krank! Sehe ich vielleicht so aus, als wäre ich krank?«

»Was willst du dann von ihr?«

»Es ist Mahlzeit«, knurrte Fingal und kreuzte die Arme über der Brust.

»Was?«

»Mahlzeit. Zeit für ein Mahl.«

»Oh. Vater, die Kirche nennt es …«

»Wie die Kirche es nennt, interessiert mich nicht. *Ich* nenne es Mahlzeit. Das ist ein guter Name. Besser als der, den die Kirche dafür hat. Das sind Gebetszeiten, und ich bete nicht. Ich esse.«

»Natürlich.«

Ewan atmete tief und langsam durch und bemühte sich ruhig, ja sogar geduldig zu bleiben. »Und Fiona hat etwas mit dieser *Mahlzeit* zu tun?«

»Ja, sie setzt sich mit mir hin und wir nehmen unsere Mahlzeit ein, gewürzt mit einem sehr feinen Streit. Nun, ich bin in die große Halle gegangen, habe mich allein hingesetzt, und sie ist nicht hereingekommen. Sie kommt immer herein. Und bevor du fragst: Sie ist nicht in der Burg und nicht in der Kräuterhütte oder im Garten. Dachte, du hast sie vielleicht mitgenommen, um einen Erben zu zeugen, aber nein, du stehst hier. Also, warum ist deine Frau nicht aufzufinden, he?«

Ewan sah mit einem etwas leeren Blick um sich, dann schaute er wieder zu seinem Vater. Das war mehr als nur eigenartig, das war sogar befremdlich. Er war der Meinung gewesen, sein Vater möge Fiona nicht, wolle aufgrund ihrer Verbindungen zu den Camerons nichts mit ihr zu tun haben, dennoch hatten die beiden offenbar miteinander gegessen. Es schien ihm, als hätte er sich dessen eigentlich bewusst sein müssen.

Noch seltsamer war, dass sein Vater sie vermisste, obwohl er das vermutlich selbst unter Todesqualen nicht zugegeben hätte. In den Wochen, seit Fiona auf Scarglas weilte, hatte sie offenbar entgegen allen Hindernissen die Zuneigung seines Vaters gefunden. Ewan wusste, dass sein Vater dazu fähig war, doch er hatte sie, soweit er wusste, noch nie zuvor einer Frau geschenkt.

Wenn Sir Fingals böser Blick ein Maßstab war, dann hatte dieser Mann den Eindruck, dass Ewan schrecklich nachlässig war, weil er nicht wusste, wo seine Frau sich aufhielt.

Dann drang plötzlich die Tragweite all dessen in Ewans Verstand. Sein Vater hatte an allen Orten nachgesehen, an denen Fiona für gewöhnlich zu finden war, dennoch hatte er sie nicht gesehen. Ewan versuchte einem unvermittelten Gefühl von Dringlichkeit und einem Anflug von Angst entgegenzuwirken. Nur weil sein Vater gesagt hatte, dass er überall nachgesehen hätte, hieß das noch nicht, dass er es tatsächlich getan hatte.

»Hast du in der Kemenate nachgeschaut?«

»Ich habe dir gesagt, dass das Mädchen nicht in der Burg ist«, herrschte ihn Sir Fingal an. Ich mag alt sein, aber mein Verstand ist immer noch intakt, und meine Augen sind es ebenfalls. Außerdem habe ich die Frauen der Burg losgeschickt, um sie zu suchen, aber sie konnten sie nirgends finden. Ich habe mit Jung-Ned geredet, und der hat gesagt, er hätte Mab nicht mehr gesehen, seit sie ihr Frühstück eingenommen haben.«

»Vielleicht sind Fiona und Mab zum Dorf gegangen.« Ewans Angst wuchs, als sein Vater den Kopf schüttelte.

»Eben ist ein Mann aus dem Dorf angekommen und hat nach dem Mädchen und Mab gefragt. Er hat ein krankes Kind und wollte, dass die beiden kommen und nachschauen. Du *hast* sie verloren, gib es doch zu.«

Bevor Ewan etwas darauf antworten konnte, ertönte ein Schrei von den Männern auf den Mauern, der schnell von einem weiteren Schrei der Männer gefolgt wurde, die die Tore bewachten. Ewan rannte zu den Toren, seinen Vater dicht auf den Fersen. Gerade als sie dort ankamen, stolperte Mab durch sie hindurch und brach zu ihren Füßen auf den Knien zusammen. Ewan spürte, wie er schwankte, wurde aber vom schmerzhaften Griff seines Vaters um seinen Oberarm zur Besinnung gebracht.

Er musste mehrmals langsam und tief durchatmen, bevor er einigermaßen ruhig wurde. Es war schwer, das beizubehalten, während er sich zu Mab hinunterkauerte. Der einzige Gedanke, den er hatte, war, dass Fiona fort war, dass Mab blutig und allein auf Scarglas zurückgekehrt war. Er sah sich schnell Mabs Wunde an und war erleichtert, dass sie nur oberflächlich zu sein schien. Später, das wusste er, würde er allein um Mabs willen darüber froh sein, aber im Augenblick war er nur froh, dass sie in der Lage sein würde, seine Fragen zu beantworten. Mit angespannter Ungeduld wartete er, während Mab mühsam um Luft rang.

»Mab, wo ist Fiona?«, wollte er wissen, als die Frau endlich gleichmäßiger atmete.

»Menzies«, keuchte Mab. Als sie sah, wie Ewan blass wurde, nickte sie. »Wir suchten nach Heilpflanzen, er hat uns gefunden.«

»Du und Fiona, ihr habt ohne Bewachung diese Mauern verlassen?«

»So, Junge«, warf Sir Fingal ein und hob Mab auf seine Arme, ohne auf ihren Widerspruch einzugehen, »diese Frau muss versorgt werden.«

»Mama!«, schrie Ned. Er lief auf Sir Fingal zu und versuchte, an sie heranzukommen.

»Ruhig, Jungchen«, sagte dieser, »deine Mutter hat nur einen kleinen Kratzer. Es wird ihr wieder gut gehen.«

»Ja, Ned.« Mab streckte die Hand hinunter und strich ihrem Sohn über die blonden Haare. »Erinnerst du dich daran, wie ich dir erklärt habe, was man braucht, um einen Schnitt zu versorgen?« Als der Junge nickte, lächelte sie ihm zu. »Gut, du holst, was ich brauche, und bringst es mir.«

»Bring es in die große Halle«, befahl Sir Fingal. Der Junge sauste davon, und Sir Fingal ging weiter in Richtung Burg. »Dieser Junge hat sehr helles Haar. Bist du sicher, dass er von mir ist?«

»Natürlich ist er das, du alter Esel«, brummte Mab und rieb sich den Oberschenkel. »Dieser Mistkerl hat mich einfach auf den Boden geworfen.«

»Jetzt jammre nicht, Frau. Du kannst Ewan gleich alles erzählen.«

»Vater!«, protestierte Ewan, der hinter ihm hereilte. »Fiona ist da draußen in den Händen ihres Feindes.«

»Ja, und wir werden sie bald zurückholen. Sie war früher auch schon in den Händen dieses Mannes und hat sich herausgewunden. Sobald wir Mab versorgt haben, werden wir deiner frechen Frau nachlaufen und den Schweinekerl umbringen. Aber wir brauchen erst Antworten, in Ordnung?«

Ewan wusste, dass sein Vater recht hatte, aber das machte es nicht leichter, diese Verzögerung hinzunehmen. Er schritt in der großen Halle auf und ab, während sich Bonnie um Mabs Verletzungen kümmerte, Mab ihrem Sohn versicherte, dass es ihr gut gehen würde, und Sir Fingal finster auf Neds helles Haar hinunterschaute, wobei er gelegentlich undeutliche beleidigende Bemerkungen gegenüber Mab von sich gab.

»Komm hierher, Junge, und stelle deine Fragen«, rief Sir Fingal.

»Ach, Ewan«, seufzte Mab in dem Augenblick, in dem er zu ihr kam, »wir sind gerade dagestanden und haben uns darüber unterhalten, was wir mit all den Veilchen machen könnten, die wir gefunden haben, und da war er. Sie nannte ihn Menzies.«

»Das ist der Mann, der sie verfolgt, der Mann, der ihr die Narben zugefügt hat. Was ist passiert?«

Mab strich über die Haare ihres Sohnes, als bräuchte sie diese Berührung, um sich zu beruhigen, und erzählte Ewan alles, an was sie sich erinnern konnte. »Arme Fiona, sie muss mich für tot halten, muss denken, dass sie sich umsonst den Händen ihres Feindes ausgeliefert hat.«

»Sie wird bald die Wahrheit erfahren. Weiß du, in welche Richtung sie davon sind?«

»Nein, ich fürchte nicht. Obwohl ich nicht glaube, dass ich lange bewusstlos war. Die Stelle, wo wir waren, wo sie sie erwischt haben, müsste einfach zu finden sein, denn sie haben uns ein paar Minuten lang mit ihren Pferden verfolgt, bevor sie sie gefangen haben.« Sorgfältig erklärte sie ihm, wo Fiona und sie die Veilchen entdeckt hatten. »Der Boden war dort ziemlich weich. Was immer sie für Spuren hinterlassen haben, sie müssten leicht zu finden und zu verfolgen sein.«

»Dann werden wir das machen«, sagte Sir Fingal, als er auch schon aus dem Tor der großen Halle schritt. »Hilf deiner Mutter ins Bett, Ned«, befahl er dem Jungen im Gehen.

Ewan wählte zehn Männer aus den Dutzenden aus, die sich angeboten hatten, mit ihm zu reiten. Obwohl es ihn überraschte, dass sein Vater mitkam, war er froh darüber. Im Moment besaß Fingal die Gelassenheit und Beherrschung, die ihm selbst fehlte. Er wusste, dass das wenige, was er davon noch besaß, schnell weg sein konnte – je nachdem, was er vorfinden würde, wenn sie Fionas Feind aufgespürt hatten.

Während er seine Männer zu der Stelle brachte, die ihm Mab beschrieben hatte, versuchte er die Angst, die seine Innereien zu einem Knoten verschnürte, zu vertreiben. Immer und immer wieder sagte er sich, dass Menzies' Ziel nicht Fionas Tod war. Dieser Mann wollte sie zur Frau haben. Ewan hoffte inständig, dass Fiona den Verstand besaß, ihre Heirat mit ihm für sich zu behalten, denn man konnte nicht wissen, wie ein Geisteskranker wie Menzies auf solche Nachrichten reagieren würde.

Schließlich rief er sich ins Gedächtnis, dass sich Fiona immer und immer wieder als äußerst klug erwiesen hatte, und er entspannte sich ein wenig.

Es zeigte sich, dass es leicht sein sollte, Menzies und seinen Männern zu folgen. Achtete dieser Mann einfach nicht auf solche Sachen, oder meinte er, dass niemand versuchen würde, Fiona zu retten? Oder schlimmer noch: War dies eine Falle? Nach allem, was Fiona ihm über ihren Bruder Connor erzählt hatte, besaß dieser Mann sowohl Stärke als auch Intelligenz, dennoch war es ihm fast zwei Jahre lang nicht gelungen, Menzies zu fassen. Dies schien vorauszusetzen, dass Menzies verschlagen war, aber diese leicht zu entziffernden Spuren waren das Werk eines ungeschickten Tölpels. Ewan hielt hastig seine Männer an und erklärte ihnen seine Bedenken.

»Ich reite vor und schaue, was ich entdecken kann«, schlug Gregor vor. In der Sekunde, in der Ewan durch Kopfnicken diesem Vorhaben zugestimmt hatte, machte er sich auch schon auf den Weg.

»Meinst du, dass Menzies schlau genug ist, seine Spur zu verwischen?«, fragte Sir Fingal.

»Ja. Diese hier ist so gut wie eine deutlich gezeichnete Landkarte. Entweder ist das eine Falle, oder der Mann ist sich dieses Mal seines Erfolgs zu sicher. Vielleicht hat seine Geisteskrankheit inzwischen derart zugenommen, dass sie jegliche Klugheit, die er einmal besessen hat, überwältigte.« Ewan schüttelte den Kopf und raufte sich die Haare. »Es ist schwer zu wissen, wie man vorgehen soll, wenn man es mit einem Wahnsinnigen zu tun hat.«

Sir Fingal kratzte sich am Kinn. »Der Mann will deine Frau haben. Er hat fast zwei Jahre damit zugebracht, ihr hinterherzujagen und kleine Stückchen von ihr abzuschneiden. Ja, das ist der Wahnsinn. Wie dem auch sei, vielleicht hat er vor lauter Stolz darüber, dass er das Mädchen aufgespürt hat, wo doch kein anderer es geschafft hat, das Nachdenken vergessen. Vielleicht ist ihm vor lauter Eile, mit seinem Preis davonzureiten, nicht aufgefallen, dass er Mab nicht umgebracht hat.«

»Möglich. Bist du sicher, dass er Mab töten wollte?«

»Ja. Er hat es nur übereilt, hat zu schnell geschnitten und hat der Verletzung, die er ihr zugefügt hat, überhaupt keine Beachtung geschenkt. Der Mann war allzu überzeugt davon, dass er ihr die Kehle durchgeschnitten hat, sodass er sich kein einziges Mal nach ihr umdrehte. Dass unsere Mab so heftig geblutet hat, rettete ihr das Leben. Menzies hat sie geschnitten, hat das Blut fließen sehen und sie weggestoßen.« Sir Fingal sah auf die Spuren hinunter, denen sie bald folgen würden. »Warum sollte ein Mann seine Spur verwischen, wenn er davon ausgeht, dass niemand davon weiß, dass er etwas geraubt hat?«

Das ergab auch in Ewans Augen einen Sinn, und er versuchte seine Überraschung zu verbergen. Es war nicht ganz richtig. Sein Vater war alt, bereitete mehr Probleme, als er löste, und besaß die sexuelle Zurückhaltung eines Ziegenbocks, aber er war nicht dumm. Zudem hatte er immer Talent für Schlachten gezeigt, sowohl im direkten Kampf als auch in taktischen Fragen. Ewan wusste, dass er auf das, was er sagte, hören sollte. Doch dann fuhr er zusammen, als Gregor auf sie zuritt.

»Sie befinden sich unmittelbar hinter dieser Reihe von Bäumen«, berichtete sein Bruder, als er sein Pferd vor Ewan zügelte. »Dort liegt eine kleine Lichtung, auf der sie ein Lager errichtet haben. Menzies und sechs Männer, sonst niemand. Sie halten sich alle im Lager auf.«

»Und Fiona?« Ewan spürte, wie ihm das Blut zu Eis erstarrte, als Gregor ihm erst die Zügel aus der Hand riss, bevor er ihm eine Antwort gab.

»Sie ist am Leben. Sie trägt nichts weiter als ihr Hemd, ihre Handgelenke sind gefesselt, und er hat sie daran am Ast eines Baumes aufgehängt.« Gregor beobachtete Ewan sehr genau und hielt die Zügel seines Bruders fest in der Hand.

»Sie hat erzählt, dass er sie gern wie frisch erlegtes Wildbrett aufhängen würde«, flüsterte Ewan.

»Dann schleichen wir uns besser an sie heran und nehmen ihnen ihre Beute ab«, warf Sir Fingal ein. »Wir planen einen Überfall und keine Schlacht.«

Ewan nickte, während er einen heftigen Blutdurst niederrang. Ein direkter Angriff würde Fiona nur in Gefahr bringen, zumal sie sich in einer so hilflosen Lage befand. Man musste verstohlen vorgehen, mit jener Sorte Verstohlenheit, die man brauchte, wenn man jemandem sein Vieh oder seine Pferde wegnehmen wollte. Sobald Fiona allerdings in Sicherheit sein würde, würde er, so Ewans unerschütterliche Absicht, jede Verstohlenheit von sich werfen und Menzies umbringen.

Sein Blick fiel auf Simon, und Ewan war froh, dass er dem Jungen trotz seiner Unerfahrenheit erlaubt hatte, sie zu begleiten. Simon schuldete Fiona sein Leben und hatte sich verzweifelt nach einer Möglichkeit gesehnt, diese Schuld wenigstens ein Stück weit zu begleichen. Jetzt würde der Junge diese Möglichkeit erhalten, denn etwas konnte Simon sehr, sehr gut. Er konnte sich durch den Wald bewegen, ohne auf dem Boden auch nur ein einziges Blatt zu verschieben. Außerdem war er in der Lage, lautlos und schnell auf Bäume zu klettern. Seine Geschicklichkeit musste man geradezu als Wunder betrachten. Ewan musterte den Jungen eingehend von Kopf bis Fuß, kam zu dem Schluss, dass Simon kräftig genug war, um Fiona aus dem Gefahrenbereich zu ziehen, und erteilte ihm seine Anweisungen.

Es dauerte noch weitere Minuten, bis sie ihre Taktik entworfen hatten und auf die Bäume zuritten. Als Ewan davon gesprochen hatte, dass sie ein Ablenkungsmanöver brauchen würden, hatte ihm Gregor versichert, dass Menzies und seine Männer bereits bestens abgelenkt wären, und Ewan fragte nicht, was denn ihre Aufmerksamkeit auf sich ziehen würde. Er kannte die Antwort. Kein Mann, der Blut in seinen Adern fließen hatte, würde imstand sein, eine nur mit ihrem durchscheinenden Hemd bekleidete Fiona nicht anzustarren.

Sie ließen ihre Pferde am Waldrand zurück. Ewan gab Simon ein paar Minuten, um in Stellung zu gehen, dann gab er den anderen Männern das Zeichen, sich auf den Weg zu machen. Seinen Vater neben sich, robbte Ewan auf Menzies' Lager zu. In dem Augenblick, in dem seine Männer die Männer von Menzies zum Schweigen gebracht haben würden, würden er und sein Vater sich um Menzies kümmern. Es überraschte ihn nicht, dass sein Vater ihn am Arm packte, als das Lager in Sichtweite kam. Ein Blick auf Fiona, wie sie dort hing und Menzies' Schwert auf sie zeigte, und sein Blutdurst schnellte so rasant und stürmisch in die Höhe, dass Ewan klar war, wie notwendig es für ihn war, aufgehalten zu werden.

»Deine kleine Frau weiß klug mit einer Drohung umzugehen«, flüsterte Sir Fingal, als sie hörten, wie Fiona Menzies aufzählte, was ihr Bruder mit ihm anstellen würde.

Ewan war ein bisschen verletzt, weil Fiona Menzies nicht mit ihm drohte, er befahl sich aber, kein solcher Narr zu sein. Sie hatte offenbar tatsächlich den Verstand besessen und eingesehen, wie gefährlich es war, Menzies wissen zu lassen, dass sie kein unschuldiges Mädchen mehr war. Menzies wusste bereits, dass ihr Bruder ihn verfolgte und warum er es tat, also war er der Mann, von dem sie sprechen musste.

Ein kaltes Lächeln umspielte Ewans Mund, als er beobachtete, wie seine Männer hinter Menzies schlüpften und sie mundtot machten. Die Tatsache, dass sie alle nichts weiter als ein Messer an der Kehle brauchten, um ruhig und bewegungslos stehen zu bleiben, während sie entwaffnet wurden, verriet Ewan, dass ihre Loyalität zu Menzies wahrscheinlich ziemlich oberflächlich war. Sobald Menzies' Männer alle entwaffnet waren, nickte er seinem Vater zu, und sie bahnten sich verstohlen ihren Weg in die Richtung von Menzies' nicht gedecktem Rücken.

»Ich habe keine Angst vor deinem Bruder«, sagte Menzies.

»Dann seid Ihr ein Narr«, entgegnete Fiona. »Und es handelt sich nicht nur um Connor, vor dem Ihr Euch hüten müsst, sondern um alle MacEnroys, um alle Verbündeten und um Gillys Verwandte. Ihr seid nichts weiter als ein toter Mann auf zwei Beinen. Macht, was Ihr wollt. Ich werde mich Euch nie versprechen. Ich werde Nein sagen und wieder Nein sagen, bis Ihr Euren letzten Atemzug getan habt. Und ich bete, dass das bald der Fall sein wird.«

Fiona traute ihren Augen nicht. Es schien ihr einfach nicht möglich zu sein, dass direkt hinter Menzies Ewan stand, dass seine Männer jetzt Menzies' Männer gefangen hielten. Sie hatte weder etwas gesehen noch gehört. Offensichtlich war es Menzies oder seinen Männern nicht anders ergangen. Dann spürte sie, wie sie von starken Händen an den Handgelenken gepackt wurde, und schüttelte das Entsetzen, das sie so fest umklammert hielt, von sich ab. Sie warf einen Blick nach oben und sah Simon, der sie angrinste, während er sie hochzog. Sobald sie dazu in der Lage war, schwang sie sich mit ihm auf den Ast hoch.

»Deine Frau ist ein behändes Mädchen«, bemerkte Fingal, der zusah, wie Fiona nach Simon den Baum hinunterkletterte.

»Eure Frau?« Menzies starrte Ewan an. Seine Augen weiteten sich, als er feststellen musste, dass er dieser Bedrohung ganz allein gegenüberstand.

»Ja, *meine* Frau. Es pflegt einen Mann zu verärgern, wenn ihm jemand seine Ehefrau raubt.«

»Nein! Sie gehört mir! Ich hatte den ersten Anspruch auf sie!«

»Ihr hattet niemals einen Anspruch auf sie. Sie hat Nein zu Euch gesagt.«

»Ich gehe und helfe deiner Frau beim Ankleiden«, warf Fingal ein, der sich auf den Weg machte. »Hör auf zu reden und bring den Schweinekerl einfach um.«

Ewan nickte bloß, denn genau das hatte er vor, das war es, was er Fiona versprochen hatte. Er unterdrückte das große Bedürfnis, diesen Mann für das, was er Fiona angetan hatte, leiden zu lassen, ihn eine Weile mit kleinen Schnitten zu foltern. Er wusste, dass daraus der Durst nach Blut sowie die Wut und Angst sprachen, die die Handlungen dieses Mannes in ihm ausgelöst hatten. Es war besser, dem hier ein Ende zu machen, schnell und sauber, und Fiona auf Scarglas zurückzubringen.

Das plötzliche Aufeinanderprallen von Klingen ließ Fiona aufs Äußerste überrascht aufschreien. Sie war im Begriff, sich zu den Kämpfenden umzudrehen, aber Sir Fingal packte sie an den Schultern und hielt sie davon ab, indem er ihr Gesicht Richtung Wald drehte. Ein Teil von ihr sträubte sich dagegen, wollte widersprechen, aber sie befahl ihm zu schweigen. Wenn sie zusah, wie Ewan gegen Menzies kämpfte, bestand die Möglichkeit, dass sie etwas Dummes tat, wie etwa aufzuschreien, und ihn dadurch ablenkte. Obwohl man ihr eindringlich beigebracht hatte, wie gefährlich es war, einen Mann, der sich im Kampf befand, abzulenken, war sie nicht überzeugt, dass sie sich an diese Lehren erinnern würde, wenn sie den Mann, den sie liebte, gegen Menzies kämpfen sah, und zwar in einem Kampf, der nur mit dem Tod von einem der beiden enden konnte. Sie redete sich ganz fest ein, dass Menzies es wäre, der sterben würde, und konzentrierte sich darauf, zum Aufbruch bereit zu sein, sobald Ewan fertig war.

Sie nestelte an den Schnürbändern ihres Kleides herum und fluchte leise. Ihre Hände zitterten erheblich. Vermutlich rührte es zum einen Teil von der Anstrengung, die es sie gekostet hatte, an den Armen aufgehängt zu sein. Zum anderen war es auf die Fülle an Gemütsbewegungen zurückzuführen, die sie mühsam zurückhielt – Erleichterung über ihre Rettung gehörte ebenso dazu wie all die Angst, die Wut und der Schmerz, die sie vor Menzies hatte verbergen müssen.

»Komm, Mädchen, lass mich das machen«, brummte Sir Fingal, schob ihre zittrigen Finger zur Seite und begann ihr Kleid zuzuschnüren. »Ich verstehe nicht, warum du jetzt so unbeholfen bist, wo du doch noch vor einer Minute mit fast ebenso großer Geschicklichkeit wie Simon einen Baum heruntergeklettert bist.«

»Ich bin nur etwas entsetzt darüber, dass ihr hier seid. Woher wusstet ihr, dass Menzies mich gefunden hat?«

»Mab taumelte auf Scarglas, über und über voller Blut und blauen Flecken, und hat es uns mitgeteilt.«

»Mab lebt?« Fiona spürte ein paar von den Tränen, gegen die sie ankämpfte, ihre Wangen hinunterrollen.

»Komm, komm, jetzt fang nicht damit an. Ja, Mab lebt. Der Idiot da drüben hat entweder nicht tief genug oder nicht gerade genug geschnitten. Keine Ahnung, ob sie genäht werden muss oder nicht, aber wenn du wieder auf Scarglas bist, kannst du dich um sie kümmern.« Er musterte sie. »Hat er dir eine weitere Narbe verpasst? Ich dachte, ich hätte ein bisschen Blut auf deinem Hemd gesehen, bevor du dein Kleid angezogen hast. Wenn du nicht vorsichtiger bist, fängst du allmählich an, wie dein Mann auszusehen.«

»Nein, dieses Mal keine Narbe. Er hat mir nur einmal mit der Spitze seines Schwerts die Haut aufgeritzt.«

Sir Fingal war, wie Fiona bemerkte, bemerkenswert freundlich zu ihr. Dass man ihn zu ihrer Rettung mitgenommen hatte, überraschte sie. Dieser Mann war ein solches Bündel von Widersprüchlichkeiten, dass sie daran zweifelte, ihn jemals verstehen zu lernen. Selbst jetzt murrte er, redete ein wenig beleidigend, und doch kümmerte er sich mit erstaunlicher Behutsamkeit um sie.

»Ihr habt euch wie Nebelschleier bewegt«, sagte sie. »Ich habe nicht einmal ein Wispern gehört und euch nicht entdeckt, bis ihr unmittelbar vor mir gewesen seid.«

»Ja, wir sind gut. Wir können einem Mann die Hammelkeule geradewegs vom Teller klauen und wieder weg sein, bevor er überhaupt gemerkt hat, dass wir da waren«, prahlte er. »Niemand ist beim Viehdiebstahl so geschickt wie ich und meine Jungen.«

Fiona war eben im Begriff, dem Mann zu sagen, dass Geschicklichkeit im Rauben nichts war, auf das man derart stolz sein sollte, als ein Schrei durch die Luft schnitt. Einen kurzen Augenblick verursachten Zweifel an Ewans Geschicklichkeit ihr die Angst, dass Menzies gerade ihren Mann getötet hatte. Doch dann überwältigte der Verstand das Gefühl. Sie hatte Ewan kämpfen sehen und wusste, dass Menzies niemals eine Chance hatte zu gewinnen.

Obwohl ihr Sir Fingal erlaubte, sich umzudrehen und zum Lager zu sehen, hielt er ihren Arm sachte fest, und sie nahm diese Behinderung hin. Menzies lag tot am Boden, und Ewan wirkte unverletzt. Im Augenblick war das alles, was sie wissen musste.

Ewan wischte sein Schwert an Menzies' sorgfältig besticktem Wams ab, während er den Mann, den er eben getötet hatte, eingehend musterte. Sir Ranald Menzies war die Sorte von Mann, für dich sich Frauen zum Narren machten. Ewan fragte sich, warum Fiona nicht in ihn vernarrt war, denn er zweifelte daran, dass Sir Menzies' Geisteszustand immer so deutlich zu erkennen gewesen war. Als er erfasste, von welcher Art Mann Fiona in der Vergangenheit der Hof gemacht worden war, konnte er nicht mehr verstehen, was sie in seinem Bett machte. Er schüttelte diesen unbehaglichen Gedanken von sich und ging auf Menzies' Männer zu.

»Muss ich Bedenken haben, dass ihr mir und den Meinigen noch einmal Schwierigkeiten macht?« Alle sechs Männer antworteten mit einem Nein. »Sind welche von euch Menzies?« Zwei nickten. »Gut. Berichtet eurem Clan genau, was geschehen ist. Ich wünsche nicht, von wütenden Verwandten belagert zu werden, die die Wahrheit nicht kennen und glauben, ich müsste dafür zahlen, dass ich diesen Geisteskranken umgebracht habe.«

»Keiner wird Euch anklagen, Mylord«, sagte der größte der sechs Männer. »Er ist für seine Verwandten immer eine harte Prüfung gewesen.«

»Sie wussten, dass er meiner Frau nachstellte, und unternahmen nichts?«

»Was hätten sie tun können, außer ihn in einen Käfig zu sperren oder zu töten, und seine Mutter ...«, der Mann seufzte und schüttelte den Kopf. »Es ist vorbei, was anderes zählt nicht, oder?«

»Nein, vielleicht nicht. Nehmt ihn mit. Ich möchte nicht, dass seine Leiche meinen Boden sauer macht.«

Ewan überließ es seinen Männern, sich um die Entfernung von Menzies' Leichnam und den Rückzug seiner Gefolgsleute zu kümmern, und wandte sich Fiona zu. Sie wirkte stabil, und er konnte keine äußeren Verletzungen entdecken. Ewan hoffte inständig, dass er rechtzeitig bei ihr angekommen war, bevor Menzies imstande gewesen war, mehr zu tun, als sie zu verängstigen.

Das Gefühl, das ihn überkommen war, als er sie für verloren gehalten hatte, beunruhigte ihn zutiefst. Ihm war bewusst, was das bedeutete. All seine Bemühungen, zwischen ihnen einen Abstand aufrechtzuerhalten und sein Herz zu schützen, waren restlos gescheitert. Als er gesehen hatte, dass die blutende Mab ohne Fiona aus dem Wald zurückkam, hatte es ihn wie ein Schlag an der Schläfe getroffen. Er hatte sie gern.

Ewan fluchte in sich hinein. Er hatte sie mehr als nur gern. Er liebte sie. Er liebte Fiona zutiefst, von ganzem Herzen und mit ganzer Seele. Jener kurze Moment, in dem er sie für tot gehalten hatte, war die Hölle gewesen, eine finstere, kalte, einsame Hölle. Lange, leere Jahre hatten sich vor seinem inneren Auge aufgetan, deren Eiseskälte ihm schnell bis ins Mark gekrochen war. Jetzt, wo sie in Sicherheit und zu ihm zurückgekehrt war, musste er das Bedürfnis unterdrücken, sie hinter einen Baum zu zerren und zu lieben, sie als sein Eigentum zu markieren, wie manche Tiere ihr Territorium markierten. Er sammelte sich und ging zu ihr hinüber.

»Hat er dich verletzt, Mädchen?« Dem Bedürfnis, mit seinen Fingern über ihre Wange zu streichen, konnte er nicht widerstehen.

»Nein.« Fiona streifte alle Bemühungen, sich zu beherrschen, von sich ab, warf sich ihm entgegen und schlang ihre Arme um ihn. »Er prahlte noch immer mit seiner Klugheit, mit der er mich gefunden hätte.« Als Ewan seinerseits seine Arme um sie schlang, spürte sie, wie sich ihre aufgewühlten Gefühle zu besänftigen begannen, und sie erzählte ihm, wie Menzies ihrer Spur bis auf Scarglas gefolgt war.

»Gott sei es gedankt, dass wir dich gefunden haben, bevor er alles ausführen konnte, was er im Sinn gehabt hat. Er wird dir nie wieder nachstellen, Fiona.«

»Es ist die traurige Verschwendung eines Menschen, den seine Familie so sehr geliebt hat. Aber sein Wahnsinn war schlimmer geworden und an seinen Händen klebte Blut.« Sie lehnte sich ein bisschen zurück, sah, dass Menzies' Männer fort waren und seine Leiche mit sich genommen hatten, und blickte schließlich zu Ewan hoch. »Können wir jetzt nach Hause gehen?«, fragte sie leise.

»Ja, Mädchen.« Er führte sie zu seinem Pferd, tief bewegt davon, wie sie Scarglas als Zuhause bezeichnet hatte.

Während des Rittes hielt er sie fest an sich gedrückt und fragte sich, was er nun tun sollte. Er war nicht so dumm, dass er auf die Idee gekommen wäre, er könnte die Gefühle, die sich in seinem Herzen eingewurzelt hatten, abtöten. Dieser Kampf war restlos verloren worden. Fiona war so sehr Teil von ihm wie das Blut in seinen Adern. Es fühlte sich zugleich herrlich und beängstigend an.

Am meisten Sorgen bereitete ihm, dass er nicht wusste, was Fiona abgesehen von ihrer Leidenschaft für ihn empfand. Bis er das herausgefunden hatte, würde er allein bei dem bloßen

Gedanken, ihr seine Gefühle zu offenbaren oder sie sie auch nur erraten zu lassen, zusammenschrecken. Irgendwie musste er, trotz der Tatsache, dass seine Gefühle jetzt befreit waren und ihn durchströmten, verbergen, was er für Fiona empfand, bis er ihr Herz gewinnen konnte. Es war vielleicht nicht allzu schwer, seine Gefühle für sie zu verstecken, immerhin hatte er sie wochenlang vor sich selbst versteckt. Viel größere Sorgen bereitete ihm, wie er Fionas Herz gewinnen sollte. Dies würde sich als ein Kampf erweisen, für den er nur schlecht gerüstet war.

15

Fast hätte Fiona ihre Stiefel an die Tür des Schlafgemachs geworfen, die sich eben hinter Ewan schloss. Hätte sie nach ihnen greifen können, ohne aus dem Bett steigen zu müssen, hätte sie es getan. Noch besser wäre es allerdings gewesen, sie Ewan an seinen dummen Kopf zu schleudern. Eine Woche war vergangen, seit Menzies sie gefasst hatte und dafür gestorben war. Eine sehr lange Woche, denn Ewan behandelte sie noch immer, als wäre sie ein wertvolles Glas. Die Zurückhaltung, von der sie gedacht hatte, dass sie sie ein Stück weit abgeschwächt hätte, war wieder in voller Stärke da.

Sie seufzte und setzte sich vorsichtig auf. Vermutlich war es sowieso besser, dass ihr morgendlicher Verführungsversuch nur dahingehend Erfolg gehabt hatte, dass Ewan dem Gemach entflohen war. Ihr war übel, und hätte er entdeckt, dass sie sich übergeben musste, hätte sie befürchten müssen, dass er sie im Schlafgemach eingesperrt und Mab gezwungen hätte, sie in ihren gesunden Heiltränken zu ersäufen.

Kalter Schweiß brach Fiona aus den Poren, und sie hechtete nach dem Nachttopf. Sobald sie sicher war, dass die Würgerei ein Ende hatte, säuberte sie ihre Zähne, spülte den Mund aus und kletterte ins Bett zurück. Sie atmete sehr langsam ein und aus, bis sich ihr Magen beruhigt hatte und die Schwäche, die die Übelkeit ihr verursacht hatte, vorüber war. Es bestand kein Zweifel mehr. Sie erwartete ein Kind. Seit ihrer Hochzeit hatte sie nicht ein einziges Mal geblutet. Fiona wäre nicht überrascht gewesen, wenn sie schon beim allerersten Mal das Kind empfangen hätte. Keiner konnte die Fruchtbarkeit eines MacFingal infrage stellen. Oder eines Cameron, sinnierte sie, als sie an all die Brüder und Cousins von Sigimor dachte.

Sie legte sich die Hand auf den Bauch und fühlte sich ebenso beschwingt wie besorgt. Sie wollte ein Kind von Ewan, doch etwas in ihr wünschte sich, dass sein Samen nicht ganz so schnell Wurzeln geschlagen hätte. Es bedurfte immer noch der Arbeit an ihrer Ehe, um sie zu einer guten Ehe zu machen, und ihre Gefühle wurden noch immer nicht erwidert. Was war das schon für ein Leben, in das sie ein Kind hineingebar?

Fiona zog sich einmal mehr zum Sitzen hoch, froh darüber, dass ihr Magen sich ruhig verhielt. Sie entschloss sich, die Schwangerschaft eine Zeit lang für sich zu behalten. Sie wollte nicht nur ganz sicher sein, dass das Kind sich fest in ihrem Schoß eingenistet hatte, denn es bestand immerhin die Möglichkeit, dass ihr etwas anderes fehlte. Außerdem wollte sie mehr Zeit für sich und Ewan haben, ohne dass das Kind die Angelegenheiten zwischen ihnen noch mehr verwickelte. Fiona wollte nicht in die unhaltbare Situation geraten, dass sie bei allem, was Ewan sagte oder tat, versuchen musste zu entscheiden, ob der Grund dafür nur war, dass sie ein Kind von ihm erwartete. Es war schon ohne das schwer genug, diesen Mann verstehen zu lernen.

Obwohl sie verlockt war, sich wieder ins Bett zu legen und noch ein paar Stunden zu schlafen, zog sich Fiona an. Ewan hatte endlich sein Vorhaben zur Sprache gebracht, Connor eine Nachricht darüber zukommen zu lassen, wo sie war, wie es ihr ging und dass sie miteinander verheiratet waren. Connor so lange nicht wissen zu lassen, dass sie in Sicherheit war, war ihr nicht leicht gefallen, doch sie verstand die Gründe für diese Verzögerung. Jeder MacFingal, der Scarglas verließ, musste die Ländereien von Feinden überqueren, und solche Reisen erforderten sehr genaue Planung. Ganz bestimmt wollte sie nicht, dass jemand nur deshalb starb, weil er eine Nachricht an ihre Familie überbringen sollte. Bevor die Männer allerdings losritten, wollte sie ihnen eine eigene Botschaft für Connor mit auf den Weg geben.

Bis Fiona in der großen Halle ankam, um ihr Frühstück einzunehmen, fühlte sie sich wesentlich besser. Sie aß viel mehr als üblich, aber sie ignorierte Sir Fingals überraschten und neugierigen Gesichtsausdruck. Schwerer war es, die scharfen Blicke zu übergehen, die Mab ihr ständig zuwarf. Mab war als Heilkundige gut genug, um Fionas Zustand mühelos zu erraten, und Fiona kam zu dem Schluss, dass sie leise ein Wörtchen mit ihr sprechen musste. Obwohl Mab nicht ganz so zerstreut war, wie viele von ihr dachten, wusste Fiona, dass sie allzu leicht zur falschen Zeit mit dem falschen Satz herausplatzte, wenn man sie nicht vorher zur Verschwiegenheit aufforderte.

»Herrje, Mädchen«, knurrte Sir Fingal, als Fiona sich eine vierte Scheibe Brot dick mit Butter bestrich, »du wirst so rund wie Mab werden, wenn du dir weiterhin das Essen die Kehle so runterstopfst wie im Moment.«

»Ich bin nicht rund«, fuhr Mab ihn an.

»Nein, bist du nicht«, bestätigte Fiona und tätschelte Mabs molligen Arm, während sie Sir Fingal anfunkelte. »Und warum beschwert Ihr Euch darüber, wie viel ich esse, Sir Fingal? Ihr seid doch derjenige, der sich ständig beschwert, dass ich nichts als Haut und Knochen wäre. Vielleicht habe ich mich ja nur entschlossen, mir etwas mehr Fleisch auf die Knochen zu essen.«

Sir Fingal schnaubte. »Du würdest doch auf meinen Rat nicht einmal hören, wenn ich dir das Messer an deine hübsche Kehle halte. Und was deine Knochen betrifft, so hat es den Anschein, als würde sie mein Sohn gerne zart haben. Er möchte vielleicht nicht, dass du Fleisch ansetzt.«

Er wird in dieser Sache bald gar nichts mehr zu sagen haben, dachte Fiona bei sich. »Wann reiten die Männer los, die meinem Bruder die Nachricht überbringen?«, fragte sie ihn.

»Bald. In einer Stunde, vielleicht auch etwas weniger. Warum?«

»Ich hatte nur überlegt, dass ich ihnen meine eigene Botschaft mitgebe.«

»Warum? Ewan hat alles gesagt, was gesagt werden muss, oder etwa nicht?«

»Ja, aber mein Bruder hegt vielleicht noch den einen oder anderen Zweifel, nachdem er Ewans Nachricht gelesen hat. Er weiß nicht, wer ihr seid. Also dachte ich, dass ein oder zwei Sätze mit Beteuerungen von meiner Seite und etwas, das er als Nachricht von mir erkennen würde, seine Zweifel beseitigen und dabei helfen könnte, die Männer, die ihr schickt, willkommen zu heißen.« Sie bedachte Sir Fingal mit ihrem allerunschuldigsten Blick und hielt stand, als er sie lange aus Augen, die zu Schlitzen verengt waren, fixierte.

»Schlaues Mädchen«, murmelte er und gab damit seine Bedenken gegen ihren Anspruch auf Ehrlichkeit zu erkennen. »Gut, mach, was du willst. Du kennst deinen Bruder besser als irgendeiner von uns. Glaubst du, dass er herkommen wird?«

»Oh ja, aber nicht gleich. Es ist eine arbeitsreiche Jahreszeit. Vermutlich wird auch Gilly darauf bestehen mitzukommen, und das erfordert sehr sorgfältige Vorbereitung. Außerdem wird Connor vielleicht das Bedürfnis verspüren, zu schmollen, weil Ewan Menzies getötet hat und nicht er.«

Sir Fingal nickte in feierlichem Verständnis für ihre letzte Behauptung, und Fiona musste sich etwas Brot in den Mund schieben, um nicht zu schmunzeln. Connor würde es auf Scarglas gefallen, überlegte sie sich, während sie beobachtete, wie die alte Martha mit ihren unsichtbaren Freunden plauderte, während sie die Feuerstelle putzte. Peter saß am anderen Ende und aß Haferbrei, sein Gestank vertrieb alle anderen aus seiner Nähe. Obwohl er etwas sauberer aussah, nachdem die Männer ihn vor zwei Tagen an einen Pfosten im Burghof gefesselt und im Regen hatten stehen lassen. Je genauer Fiona die seltsamen Menschen kennenlernte, denen Sir Fingal erlaubt hatte, auf Scarglas zu bleiben, desto mehr kam sie zu dem Schluss, dass er trotz seiner zahlreichen Fehler ein ausgesprochen netter Mensch war. Hinter all diesem Gebrumme verbarg sich vielleicht tatsächlich ein sehr großes Herz. Eines Tages würde sie herausfinden, warum es nicht ganz so warm für die Frauen schlug, mit denen er ins Bett ging.

Sobald sie sich angenehm satt fühlte, eilte Fiona aus der großen Halle, Mab dicht hinter ihr. Mab folgte ihr zunächst ins Schlafgemach, wo sie den Brief holte, den sie an Connor geschrieben hatte, dann wieder die Treppen hinunter. In der Sekunde, in der Fiona ins Freie trat, drehte sie sich um, um ihre schweigende Bewachung mit gehobenen Augenbraunen anzusehen.

»Warum folgst du mir, Mab?«

»Weil Ihr meiner Meinung nach etwas verbergt.«

»Bist du sicher, dass Ewan dir nicht befohlen hat, auf mich aufzupassen?«

»Warum sollte er das tun?«

»Weil er sich in seinem dummen Kopf einbildet, dass ich wie eine jammernde Kranke beobachtet und umhegt werden soll. Ich habe ihm versichert, dass nichts geschehen ist, während Menzies mich gefangen gehalten hat, aber allmählich habe ich den Eindruck, dass er mir nicht glaubt. Ah, da ist Brian.«

Mab folgte Fiona, die zu Ewans jüngerem Bruder hinübereilte. »Was wollt Ihr von Brian?«

»Er ist einer von den Männern, die zu Connor reiten, und ich möchte ihm diesen Brief mitgeben.«

»Er wird es Ewan sagen.«

»Nein, wird er nicht.«

Fiona blieb vor Ewans einundzwanzig Jahre altem Bruder stehen und lächelte ihn an. Sie wunderte sich nach wie vor darüber, wie sehr die Brüder einander ähnlich waren. Sie waren alle groß und dunkel wie ihr Vater. Manche hatten weichere, hübschere Gesichtszüge, manche besaßen eine andere Augenfarbe, aber ihre gemeinsame Abstammung konnte man nicht leugnen. Brians Augen wiesen ein etwas dunkler schattiertes Blau auf als Nathans, und obwohl seine Gesichtszüge denen von Ewan sehr ähnelten, waren sie nicht so scharf gezeichnet.

»Warum lächelst du mich so an?«, wollte Brian wissen, der gleichzeitig amüsiert und misstrauisch aussah.

»Ich habe hier einen Brief von mir und möchte, dass du ihn meinem Bruder Connor übergibst.« Fiona reichte ihm das Schreiben.

»Aber Ewan hat bereits einen geschrieben«, sagte Brian, während er ihren Brief schon in den kleinen Lederbeutel steckte, der an seinem Gürtel hing. »Willst du Ewans zurückhaben?«

»Nein, gib sie beide Connor.«

»Aha, und ich nehme an, dass Ewan nicht weiß, dass du selbst auch einen geschrieben hast, oder?«

»Ich werde es ihm erzählen, nachdem du fort bist.« Sie verdrehte die Augen über den misstrauischen Ausdruck, der sein Gesicht verfinsterte. »Es ist keine Verschwörung, nichts um meinen Bruder aufzuhetzen. Um ehrlich zu sein, wird es ihn viel ruhiger stimmen.«

»Eigentlich glaube ich, dass ich dir nicht dabei helfen sollte, Geheimnisse vor meinem Bruder zu haben. Vor meinem Bruder, der zugleich mein Herr ist.«

»In diesem Brief stehen keine finsteren Geheimnisse, nur ein paar Dinge, die ich Ewan bisher noch nicht gesagt habe. *Persönliche* Dinge.« Sie hielt seinem Blick mehrere Sekunden lang stand, dann atmete sie insgeheim erleichtert auf, als er nickte. »Oh, und frage bitte Gillyanne nach ihrem Rezept für ein morgendliches Elixier. Sie weiß, was ich meine.« Der scharfe Blick, den Brian ihr plötzlich zuwarf, gab ihr das Gefühl, dass auch er es wusste. Sein Verdacht wurde durch Mabs leises Aha zweifelsfrei noch bekräftigt.

Sie sahen gemeinsam zu, wie Alt-Martha, die einen lebhaften Monolog mit sich führte, an ihnen vorbeiging. Fiona sah Mab mit der Bitte um eine Erklärung an. Doch bevor Mab etwas antworten konnte, schritt Ewan auf sie zu und schaute Fiona mit gehobenen Augenbrauen an. Sie seufzte in sich hinein und bereitete sich auf eine der Belehrungen vor, in die er seit einer Woche so vernarrt war. Dieser Mann schien zu der Überzeugung gekommen zu sein, dass Menzies' Angriff sie in ein zerbrechliches Wesen verwandelt hatte, das im Bett zu bleiben und eine Menge abscheulicher Heiltränke zu trinken hatte, um sich das Blut zu stärken.

»Du solltest dich ausruhen«, begann Ewan.

»Ich habe Brian nur ein paar Grüße mit auf den Weg gegeben, die er meiner Familie überbringen soll.« Fiona hakte sich bei Mab unter. »Jetzt muss ich los und Mab dabei helfen, Seife zu machen. Gehe mit Gott, Brian.« Sie zog Mab in Richtung Kräuterhütte.

»Warum soll sie sich ausruhen?«, fragte Brian Ewan.

»Sie muss sich nach den Anstrengungen, die sie durchgemacht hat, während Menzies sie festhielt, erholen.« Ewan schaute mit gerunzelter Stirn hinter seiner Frau her. Es schien ihm, als hätte sie seine Gegenwart geflohen.

»Auf mich wirkte sie gesund und munter. Menzies hat ihr keine Schnitte mehr verpasst, noch hat er sie schlimm geschlagen. Ich glaube nicht, dass sie auf eine Weise gelitten hat, die es erfordert, sich noch immer auszuruhen. Es ist eine ganze Woche her.«

Brians Blick machte Ewan nervös. Sein Gesichtsausdruck war eine Mischung aus Erheiterung und Verstehen. Ewan wusste, dass er vielleicht zu vorsichtig in Bezug auf Fionas Gesundheit war, doch immer wenn er sich das eingestand, erinnerte er sich lebhaft an den Anblick, als sie an einem Ast baumelte, Blut auf dem Hemd und einen Bluterguss am Kinn. Und er erinnerte sich auch jener eiskalten Angst, die ihn bei der Vorstellung, sie zu verlieren, ergriffen hatte.

»Sie ist keine sonderlich groß gewachsene Frau«, brummte er, »sie ist ein kleines, zerbrechliches Mädchen.«

Brian lachte. »Ein zerbrechliches Mädchen, das das Schwert wie ein Mann schwingen kann; Clare niederringen kann, bis sie ihr hämisches Mundwerk hält; das einen Mann töten kann; sich auf einen Baum schwingen kann, während die Hände noch immer gefesselt sind, und ihn ebenso schnell und lautlos wie Simon hinunterklettert; das wie ein Reh …«

»Es reicht!«, raunzte Ewan, fluchte dann aber und rieb sich

den Nacken. »Mir gefällt es sehr, eine Frau zu haben. Es ist meine Pflicht, dafür zu sorgen, dass sie auf sich aufpasst.«

»Natürlich ist es das. Andererseits muss man auch darauf achten, dass man nicht anfängt, vor lauter Pflichterfüllung einen anderen zu ersticken.« Brian warf einen Blick zur Kräuterhütte. »Oder ihn dazu zu veranlassen, dass er einem aus dem Weg geht.«

Ewan fuhr zusammen. »Das ist dir auch aufgefallen, oder?«

»Man konnte es schwerlich übersehen. Ewan, meiner Meinung nach ist das Schlimmste, was du einer Frau wie Fiona antun kannst, sie in weiche Decken zu hüllen und sie ruhig und still in der Ecke sitzen zu lassen. Selbst wenn sie es wundersamerweise erlauben würde, würde sie wohl bald verwelken und eingehen wie eine abgebrochene Blume.« Er zuckte die Achseln. »Ich habe ein paar der Geschichten darüber vernommen, wie sie die ersten dreizehn Jahre ihres Lebens verbracht hat. Ganz bestimmt hast du dasselbe gehört und sogar noch mehr. Du solltest versuchen, dir von Zeit zu Zeit manche davon ins Gedächtnis zu rufen. Und erinnere dich daran, dass deine kleine, zerbrechliche Frau überlebt hat.« Brian schlug Ewan auf den Rücken und ging zu den Pferden, die für die Reise fertig gemacht worden waren. »Zeit zum Losreiten. Betet zu Gott, dass wir bei den MacEnroys ankommen, ohne dass es unterwegs Schwierigkeiten gibt. Ich fange langsam an zu glauben, dass ich all meinen gesunden Menschenverstand und meine Kraft brauche, um mit Fionas Familie fertig zu werden.«

Sobald Brian und seine sechs Gefolgsleute weg waren, drehte sich Ewan um und starrte auf die Kräuterhütte. Es war nicht bequem, einen jüngeren Bruder zu haben, der seine eigenen Ängste erriet, doch dieser peinliche Augenblick hatte ihm zu einem sehr guten Ratschlag verholfen, den es zu beachten galt. Er hatte es seinen Ängsten erlaubt, seinen Verstand zu warmem Haferbrei zu verwandeln. Fiona mochte zerbrechlich aussehen wie eine schöne und zarte Blume, aber unter ihrer weichen

Haut war sie reinstes Eisen. Er hatte oft genug die Stärke in ihr gefühlt, wie konnte er sie nur vergessen haben?

Was Brian nicht erraten hatte (und für diese kleine Gnade dankte Ewan Gott), war, dass er sich aufgrund seiner Bemühungen, Fiona zu schonen, die Freude ihrer Leidenschaft versagt hatte. Fiona hatte ihm – vor allem heute Morgen – deutlich zu verstehen gegeben, dass sie bereit und imstande war, mit ihm zu schlafen, dennoch hatte er ihre Einladungen entschieden übergangen. Das war eine selbst verhängte Strafe, die er nicht länger die Absicht hatte zu ertragen. Einen Augenblick war er heftig versucht, zu gehen und sie zu holen, sie in ihr gemeinsames Schlafgemach zu tragen und den Hunger, der seit einer Woche seine Innereien zu einem Knoten verschnürte, gründlich zu stillen. Er schob diese verführerische Idee von sich und hielt auf das Übungsgelände zu. Heute Nacht würde noch früh genug sein, sofern sie nicht noch immer verärgert oder beleidigt darüber war, dass er sie am Morgen hastig zurückgewiesen hatte. Ewan fragte sich, ob ein Mensch katzbuckeln konnte, ohne dass es so aussah, als würde er es tun.

»Ich sollte ihn eigentlich zum Katzbuckeln bringen«, schimpfte Fiona vor sich hin, während sie energisch etwas Mohnsamen in einem steinernen Mörser zerstampfte. »Ich sollte ihn zwingen, sich hinzuknien und äußerst zuvorkommend zu betteln. Dann würde ich ihm einen Fußtritt versetzen.«

»Fiona!« Mab schnappte ihr den Stößel aus der Hand und sah argwöhnisch auf das fein gemahlene Pulver im Mörser hinunter. »Falls Ihr Euch vorgestellt habt, dass das Euer Ehemann ist, muss ich davon ausgehen, dass er Euch verärgert hat.« Sie sah Fiona an. »Habt Ihr ihm deshalb nichts davon erzählt, dass Ihr ein Kind von ihm erwartet?«

»Es ist noch zu früh, um es sicher zu wissen«, widersprach Fiona.

»Oh, ich glaube, Ihr wisst es ebenso gut wie ich. Ihr seid schwanger. Ich war schon immer fähig, so etwas zu erkennen, schon seit ich ein kleines Mädchen war. Ich kann es fast schon ab dem Moment sehen, in dem der Samen eines Mannes Wurzeln geschlagen hat.« Mab verzog das Gesicht. »Ich hörte damit auf, Frauen zu erzählen, dass sie ein Kind bekommen, als ich erfahren habe, wie sie angefangen haben, hinter vorgehaltener Hand zu behaupten, ich sei eine Hexe. Ich habe es *zu* deutlich gesehen, bevor sie überhaupt auf die Idee gekommen sind.«

Durch den Umgang mit Gillyanne und all ihren Verwandten war Fiona an Leute mit ungewöhnlichen Gaben gewöhnt und nickte. »Wenn du gemerkt hast, dass ich schwanger bin, warum hast du dann nichts gesagt?«

»Das war äußerst seltsam, aber ich war mir einfach nicht sicher, nicht bis zum heutigen Morgen. Das Gefühl, das mich überkommt, wenn eine Frau ein Kind bekommt, war da, aber es war so ungemein anders. Dann, heute Morgen, als Ihr in die große Halle gekommen seid, war dieses Gefühl so echt und deutlich, wie es immer gewesen ist.«

»Und dann habe ich zu essen angefangen, dass es Ewan stolz gemacht hätte.« Fiona schmunzelte, als Mab kicherte. »Ja, ich habe das sichere Gefühl, ein Kind zu erwarten. Ich blutete nicht mehr, seit ich Ewan geheiratet habe, und gestern und heute Morgen war mir übel. Ich habe es Ewan nicht gesagt, weil ich zuerst sicher sein will, dass das Kind nicht abgeht, und ich will noch mehr Zeit haben, in der Ewan und ich allein sind.«

»Das Kind wird vor acht Monaten oder so nicht da sein, Fiona.«

»Das weiß ich, aber sobald ich es Ewan sage, werde ich mich in seinen Augen verändern. Ich werde nicht länger nur Fiona oder einfach seine Frau sein, ich werde die Frau sein, die ein Kind von ihm austrägt. Doch wenn Ewan sich in seiner Haltung zu mir ändert, möchte ich sicher sein, dass diese Änderung auf mich zurückzuführen ist und nicht auf dieses Kind.«

»Verstehe. Ich verrate es keiner Menschenseele. Ist es wegen des Kindes, dass Ihr Ewan erst zum Katzbuckeln bringen und ihm dann einen Fußtritt geben wollt?«

»Nein, ich ärgere mich nur, weil er mich behandelt, als würde ich bei der kleinsten Berührung in Stücke springen. Aber glaub nur nicht, dass er diese Schlussfolgerung einmal getestet hätte, nein, er hat mich seit einer Woche nicht mehr angerührt.« Sie nickte heftig, als Mab nach Luft schnappte. »Genug ist genug. Er wird heute Nacht mit diesem Unsinn aufhören, und wenn ich ihn ans Bett fesseln muss.« Fiona stand plötzlich das Bild eines Ewan vor Augen, der ans Bett gefesselt, völlig nackt und völlig ihrer Gnade ausgeliefert war. »Herrje, das ist ein ziemlich verlockender Gedanke.«

»Fiona!« Mab rang schockiert nach Atem, musste aber schließlich doch lachen. »Schamloses Mädchen. Ach, Ihr tut unserem Ewan so gut.«

»Denkst du das wirklich?« Fiona fragte es leise und wirkte plötzlich sehr ernst.

»Oh ja. Ewan war schon immer ein in sich gekehrter Junge, aber Tragödien und schwere Verantwortung verstärkten das noch. Er ist ein Mann, dem es leicht passieren könnte, morgens aufzuwachen und feststellen zu müssen, dass er nun völlig alleine ist, weil er sein Herz so gut geschützt und seine Gefühle so gut verborgen hat. Ihr werdet nicht zulassen, dass das der Fall ist. Ihr werdet ihn davon abhalten, dass er langsam innerlich abstirbt, weil er sich zwar viel wünscht, aber Angst hat, die Hand danach auszustrecken. Seid einfach geduldig. Hättet Ihr gesehen, wie er sich aufgeführt hat, nachdem ich ihm gesagt hatte, dass Menzies Euch hat, würdet Ihr wissen, dass er sich nicht so weit außerhalb Eurer Reichweite befindet, wie Ihr denkt. Jetzt will ich aber sein Kind spüren.«

Fiona stand unbeweglich da, während Mab ihr die Hände auf den Bauch legte. Die Frau schloss die Augen, doch Fiona konnte ihrem Minenspiel ablesen, dass sie tatsächlich etwas spürte. Ein kurzes Stirnrunzeln huschte über Mabs Gesicht, und Fiona wurde es unbehaglich zumute. Endlich öffnete Mab die Augen und trat einen Schritt zurück. Fiona beobachtete sie und kämpfte gegen einen Anflug von Angst an.

»Der kleine Teufel will seine Geheimnisse nicht preisgeben«, erklärte Mab.

»Oh. Das heißt also, dass es ein Junge ist?«

»Ich bin mir nicht sicher. Das meinte ich mit seinen Geheimnissen. Normalerweise fühle ich, ob es ein Junge oder ein Mädchen ist, und zwar fast von Anfang an, aber Euer Kind meint offenbar, dass es mich nichts angeht. Es konnte allerdings nicht die ganze Wahrheit verbergen. Es ist ein gesundes Kind. Ich glaube nicht, dass ich schon jemals so einen starken Lebenswillen gespürt habe.« Mab verzog das Gesicht. »Glaubt meinem Geschwätz. Jetzt wisst Ihr, warum so viele mich ›verrückte Mab‹ nennen oder für eine Hexe halten.«

»Dann sind sie Dummköpfe. Was ich da sehe, ist eine wirkliche Gabe, eine Gabe, die weitaus wertvoller ist als ein Heiltrank, um einem Jungen die Pickel wegzumachen oder um Haare auf dem Kopf irgendeines eitlen Mannes wachsen zu lassen.« Fiona konnte sehen, wie in Mabs Augen ein Funke Hoffnung und Interesse aufleuchtete.

»Es macht den Leuten Angst, Fiona. Meine Mutter hat gesagt, dass es nichts anderes als das Werk des Teufels wäre.«

»Nein, es ist ein Geschenk Gottes. Du hast vermutlich versucht, es zu ignorieren, während du hättest lernen sollen, es zu benutzen. Genau das werden wir tun. Wir werden in Erfahrung bringen, wie groß diese Gabe ist und wie man sie anwenden kann. Wir werden auch in Erfahrung bringen, wie du sie voll und ganz benützen kannst, aber wenigstens so, dass sie nicht gefährliche Ängste und Aberglauben weckt. Aus dem Clan unserer Gilly, den Murrays, sind viele Leute mit solchen Gaben hervorgegangen, und ich habe genug Zeit mit ihnen verbracht, um zu wissen, wie man sich vor solchen gefährlichen Ängsten schützt und dennoch diese erstaunliche Gabe zu dem Zweck benutzt, den Gott dafür vorgesehen hat.« Sie lachte sanft, als Mab sie umarmte.

»Wie kann ich Euch nur jemals danken?« – »Nun, du könntest mir bei der Suche nach etwas Weichem und trotzdem Kräftigem behilflich sein, mit dem man die Handgelenke eines Mannes an das Bett fesseln kann.«

Ewan zwinkerte und starrte zum Betthimmel hoch. Er konnte es nicht glauben, dass er eingeschlafen war, während er darauf gewartet hatte, dass Fiona zu Bett ging. Er hatte jede Menge schwere Arbeit erledigt, um sich selbst davon abzuhalten, seiner Frau hinterherzujagen wie ein Rammler, der während der Paarungszeit der Spur einer Häsin folgt. Offensichtlich hatte ihn dies sehr viel stärker ermüdet, als ihm aufgefallen war. Wäre er wie geplant in der Lage gewesen, mit seiner Frau zu schlafen, wäre er wach geblieben. Fiona aber hatte erklärt, dass jemand verzweifelt ihre besonderen Heilkräfte bräuchte, und hatte ihn allein gelassen.

Als er etwas munterer wurde, lenkte ein Jucken auf seinem Bauch seine Aufmerksamkeit auf sich. Er wollte sich kratzen, musste aber feststellen, dass sein rechter Arm an den Bettpfosten gefesselt war. Ein schneller Blick verriet ihm, dass auch sein linker Arm am Bett befestigt war. Die Fesseln um seine Handgelenke bestanden aus dicken Seilen, die mit mehreren Schichten weicher dunkelblauer Wolle umwickelt waren. Ewan wunderte sich, dass er nicht sofort in einen Alarmzustand versetzt war und nach einem Feind Ausschau hielt. Da nahm er einen Hauch von Lavendel wahr, und Fiona trat an das Bett.

Jetzt war ihm klar, warum er noch immer gelassen war. Etwas in ihm hatte erkannt, dass sich seine Frau im Gemach aufhielt und er sich in keinerlei Gefahr befand. Ewan hatte den Verdacht, dass die Seile, die so sorgfältig umwickelt waren, um seine Haut zu schützen, ein Anhaltspunkt waren. Zudem nahm er an, dass er geweckt worden war, während sie ihn an die Bettpfosten fesselte.

»Warum hast du mich an das Bett gefesselt?« Er spürte, wie

sich sein Körper vor Verlangen anspannte, als er sie in ihrem Hemd dastehen sah.

»Damit du mir dieses Mal nicht weglaufen kannst.« Sie trank einen letzten stärkenden Schluck Wein, bevor sie auf das Bett kletterte.

»Ich habe die Absicht, dir zu zeigen, dass ich gesund und munter bin und keine weitere Zeit brauche, um mich von Menzies' Überfall zu erholen.«

Ewan öffnete den Mund, um ihr von seinem Gesinnungswandel zu berichten, schloss ihn aber schnell wieder, als sie sich rittlings auf ihn setzte. Es brauchte keinen Mann von großer Erfahrung, um zu erraten, was sie im Sinn hatte. Nur ein kompletter Esel würde es riskieren, irgendetwas zu sagen und sie vielleicht dadurch zu veranlassen, dass sie ihre Absichten änderte.

»Es war eine schlimme Mühsal für dich«, murmelte er. »Wo du doch ein so kleines, zartes Mädchen und all das bist.«

»Stimmt, es war eine bestürzende Erfahrung, doch ich beabsichtige, dich davon zu überzeugen, dass ich es gut überstanden habe und nicht wünsche, von dir weiterhin wie ein schwächliches, ihn Ohnmacht fallendes Mädchen behandelt zu werden.«

Er hob einfach nur eine Augenbraue, wusste er doch, dass sie es als Herausforderung begreifen würde.

So war es, und die Art und Weise, wie sie dieser Herausforderung begegnete, führte bald dazu, dass er gegen das Bedürfnis ankämpfen musste, seine Fesseln zu zerreißen und sie zu packen.

Sie küsste und liebkoste jeden Zentimeter seines zerschundenen Körpers, und das Blut in seinen Adern glühte derart heiß, dass er sich wunderte, warum nicht Teile von ihm dahinzuschmelzen begannen.

Abgesehen davon fühlte er sich geehrt, ja hoch geschätzt, und in seinem Herzen begann sich die Hoffnung zu regen, vielleicht eines Tages ihr Herz gewinnen zu können. Ewan stöhnte, entschlossen, die berauschenden Wonnen dieser Intimität so lange wie möglich auszuhalten.

»Fiona«, ächzte er, als er spürte, dass er das Ende seines Durchhaltevermögens erreicht hatte. »Nimm mich in dir auf. Jetzt sofort!«

Sie setzte sich wieder rittlings auf ihn, und er erschauerte, als sie ihre Körper vereinte.

Alles an ihr war straffe Wärme und ein feuchtes Willkommen. Ewan konnte noch immer kaum glauben, dass ihre Leidenschaft einfach geweckt werden konnte, indem sie ihn verwöhnte.

»Binde mich los, Mädchen«, sagte er mit einem heiseren Flüstern.

»Ich muss dich berühren.«

In dem Augenblick, in dem sie ihn losband, streckte er schon die Hand nach ihr aus, und ihre gegenseitige Leidenschaft geriet sehr schnell wilder und heftiger.

Beider Höhepunkt kam gleichzeitig und hatte etwas Zerstörerisches.

Fiona brach in seinen Armen zusammen, und er hielt ihren zitternden Körper fest an sich gedrückt, während sie beide darum rangen, zu sich zu kommen.

»Nun, vielleicht bist du nicht ganz so zerbrechlich«, sagte Ewan, als er endlich wieder regelmäßig atmete.

»Nein, das bin ich nicht.« Fiona streichelte abwesend seine Brust und fragte sich, ob sie wohl jemals wieder die Kraft haben würde, sich zu bewegen.

»Ich glaube nicht, dass ich schon einmal so begeistert über den Beweis war, dass ich mich wie ein Esel benehme.«

Er lächelte und sie kicherte, schließlich küsste er sie auf das Haar.

»Ich dachte, ich hätte dich verloren«, flüsterte er.

Fiona spürte, wie ihr Herz vor Freude und Hoffnung einen Sprung machte.

Hinter seinen Worten versteckte sich ein tiefes Gefühl, doch sie widerstand ihrem Bedürfnis, ihn zu bedrängen. Eine innere Stimme sagte ihr, dass sich Ewan von ihr entfernen würde, würde sie Druck auf ihn ausüben.

»Nein«, flüsterte sie zurück, »du wirst mich nie verlieren. Ich wurde dir nur für kurze Zeit weggenommen, aber ich hätte den Weg zurück gefunden. Ich werde immer meinen Weg zurück finden.«

Fast musste sie lächeln, als seine einzige Reaktion ein leises Knurren und eine Verstärkung seiner Umarmung war. Für den Augenblick würde es das tun.

16

Sie sind wieder da.«

»Ewan schaute von dem Hauptbuch, an dem er arbeitete, auf und sah seinen Bruder Gregor fragend an. »Wer ist wieder da?«

»Die Camerons.«

»Großer Gott, hat unser Vater sie entdeckt?«

»Ja. Es ist schwierig, etwa ein Dutzend groß gewachsener Rotschöpfe zu übersehen.«

Mit leisem Fluchen eilte Ewan mit Gregor im Schlepptau aus dem kleinen Arbeitsgemach. Er ging soeben die Treppe hinunter, als er Fiona und Mab sah, die die große Halle verließen und aus der Burg rannten. Als die beiden Frauen hinauseilten, war das Brüllen seines Vaters deutlich durch die kurz geöffneten Tore zu hören. Es war an der Zeit, dass diese Idiotie ein Ende hatte, entschied Ewan, der ihnen folgte. Er erreichte den Burghof und entdeckte, dass sein Vater wegen seiner Uneinsichtigkeit bereits von seiner Frau ins Gebet genommen wurde. Ewan zögerte und war versucht, sie das Problem mit seinem Vater erledigen zu lassen.

»Er klingt nicht ganz so fanatisch wie sonst«, bemerkte Gregor, der sich neben Ewan stellte.

Nachdem er einen Moment zugehört hatte, musste ihm Ewan beipflichten. »Vielleicht fängt er ja endlich an, Vernunft anzunehmen. Lass die Tore öffnen und bitte unsere Cousins herein.«

»Was ist mit unserem Vater?«

»Entweder er lässt es über sich ergehen, oder er kann auf sein Schlafgemach gehen und schmollen. Eine innere Stimme sagt mir, dass dieser Besuch zeitlich allzu genau passt, um ein Zufall zu sein. Unsere Cousins sind durch Heirat mit den MacEnroys verbunden, und es ist kaum zwei Wochen her, dass Brian losgeritten ist, um die MacEnroys aufzusuchen. Geh und lass sie herein, damit ich vielleicht meine Neugierde befriedigen kann.« Ewan sagte es, als er schon auf seinen Vater und seine Frau zuhielt.

»Ihr seid stur bis zur Blindheit«, warf Fiona Sir Fingal vor. Sie war es müde, diesem Mann gut zuzureden.

»Du solltest nicht so mit euren Ältesten reden«, sagte Fingal, der ein wenig verletzt wirkte.

»Ich werde genau so reden, wenn es der Wahrheit entspricht.«

»Ich bin …«

»… stur bis zur Blindheit«, beendete Ewan den Satz, als er neben Fiona trat und seinen Vater ansah. »Wenn das diejenigen wären, die dir unrecht getan haben, Vater, würde ich dir anbieten, sie an Ort und Stelle niederzuschlagen. Aber sie sind es nicht. Ja, ich weiß, es ist viel von dir verlangt, dass du den Sohn derjenigen akzeptieren sollst, von denen du dich betrogen fühlst, aber die Bedürfnisse des Clans zwingen mich, das zu tun. Vater, wir können nicht allein weitermachen. Wir brauchen Verbündete. Wenn ich losziehen und mich mit unseren Feinden auseinandersetzen muss, kann ich es aus einer viel stärkeren Position heraus tun, wenn sie wissen, dass andere hinter mir stehen. Das Beste, was ich jetzt machen kann, ist, einige von unseren Feinden dazu zu bringen, nicht jeden MacFingal umzubringen, den sie sehen.«

Sir Fingal stemmte die Hände in die Hüften und funkelte zuerst seinen Sohn wütend an, dann Fiona. Schließlich drehte er sich um, um mit starrem Blick den Männern entgegenzusehen, die durch die nun offenen Tore ritten. Ewan beobachtete seinen Vater sehr genau, während der Mann, der sich Sigimor nannte, vom Pferd stieg und auf sie zuging. Als er bemerkte, dass dieser Mann in der Tat so attraktiv aussah, wie er aus der Ferne wirkte, legte er seinen Arm um Fionas Schultern und überhörte beherzt das belustigte Schnauben seines Vaters.

»Du siehst geradewegs wie dein Vater aus«, raunzte Sir Fingal, nachdem sie sich kurz und knapp begrüßt hatten.

»Das hoffe ich«, antwortete Sigimor ironisch. »Es wäre mir eine verhasste Vorstellung, dass meine Mutter ihm falsch mitgespielt hätte.«

»Sie hat *mir* falsch mitgespielt.«

»Wirklich? War das bevor oder nachdem du ein Kind in den Schoß ihrer Cousine gepflanzt hast?«

Ewan schloss sich Fiona an und beide schauten mit großen Augen auf Sir Fingal, der seinerseits dem matt lächelnden Sigimor missmutige Blicke zuwarf. Ein äußerst schwacher Hauch von Rot überzog die Wangen seines Vaters, und Ewan stieß einen Fluch aus. Obwohl er es verabscheute, Sigimor Glauben zu schenken, bestand kein Zweifel an dem Schuldbewusstsein, dass sich auf dem Gesicht seines Vaters spiegelte. Mab war es schließlich, die das angespannte Schweigen durchbrach.

»Ihr wart also auch in *jungen Jahren* ein Esel«, sagte sie und schüttelte den Kopf. »Dabei hatte ich gedacht, Ihr seid erst aufgrund eines großen Verrats an Eurem Herzen zu dem geworden, was Ihr seid. Es war also nur ein weiteres Beispiel dafür, dass Ihr alter Narr nicht imstande seid, Eure Hosen anzubehalten.«

»Es *war* ein großer Verrat an meinem Herzen«, widersprach Fingal energisch. »Ich habe das Versprechen, das ich meinem Mädchen gegeben hatte, gehalten. Dann hat aber mein Bruder herausgefunden, dass die ihm versprochene Frau mich liebt, und hat ihren Vater beinahe davon überzeugt, dass er ihre Verlobung lösen und sie mich heiraten lassen soll. Er schickte diese Frau zu mir. Sie suchte mich in meinem Schlafgemach auf, während ich schlief, und hat mich genommen, als wäre sie eine verfluchte Dämonin. Es war aus und vorbei, bevor ich ganz wach war. Anschließend ist sie heulend zu ihnen gelaufen und hat behauptet, ich hätte sie verführt. Keiner hat auf mich gehört, als ich versucht habe, ihnen die Wahrheit zu erzählen. Für kurze Zeit habe ich das Gefühl gehabt, ich würde eine zweite Chance bekommen und mein Mädchen mir schließlich doch noch glauben, aber dann sagte dieses verkommene Frauenzimmer, dass sie ein Kind von mir erwartet, und jeder war der Meinung, ich müsste sie heiraten. Ich verlor die Beherrschung, verfluchte das ganze Pack und verschwand. Du siehst also, Mab, es war ein großer Verrat«, fügte er leise hinzu, wobei er sehr erschöpft klang und aussah.

»Ja, Fingal, das war es«, bestätigte ihm Mab, die ihren Arm bei ihm unterhakte und ihn zur Burg geleitete.

Fingal blieb nach ein paar Schritten stehen und sah auf Sigimor zurück. »Ich habe versucht, mein Kind zu mir zu nehmen. Diese Frau hat mir gesagt, dass der Junge gestorben ist. Sie hat gesagt, dass man sie wegen mir verstoßen hätte und der Junge die harten Umstände nicht überlebte.«

»Sie hat gelogen«, sagte Sigimor. »Ihre Verwandten haben sich gut um das Kind gekümmert. Er hat ihre Ländereien geerbt und ist nun seit sechs Jahren verheiratet. Seine Mutter ist vor knapp fünfzehn Jahren durch die Hände einer eifersüchtigen Frau gestorben.«

Fingal nickte und erlaubte Mab, ihn wegzuführen. Fiona hatte den Eindruck, als würde er all diese Schmerzen noch einmal erleiden. Ihre Augen weiteten sich, als sie sich unter den ganzen MacFingal-Jungen umschaute, die sich im Burghof versammelt hatten, unter all den außerehelichen Kindern, die Fingal aufgenommen hatte und großzog. Schließlich warf sie einen Blick auf Ewan, der ebenso betroffen wirkte wie sie.

»Ewan«, begann sie, stockte aber, als er nickte und sanft den Druck seines Armes, der um ihre Schultern lag, verstärkte.

»Man fragt sich, was ihn am meisten verletzt hat«, murmelte Ewan. »Ich glaube, er hat sich all die Jahre an dem Tod des Jungen die Schuld gegeben.« Ewan sah zu Sigimor. »Warum hat man ihm nie die Wahrheit gesagt?«

»Zu der Zeit, als ich die Wahrheit erfahren habe, hat sich

dein Vater schon geweigert, mit mir zu sprechen. Die anderen hielten so lange an dieser Lüge fest, weil der Großvater des Jungen Angst hatte, ihn zu verlieren. Als uns die Geschichten darüber, wie erfolgreich sich dein Vater eine Armee zeugte, zu Gehör kamen, hatte keiner der Ältesten den Eindruck, dass es ihn überhaupt interessieren würde. Er brauchte einen Jungen nicht so, wie sie es taten.«

»Und was hast du gedacht, Sigimor?«, wollte Fiona wissen. »Was haben diese Geschichten dir gesagt?«

»Dass Sir Fingal ein wahres Fieber nach Mädchen hat«, antwortete Sigimor gedehnt. »Sie sagten mir auch, dass er den Jungen nicht im Stich gelassen hätte. Die Frau ja, aber niemals den Jungen. Sein Sohn weiß das auch. Er wartet nur darauf, dass ich ihm berichten kann, dass die Tore endlich offen sind und ob sie für ihn offen bleiben werden, um durchzureiten.«

»Ja, das werden sie«, erwiderte Ewan. »Kommt, wir können uns beim Essen und Trinken unterhalten. Es wird einige Zeit in Anspruch nehmen, uns vorzustellen.«

»Zunächst einmal muss ich jedem von euch beiden eine Botschaft von Connor überbringen.«

»Ich dachte mir schon, dass dein Auftauchen von der Zeit her eigenartig gut geplant ist.«

»Ja. Deine Jungs sind sicher angekommen und werden innerhalb weniger Tage zurückkehren«, versicherte er Ewan, bevor er Fiona anlächelte. »Und jetzt zu der Nachricht, die dein Bruder dir sendet, Mädchen.«

Plötzlich fand sich Fiona in Sigimors Armen wieder, bedacht mit einem herzhaften Kuss. Sie kam gerade zu der Überzeugung, dass er sehr talentiert war, als sie die Geräusche einer Menge von Schwertern wahrnahm, die abrupt aus ihren Scheiden gezogen wurden, und sie löste sich aus seiner Umarmung. Die Camerons hatten sich inzwischen alle mit gezückten Schwertern hinter Sigimor versammelt. Um sie herum standen finster dreinschauende MacFingals, und jeder Mann, der im Besitz eines Schwertes war, richtete es jetzt gegen die Camerons.

»Mein Gott, Sigimor«, schimpfte eine Stimme hinter ihm, »hast du die Absicht, uns alle in den Tod zu schicken?«

Fiona lehnte sich nach rechts, warf einen Blick hinter Sigimor und lächelte dessen Cousin Liam zu. »Hallo, Liam.«

»Sei gegrüßt, Mädchen«, erwiderte Liam.

Sie kreischte auf, als sich ein starker Arm um ihre Taille legte und sie an Ewans Seite zurückgezogen wurde. »Ich glaube nicht, dass mein Bruder dich gebeten hat, das zu tun, Sigimor«, sagte sie in der Hoffnung, dass Reden die angespannte Situation etwas entspannen würde.

»Nein«, bestätigte Sigimor. »Er bat mich, ich möge mich versichern, dass du gut behütet und umsorgt wirst.« Gelassen sah er sich unter all den MacFingals um, die bereitstanden, um ihn in kleine Stücke zu hauen, weil er die Frau ihres Herrn berührt hatte. »Ich würde sagen, dass du das bist.«

Liam trat neben Sigimor und sah ihn wütend an. »Willst du damit sagen, dass du das nur deswegen gemacht hast, um zu sehen, wie sie reagieren?«

»Handlungen sprechen lauter als Worte.«

»Du bist verrückt«, sagte Ewan, der sein Schwert in die Scheide steckte und horchte, ob alle anderen seinem Beispiel folgten. »Du warst nahe daran, dein Leben zu lassen.« Ewan konnte seine eigene unverzügliche Reaktion darauf, dass ein anderer Mann Fiona küsste, verstehen, war aber überrascht, wie sehr die Reaktion seines Clans seiner entsprach.

»Ich habe meine Antwort erhalten, oder etwa nicht?« Sigimor beobachtete, wie sich Ewans Blick auf Liam richtete. »Ach, mach dir nichts aus Liam. Du musst wissen, dass der ebenfalls dein Cousin ist.«

»Ist er das?« Ewan ertappte sich bei der Überlegung, seinem viel zu gut aussehenden Cousin zu sagen, er solle im Dorf übernachten.

»Er hat diesen gewissen Blick, Liam. Weißt du, den, den Diarmot und Connor bekommen, wenn es sich um dich handelt.«

»Denjenigen, der besagt, dass er mich lieber mit einer krummen Nase und ein paar Narben sehen würde?«, fragte Liam. »Und dass er sich freuen würde, mir bei dieser Veränderung zu helfen?«

»Genau den.« Sigimor grinste Ewan an. »Sagtest du etwas von Essen und Trinken?«

Gregor geleitete die Camerons hinein, und Ewan sah zu Fiona. »Du hast mir nicht gesagt, dass er ein Irrer ist.«

Fiona lachte und stieß ihn an, damit er sich in Richtung Burg in Bewegung setzte. »Das kann er sein. Mein Bruder Diarmot behauptet, dieser Mann würde alles aus einer anderen Perspektive als die meisten Leute betrachten und dass sein Sinn für Humor gewöhnungsbedürftig sei.«

»Ich verstehe. Und seine Betrachtungsweise hat ihm gesagt, dass der beste Weg, um herauszufinden, ob wir dich behüten und uns um dich kümmern, der sein würde, dass er dich vor den Augen deines bewaffneten Ehemannes und seiner ebenfalls bewaffneten Leute küsst?«

»Ja. Ich habe den Verdacht, dass sie ihm darüber hinaus noch ein paar andere Dinge verraten hat, die er unbedingt in Erfahrung bringen wollte.«

»Wie du schmeckst?«, knurrte er.

»Nein. Sie hat ihm verraten, dass du einen Mann nicht blindlings angreifst. Jeder von euch war kampfbereit, aber keiner hat zugeschlagen.«

»Er ist ein großes Risiko für sein Leben und das seiner Männer eingegangen.«

»Dessen wäre ich mir nicht so sicher. Tatsache ist, dass es mich nicht überraschen würde zu entdecken, dass Sigimor eine Menge über euch alle weiß. Wenn er dich nicht zum Zähneknirschen bringt oder den Wunsch in dir weckt, ihn umzubringen, wird er dir ein sehr starker Verbündeter sein.«

Es dauerte nicht lange und Ewan verstand, was Fiona hinsichtlich seines Cousins gemeint hatte. Er fragte sich während der abendlichen Festlichkeiten verschiedentlich, ob er vielleicht etwas zu schnell den Gedanken verworfen hatte, dass in ihrem Blut möglicherweise der Wahnsinn lauerte. Trotzdem fühlte es sich gut an, Verbündete zu besitzen, selbst wenn sie etwas sonderbar waren. Als er einen Blick über die MacFingals warf, musste Ewan zugeben, dass man wahrscheinlich selbst ein bisschen sonderbar sein musste, um sie alle als Verwandte zu akzeptieren.

Da sah er, dass Fiona und Liam am anderen Ende der großen Halle nahe beieinander auf einer Bank saßen und, während sie sprachen, die Köpfe zusammensteckten, und er kam zu dem Schluss, dass ihm ein Verwandter weniger ganz recht gewesen wäre. Gerade als er sich von seinem Sitz erheben wollte, packte ihn eine Hand an der Schulter und drückte ihn wieder hinunter. Ewan sah Sigimor an und fragte sich beiläufig, was wohl geschehen würde, wenn er ihm diesen amüsierten Blick aus dem hübschen Gesicht schlagen würde.

»Liam wird nicht versuchen, deine Frau zu verführen«, beschwichtigte ihn Sigimor. »Deine Frau ließe sich auch gar nicht verführen. Ich würde ja behaupten, du beleidigst deine Frau mit deinen Bedenken, doch eine Frau könnte nur einen Schritt von der Heiligkeit entfernt sein und trotzdem würde ihr Mann noch immer beunruhigt sein, sobald sich Liam ihr nähert. Der arme Junge wird oft so schlechtgemacht.«

»Dieser *arme* Junge muss sich der Mädchen mithilfe eines Stocks erwehren«, entgegnete Ewan ironisch.

»Stimmt, und er wirbelt diesen Stock nicht so oft herum, wie er sollte. Trotzdem, er sündigt nicht. Ich will damit nicht sagen, dass er es nie getan hat, seit er vor drei Jahren das Kloster verlassen hat, aber er glaubt an die Heiligkeit der Ehe. Und sollte er versuchen, Fiona zu umwerben, würde sie ihm ganz bestimmt die krumme Nase verpassen, von der wir alle glauben, dass er sie braucht.« Sigimor lächelte flüchtig, als Ewan lachte, und sah sich unter den Leuten um, die sich in der großen Halle drängelten. »Dein Vater sammelt geradezu Leute.«

Ewan zwinkerte überrascht angesichts dieses unvermittelten

Themenwechsels und dachte einen Augenblick darüber nach. »Stimmt, ich glaube, das ist genau das, was er tut. Einige der älteren Männer und Frauen waren schon da, bevor mein Vater das hier geerbt hat. Dann gibt es da noch all meine Brüder, Halbbrüder und Neffen. Und mein Vater erlaubt anderen, wie zum Beispiel Mab, herzukommen, solchen, die aus ihren Clans ausgestoßen wurden. Doch er wählt sie sorgfältig aus. Solange er noch die Grenzen unserer Ländereien verlassen hat, brachte er fast immer jemanden mit nach Hause. Jemanden, der sich verirrt hat oder einsam war oder von seinen Leuten verstoßen worden war.«

»Wie er selbst auch in vielerlei Hinsicht verstoßen wurde und wie er sein Kind für verstoßen gehalten hat. Die Lüge, die man über das Kind deines Vaters erzählte, machte meinem Vater am meisten zu schaffen, sie hat ihn dazu bewogen, mir vor seinem Tod alles zu gestehen. Mein Vater war sich sicher, dass diese Lüge deinen Vater am meisten getroffen hatte.«

»Ich glaube, dass es so ist, obwohl ich bis jetzt die Wahrheit nicht kannte. Mein Vater hat mir nie die ganze Geschichte von den Geschehnissen erzählt.« Ewan sah zu der Stelle, wo sein Vater mit Mab, Gregor, Nathan und mehreren Camerons saß, und war froh, dass der Mann wieder mürrisch aussah und stritt. »Als ich gesehen habe, wie es ihm schon wehtat, diese Geschichte auch nur zu erzählen, verstand ich, warum. Dennoch glaube ich, dass eben diese Erzählung etwas von der Bitterkeit aus seinem Herzen und seinem Blut herausgeschwemmt hat.«

»Ja, das ist durchaus möglich.«

»Hat dein Vater jemals den Eindruck gehabt, dass seine Tat all das wert war?«

»An manchen Tagen schon, an manchen Tagen nicht. Er liebte meine Mutter, aber sie erwiderte seine Liebe nie, nicht so wie gegenüber deinem Vater. Wie mein Vater bei seinem Tod sagte: Er hat einen Bruder verloren, aber niemals wirklich die Braut gewonnen. Traurig, aber ich kann mich darüber nicht zu viel grämen. Immerhin wären wir beide nicht hier, wäre es nicht geschehen.«

»Tja, sehr wohl wahr. Aber jetzt sage mir: Wie schneiden die MacEnroys als Verwandte ab?«

Ewan lauschte gewissenhaft allem, was Sigimor ihm über die Familie seiner Frau zu berichten wusste. Zwar sah er ein paar spannungsgeladene Augenblicke mit Fionas Brüdern auf sich zukommen, doch alles, was Sigimor erzählte, deutete auf eine weitere starke und wertvolle Verbindung hin. Bestritt er in Zukunft Unterhandlungen, würde er es aus einer wesentlich verbesserten Position heraus tun. Er spannte sich an, als sein Vater sich zu ihnen gesellte, doch Fingal saß schweigend da und sammelte ebenso wie er Informationen über die MacEnroys. Ewan war allzu sehr an die rapide wechselnden Stimmungen seines Vaters gewöhnt, um sich großen Hoffnungen hinzugeben, doch er konnte nicht anders, er hatte den Eindruck, dass bei seinem Vater eine Änderung zum Guten stattgefunden hatte.

»Du glaubst nicht, dass die Brüder des Mädchens meinen Jungen in den Dreck stoßen wollen, oder?«, fragte Sir Fingal.

»Sie würden es vielleicht gerne tun«, antwortete Sigimor, »aber sie werden es nicht tun. Ausgenommen natürlich, Fiona erteilt ihnen die Erlaubnis dazu.« Er zwinkerte Ewan zu. »Wenn du also siehst, dass sie kommen, wäre es wohl klug, an jenem Tag jede Verärgerung, die sie vielleicht empfindet, zu beschwichtigen.«

»Wo ist das Mädchen, he?« Fingal schaute sich um und riss den Mund vor Staunen auf, als er Fiona und Liam miteinander sprechen sah. »Du hast sie mit dem gut aussehenden Jungen allein gelassen?« Fingal starrte Ewan entsetzt an. »Geh und hole sie!«

»Nein«, widersprach Ewan. »Sie macht nichts Unrechtes. Sie spricht nur mit dem Jungen. Was ist schon daran?« Ewan musste sich ein Schmunzeln verbeißen, als sein Vater ihn ansah, als müsse man ihm wieder einigen Verstand in den Kopf hämmern.

»Was da dran ist? Hab ich dir im Lauf der Jahre denn nichts beigebracht?« Sir Fingal stand auf. »Du bist zu vertrauensselig, Junge, doch ich habe jetzt keine Zeit, dir deinen Denkfehler zu erklären. *Ich* muss gehen und das Mädchen in Sicherheit bringen. Es ist doch nicht zu glauben, dass einer meiner Söhne derart hirnlos sein kann und seine Frau unbewacht lässt, während dieser Knabe anwesend ist«, schimpfte er, während er auf Fiona zumarschierte.

»Das hast du gut gemacht«, murmelte Sigimor, der beobachtete, wie sich Sir Fingal zwischen Liam und Fiona schob.

Da er nicht wusste, warum er hätte abstreiten sollen, dass er seinen Vater auf gewisse Weise Fiona hinterhergeschickt hatte, erwiderte Ewan einfach nur: »Danke.«

»Das Mädchen hätte hier stehen und dieser ganzen Unterhaltung zuhören können und wäre doch nicht in der Lage gewesen, dir zu beweisen, dass du deinen Vater absichtlich hinübergeschickt hast.« Sigimor hob seinen Trinkkrug zu einer kurzen, wortlosen Ehrenbezeigung. »Liam *ist* ein guter Junge.«

»Zweifelsohne. Es wäre nur besser, wenn er ein guter *hässlicher* Junge wäre.« Ewan lächelte, während Sigimor lachte.

Fiona sah Sir Fingal böse an, nachdem ein kichernder Liam weggegangen war. »Ich habe mich mit ihm unterhalten.«

»Du bist ein verheiratetes Mädchen.« Sir Fingal kreuzte die Arme über der Brust. »Du solltest dich nicht mit einem solch gut aussehenden, unverheirateten Jungchen unterhalten. Warum sitzt du nicht bei deinem Mann und unterhältst dich mit ihm?«

»Weil er nichts über die Kinder meines Bruders Diarmot weiß. Liam aber weiß etwas. Er hatte sich für kurze Zeit auf Clachthrom aufgehalten, bevor er mit Sigimor auf Deilcladach reiste. Liam hat sich im Kloster eine Menge Wissen angeeignet und unterrichtete Diarmots Kinder.«

»Wenn er auf Clachthrom so willkommen und hilfreich war, warum haben sie ihn dann dort ziehen lassen, eh? Ha!« Er nickte, als Fiona errötete. »Dein Bruder wurde es nämlich müde, in dieses hübsche Gesicht schauen zu müssen. Er wollte es weit weg von seiner Frau haben.«

»So ein Unsinn. Ilsa und Gillyanne würden ihre Ehemänner niemals betrügen, genauso wenig wie ich. Ewan hat wenigstens den Verstand, das zu wissen. Er wurde von meinem Gespräch mit Liam nicht beunruhigt.«

Innerlich gestand sich Fiona ein, dass Ewans Mangel an Eifersucht sie entmutigte, einer Eifersucht, die ihre beiden Brüder durchlitten hatten, obwohl sie wussten, dass ihre Frauen sie anbeteten. »Aber genug mit Liam. Habt Ihr mit Sigimor gesprochen?« Beinahe musste sie darüber lachen, wie Sir Fingal angesichts des Themenwechsels grollte.

»Ein bisschen«, knurrte er. »Ein guter Junge, wenn auch ein bisschen seltsam.«

Wenn Sir Fingal sich darüber beklagte, dass etwas seltsam war, dann kam er einem Fisch gleich, der sich darüber beklagte, dass das Wasser nass war. Fiona nickte nur. »Er ist gewöhnungsbedürftig. Trotzdem wird er ein guter Verbündeter sein.«

»Ja. Ewan hat recht, wenn er sagt, dass wir ihn brauchen. Jetzt kann er sich unseren Feinden mit zwei Clans im Rücken gegenüberstellen. Sie werden nun auf ihn hören. Vielleicht muss der nächste meiner Jungs, der irgendwohin reitet, nicht mehr von Busch zu Busch kriechen oder ein halbes Dutzend gut bewaffneter Männer mitnehmen.«

Und das hatte Sir Fingal, wie Fiona jetzt deutlich wurde, solche Sorgen bereitet, dass er sich wohl zu guter Letzt doch noch der heiklen Lage seines Clans bewusst geworden war. Er musste die ganzen sorgfältigen Vorbereitungen und komplizierten Vorsichtsmaßnahmen sehr genau beobachtet und dabei erkannt haben, dass sein Verhalten und seine übereilten Worte sie dahin gebracht hatten. Manche Menschen verhärteten sich, wenn sie älter wurden, andere wurden klüger. Um Ewans Wohlergehen willen betete Fiona, dass Sir Fingal zu Letzteren gehören möge.

Nur eine Stunde später bemerkte Fiona, dass sie zu müde war, um sich noch weiter in der großen Halle aufzuhalten. Leise gab sie Ewan zu verstehen, dass sie sich zurückziehen würde, und hauchte ihm einen Kuss auf die Wange. Mit weichem Lachen über Sigimors Protest, dass er missachtet würde, gab sie auch ihm einen Kuss auf die Wange. Ewan beobachtete sie beim Verlassen der großen Halle auf eine Weise, die sie warnte. Möglicherweise konnte sie nicht mehr allzu lange ihr Kind vor ihm geheim halten. Sein Stirnrunzeln war nicht allein davon ausgelöst worden, dass sie Sigimor einen Kuss gegeben hatte. Ihre ungewöhnliche Müdigkeit hatte seine Aufmerksamkeit erregt.

Sie richtete sich für das Bett und fluchte vor sich hin. Es gab noch einen weiteren Grund für ihren Widerwillen, Ewan zu erzählen, dass er bald Vater würde. Bedachte man, wie er sich nach ihrer Rettung vor Menzies verhalten hatte, graute ihr vor seinem Verhalten, wenn er entdecken würde, dass sie schwanger war. Seine Fürsorge würde keine Grenzen mehr kennen und sie nicht mehr in Frieden gelassen werden.

»Du hörst besser damit auf, meine Frau zu küssen«, befahl Ewan Sigimor und schenkte jedem von ihnen Bier nach.

Sigimor lachte. »Das war mehr ein Glucksen an meiner Backe als ein Kuss. Und das Mädchen braucht dann und wann eine paar Schmeicheleien, ein bisschen Aufmerksamkeit und all das von einem Mann.«

»Ich glaube nicht, dass Fiona je einen Mangel an solchen Sachen erleiden musste.«

»Oh doch, das musste sie. Nicht bevor man ihr die Narben verpasst hat, aber danach. Gillyanne hat es mir erzählt. Viele von den Männern, die Fiona umworben hatten, bevor sie Narben hatte, rannten davon, um sich eine andere Schönheit zu suchen, die sie rühmen konnten, eine vollkommene Schönheit selbstverständlich. Manche Idioten führten sich auf, als würde sie ein Mal haben, das ziemlich dem ähnlich sieht, das du trägst. Das Mädchen ist nicht eitel oder töricht genug, um all die charmanten Worte zu glauben, die sie vielleicht zu hören bekommt, aber Gillyanne glaubt, dass viel zu viele der Reaktionen auf Fionas Narben dem Mädchen das Gefühl vermittelt haben, diese würden weitaus schlimmer aussehen, als sie es in Wirklichkeit tun.«

»Idioten, alle zusammen«, schimpfte Ewan, und Sigimor nickte.

Ewan kannte den Schmerz, den man empfand, wenn man beobachten musste, wie die Leute den Blick abwandten, sobald sie ein vernarbtes Gesicht sahen. Wie viel schlimmer musste das für eine wunderschöne junge Frau sein? Eigentlich glaubte er sogar, dass die Tatsache, dass Fiona nicht eitel war, in mancher Hinsicht alles noch schlimmer machte. Sie hatte gezwungenermaßen erkennen müssen, dass nur sehr wenige Leute jemals einen Blick hinter die Schönheit, mit der sie gesegnet worden war, geworfen hatten. Mochte sie auch nicht all die charmanten Worte, die man ihr gesagt hatte, ganz geglaubt haben, musste es doch wehgetan haben zu erkennen, wie leer sie waren. Gerne hätte er gewusst, wie viel von diesem Schmerz noch in ihr war, und er fragte sich traurig, ob er sich jemals die Fähigkeit erwerben würde, ihn zu lindern.

Bis er das Bett aufsuchte, war er mehr als nur ein bisschen betrunken. Wahrscheinlich war es besser, dass Fiona schon tief schlief, überlegte er sich, während er sich neben sie ins Bett legte, denn es hätte ihn leicht in Verlegenheit bringen können, hätte er jetzt versucht, mit ihr zu schlafen.

Alles lief so gut, dass er sich entschieden unwohl fühlte. Sein Vater schien endlich erwachsen zu werden. Vielleicht waren aber auch viel von der Wut und dem Schmerz, die er so lange in sich genährt hatte, ausgeblutet, als er die ganze Geschichte von den vergangenen Ereignissen erzählte. Ewan war überzeugt, dass eine große Last von Fingal abgefallen war, als er erfuhr, dass sein Kind am Leben war – eine Last, von der Ewan nichts gewusst hatte. Nachdem Fiona in ihr aller Leben getreten war, hatte sich eine Veränderung in dem Mann vollzogen, und Ewan hatte den Eindruck, dass diese Wendung zum Besseren durch all das, was heute gesagt worden war, untermauert wurde. Vielleicht konnte sein Vater endlich die Vergangenheit ruhen lassen.

Die Wiedervereinigung mit den Camerons war ein Segen, auch wenn man etwas Zeit brauchte, um sich an Sigimor zu gewöhnen. Ewan wusste nicht so recht, ob ihm die Vorstellung gefiel, dass so große, kräftige, gut aussehende Männer auf Scarglas ein- und ausgingen, aber es war gut, Verbündete zu besitzen.

Nach allem, was Sigimor ihm erzählt hatte, würde er diesem etwas zweischneidigen Schwert noch einmal gegenüberstehen, sobald die MacEnroys kamen, sie und all ihre diversen Bündnispartner.

Wenn Sigimor recht hatte, würden ihn alle Murrays in dem Augenblick als Mitglied der Familie akzeptieren, in dem Gillyanne ihn akzeptierte, was ein ausgedehntes Aufgebot weiterer Namen und Bündnisse einschloss. Es würde nicht dieselbe Art von Bündnissen sein, wie er sie mit den MacEnroys und Camerons of Dubheidland besaß, aber es lag großer Trost in dem Wissen, die Hand nah und fern nach Hilfe ausstrecken zu können, sollte es jemals nötig sein.

Diese Veränderung eröffnete auch seinen Brüdern neue Wege. Das Leben auf Scarglas war gut und würde noch besser werden, sobald er den Frieden zu einem größeren Teil ihres Lebens machen konnte. Doch ab jetzt würde es auch andere Orte geben, an die seine Brüder gehen konnten, Gelegenheiten, die sie ergreifen konnten. Vielleicht war es ihnen sogar möglich, ein paar vorteilhafte Ehen zu schließen, die Ländereien oder Geld in die Familie brachten oder schwache Verbindungen stärkten.

Es war zu viel des guten Schicksals für ihn, um es problemlos annehmen zu können. Noch nie hatte alles so vielversprechend ausgesehen. Ewan legte seine Wange an Fionas weiches

Haar und sagte sich, dass er nicht nach Schwierigkeiten suchen sollte. Er nannte eine wunderschöne, leidenschaftliche Frau sein eigen, sein Vater veränderte sich zum Besseren, die beiden Hälften der Camerons waren wieder vereint, und er besaß die Verbindungen, nach denen er sich immer verzehrt hatte.

Das Leben war gut, und er sollte sich einfach zurücklehnen und es für eine Weile genießen. Ewan schloss die Augen, hielt Fiona fest an sich und nutzte sein Schlafbedürfnis, um dieses schwache Anklopfen einer Vorahnung in seinen Hinterkopf zu verbannen.

17

Er hätte besser auf die pessimistische Seite seines Ich hören sollen, dachte Ewan, während er auf die fehlerhaft geschriebene Botschaft in seiner Hand starrte. War es erst vergangene Nacht gewesen, dass er alles für so aussichtsreich, das Leben für so gut gehalten hatte? Jetzt hatte sich ein Geist aus der Vergangenheit hereingeschlichen, um über alles einen Schatten zu werfen.

Helena hatte ihm ein Kind geboren, so wurde wenigstens in der Nachricht behauptet. Dieses lebte nun bei einem alten Ehepaar in einer der Hütten von Kleinbauern, die über seine Ländereien verstreut lagen. Dass Helena ihr Kind verlassen hatte, überraschte ihn nicht, die Frage war nur, warum sie überhaupt so lange damit gewartet hatte, es zu tun?

Ewan verließ das Arbeitsgemach, um Gregor zu suchen. Dieses plötzliche Auftauchen eines Kindes, von dem man ihm nie etwas gesagt hatte, weckte seinen Argwohn. Helena war eine Gray und hatte ihn schon einmal verraten. Möglicherweise war das eine Falle, nur eine weitere Lüge, die ihn in Gefahr bringen sollte.

Er fand Gregor in seinem Schlafgemach, wo er sich auf das Stelldichein mit einer der Mägde vorbereitete. Nachdem er das Mädchen weggeschickt hatte, sah Ewan Gregor an und schüttelte den Kopf. Es war vielleicht an der Zeit, dem Benutzen von Frauen, die auf der Burg arbeiteten, Einhalt zu gebieten. Würde man sie aus ihrer Reichweite schaffen, würden Gregor und die anderen nicht so oft von ihren Tätigkeiten abgelenkt werden.

»Du wirst fromm, Ewan«, sagte Gregor, der über den Ausdruck von Missfallen, der auf dem Gesicht seines Bruders lag, flüchtig schmunzeln musste. »Sie war mehr als bereit.«

»Das weiß ich«, entgegnete Ewan. »Maisie verschenkt ihre Gunst sehr freizügig. Deshalb hat sie drei Kinder. Hast du vor, einen weiteren Bastard zu zeugen?« Ihm fiel auf, dass Angst und Sorge seine Stimme schneidend werden ließen, als Gregor ihn überrascht anschaute. »Ich habe eben eine Botschaft erhalten, die mir Unbehagen in Hinblick auf die Zeugung unehelicher Kinder bereitet.« Er warf Gregor die Notiz zu.

Diesem entfuhr ein Fluch, als er die Zeilen las. »Glaubst du das denn?«

»Ja und nein. Es besteht die geringe Möglichkeit, dass sie mir ein Kind geboren hat. Wenn man seinen Samen auf den Laken vergießt, verhütet das nicht immer die Zeugung eines Kindes.«

»Warum hat sie es dir dann niemals gesagt? Warum hat sie es nicht hergebracht? Ich glaube nicht, dass die Grays dein Kind in ihrer Umgebung haben wollten.«

»Nein. Wenn es stimmt und wenn das Kind die vergangenen – wie viel? – sieben Jahren bei meinen Feinden zugebracht hat, kann man sich ungefähr vorstellen, wie schwer das Leben für es gewesen sein muss. Um ehrlich zu sein, stellt sich die Frage, warum es nicht bei seiner Geburt getötet wurde. Die Grays betrachten alle MacFingals als Ungeziefer. Ich bezweifle, dass seine Jugend oder die Tatsache, dass es von Helenas Blut ist, sie davon abgehalten hätten.«

»Es ist also eine Lüge, eine Falle.«

Ewan ging zum Fenster in diesem Gemach und starrte mit leerem Blick hinaus. »Ich fürchte, aber ich muss sichergehen, nicht wahr? Was, wenn sich mein Kind wirklich in dem Cottage *aufhält?* Ich kann es jetzt, wo man mir diesen Floh ins Ohr gesetzt hat, nicht einfach alleinlassen.«

»Dann schicke ein paar Männer, um den Jungen zu holen und herzubringen«, schlug Gregor vor.

»Und ihn Fiona zu präsentieren?«

Gregor fluchte einmal mehr. »Ich kann mir nicht vorstellen, dass sie dem Jungen gegenüber schroff wäre oder zu viel Probleme wegen etwas machen würde, das acht Jahre zurückliegt.«

»Und wenn doch?«, fragte Ewan und drehte sich um, um einmal mehr Gregor anzusehen. »Genau darin liegt das Problem. In diesen vielen *wenn doch.* Sie hat von Helena gehört, also besteht nicht die Notwendigkeit, eine alte Affäre zu verstecken. Aber ein Kind? Frauen können sich sehr eigenartig benehmen angesichts der Tatsache, dass ihr Mann einer anderen Frau ein Kind gemacht hat. Für uns ist es nur ein Fehltritt, selbst wenn wir uns um das Kind kümmern. Aber Frauen können es als so viel mehr ansehen, als Beweis für ein Band zwischen dem Mann und jener Frau. Vielleicht kannst du dich nicht an all die Wortwechsel zwischen Vater und seinen Frauen erinnern, aber ich kann es. Ein außereheliches Kind, das man mit einer anderen Frau gezeugt hat, schien ihnen immer eine große Beleidigung zu sein, eine größere als die Untreue, durch die dieses Kind zustande kam.«

Gregor verzog das Gesicht angesichts der schmerzlichen Erinnerungen, die Ewans Worte weckten, dann seufzte er. »Du hast vor, selbst zu dem Cottage zu reiten, nicht wahr?«

»Ja. Sollte es eine Falle sein, kann ich nicht wissentlich andere Männer hineintappen lassen. Wenn es die Wahrheit ist und Helena meinen Sohn dort zurückgelassen hat, muss ich ihn sehen. Ich kann keine Entscheidung treffen, bevor ich das Kind nicht gesehen und festgestellt habe, ob es meins ist.«

»Aha, aber wirst du imstande sein, es festzustellen?«

»Die MacFingals neigen dazu, sich im Aussehen eines Kindes durchzusetzen. Selbst Klein-Ned, Mabs Junge, sieht trotz seines blonden Haares wie ein MacFingal aus. Vater weiß das, ungeachtet seines ständigen Grollens, auch. Ich muss mir nur überlegen, wie ich es angehe, wie ich hingelangen kann, ohne in eine Falle zu tappen, die vielleicht dort auf mich wartet.«

»Ich komme mit«, sagte Gregor, als er schon seine Stiefel anzog. »Wenn wir nur zu zweit sind, können wir uns ungesehen an das Cottage anschleichen und uns gut umschauen, um die Gefahr zu beurteilen. Ich kenne die Stelle, dort gibt es jede Menge Deckung, die wir benützen können, um uns zu nähern. Das Kunststück wird darin bestehen, dass wir entscheiden müssen, wie weit entfernt wir unsere Pferde zurücklassen, bevor wir uns anschleichen.«

Ewan nickte. »Ja, das ist ein Plan, und genau den habe ich gebraucht. Seit dem Augenblick, seit dem mir der Gedanke an ein Kind in den Kopf gesetzt worden ist, schien ich unfähig zu sein, mir etwas auszudenken.«

Gregor schlug ihm auf den Rücken, als sie das Gemach verließen. »Wir bringen das in Ordnung. Natürlich liegt es in deinen Händen, Fiona alles zu erklären, falls es dort wirklich ein Kind von dir geben sollte.«

Und das war, dachte sich Ewan, genau das, was ihm mehr als alles andere Sorgen bereitete. Instinkt und Verstand sagten ihm, dass Fiona sein Kind aufnehmen, sich um es kümmern und ihm nicht zu viele Schwierigkeiten wegen einer so alten Affäre bereiten würde. Doch Instinkt und Verstand waren nicht stark genug, seine Ängste restlos zu beseitigen. Er hatte Bedenken, dass diese Sache einen Riss zwischen ihnen verursachen könnte, eine Kälte hervorbringen könnte, die seiner Ehe die Wärme raubte.

Er schob all diese Bedenken von sich und konzentrierte sich darauf, aus Scarglas herauszukommen, ohne dass ihm und Gregor ein halbes Dutzend bewaffneter Männer folgte. Sollte eine Falle auf sie warten, würden die Grays nach genau so einer Gruppe von Männern Ausschau halten, denn kein MacFingal reiste ohne eine solche Eskorte. Nachdem er einen Ritt zum Dorf vorgetäuscht hatte, um der Lüge, die er den anderen aufgetischt hatte, den Anstrich von Wahrheit zu verleihen, lenkten Gregor und er, sobald sie den Eindruck hatten, außer Sichtweite zu sein, ihre Pferde in die andere Richtung. Als sie den Wald erreicht hatten, entspannte Ewan sich, denn er wusste, dass selbst die Männer in den Wachtürmen sie nicht mehr sehen konnten, wenn sie in dessen Schatten ritten.

Sie waren noch eine beträchtliche Strecke vom Cottage entfernt, als sie sich entschlossen, abzusteigen und zu Fuß weiterzugehen. Gregor und er krochen durch den Wald und schlüpften mit einer Geschicklichkeit über Lichtungen, von der er wusste, dass sein Vater mit hämischem Vergnügen darüber gelächelt hätte. Schließlich hielten sie inne und benutzten eine zerbröckelnde Steinmauer als Schutzschild, um das Cottage genau beobachten zu können.

»Ich sehe nichts«, sagte Gregor. »Habe auch auf dem ganzen Weg hierher nichts gesehen.«

»Ich auch nicht, die Grays waren aber nie sonderlich gut im Verstecken.«

»Nein, und wenn sie sich so gut versteckt hätten, dass wir sie übersehen hätten, wären wir inzwischen tot oder gefangen.«

Ewan fuhr zusammen, als ein gebeugter, weißhaariger Mann aus dem Cottage kam. Er ließ die Tür hinter sich weit offen stehen, und Ewan konnte darin keine Menschenseele sehen. Es war ein derart kleines Cottage, dass man sie mühelos entdeckt hätte, denn es gab keine weiteren Räume, in denen man hätte lauern können, nur einen großen Raum und eine Schlafecke. Dieses Cottage hatte auch keinen Dachboden, auf dem man sich hätte verstecken können.

»Der alte Robbie benimmt sich nicht so, als ob da etwas nicht stimmt, und drinnen sehe ich niemanden außer der alten Frau. Ich glaube, am Tisch sitzt ein Kind, aber es ist zu dunkel, um mir sicher zu sein«, berichtete Gregor. »Sollen wir noch eine Weile warten oder gehen?«

»Gehen. Hier ist niemand außer dem alten Robbie und seiner Frau.« Ewan stand auf, zögerte aber.

»Hast du deine Meinung geändert?«

»Nein, ich muss gehen, nicht wahr? Ich habe mich nur gewappnet. Das Problem ist, dass mir eigentlich lieber wäre, es würde kein Kind existieren, aber jetzt, wo sich die Idee in meinem Kopf festgesetzt hat, bin ich vielleicht enttäuscht, wenn da keines ist.«

»Ich glaube, ich verstehe dich.« Gregor kletterte über die Mauer und hielt aufs Cottage zu. »Es gibt nur eine Möglichkeit, die Sache zu klären.« Er grüßte den alten Robbie, als er sich ihm näherte.

Ewan atmete tief durch, um sich zu sammeln, und folgte Gregor. Als er den Mann grüßte, spürte er, wie sich sein Magen in banger Erwartung zusammenzog. Der alte Robbie sah ihn kurz an und nickte, als ob er eben eine Antwort auf eine Frage erhalten hätte. Ewan wusste, dass diese Frage die Vaterschaft für das Kind im Cottage betroffen hatte. Er straffte den Rücken und folgte dem alten Mann ins Cottage.

»Da ist er«, sagte der alte Robbie und zeigte mit einem krummen, schmutzigen Finger auf einen kleinen Jungen, der am Tisch saß und einen Haferkeks aß.

Es brauchte nur einen Blick, und Ewan stieß im Stillen einen Fluch aus. Er ging zum Tisch und setzte sich dem Jungen gegenüber auf die Bank. Dessen Augen schauten ihn starr aus einem Gesicht an, das Helenas Schönheit besaß und dabei doch genug von seinen eigenen Zügen aufwies, um den Jungen nicht allzu gut aussehen zu lassen. Volles schwarzes Haar hing dem Kind über die schmalen Schultern und verriet ebenfalls den MacFingal in ihm.

Eine Fülle von Gefühlsbewegungen bestürmte Ewan. Dankbar nahm er den Krug mit Bier, den der alte Robbie vor ihn hinstellte, und trank einen großen Schluck, um sich zu beruhigen. Da war Wut, heftig und glühend, geboren aus Helenas Lügen. Sie hätte ihn von dem Kind benachrichtigen, hätte den Jungen schon vor Jahren zu ihm schicken müssen. Jetzt war dieses Kind mehr als sieben Jahre alt und starrte ihn mit einem Misstrauen an, das Ewans Herz verletzte. Da war auch Weichheit, die in ihm aufstieg, wenn er dieses Kind ansah, das aus seinem Samen gezeugt worden war und ebenso Teil von ihm war wie sein eigener Arm oder sein eigenes Bein. Darunter lastete Sorge. Wie sollte er es Fiona beibringen? Wie sollte er sein Kind nach Hause bringen?

»Wie heißt du, Junge?«, fragte er, während Gregor sich als Wache an die Tür stellte.

»Jungchen.«

»Bist du dir sicher? Das ist ein ungewöhnlicher Name. Gibt es noch einen Namen, bei dem dich die Leute rufen?«

»Bastard.« Er warf einen Blick auf das alte Paar. »Sie nennen mich Jungchen. Das gefällt mir besser als Bastard.«

In Ewan wallte eine solche Wut auf, dass er mehrmals tief durchatmen musste, um sie zu verdrängen. Er konnte hören, wie Gregor hinter ihm Verwünschungen ausstieß. Der nervöse Blick, mit dem ihn der Junge betrachtete, verriet Ewan, dass sein Zorn noch immer deutlich zu sehen war, und er rang heftiger darum, ihn zu unterdrücken. Später würde er ihm freien Lauf lassen und ihn dorthin zielen, wo er hingehörte.

»Wir müssen einen anderen Namen für dich finden. Weißt du, ob du getauft bist?«

»Nein, bin ich nicht. Ich habe gehört, wie Leute darüber gesprochen haben. Ich bin ohne den Segen der Kirche und werde zur Hölle fahren und kann nicht in heiliger Erde begraben werden und der Teufel wird meine Seele holen, wenn er es nicht schon getan hat, und …«

»Bitte, Junge. Nichts mehr davon. Es ist genug. Mehr als genug«, fügte Ewan flüsternd hinzu, bevor er dem Jungen in die Augen schaute. »Ich bin Ewan MacFingal, Laird of Scarglas. Sagt dir der Name etwas?«

Der Junge nickte. »Du bist der Mann, den meine Mutter hasst.« Er legte die Stirn in Falten. »Ich glaube, eine Menge Leute hassen dich. Hugh tut es auch.«

»Das macht mir keinen Kummer. Junge, ich bin dein Vater.« Er saß geduldig da, während der Junge ihn eingehend musterte, wobei diese allzu bekannten Augen langsam größer und größer wurden.

»Du siehst aus wie ich.«

»Ja, das tu ich, obwohl du besser aussiehst. Der Mann an der Tür ist dein Onkel Gregor.«

»Meine Mutter hat gesagt, dass es eine Menge von euch verfluchten MacFingals gibt.«

»Die gibt es. Hat dir deine Mutter auch gesagt, warum sie dich zu mir geschickt hat?« Er sah, wie dem Jungen die Tränen in die Augen stiegen, und wäre fast zu ihm gegangen. Doch Kate, die Frau des alten Robbie, war zuerst da, und Ewan fand, dass es so wohl besser war. Er war für den Jungen ein völlig Fremder.

»Meine Mutter hat gesagt, dass sie mich ziemlich satt hat«, flüsterte der Junge. »Ich habe vorgeschlagen, dass ich gehen und bei Mary bleiben könnte, die mich mag. Aber meine Mutter hat gesagt, sie will mich überhaupt nicht mehr um sich haben und will mich irgendwo hinschicken, wo sie mich nie mehr sehen muss.«

»Ich habe ihn gestern im Morgengrauen auf meiner Türschwelle gefunden«, warf der alte Robbie ein. »Nur ihn, eine dünne Decke und den Zettel. Kate und ich können nicht lesen, also haben wir nicht gewusst, was wir mit dem Jungen machen sollen. Dann hat er ein bisschen davon gelesen, als wir ihn abends ins Bett gebracht haben, und da haben wir erfahren, wo er hinmuss. Hab den Jungen über den Berg geführt, damit er Euch den Zettel bringt.«

»Du kannst also ein bisschen lesen, ja?«, fragte Ewan den Jungen.

»Ein bisschen. Mary hat es mir beigebracht.«

»Wer ist Mary?«

»Hughs jüngste Schwester. Er mag sie auch nicht. Sie hinkt, wisst Ihr, weil er sie einmal die Treppen hinuntergestoßen und sie sich das Bein kaputt gemacht hat. Ich habe ihr gesagt, dass es mir leid für sie tut, aber sie hat mir gesagt, dass es das nicht tun muss, weil sie sich nur das Bein gebrochen hat. Wisst Ihr, sie hätte sich den Hals brechen können.«

Hölle, dachte Ewan. Sein Kind hatte sieben Jahre in der Hölle zugebracht. Die Grays waren weitaus schlimmer, als er sich jemals vorgestellt hatte. Er fragte sich, ob manche von ihnen nicht dankbar dafür wären, wenn er sie von ihrem Herrn befreien würde, wozu er voll und ganz die Absicht hatte. Wenn schon sonst nichts möglich wäre, würde er der freundlichen Mary wenigstens ein Geschenk machen.

»Gehe ich mit Euch?«, fragte der Junge.

Ewan verzog das Gesicht. »Nicht heute. Junge, du stellst für mich eine Überraschung dar. Deine Mutter hat mir nie etwas von dir erzählt. Ich war mir nicht sicher, ob du wirklich hier bist und wirklich mein Sohn bist. Jetzt bin ich es, und ich muss auf Scarglas reiten und deine Ankunft vorbereiten.«

»Und Euch einen Namen für mich ausdenken?«

»Ja, du wirst einen Namen erhalten, und wir werden uns darum kümmern, dass du getauft wirst.«

Die Augen des Jungen wurden groß, in ihnen lag der Hauch einer aufkeimenden Hoffnung. »Darf ich drinnen schlafen?«

»Ja«, bestätigte Ewan, den es nicht überraschte, dass seine Stimme belegt klang, denn er war nahe daran, unmännlich in Tränen auszubrechen. »Bald, Junge. Ich verspreche dir, dass es bald so weit ist.«

Nachdem er dem alten Ehepaar versichert hatte, dass er ihnen ein paar Vorräte schicken würde, berührte Ewan den Kopf des Jungen und flüchtete aus dem Cottage. Er konnte hören, wie Gregor mit ihm Schritt hielt, als er beinahe auf den Wald zurannte. Sobald er sich im Schutz der Bäume befand, blieb er stehen. Er stemmte die Hände in die Hüften und schaute in die flüchtigen Sonnenstrahlen, die durch die Blätter fielen, während er darum kämpfte, die Gefühle, die ihn innerlich zerrissen, und den Drang, Helena und Hugh auf der Stelle zu verfolgen und umzubringen, unter Kontrolle zu bringen.

»Du kannst sie jetzt nicht umbringen«, warf Gregor ein, als er sich an einen Baumstamm lehnte und Ewan prüfend anschaute.

Verblüfft darüber, wie gut Gregor seine Gedanken gelesen hatte, sah Ewan seinen Bruder an. »Sie hat ihm nicht einmal einen Namen gegeben. Wie kann eine Frau ein Kind zur Welt bringen und ihm nicht einmal einen Namen geben?«

»Nun, wir wissen alle, dass Helena eine Schlampe ist, mit einem kalten Herzen und voller Heimtücke. Ewan, du kannst dich wegen dem, was geschehen ist, nicht in Stücke reißen. Alles, was du tun kannst, ist, es jetzt besser zu machen. Und natürlich eine Möglichkeit zu finden, Hugh und Helena zu töten.« Gregor schnitt eine Grimasse. »Ich schrecke zusammen, wenn ich von der Tötung einer Frau spreche, aber guter Gott, bei ihr ist es nötig.«

»Wer würde Laird werden, wenn Hugh stirbt?«

»Ich glaube, der nächste Sohn ist ein Junge namens Wallace. Warum?«

»Ich muss über ihn herausfinden, was herauszufinden ist. Hugh ist ein toter Mann. Es ist nur eine Frage der Zeit. Aber ich frage mich, ob das unseren Problemen mit den Grays wirklich ein Ende macht, ob wir, nachdem dieser Mistkerl tot ist, vielleicht in der Lage sein könnten, Frieden mit dem neuen Laird zu schließen? Hugh hat keine eigenen Söhne?«

»Keine, von denen ich etwas gehört hätte. Weißt du, dass er Helena geheiratet hat?« Ewan nickte und Gregor fuhr fort. »Ob dein Sohn deshalb so schlecht behandelt wurde? Nach allem, was ich gehört habe, hat sie ihm kein Kind geschenkt. Nicht ein einziges, geschweige denn den Sohn, nach dem er sich verzehrt.«

Ewan machte sich auf den Weg zu der Stelle, wo sie ihre Pferde gelassen hatten. »Es ist an der Zeit, über unseren Feind alles herauszufinden, was wir nur können. Da seine Schwester Mary eine gute Frau zu sein scheint, stellt sich die Frage, ob die Fäulnis so tief geht, wie wir dachten, oder ob es all die Jahre in erster Linie Hugh war, gegen den wir kämpften. Ich weiß, dass sein Vater verärgert über den Verlust von Scarglas war, aber ich kann mich nicht erinnern, dass es in jenen frühen Jahren viele Kämpfe zwischen den Grays und uns gegeben hätte.«

»Du könntest recht haben. Am besten redest du mit unserem Vater. Ich weiß nur, dass die Auseinandersetzungen mit den Grays tödlich und fast unerbittlich sind, seit Hugh begann, sie zu führen. Als das geschah, war ich noch ein bartloser Knabe. Hier und dort kamen mir ein paar Gerüchte zu Ohren, mehr aber nicht. Wenn ich allerdings jetzt darüber nachdenke, meine ich, dass das Massaker damals, bei dem so viele ihrer Frauen und auch Männer umgekommen sind, erst stattgefunden hat, nachdem Hugh Laird geworden ist. Ich glaube, dieser Mann weckt größeren Hass und Ärger, als unser Vater es jemals könnte.«

»Ganz gewiss hat er das in mir geweckt«, sagte Ewan. »Wir haben ihn in erster Linie bekämpft, um unser Leben und unser Land zu verteidigen. Jetzt will ich ihn vernichten. Der erste Schritt dazu ist, alles herauszufinden, was wir über die Grays nur herausfinden können.«

»Einverstanden. Und was hast du mit deinem Sohn vor? Du hast ihm versprochen, dass er auf Scarglas gebracht wird.«

»Ich werde dieses Versprechen halten, aber ich brauche Zeit. Es ist nicht einfach, so etwas seiner Frau beizubringen. Ich muss es richtig angehen, und sei es nur um das Wohl des Kindes willen. Wenn ich ihn auf Scarglas bringe, möchte ich, dass er willkommen geheißen wird, ich möchte, dass Fiona ihn da haben und seine Mutter werden will. Ich denke, dass sie ihn akzeptieren wird, aber wenn die Geschichte erstmal heraus ist …« Er zuckte mit den Schultern, seine Gedanken waren viel zu verworren, um in Worte gefasst zu werden.

»Ich glaube, du machst dir umsonst Sorgen, aber richtig, es ist eine Angelegenheit, die langsam und behutsam angegangen werden muss. Der alte Robbie und Kate werden ihn gut und freundlich behandeln. Aber du musst dich dem Cottage immer vorsichtig nähern. Es könnte doch noch eine Falle auf dich warten.«

Ewan nickte, als sie bei den Pferden ankamen, und stieg schnell auf. »Im Moment muss das ein Geheimnis bleiben. Zwischen dir und mir, in Ordnung?«

»Ja«, stimmte Gregor zu. Er stieg auf, und sie ritten auf Scarglas. »Deiner Angelegenheit würde es ganz bestimmt nicht dienlich sein, wenn Fiona von dem Jungen hört, bevor du es ihr erzählt hast. Ewan, warte bitte nicht zu lange. Das Cottage liegt zwar nicht so nah bei der Burg, aber es könnte leicht etwas von dort bis vor unsere Tore dringen.«

Diese Möglichkeit beunruhigte Ewan noch immer, als er sich nachts in ihrem Schlafgemach zu Fiona gesellte. Seit seiner Rückkehr aus dem Cottage war er ihr aus dem Weg gegangen, hatte sich bemüht, Ordnung in seine Gedanken und Gefühle zu bringen und sich seine Vorgehensweise auszudenken. Vermutlich hatte sie seine sonderbare Stimmung, seine geistige Abwesenheit gespürt, denn sie beobachtete ihn aufmerksam.

Und sie war nicht die Einzige, dachte er mit einem innerlichen Stirnrunzeln. Sein Cousin Sigimor hatte ebenfalls angefangen, ihn aufmerksam zu beobachten. Dieser Mann besaß einen unbequem scharfen Verstand und scharfe Augen. Zudem stellte sich heraus, dass er, Ewan, Geheimnisse nicht sonderlich gut verbergen konnte, schon gar nicht so belastende wie dieses hier. Er musste sich bald etwas einfallen lassen.

Fiona löste ihren Zopf, und Ewan ging zu ihr, um die Aufgabe des Ausbürstens zu übernehmen. Sie war so wichtig für ihn geworden, so sehr Teil seines Lebens und seiner ganzen Zukunft. Etwas in ihm hätte am liebsten gefragt, was sie für ihn empfand, aber er war ein Feigling. Falls sie die Worte, die er von ihr hören wollte, nicht sagte, würde es ihn ins Herz treffen, und vor einer solchen Verheißung von Schmerz scheute er zurück. Doch dass er es nicht wusste, machte das Problem, vor dem er stand, nur noch verwickelter. Ihm war einfach nicht klar, wie sie die Neuigkeit über seinen Sohn aufnehmen würde oder ob sie tief genug für ihn empfand, um die ganze Angelegenheit nicht zu einem hinreichenden Grund für ihren Rückzug werden zu lassen.

»Brauen sich da etwa Schwierigkeiten zusammen, Ewan?«,

fragte Fiona, als er die Bürste beiseitelegte und sie zu ihrem Bett führte. »Du scheinst tief in Gedanken versunken zu sein.«

»Es hat hier so viele Änderungen gegeben, Mädchen, dass ich ziemlich oft in Gedanken versunken bin.«

»Gute Änderungen.« Sie kletterte ins Bett und schlüpfte schnell in seine Umarmung, als er sich neben sie legte. »Es wurde eine Menge erreicht.«

»Eine Menge, in der Tat, und alles ist begrüßenswert. Mein Vater scheint sich ebenfalls zum Besseren zu entwickeln. Mir fiel außerdem auf, dass jetzt für einige meiner Brüder die Möglichkeit besteht, etwas Besseres zu tun, als hierzubleiben und kaum mehr zu sein als ein bewaffneter Gefolgsmann.« Er küsste ihren Hals und genoss ihr leises, wohliges Murmeln. »Es ist nur so, dass es dadurch auch eine Menge gibt, das man erst akzeptieren muss. Wir sind von Einzelgängern zu Besitzern von Bündnispartnern geworden. Das habe ich mir schon so lange gewünscht, dass ich kaum glauben kann, dass mein Wunsch endlich in Erfüllung ging.«

Er hob ihr Gesicht zu seinem und küsste sie. Schnell wurde seine eigene Leidenschaft durch ihre schnelle Antwort auf seinen Kuss, auf seine Berührung angefeuert. Das war es, was er Angst hatte zu verlieren. Das hier war die Stelle, von der er fürchtete, dass die Kälte der Wut einsickern könnte. Schon der bloße Gedanke daran, dass so etwas geschehen könnte, ließ ihn verzweifeln, und sein Liebesspiel wurde wilder.

Ewan zog ihr das Nachthemd aus und drängte sie auf den Rücken. Dass sie errötete, während er sie eingehend betrachtete, überging er. Ihre Schönheit ließ ihm den Atem stocken, und der ängstliche Teil seines Selbst fragte, wie lange er wohl mit diesem Genuss noch gesegnet wäre. Der drohende Verlust ihrer so großzügig geschenkten Leidenschaft weckte in ihm das Bedürfnis, ihr ein Zeichen zu hinterlassen, eine stürmische Erinnerung an Hitze und Hunger, eine Erinnerung, die es ihr unmöglich machen würde, seiner Berührung gegenüber abzukühlen.

Er küsste sie, fing sanft ihre Handgelenke mit seinen Händen ein und drückte sie auf das Bett. Bevor die Nacht sich ihrem Ende neigte, wollte er sie in seiner Leidenschaft ersticken, sie so gesättigt zurücklassen, dass sie nicht einmal mehr mit der Zehe zucken konnte. Die Leidenschaft, die sie füreinander empfanden, war das Einzige, dessen er sich sicher war, und er hatte die Absicht, sie voll und ganz einzusetzen.

Fiona rang um Luft, als er seine Küsse ihren Brüsten zuwandte, ihre Brustwarzen mit der Zunge streichelte und sie mit leichten Küssen umkreiste, bis sie sich unter ihm krümmte. Heute Nacht schwang in seinem Liebesspiel etwas geringfügig anderes mit, ein Hauch von Entschiedenheit, ja sogar Verzweiflung. Doch als er ihr endlich das schenkte, wonach sie sich sehnte, und ihre schmerzende Brustwarze tief in seinen Mund sog, um in einem folternden Rhythmus daran zu saugen, beschloss sie, sich später Gedanken über seine Stimmung zu machen. Was auch immer in seinem Kopf und Herzen umgehen mochte, die Wonnen, die Genüsse, die er ihr verschaffte, waren viel zu köstlich, um ihn mit Fragen und Bedenken über das Warum zu unterbrechen.

»Ach Mädchen, du schmeckst wie die süßeste aller Honigsorten«, murmelte er, während er sich mit Küssen seinen Weg zu ihrem seidenweichen Bauch hinunterbahnte. »Ein Mann kann sich an dir betrinken.«

»Lass mich dich berühren, Ewan«, flehte sie.

»Nein, dieses Mal nicht. Du berührst mich, und die wenige Selbstbeherrschung, die ich habe, schwindet unter diesen kleinen, zarten Händen dahin.«

Ihre Augen wurden groß, als er die Löckchen zwischen ihren Oberschenkeln küsste. Sie versuchte, ihre Beine zusammenzupressen, aber seine breiten Schultern unterbanden ihr Zurückweichen. Für einen Augenblick hielt sie sich vor Betroffenheit sehr ruhig, aber mit jeder Bewegung seiner Zunge ließ diese nach, niedergerungen von der Leidenschaft, während er sie mit Mund und Zunge liebte. Mit einem leisen Aufschrei der Hingabe und des Begehrens öffnete sie sich dieser neuen Intimität.

»Ewan«, rief sie, als sie spürte, wie ihre Erlösung ihr Inneres zusammenzog.

»Nein, still, Mädchen, schenke mir das.«

Sie tat es mit einem schrillen Aufschrei. Noch keuchte sie vor lauter Erstaunen, als er schon begann, sich ihren Körper hochzuküssen. Die erste Berührung seiner Lippen auf ihren Brüsten weckte, sehr zu ihrem Erstaunen, ihr Verlangen zu neuem Leben. Sie schlang ihre Gliedmaßen um ihn, als er ihre Körper vereinte. Eine Weile bewegte er sich fast zart in ihr, doch dann wurde ihr gegenseitiges Verlangen füreinander zu groß für solche Sanftheit. Bevor er sie beide zu den Gipfeln führte, die sie suchten, war ihr letzter klarer Gedanke, dass Ewan, der behauptete, wenig Erfahrung zu besitzen, sich als ein Liebhaber erwies, der sie mühelos mit seiner Leidenschaft hätte töten können.

Geschwächt streichelte Fiona Ewans Rücken, als er ausgestreckt in ihren Armen lag. Sie überlegte sich, dass es wahrscheinlich Tage dauern würde, bis sie sich von diesem Liebesspiel erholt hatte, dann lächelte sie. Nach einer kleinen Schlafpause, das wusste sie, würde sie wieder mehr als bereit für ihn sein, und er konnte den Versuch unternehmen, sie vor Verlangen zum Wahnsinn zu treiben, wenn er dazu in der Stimmung war.

Trotzdem war sie froh, dass er sie nicht ansah. Sie bedurfte einiger Zeit, um die Verlegenheit zu ersticken, die sie bei der Erinnerung an das, was er getan hatte, an die innige Intimität seines Kusses, befiel. Fiona wusste, dass es töricht war, einen solchen Anfall von Keuschheit zu erleiden. Sie spürte nichts davon, wenn sie ihn mit dem Mund liebte, und er wurde ganz bestimmt nicht rot oder verbarg danach sein Gesicht. Es stand außer Frage, dass sie Gefallen daran gefunden hatte, und wenn es ihm genauso ergangen war, würde sie lernen, nicht den flüchtigsten Widerstand, der sie heimsuchte, zu erdulden, noch würde sie ihn damit beschweren, nach dem Ende des Liebesakts ihre zartbesaitete Empfindsamkeit beschwichtigen zu müssen.

Sie stellte fest, dass er eingeschlafen war, und ein feines Lächeln umspielte ihre Lippen. Sie ertappte sich dabei, wie sie sich erneut Gedanken über die befremdliche Stimmung machte, in der er sich seit der Rückkehr von seinem Ausritt mit Gregor befand. Etwas belastete ihn, dessen war sie sich sicher. Fiona wünschte, er würde es mit ihr teilen, würde ihr erlauben, dieses Problem, was immer es auch sein mochte, worüber er sich Sorgen machte, zusammen mit ihm zu lösen, aber er würde es nicht tun. Es tat weh, aber sie sagte sich, dass sie es sich nicht zu Herzen nehmen dürfe. Ewan hatte viel zu lange mit seinen Problemen und seiner Verantwortung allein fertig werden müssen, um plötzlich damit anzufangen, sie offen mit seiner noch immer recht frisch angetrauten Ehefrau zu besprechen. Sie würde die Augen offen halten und warten, würde nach einer Möglichkeit Ausschau halten, ihm zu helfen. Fiona küsste ihn auf die Haare und gelobte, geduldig zu sein. Es mochte nicht schaden zu beten, dass dieses Problem, was auch immer es sein mochte, ohne Blutvergießen gelöst werden könnte.

18

Ewan stand am Fuß des Bettes, schnürte sein Wams zu und beobachtete Fiona im Schlaf. Sie sah erschöpft aus, und er fühlte sich einerseits schuldig an diesem Umstand, war andererseits aber auch froh darüber. Die vergangenen drei Nächte hatte er sein Bestes gegeben, um sie bis zur Besinnungslosigkeit zu lieben. Noch immer war er erstaunt darüber, dass er schließlich gelernt hatte, seine Leidenschaft für sie ein Stück weit unter Kontrolle zu bringen, und auch erstaunt über seinen Einfallsreichtum. Falls Fionas Lustschreie ein Maßstab waren, wurde er allmählich zu einem vollendeten Liebhaber, zumindest in ihren Augen, und das war das Einzige, was zählte. Ewan wünschte sich nur, seine Beweggründe für diese Anstrengungen und Erfolge wären nicht teilweise darauf zurückzuführen gewesen, dass er ein Geheimnis vor ihr verbergen wollte, bis er sich ihrer sicherer war.

Als er das Gemach verließ, kam er zu dem Schluss, dass es falsch war. Auf gewisse Weise versuchte er, sie abhängig von ihm zu machen und dazu ihr eigenes Verlangen zu benutzen. Das war nicht nur falsch, sondern konnte sich auch als unmöglich erweisen. Nach allem, was er im Laufe der Jahre gesehen hatte, waren nicht die Frauen diejenigen, die man mittels Leidenschaft leicht abhängig machen konnte. Es waren die Männer. Frauen wurden von ihren Herzen gelenkt. Sich mit ihr zu lieben, bis sie nicht mehr laufen konnte, war nicht der Weg, der in Fionas Herz führte. Wenigstens nicht der alleinige. Das Problem war nur, dass er keine Vorstellung davon hatte, wie er eine Frau dazu bringen konnte, ihn zu lieben.

Er hielt am Treppenabsatz inne und überlegte sich, ins Schlafgemach zurückzukehren und Fiona einfach zu fragen, was sie für ihn empfinde. Dies hatte er früher schon ein paar Mal in Erwägung gezogen. Doch dann wandte er sich, wie ebenfalls schon früher, feige ab. Um eine solche Leidenschaft zu empfinden, musste sie ihn in gewisser Hinsicht sehr gerne mögen, das war ihm bewusst, aber er wollte aus ihrem Mund nicht nur einfühlsame Worte der Zuneigung vernehmen. Denn diese würden ihn ebenso tief verletzen wie etwa das Bekenntnis, dass sie überhaupt keine wirkliche Zuneigung für ihn empfinde.

Mit einem Kopfschütteln über seine eigene Feigheit und Verwirrtheit eilte Ewan die Treppe zur großen Halle hinunter. Er würde essen und danach losziehen, um seinen Sohn zu holen. Schließlich konnte er sich nicht ewig zum Cottage hinüberschleichen, um seinen Sohn zu sehen. Jetzt machte er es erst seit drei Tagen, und die Leute begegneten ihm schon misstrauisch. Solche Heimlichtuerei sah ihm nicht ähnlich, so war es kaum verwunderlich, dass es aufgefallen war und die Neugierde vieler weckte.

Eine Stunde später, Gregor hatte er nicht finden können, machte sich Ewan allein auf den Weg zum Cottage. Während all der Zeit, in der er dort hin- und davon zurückgeritten war, hatte es keinerlei Hinweise auf die Grays gegeben. Es schien, als hätte Helena genau das gemacht, was sie gesagt hatte – sie hatte ihm ihr gemeinsames Kind überlassen. Trotzdem folgte er dem Ritual, das Gregor und er eingeführt hatten, ließ sein Pferd am selben Ort zurück wie schon zuvor und ging den restlichen Weg zum Cottage zu Fuß.

Mit jedem Schritt, den er machte, überlegte er sich, wie er Fiona sein Kind präsentieren sollte. Das Beste wäre gewesen, wenn er sie auf den Jungen vorbereitet hätte, aber jedes Mal, wenn er den Mund aufgetan hatte, um etwas zu sagen, kamen keine Worte dabei heraus. Jetzt war ihm die Zeit davongelaufen. Er würde es unumwunden und direkt machen und auf das Beste hoffen.

Der alte Robbie antwortete auf sein Klopfen an der Tür,

und Ewan betrat das Cottage. Sein Herz tat einen befremdlichen, schmerzlichen Sprung in seiner Brust, als der Junge von seiner Schüssel mit Haferbrei aufschaute und ihn anlächelte. Wieder schimmerte ein schwacher Hoffnungsfunke in seinen Augen, und Ewan spürte, dass er den Jungen heute mit auf Scarglas genommen hätte, hätte er es nicht sowieso vorgehabt. Er konnte diese Hoffnung nicht noch einmal dämpfen.

»Habt Ihr Euch einen Namen für mich ausgedacht?«, fragte der Junge Ewan, der sich ihm gegenübersetzte.

Ewan schüttelte den Kopf, als Kate ihm wortlos etwas Haferbrei anbot, nahm aber dankend den Krug mit kaltem Apfelmost an, den sie vor ihn hinstellte. »Ich habe über verschiedene nachgedacht, entschloss mich aber, dass wir warten, bis wir auf Scarglas sind. Fiona sollte, wie ich finde, ein Wort mitreden dürfen.«

»Seid Ihr Euch sicher, dass sie mich mögen wird?«

»Ja, es wird ihr keine Probleme bereiten, dich aufzunehmen. Das Mädchen hat ein gutes Herz.« *Sie scheint nur abgeneigt zu sein, es in die Hände ihres Ehemannes zu legen,* grübelte er.

»Habt Ihr ihr alles über mich erzählt?«

»Äh, nein. Mach dir also keine Sorgen, wenn sie sich überrascht oder so benimmt. Sie könnte auch wütend sein, aber auf mich, nicht auf dich. Denke daran.«

»Vielleicht solltet Ihr ihr erst von mir erzählen?«

»Das habe ich versucht, Junge. Es ist nicht leicht, und du musst wissen, dass ich nicht gut mit Worten umgehen kann. Es ist nichts, was man einer Ehefrau so einfach erzählen kann. Das wirst du noch gut verstehen, wenn du älter bist.« Ewan hob die Augenbrauen und schmunzelte schließlich, als der alte Robbie lachte.

Dann hörte er etwas ganz anderes. Ein Geräusch, bei dem sich ihm die Nackenhaare aufstellten. Er sprang gerade auf die Füße, als auch schon die Tür zum Cottage aufgetreten wurde. Kate schrie auf und der alte Robbie schlang den Arm um sie und zerrte sie mit sich in eine Ecke beim Herd. Ewan zog sein

Schwert und stellte sich zwischen die bewaffneten Männer und seinen Sohn.

Es war also doch eine Falle gewesen. Die Grays hatten seinen Sohn als Köder dafür benützt und dann mit einer Geduld abgewartet, die sie bisher äußerst selten an den Tag gelegt hatten. Weil er überzeugt war, dass Gregor und er an jenem ersten Tag, an dem sie hergekommen waren, nichts übersehen hatten, hatten die Grays den Jungen offensichtlich zurückgelassen, waren gegangen und in der Hoffnung weggeblieben, dass sie seinen Argwohn einschläfern würden. Es hatte funktioniert. Als kein Angriff erfolgt war, als kein Feind gesichtet worden war, hatten Gregor und er in ihrer Wachsamkeit nachgelassen und ihren eigenen Rat in den Wind geschlagen. Nun saß er fest, als einziger bewaffneter Mann zwischen den Grays und drei hilflosen Menschen.

Ein Mann bahnte sich seinen Weg durch die anderen, die sich an der Tür drängten, und Ewans Gedärme zogen sich vor Wut zusammen, als seinem Sohn ein leises Wimmern entkam. Hugh, der Laird der Grays, war gut einen halben Kopf kleiner als Ewan, aber sein Körper strotzte vor Muskeln. Sein breites Gesicht war vermutlich recht ansehnlich, aber Ewan fragte sich, was Helena wohl so unwiderstehlich daran finden mochte. Haselnussbraune Augen, nussbraunes Haar und etwas alltägliche Gesichtszüge schienen zu einem Rohling wie Hugh nur schlecht zu passen. Allerdings war da etwas in den Augen dieses Mannes und in seinem Lächeln, das einen Menschen warnte. Im Augenblick bestand das Lächeln aus einem einzigen kalten Triumph und aus Vorfreude.

»Konntet dem Jungen nicht widerstehen, oder?«, sagte Hugh.

Ewan zuckte die Schultern. »Er ist meiner.«

»Ja, jeder Dummkopf kann sehen, dass er ein dreckiger MacFingal ist.«

»Es macht mich neugierig, warum Ihr ihn so lange bei Euch behalten habt, wenn er Euch so belastet hat.«

»Dachte mir, der kleine Bastard könnte eines Tages nützlich werden, und so war es auch.«

Am meisten brachte Ewan die Tatsache auf, dass er, sofern kein Wunder geschah, keine Möglichkeit haben würde, diesen Mann zur Strecke zu bringen. »Das war ein höchst angenehmer Besuch«, entgegnete er ironisch, »aber ich muss mich jetzt auf den Weg machen.«

»Oh, verderbt mir nicht den Spaß. Solltet Ihr einen Schritt in Richtung dieser kleinen Tür machen, muss ich Euch töten – schnell –, und das war ganz und gar nicht meine Absicht. Warum also legt Ihr nicht einfach Euer Schwert ab?«

»Und warum sollte ich das tun?« Ewan fluchte, als einer von Hughs Männern sich bewegte und Kate ein Schwert an die Kehle hielt. »Ihr würdet eine alte Frau umbringen, die Euch niemals etwas zuleide getan hat?«

»Ja.«

Ewan blieb keine andere Wahl. Wenn er weiterhin widersprach, würde Hugh Kate und den alten Robbie töten. Dieser Mann mochte seine grausame Aufmerksamkeit vielleicht sogar dem Jungen zuwenden. Zwar bestand keine Garantie, dass er sie nicht sowieso alle beseitigte, aber Ewan konnte nicht die Chance verspielen, dass sein Opfer sie vielleicht am Leben erhielt. Er warf Hugh sein Schwert vor die Füße.

Dieser kicherte und gab zwei von seinen Männern das Zeichen, Ewan zu ergreifen. Während sie ihn ins Freie zerrten, tröstete er sich damit, dass Hugh das alte Ehepaar und den Jungen zu vergessen schien. Selbst seine Männer drehten ihnen den Rücken zu und ließen sie allein im Cottage zurück. Er hoffte, dass sie es sich zunutze machen und entschlüpfen konnten. Sobald er sich auf der Lichtung vor dem kleinen Cottage befand, fiel Ewans Blick auf einen großen, massiven Pfosten, den man errichtet hatte. Daneben stand, mit süßem Lächeln, Helena.

***

Sigimor stieß eine Verwünschung aus, als er sah, wie Ewan ausgezogen und an den Pfosten gefesselt wurde. Seine Arme wurden ausgebreitet und am Querbalken, der auf der Spitze des Pfostens angenagelt war, festgebunden. Er hatte seinen Cousin drei Tage lang beobachtet und war zu dem Schluss gekommen, dass dieser Mann sich sonderbar verhielt. Aufgrund des etwas ungezügelten Charakters seines neu gefundenen Cousins hatte sich Sigimor gefragt, ob er eine Geliebte besaß. Das wäre eine Beleidigung für Fiona gewesen, die er nicht hätte hinnehmen können, weshalb er Ewan gefolgt war. Im Augenblick wäre es ihm erheblich lieber gewesen, wenn es sich um eine Frau gehandelt hätte.

Ein Geräusch in seinem Rücken ließ ihn zusammenfahren, und er legte seine Hand ans Schwert. Dann vernahm er den leisen Fluch einer Stimme, die er kannte. Als Gregor an ihm vorbeihasten wollte, streckte Sigimor einen Arm aus, packte den Jüngeren an der Brust und schlug ihn zu Boden. Er stellte sich so lange über Gregor, bis dieser wieder genug bei Atem war, um zornig zu ihm hochzusehen.

»Warum hast du das gemacht?«, fragte Gregor fordernd und rieb sich die Brust.

»Ich dachte, du würdest vielleicht den Wunsch verspüren, einen Augenblick innezuhalten und dir eine Taktik zu überlegen, bevor du davoneilst, um einer Gewinnchance von zehn zu eins gegenüberzustehen.«

Gregor fluchte, als er sich hochrappelte. »Ich kann Ewan nicht in den Händen dieses Schweinekerls Hugh lassen.« Als er zur Lichtung schaute, wurde er ein wenig blass. »Dieser Mann wird ihn bluten lassen.«

»Ja.« Sigimor runzelte die Stirn, als sein Blick auf eine Bewegung auf der Rückseite des Cottage fiel. »Du kannst nicht allein gegen alle diese Männer kämpfen. Selbst wenn ich dir meine Furcht einflößende Geschicklichkeit zur Verfügung stelle, stehen die Chancen noch immer zu schlecht. Wir müssen auf Scarglas zurückeilen und Hilfe holen.«

»Dann machen wir uns auf den Weg.« – »Einen Augenblick noch. Ich möchte sehen, wer da aus dem Cottage flieht.«

»Großer Gott, es sind der alte Robbie, seine Frau und der Junge.«

»Der Junge?«

Schnell erklärte Gregor ihm alles. »Wir dachten uns, dass es sich um eine Falle handeln könnte, aber die Tage vergingen und nichts ist geschehen.«

Sigimor nickte. »Sie warteten darauf, bis ihr es euch gemütlich gemacht habt und euch so sicher fühlt, wie man sich an diesem Ort nur sicher fühlen kann. Am ersten und vielleicht auch am zweiten Tag war wahrscheinlich niemand in der Nähe. Nach allem, was ich über die Grays gehört habe, ist das für ihre Verhältnisse ein bemerkenswert kluger Plan, den sie sich da ausgedacht haben.«

»Ja«, stimmte ihm Gregor zu. »Wir hätten auf die Idee kommen sollen, dass sie im Lauf der Jahre tatsächlich einmal schlauer werden könnten. Ich sehe, dass dieses Miststück Helena dort ist. Die ist genauso schlimm wie Hugh.«

»Sie wird bald genauso tot sein wie Hugh. Komm, diese Leute sind im Begriff, sich zu unserer Linken in den Wald zu schleichen. Wir holen sie und nehmen sie mit.«

»Ich hasse den Gedanken, Ewan zurückzulassen und zu wissen, dass er unter Hughs Händen leiden muss.«

»Leiden ist allemal besser als tot zu sein.«

»Er hat eine Geliebte.«

Mab reichte Fiona ein Leinentuch, damit sie sich die Tränen abwischen konnte, und ging zurück, um Lavendelkissen für die Wäschetruhen herzurichten. »Wieso kommt ihr auf den Gedanken, das Ewan eine Geliebte hat?«

Fiona betrachtete ihre Freundin mit gerunzelter Stirn und schnäuzte sich. Mabs Stimme mangelte es entschieden an Mitgefühl. »Die letzten drei Tage ist er irgendwohin verschwunden, und keiner weiß, wohin.«

»Wenn keiner weiß, wohin, wie könnt Ihr dann so sicher sein, dass er geht, um eine Frau zu treffen?«

»Warum sollte er sich denn sonst ohne die Bewachung, die er immer mit sich hat, wegschleichen?«

»Um die Bewachung loszuwerden?«

»Möglich«, gab Fiona zu, schüttelte dann aber den Kopf. »Nein, es ist mehr als das, mehr, als sich nur ein bisschen Freiraum für sich selbst zu verschaffen. Er ist so heimlichtuerisch.«

Mab lehnte sich an ihren Arbeitstisch, kreuzte die Arme über der Brust und sah Fiona an. »Das ist seltsam, und vielen Leuten ist es aufgefallen. Trotzdem seid Ihr die Einzige, die eine Frau für den Grund hält.«

»Das ist doch üblicherweise der Grund, wenn ein Mann anfängt, auf Zehenspitzen herumzugehen, Geheimnisse zu haben und stundenlang zu verschwinden, ohne dass jemand weiß, wo er ist.«

»Nicht hier. Die MacFingals machen kein Geheimnis aus ihrer, äh, Lüsternheit.«

»Die meisten von ihnen sind nicht verheiratet.«

»Fiona, ich glaube wirklich nicht, dass Ewan untreu ist. Ich verstehe nicht, wie Ihr auf diese Idee kommen könnt. War er in letzter Zeit weniger enthusiastisch im Bett?« Mab hob die Augenbrauen, als Fiona puterrot wurde. »Ich nehme an, dass es nicht so ist.«

»Mab, ich bin überzeugt, dass er ein Geheimnis hat. Etwas belastet ihn, etwas färbt auf eigenartige Weise seine Stimmung. Und, na ja, er ist *sehr* enthusiastisch geworden.«

»Ich würde doch annehmen, dass sein Enthusiasmus nachts etwas abnehmen würde, wenn er tagsüber stundenlang einem Mädchen dienlich ist. Selbst ein MacFingal braucht ab und zu eine Erholungspause.«

Obwohl Fiona erstaunt war, dass es ihr widerfuhr, wenn sie aufgeregt war, musste sie doch kichern. »Als wir heirateten, hat er gesagt, dass er mir treu sein würde.«

»Dann besucht er kein Mädchen. Ewan ist ein Mann, der zu

seinem Wort steht. Ich denke, Ihr seid im Augenblick einfach ein bisschen zu empfindlich, neigt zu Unruhe und zu Ängsten. Das ist wahrscheinlich das Kind. So was kann vorkommen.«

Fiona nickte langsam. Es war durchaus möglich, dass sie im Moment einem Übermaß an Gefühlsregungen erlag und Schwierigkeiten sah, wo keine waren. Zudem war es ihr keine Hilfe, dass sie ihren Mann hoffnungslos liebte, aber noch immer keinen Anhaltspunkt für seine Gefühle besaß.

»Ich habe versucht, mit Gregor darüber zu sprechen, aber er beherrscht es sehr gut, einem zu entkommen und außer Sichtweite zu bleiben.«

»Warum sollte Gregor denn etwas wissen, was kein anderer weiß?«

»Weil er derjenige ist, der sich mit Ewan davonschleicht.«

Mab verdrehte die Augen. »Hört Euch einmal selbst an, was Ihr sagt, Kind. Gregor begleitet Ewan. Glaubt Ihr wirklich, ein Mann würde seinen Bruder mitnehmen, wenn er loszieht, um seiner Geliebten einen Besuch abzustatten?«

»Ich bin dumm«, flüsterte Fiona nach einem Augenblick des Nachdenkens. »Es ist nur so, dass ich ihn so sehr liebe, ihn aber scheinbar nicht dazu bewegen kann, das Gleiche zu empfinden wie ich. Das macht mich blöd und ängstlich.«

»Das und die Schwangerschaft. Mädchen, warum sagt Ihr ihm nicht einfach, was Ihr fühlt?«

»Ich nehme an aus Stolz. Ich denke darüber nach, es zu tun, dann wieder denke ich darüber nach, wie ich mich fühlen würde, wenn ich mich offenbare, und er kann nicht das Gleiche von sich sagen. Mein Gott, das würde so wehtun. Und was ist, wenn er weiß, was ich empfinde, und sich dabei so unbehaglich fühlt, dass er anfängt, sich vor mir zurückzuziehen? Nicht dass er sich allerdings noch viel weiter zurückziehen könnte, als er es sowieso schon macht. Oh, ich rede nur Unsinn.«

»Ja, das tut ihr«, bestätigte ihr Mab. »Ich wünschte, ich könnte Euch einen Rat geben, etwas Weiblich-Kluges, das Ihr machen könnt, damit für Euch alles in Ordnung kommt, aber ich weiß mir keinen. Alles, was ich nach wie vor sagen kann, ist, dass er ein guter Mann ist und Ihr Geduld haben müsst. Ruft Euch einfach immer wieder ins Gedächtnis, was Ihr alles habt. Er ist treu, er ist leidenschaftlich, er achtet darauf, dass all Eure Wünsche erfüllt werden, er wird Euch beschützen und er wird Euch Kinder schenken. Das alles klingt nicht sehr warm und liebend, abgesehen von der Leidenschaft, aber es sind sehr wichtige Dinge.«

Fiona lächelte matt. »Ich weiß, ich habe mich eben einfach einer Schwäche hingegeben. Es ist nur so, dass ich weiß, dass er Sorgen hat, aber er sagt mir nicht, um was es sich handelt. Dann verschwindet er tagtäglich für eine Weile, und ab diesem Augenblick fange ich an, mir vorzustellen, wie er sich mit einer wollüstigen, vollbusigen Magd im Heidekraut herumwälzt.«

»Ich fürchte, die Wollüstigen sind immer vollbusig.« Mab lachte gemeinsam mit Fiona, schüttelte aber schließlich den Kopf. »Glaubt mir, Fiona. Vertraut ihm und liebt ihn und am Ende kommt alles in Ordnung.«

Fiona verließ die Kräuterhütte und ging zur Burg zurück, wobei sie sich versprach, sich mehrmals täglich Mabs Worte ins Gedächtnis zu rufen. Gillyanne war auch nicht in der Lage gewesen, Connors Herz sehr schnell zu gewinnen. Vermutlich hatte das Herz ihres Bruders schon lange in den Händen seiner Frau gelegen, bevor er es tatsächlich zugab. Wäre er nicht mit der Möglichkeit konfrontiert gewesen, sie zu verlieren, hätte Connor noch weitaus länger geschwiegen, als es der Fall war.

Und Ewan ist in vieler Hinsicht wie Connor, überlegte sie. Die gleiche harte Außenschale und ein weiches Inneres, das er sich bemüht, vor jedem verborgen zu halten. Ewan würde wahrscheinlich nie ein Mann der zärtlichen, charmanten Worte und offen gezeigten Zuneigung sein. Das würde sie akzeptieren müssen. Fiona wusste, dass es nicht so schwer sein würde, wenn er ihr wenigstens hin und wieder zuflüstern würde, dass er sie liebt.

Sie seufzte vor Begeisterung über das Bild eines Ewan, der

ihr Versprechen von unsterblicher Liebe ins Ohr flüsterte, als ein Alarmschrei von den Männern, die die Tore bewachten, erschallte. Ihre Augen weiteten sich, als sie beobachtete, wie Sigimor und Gregor in den Burghof galoppierten, zusammen mit einem älteren Paar, das sich verzweifelt auf einem dritten Pferd festhielt, und einem Jungen, der sich an Gregor klammerte. Dann erkannte sie das dritte Pferd, und ihr Herz blieb fast stehen.

Sobald Sigimor abgestiegen war, rannte sie zu ihm. »Ewan? Wo ist Ewan?«

Sigimor legte ihr den Arm um die Schultern und drückte sie leicht an sich. »Er ist am Leben, Mädchen, du kannst also deine Angst beiseitetun.«

»Warum habt Ihr dann sein Pferd ohne ihn zurückgebracht?«

»Weil er in eine Falle geraten ist, die die Grays ihm stellten«, antwortete Gregor. »Sigimor, du erklärst es ihr. Ich hole die Männer, die wir brauchen.«

Fiona heftete ihren Blick auf Sigimor, während Gregor davoneilte und Befehle schrie. »Erkläre.«

Mit jedem Wort, das er äußerte, wurden ihre Augen größer. Das war also das Problem, an dem Ewan die vergangenen Tage herumgekaut hatte. Helena, seine erste Liebe, war in sein Leben zurückgekehrt. Sie hatte ihm ein Kind geboren, ihm nie davon erzählt und ihm den Jungen nun in den Schoß geworfen. Und das alles war eine Falle gewesen, gestellt von Hugh und Helena Gray, zwei Menschen, die Ewan hassten. Es waren dieselben Menschen, die ihn schon einmal gefasst und gefoltert hatten, die ihn beinahe entmannt hätten. Sie spürte, wie ihr die Eiseskälte ihrer Angst um ihn tief bis ins Mark kroch.

»Wir konnten den alten Leuten und dem Jungen bei der Flucht behilflich sein«, erklärte ihr Sigimor. Flüsternd setzte er hinzu: »Der arme Junge hat nicht einmal einen Namen. Nenne ihn im Moment nur Junge oder Jungchen. Dein Ehemann kann dir dann später alles erklären.«

»Sofern er überlebt«, sagte sie. – »Oh, er wird überleben.« In Sigimors Stimme schwang eine derart kalte Gewissheit mit, dass sie sich veranlasst sah, ihm zu glauben. Langsam drehte sie sich nach dem Jungen um. Es tat weh, dass Ewan ihr nichts von ihm erzählt hatte, aber sie verdrängte es. Der Junge schien in Angst und Schrecken versetzt zu sein und musste getröstet werden. Aller Wahrscheinlichkeit nach brauchte er auch eine Bestätigung, dass er willkommen war.

»Du siehst aus wie dein Vater«, sagte sie mit weicher Stimme und berührte zärtlich seine Haare. »Seine Augen und seine Haare.«

»Er wollte mich heute hierherbringen.« Der Junge wischte sich mit einer schmutzigen Hand die Tränen von den Wangen.

»Das freut mich. Er hätte dich gleich am ersten Tag herbringen sollen, aber ich werde ihn deshalb ausschimpfen, wenn wir ihn nach Hause gebracht haben.«

»Hugh und meine Mutter tun ihm weh. Sie tun immer irgendwelchen Leuten weh.«

»Ich kann seine Verletzungen verbinden. Ich bin Fiona, seine Ehefrau.«

»Er hat gesagt, dass Ihr hübsch seid und freundlich zu mir wärt, aber das müsst Ihr nicht, wenn Ihr es nicht wollt.«

»Oh, ich will es. Wer möchte denn schon so einen netten Kerl von sich fernhalten, hm?«

»Meine Mutter. Und Hugh. Weil ich ein MacFingal bin.«

»Ja, das bist du«, warf Gregor ein, der mit seinem Vater neben sie trat. »Junge, das ist dein Großvater, und er wird dir dein neues Zuhause zeigen.«

Der Junge legte vorsichtig seine Hand in Fingals und schaute zu Sigimor. »Ihr bringt meinen Vater hierher zurück?«

»Ja, mein Junge«, antwortete Sigimor.

»Meine Mutter?«

»Ich fürchte, du wirst sie nie wieder sehen.«

Er nickte einfach nur und erlaubte Fingal, ihn wegzuführen. Fiona spürte, dass Ewans Sohn viel behutsamer Behandlung bedurfte. Der Ausdruck in seinen Augen, seine stille, tastende Art und die Tatsache, dass er offensichtlich niemals einen richtigen Namen erhalten hatte, verrieten ihr, dass er aller Wahrscheinlichkeit nach jeden Tag seines kurzen Lebens teuer dafür hatte bezahlen müssen, dass er Ewans Kind war.

Sie stand daneben, hörte aufmerksam den Planungen von Sigimor und Gregor zu, während sich die Männer und Pferde sammelten. Ihre Überlegungen klangen gut, ihre Siegessicherheit war tröstlich, und Fiona spürte, wie ihre Angst ein wenig nachließ. Ein kleines Problem allerdings wurde ihr deutlich. Es gab einen offenen Platz, den es zu überqueren galt, bevor sie Ewan und seine Folterknechte erreichen konnten.

»Ihr braucht etwas, dass ihre Aufmerksamkeit ablenkt, während ihr euch nähert, um sie niederzuwerfen«, warf sie ein.

»Ich hoffe, du hast nicht die Absicht, uns das vorzuschlagen, was ich denke, dass du uns vorschlagen wirst.«

»Ich fürchte, du hoffst vergeblich.«

»Ewan würde nicht sonderlich erfreut über uns sein, wenn wir dich benützen und einer Gefahr aussetzen würden, nur um ihn zu retten«, entgegnete Gregor. »Einer der Männer kann etwas unternehmen.«

»Die Grays erkennen eure Männer. Die einzige Ablenkung, die sie bewirken könnten, ist ein kurzer Kampf oder ein Zank unter Hughs Männern darüber, wer von ihnen sie umbringen wird. Mich werden sie nicht erkennen«, sagte Fiona.

»Einige von ihnen haben dich an dem Tag gesehen, an dem Simon verletzt wurde.«

»Sie haben ein staubiges Mädchen in Knabenkleidung gesehen, und das auch noch mitten in einem Kampf um ihr Leben.« Sie nickte, als beide zuerst verblüfft, dann nachdenklich wirkten.

»Und wer wird sie davon abhalten, sich darüber zu zanken, wer dich umbringt?«

»Einfache Neugierde. Vielleicht auch Lust. Es kommt nicht auf das Was an, das sie zögern lässt, mich zu töten, sondern darauf, dass sie zögern. Selbst wenn sie irgendwie entdecken sollten, wer ich bin, werden sie mich nicht töten, denn sie werden mich für nützlich halten, um Ewan zu quälen. Ihr braucht nicht viel Zeit, um über diesen offenen Raum zu schleichen und nah genug heranzukommen, um für Hugh und seine Männer zu einer tatsächlichen Bedrohung zu werden.«

»Ich fürchte, was sie sagt, ergibt einen Sinn, Gregor«, gab Sigimor zu bedenken. »Sie kann uns zu diesen paar wenigen Minuten verhelfen, die wir brauchen, um die Lichtung zu überqueren, und wird es besser machen als alles, was uns einfallen könnte. In dem Augenblick, in dem sie einen MacFingal erspähen, werden sie alarmiert und kampfbereit sein. Ein kleines Mädchen, das auf sie zutrippelt, wird ihnen nur Rätsel aufgeben. Außerdem glaube ich, dass die meisten Männer ihren Blick auf sie richten werden, und selbst die pflichtbewusstesten unter ihnen werden ein paar Augenblicke brauchen, um sich daran zu erinnern, dass sie eigentlich nach einer Bedrohung Ausschau halten sollten.«

»Und diese paar Augenblicke werden reichen, um ihnen unsere Schwerter in den Rücken zu halten«, schloss Fiona.

»Ewan wird mich dafür bei lebendigem Leibe häuten«, sagte Gregor, bevor er sie nach ihren Plänen fragte.

19

Das würde nicht angenehm werden, überlegte sich Ewan, als er auf eine lächelnde Helena hinunterschaute, die die kräftige Peitsche in ihrer zarten Hand streichelte, als wäre sie ein Geliebter von ihr. Er verstand allmählich, warum sie Hugh liebte. Sie waren von derselben Sorte. Was er nicht verstand, war, warum die beiden einen derart tiefen Hass gegen ihn verspürten. Dass er Laird auf den Ländereien war, auf die Hugh versessen war, schien ihm kein hinreichender Grund zu sein.

»Du hättest dem Jungen einen Namen geben sollen«, sagte er zu Helena, wobei er beinahe schmunzeln musste, als er sah, wie seine Worte sie aufschreckten.

Sie zuckte mit den Achseln. »Ich hätte nie gedacht, dass dieser kleine Bastard überleben würde. Mein Gott, was war er stur. Bevor er auf die Welt kam, konnte ich ihn schon nicht aus meinem Schoß entfernen, und nachdem er mich mit seiner Geburt gequält hatte, schien er einfach immer kräftiger zu werden. Einmal dachte ich, dass ihn ein Fieber dahinraffen würde, aber Hughs verkrüppelte Schwester Mary hat ihn wieder gesund gepflegt.«

»Wir MacFingals sind schwer umzubringen.«

»Das freut mich zu hören, denn ich möchte, dass du dir zum Sterben lange Zeit nimmst.«

Es war seltsam, derart grausame Worte aus einem derart verführerischen Mund ausgespien zu hören. Ewan konnte sie noch immer ansehen und feststellen, dass sie wunderschön war. Aber diese Schönheit berührte ihn nicht mehr. Jetzt war er auch fähig, die Verdorbenheit unter dieser hellen Haut zu erkennen. Sie ging so tief und war so groß, dass es ihn überraschte, wie sie trotzdem noch so schön anzusehen war.

Inzwischen wusste er, was wahre Schönheit war. Fiona mochte Narben haben, ihre Formen mochten nicht so üppig sein, doch sie war in jeder Hinsicht schöner, als Helena jemals hoffen konnte zu sein. Fiona besaß die Weichherzigkeit, die Güte und die Großzügigkeit des Geistes, die Helena fehlten und die sie wahrscheinlich nur als Schwäche und Dummheit ansehen würde. Ewan war beschämt, dass er seinem körperlichen Verlangen erlaubt hatte, ihn blind zu machen gegenüber der Sorte Frau, die Helena in Wirklichkeit war.

»Bevor du mit deinem Spiel beginnst, habe ich eine kleine Frage«, murmelte er.

»Nun?«, drängte Hugh, als Ewan nichts weiter sagte.

»Ich gestehe, dass ich neugierig darauf bin, was diesen Hass, den Ihr und Helena gegen mich empfindet, geweckt hat. Abgesehen von den Ländereien, von denen Ihr, Hugh, fälschlicherweise glaubt, dass sie Euch geraubt worden wären, kann ich mich nicht an irgendeine bestimmte Sünde erinnern, die ich gegen einen von Euch begangen hätte.«

»Scarglas hätte mir gehören müssen!«, schrie Hugh gellend. »Euer wahnsinniger Vater schlitterte in die Gunst seines Cousins hinein und hat es mir genommen. Ich hätte derjenige sein sollen, der es erbt, nicht Ihr. Als Ihr geboren wurdet, das Kind dieses Idioten Fingal und der Tochter des alten Lairds, haben wir jede Möglichkeit verloren, an diese Ländereien zu kommen. Ihr wart der Enkel des alten Lairds. Es tat nichts zur Sache, was Fingal war oder was er mit ihm gemacht hat, Ihr seid in den Augen des Königs, der Kirche und des Gesetzes der rechtmäßige Erbe. Ihr solltet nicht geboren werden.«

»Ihr benötigt diese Ländereien nicht. Ihr seid Laird Eurer eigenen.« – »Kärgliche, nutzlose Flächen felsigen Moores. Meine Ländereien und diese zusammen, und ich wäre ein äußerst mächtiger Laird geworden.« Er warf einen Blick in Richtung der Burg von Scarglas. »Zudem ist es ein viel edlerer Herrensitz, eines Mannes wie mir weitaus würdiger. Hätte ich die Burg gehabt, wäre ich ein angesehener, reicher Mann gewesen.«

Für Ewan ergab es noch immer keinen Sinn. Hugh schien zu glauben, er wäre aus reiner Bösartigkeit der Erbe von Scarglas geworden und hätte ihn so einer glorreichen Zukunft beraubt, die jedoch nur in seiner Vorstellung existierte, zumindest teilweise. Ewan hatte noch immer das Gefühl, dass mehr dahintersteckte, weitere Verschrobenheiten in Hughs Gedankenwelt, die vermutlich nur für ihn einen Sinn ergaben. An irgendeinem Punkt in seinem Leben war Hugh zu der Schlussfolgerung gelangt, dass der Verlust von Scarglas der Grund für alles war, was in seinem Leben schiefgegangen war, und da Ewan der Erbe war, musste er leiden. Dass Ewan einen Sohn mit seiner Geliebten gezeugt hatte, wozu er selbst unfähig war, hatte diese sonderbare Argumentation und das Gefühl eines Missstands zweifelsohne verstärkt.

»Und du, Helena?«

»Du hast meine Familie umgebracht«, antwortete sie. »Meine Mutter und Schwester.«

»Nein, das habe ich nicht.«

»Vielleicht nicht mit deinen eigenen Händen, aber es war dein Clan, der diese Tat vollbracht hat. Sie wurden während einem eurer Überfälle niedergemetzelt. Mein Vater hat ihre übel zugerichteten Leichen gefunden und sich in seinem Leid erhängt. Ich habe wegen der MacFingals alles verloren.« Sie lächelte Hugh an. »Ich war völlig verloren und einsam, bis ich Hugh gefunden habe.«

»Meine Männer bringen keine Frauen um.«

»Ihr MacFingals habt Hughs Land überfallen. Eure Männer wurden in der Nähe meines Zuhauses gesehen. Mit deinem Leugnen beleidigst du mich nur. Wer sonst hätte es tun sollen?«

Dein Vater, dachte Ewan, erwähnte aber nichts, sondern schaute sie nur unverwandt an. Eine innere Stimme sagte ihm, dass etwas in Helena es wusste, aber anstatt sich dieser grauenhaften Wahrheit zu stellen, gab sie seinem Clan die Schuld und folglich ihm. Es war ihr Verhängnis gewesen, dass sie an jenem schwarzen Tag in der Nähe waren.

Auf eine makabere, verzerrte Weise war es beinahe komisch. Er hatte keinem der beiden wirklich Schaden zugefügt. Er würde für vermeintliches Unrecht, das er niemals begangen hatte, gequält und ermordet werden, für Verbrechen und Verletzungen, deren er nur in den verwickelten Gedankengängen der beiden schuldig geworden war. Er war ihr Dämon, derjenige, den sie ausersehen hatten, die Schuld an ihren eigenen Fehlern, Schmerzen und Verlusten zu tragen. Jahrelang hatte er versucht, vernünftig mit Leuten zu reden, denen jegliche Vernunft abging.

»Genug der Unterhaltung«, sagte Hugh ironisch, als er, seinen Dolch in der Hand, näher an Ewan trat. »Das ist nur verschwendete Zeit.«

»Es wird Euch Scarglas nicht einbringen, wenn Ihr mich umbringt«, warf Ewan ein.

»Stimmt, aber es wird mich sehr glücklich machen.«

»Hugh, du hast gesagt, dass erst ich dran bin«, unterbrach Helena ihn mit einem leichten Jammern in der Stimme. »Deshalb habe ich meine Peitsche dabei. Wenn du anfängst, an ihm herumzuschneiden, wird er über und über bluten und ohnmächtig werden, bevor ich es ihm heimzahlen kann, dass er mich berührt hat.«

»Du hast mich berührt«, murmelte Ewan. »Ich habe dir meine Geheimnisse nicht schnell genug ausgespuckt, deshalb bist du in mein Bett gekrochen und hast versucht, sie mir durch Verführung zu entlocken. Du kannst damit aufhören, dich wie ein tugendhaftes Mädchen aufzuführen, das von einem dreckigen MacFingal verdorben wurde. Es war genau andersrum.«

Und jetzt sah sie nicht mehr im Geringsten aus wie eine Schönheit, dachte Ewan, als er zusah, wie sich ihr Gesicht vor lauter Hass und Wut hässlich verzerrte. Jetzt konnte man deutlich sehen, was in ihrem Herzen vorging. Es war vermutlich nicht klug gewesen, das zu sagen, aber er war es leid, von dieser Hure als niederträchtiger Verführer hingestellt zu werden.

»Hugh, erlaube mir, ihn dafür bezahlen zu lassen«, zischte sie. »Erlaube mir, ihn dafür bluten zu lassen.«

»Ich werde dich aufhalten, wenn du zu weit gehst, meine Liebe«, sagte Hugh und trat einen Schritt zurück. »Ich erlaube dir, deine Rache zu nehmen, aber nicht auf Kosten meiner eigenen. Dreht ihn um«, befahl er seinen Männern.

Es fängt also an, dachte Ewan. Trotz seiner Gegenwehr drehte man ihn um, sodass Helena ihre Peitsche über seinen Rücken schwingen konnte. Er betete inständig um die Stärke, es aushalten zu können, ohne ihnen den Gefallen zu tun, seinen Schmerz sehen zu lassen. Je länger er es aushalten würde, desto mehr wuchsen auch die Chancen auf Rettung. Jemand würde vielleicht bald bemerken, dass er länger als üblich fort war und alleine gegangen war. Gregor wusste, dass er hier sein würde, während die Grays von Gregor nichts zu ahnen schienen. Als Helenas Peitsche über seinen Rücken brannte, biss er die Zähne zusammen, um nicht zu schreien, und begann zu beten, dass bald jemand käme, um nach ihm zu sehen.

»Ich möchte, dass ihr beide umbringt.« Fiona schaute mit starrem Blick auf ihren nackten, blutenden Ehemann, der dennoch noch immer zu kämpfen versuchte, als die Männer ihn an ihrem sonderbaren Schafott herumdrehten, damit er sein Gesicht Hugh Gray zuwenden musste.

»Das war unsere Absicht«, sagte Gregor.

»Wir könnten es langsam vollbringen«, murmelte Sigimor, der Fiona scharf beobachtete. »Ihnen eine kleine Kostprobe von dem geben, was sie deinem Mann zufügen.«

»Oh, wie du mich in Versuchung führst, Sigimor.« Sie atmete tief durch, um die Wut unter Kontrolle zu bringen, die beim Anblick ihres Mannes wie ein Riss durch sie hindurchgegangen war. »Aber nein. Selbst wenn es auf gewisse Weise eine wohlverdiente Gerechtigkeit wäre, handeln wir nicht so wie sie.«

»Wie du willst. Fertig?«

Fiona zog ihr Mieder ein bisschen weiter hinunter und fuhr

sich mit den Fingern durch ihre Haare, damit sie zerzauster wirkten. »Ja, ich denke. Wie sehe ich aus?«

»Wunderbar.«

»Man kann keinen meiner Dolche sehen?«

»Nicht einen einzigen.«

»Dann bin ich fertig.«

»Sei äußerst vorsichtig, Fiona«, bat Gregor. »Wenn du auch nur denkst, dass sie im Begriff sind, dich zu ergreifen, dich zu verletzen, lauf weg. Ich habe dich laufen sehen, und du müsstest imstande sein, dich ihrem Zugriff zu entziehen, zumindest so lange, bis wir ihre Aufmerksamkeit von dir abgelenkt haben.«

»Einverstanden.«

Fiona war froh über den Zorn, der ihr Blut zum Glühen brachte, denn während sie ihren Korb nahm und auf die Grays zuging, brannte er ihre Angst fort. Obwohl jeder ihren Plan für gut hielt, war ihr klar, dass alles schrecklich danebengehen konnte. Keiner von ihnen konnte sicher sein, wie viel die Grays über sie gehört hatten. Falls sie zu viel wussten, würde man sie schnell erkennen, und das konnte sie in weitaus größere Gefahr bringen.

»Onkel Robbie«, sang sie, als sie auf das Cottage zuhüpfte. »Hallooo! Ich habe euch Kuchen mitgebracht.« Sie blieb stolpernd stehen und sah auf die Grays, als hätte sie sie eben erst wahrgenommen. »Oje, oje. Ich habe gar nicht bemerkt, dass Onkel Robbie Gäste hat. Ich hätte mehr Kuchen mitgebracht.«

Ewan zwinkerte. Das konnte unmöglich Fiona sein, die er dort stehen sah. Der Schmerz ließ ihn offensichtlich fantasieren.

Dann sah er zu Hugh und seinen Männern, sah ihren lüsternen Gesichtsausdruck und erkannte, dass seine Frau in der Tat dort stand.

Seine Frau sah so entzückend verwirrt aus, ihr wunderschönes Haar wirbelte um ihren schlanken Körper, und ihr Mieder saß so tief, dass er einen ganz leichten Ansatz von ihren Brustwarzen sehen konnte. Ein tiefer Atemzug oder eine drehende Bewegung, und ihre Brüste würden vor aller Augen herausfedern. Sobald er frei sein würde, musste er herausfinden, wer ihr das erlaubt hatte, und ihn umbringen – langsam.

Dann sah sie ihn an, und einen kurzen Moment entdeckte er Wut und Schmerz in ihren Augen, bevor sie sich etwas trübten. Ihr Gesicht spiegelte einfach nur Neugierde, nicht ein Schimmer von Erkennen war darin zu sehen. Bedachte man, dass sie auf einen blutenden, nackten Mann sah, war ihr Gesichtsausdruck derart süß und ruhig, dass sich niemand die Frage stellen musste, ob sie im Vollbesitz ihrer Geisteskräfte war. Beiläufig überlegte er sich, wie viele Messer sie an sich versteckt haben mochte.

»Wer zur Hölle bist denn du?«, fragte Hugh fordernd.

Hughs starrer Blick auf Fionas Brüste ließ Ewan hoffen, dass bald jemand kommen und diesen Mann töten würde. Nach einem schnellen Blick in die lüsternen Gesichter von Hughs Männern hätte Ewan seiner Frau fast befohlen, nach Hause zu gehen. Dann fiel sein Blick auf Helenas Gesicht. Diese Frau sah von Hugh zu Fiona und wieder zurück. Ihr Gesicht verhärtete sich, und sie festigte den Griff um ihre blutige Peitsche, was Ewan verriet, dass sie diejenige war, auf die es sehr zu achten galt.

Während Fiona ihr Spiel spielte, hielt Ewan seinen Blick unverwandt auf Helena gerichtet. Immerhin hielt ihn dies davon ab, Ausschau nach den Männern zu halten, auf deren Kommen er hoffte. Ungestüm wie sie war, hätte Fiona doch niemals versucht, ihn auf eigene Faust zu retten. Dazu war sie zu klug, zu erfahren in Sachen Kampf. Ewan bemühte sich, seinem Schmerz nicht klein beizugeben, um sein Äußerstes bei der Beobachtung der Grays zu geben, zum einen im Hinblick auf Anzeichen einer Bedrohung für Fiona, zum anderen, falls sich einer dieser Dummköpfe daran erinnern sollte, dass er eigentlich eine Bewachung haben müsste.

»Was? Ich bin die Nichte vom alten Robbie«, antwortete

Fiona mit einem Lächeln für Hugh. »Ich komme oft, um den Mann und seine liebe Frau zu besuchen.«

»Er hat keine Verwandten«, fuhr Helena auf.

»Nun, ich bin keine Blutsverwandte, aber wir sehen uns doch als eine Familie.«

»Das stimmt nicht, Hugh«, sagte Helena, die sich neben ihn stellte, seinen Arm ergriff und ihn böse anfunkelte, als er ihr kaum Beachtung schenkte, sondern weiterhin nur Augen für Fionas geschmeidigen Körper hatte. »Schicke diese spindeldürre Schlampe weg oder bring sie um.«

»Oh, wie unfreundlich!«, schrie Fiona auf.

Ewan sah zu, wie die Blicke aller Männer ihrer Hand folgten, die sie gegen ihre Brust drückte. Wenn nicht bald Rettung kam, würden sie wie ein Haufen geifernder Wölfe über sie herfallen. Oder eine eifersüchtige Helena würde sie angreifen. Dabei musste Ewan fast schmunzeln. Helena würde einen sehr schweren Fehler begehen, vielleicht sogar einen tödlichen, wenn sie das tun sollte.

»Aber ich verzeihe Euch«, sagte Fiona, »denn ich glaube, dass diese Pickel ziemlich unangenehm sind und Euch schlechte Laune machen.«

»Pickel?! Ich habe keine Pickel!« Helena glitt mit der Hand über ihr Gesicht.

»Oh, entschuldigt. Es muss ein Schatten gewesen sein oder zwei. Mein Fehler.« Fiona warf einen Blick auf Ewan. »Ihr solltet diesem armen Mann wirklich ein paar Kleider anziehen. Es ist nicht richtig, Ladies einem solchen Anblick auszusetzen. So viel offen gezeigte Männlichkeit kann unsere empfindsamen Gefühle schlimm durcheinanderbringen.«

»Du bist schwachsinnig.«

»Halte deinen Mund, Helena«, herrschte Hugh sie an. »Und du Miststück«, sagte er zu Fiona gewandt, »was tust du hier?«

»Ich warte«, antwortete Fiona.

»Auf was?«

»Auf Euren Tod.«

Hugh war nicht der Einzige, den die abrupte Veränderung in Fionas Stimme verblüffte. Ewan glaubte nicht, jemals gehört zu haben, dass eine Frau so hart, so kalt, so bedrohlich klang. Er fuhr zusammen, als sie begann, sich ganz leicht in seine Richtung zurückzuziehen. Aus dem Augenwinkel heraus bemerkte er das Aufleuchten von rotem Haar und hätte beinahe gelacht. Jetzt musste er sich nur noch Sorgen darum machen, dass seine kleine Frau in dem Kampf, der nun folgen würde, nicht verletzt wurde.

»Du bist verrückt. Ganz bestimmt kannst du nicht glauben, dass ein einziges kleines Mädchen mir Schaden zufügen könnte.«

»Doch ja, ich könnte, aber ich glaube, ich lasse es jemanden anderen erledigen.«

»Wen?«

»Mich«, sagte Sigimor, der grinste, als Hugh herumwirbelte, um ihm ins Gesicht zu sehen.

Als der Kampf begann, begab sich Fiona neben Ewan, stellte ihren Korb ab und bewaffnete sich in jeder Hand mit einem Dolch. Sie wünschte nur, an seine Fesseln heranzukommen und ihn herunterzuholen, doch diese waren nicht nur zu hoch angebracht, sie konnte es sich auch nicht leisten, ihre Aufmerksamkeit von den Grays abzuwenden.

»Ich werde dich übers Knie legen, sobald ich frei und von diesen Verletzungen geheilt bin«, sagte Ewan.

»Du kannst es ja versuchen«, gab Fiona zurück. »Es wird ein kurzer Kampf werden.«

»Sehr kurz.« Dann sah er, wie Helena sich wütend Fiona zuwandte, so als hätte sie eben erst die List bemerkt, mit der man sie hereingelegt hatte. »Vorsicht, Mädchen!«

Fiona spannte sich an, als Helena sich ihr näherte. Diese Frau hatte sich offenbar mitten im Kampfgetümmel aufgehalten. Fiona erinnerte sich jetzt daran, die Peitsche ein paar Mal knallen gehört zu haben. Da Helena sie nicht mehr in der Hand hielt, war davon auszugehen, dass einer von Ewans Leuten sie ihr weggenommen hatte. Es tat ihr leid, dass sie bei dieser Gelegenheit nicht auch die Frau getötet hatten. Allerdings hielt Helena jetzt ein langes und scharfes Messer in der Hand.

»Du bist diejenige, die er geheiratet hat, oder etwa nicht?«, fauchte Helena.

»Ja, ich habe die Ehre«, antwortete Fiona.

»Eine Ehre? Ihn zu heiraten? Vermutlich hast du keinen anderen gefunden, weil du voller Narben bist.«

»Und Ihr seid eine Idiotin.«

»Ich bringe dich um, und dann werde ich dieses Schwein in lauter kleine hässliche Stücke aufschneiden. Du wärst besser davongelaufen, du kleine Närrin, denn ich bin diejenige, die ihm viele dieser Narben verpasst hat.«

»Das weiß ich, aber ich werde gnädig sein und Euch nicht leiden lassen, wenn ich Euch töte.«

Ewan verwünschte seine Fesseln, als Helena Fiona angriff. Einen Augenblick später beruhigte er sich und beobachtete seine Frau voller Bewunderung. Ihre Geschicklichkeit war unschwer festzustellen, ihre Anmut beim Kämpfen ein sehenswertes Wunder. Helena brauchte mehrere Minuten, um zu erkennen, dass sie nur ein Spielzeug war, dass die kleinere Frau sie bereits getötet haben könnte, wenn sie es gewollt hätte. Einen flüchtigen Moment lang flackerte Angst in ihrem Blick auf, doch dann blitzte sie Fiona an.

»Ich werde dich mit mir nehmen«, blaffte Helena und gestand damit ein, dass sie diesen Kampf verlieren würde.

»Nein, Ihr werdet alleine gehen.«

Einen Augenblick später war es vorbei, Fiona wischte ruhig ihre Klinge an den Röcken der toten Frau ab. Sie stand gerade auf, um Ewan anzuschauen, als der letzte der Grays fiel. Ewan verspürte eine leichte Enttäuschung, als ihm bewusst wurde, dass er nicht beobachtet hatte, wie Hugh gestorben war.

»Sigimor hat ihn zum Schwitzen gebracht«, sagte Fiona.

»Du kannst wohl meine Gedanken lesen?«

»Nein, bei dem, was er dir angetan hat, braucht es keiner großen Fähigkeiten, um festzustellen, was du denkst.«

Gregor und Sigimor lösten seine Fesseln. Er fiel auf die Knie, seine Beine waren zu schwach, um ihn aufrecht zu halten. Man musste ihn nicht dazu drängen, seinen Kopf in Fionas Schoß zu legen. Ewan schloss die Augen und atmete tief ihren Duft ein, während sie vorsichtig seine Wunden reinigte. Um ihn herum konnte er die Geräusche von seinen Männern hören, die die Leichen der Grays beseitigten.

»Oh Ewan«, flüsterte Fiona, als sie sanft das Blut von seinem zerschundenen Rücken wischte. »Ich wünschte, wir könnten sie alle noch einmal töten. Dein armer schöner Rücken.«

»Das heilt. Helena hatte nicht die Kraft in ihrem Arm, um mich so übel zuzurichten, wie ein Mann es getan hätte.«

»Es tut mir nicht leid, dass ich sie getötet habe.«

»Gut. Das sollte es auch nicht. Ach Mädchen, du bist ein viel zu großes Risiko eingegangen, nur um meine ramponierte Haut zu retten.« – »Ich hatte keine andere Wahl.«

Er wollte sie fragen, wie sie das meinte, aber sein Bruder Gregor kam mit einer Decke und seinen Hosen. Fiona half ihm beim Aufsetzen, und Gregor zog die Hosen vorsichtig über Ewans schnell schwächer werdenden Körper. Der Versuch, die Bedeutung zu verstehen, die in Fionas Stimme mitgeschwungen hatte, als sie eben mit ihm gesprochen hatte, würde warten müssen, bis er wieder all seine Sinne beisammen hatte. Die Fülle an Gemütsbewegungen, die er herausgehört hatte, konnte auf nichts weiter zurückzuführen sein als auf das, was für eine Frau nach so einer Tortur natürlich war. Es konnte aber auch heißen, dass sie sehr viel für ihn empfand, dachte er glücklich. Später, wenn er wieder einen klaren Kopf besaß, würde er sehr genau über all das nachdenken.

»Kannst du auf einem Pferd sitzen?«, wollte Gregor wissen.

»Nicht, ohne dort angebunden oder gut festgehalten zu werden«, gab Ewan zur Antwort. »Woher habt ihr eigentlich gewusst, was hier los ist?«

»Mir ist aufgefallen, dass du ohne mich weggegangen bist, und so bin ich dir gefolgt. Hier stieß ich dann auf Sigimor. Auch er war dir gefolgt, obwohl er mir nicht gesagt hat, warum.« Gregor bemerkte es mit einem skeptischen Blick auf Sigimor, der neben Fiona stand. »Warum bist du da gewesen?«

»Ich hatte den Eindruck, dass er sich sonderbar benimmt«, erwiderte Sigimor. »Ich dachte, dass er vielleicht eine Geliebte hätte, und beschloss herauszufinden, ob ich etwas Verstand in ihn hineinprügeln müsste.«

Fiona kicherte, zum einen über Sigimors gelassen hingesprochene Drohung, zum anderen aus Erleichterung darüber, nicht die Einzige gewesen zu sein, die sich die Frage gestellt hatte, ob Ewan sich wegschlich, um eine Frau zu besuchen. »Ewan muss sehr gut festgehalten werden, wenn er den ganzen Weg zurück auf Scarglas auf einem Pferd sitzen soll, und man muss Rücksicht auf seinen Rücken nehmen.«

»Ich werde das machen. Er kann hinter mir sitzen und seine Arme um meine Taille schlingen. Wir werden seine Handgelenke zusammenbinden, um ihn an Ort und Stelle zu halten, falls er ohnmächtig werden sollte.«

»Ich werde nie ohnmächtig«, schimpfte Ewan, doch Sigimor schmunzelte nur.

Als er Ewan auf die Beine half und kurz seinen Rücken zu sehen bekam, zuckte Sigimor zusammen. »Diese Frau war in ihre Peitsche verliebt. Was hast du ihr bloß angetan, dass sie dich so hassen konnte?«

»Sie gab mir die Schuld am Tod ihrer Mutter und Schwester.« Ewan stützte sich schwer auf Sigimor, während dieser ihn zu den Pferden führte, die Simon eben auf die Lichtung brachte. »Der Geschichte nach zu urteilen, die sie zum Besten gegeben hat, ist ihr Vater geisteskrank gewesen und hat zuerst die Frauen, dann sich selbst umgebracht. Allerdings überfielen die MacFingals an diesem Tag die Grays, und so hat sie sich eingeredet, dass stattdessen wir die Schuld daran hätten.«

»Und Hugh wollte Scarglas haben.«

»Ja, aber auch er hat in seinem Kopf alles verdreht, bis ich zu seinem Dämon geworden war, den es abzuschlachten galt.« Als Ewan sah, dass Fiona ein paar Schritte hinter ihm ging und sich mit Simon unterhielt, fragte Ewan Sigimor: »Was ist mit den Leuten aus dem Cottage? Dank der Barmherzigkeit Gottes hat Hugh sie ganz vergessen.«

»Du meinst das alte Paar und deinen Sohn?«

»Oh, verdammt noch mal, Fiona hat den Jungen gesehen.«

»Ja, er und das alte Paar sind auf Scarglas. Du hättest es ihr sagen müssen.«

»Ich habe selbst erst vor drei Tagen von seiner Existenz erfahren und dachte noch über den besten Weg nach, es Fiona beizubringen.«

»Na, während du dich erholst, wirst du Zeit haben, über den besten Weg nachzudenken, ihre Wut zu besänftigen.«

»Sie war wütend, nicht wahr?« Ewan legte die Stirn in Falten angesichts des Blicks, den Sigimor ihm zuwarf, eines Blicks, der ihm deutlich sagte, wie dumm seine Frage war. »Ja, natürlich war sie das. Es ist hart für ein Mädchen, das uneheliche Kind ihres Mannes zu akzeptieren.«

»Oh, sie war nicht darüber verärgert, dass du ein uneheliches Kind gezeugt hast. Ihr Bruder Diarmot hat fünf. Und Fiona besitzt genug gesunden Menschenverstand, um zu verstehen, dass es geschehen ist, bevor du sie kennengelernt hast, zu einer Zeit, als sie selbst noch ein kleines Mädchen gewesen ist und noch keine Frau. Nein, sie war wütend, weil du es ihr nicht erzählt hast. Vielleicht auch ein bisschen verletzt.«

»Ich nehme nicht an, dass du eine Möglichkeit kennst, wie ein Mann katzbuckeln kann, ohne dass es so aussieht, als würde er es tun?« Er seufzte, als Sigimor nur lachte.

Bis sie ihn auf das Pferd gesetzt und seine Arme um Sigimor gebunden hatten, war Ewan klar, dass er sich selbst Lügen strafen und ohnmächtig werden würde. Er sah auf Fiona hinunter, als sie neben dem Pferd innehielt und mit zitternder Hand seinen Oberschenkel streichelte. Ewan war überzeugt davon, dass er sich das Gefühl, das sich in ihrem Gesichtsausdruck spiegelte, nicht einbildete. Es war sehr viel mehr darin zu lesen als nur die Besorgnis einer pflichtbewussten Ehefrau.

»Es wird mir gut gehen, Fiona. Steig auf dein Pferd, damit wir uns auf den Weg machen können. Und zieh dein Kleid hoch, ich kann deine Brustwarzen sehen.«

Beinahe hätte er gelacht, als sie schamrot wurde, ihr Kleid hochriss und ihn anfunkelte, bevor sie zu ihrem Pferd eilte. Es wäre besser gewesen, in diesem gefühlsbetonten Augenblick gefangen zu bleiben, ihn zu benutzen, ihr ein paar liebevolle Worte zu entlocken, aber Ewan hielt es nicht für den richtigen Zeitpunkt. Er tröstete sich mit dem Wissen, dass sie tief für ihn empfand. Es war in ihren tränengefüllten Augen zu sehen gewesen, und zwar deutlich. Später, wenn er genesen war, würde er versuchen, einen Weg zu finden, ihr diese Worte zu entlocken. Ihr Blick hatte ihm Hoffnung gegeben, doch er bedurfte der Worte. Dies war sein letzter klarer Gedanke, denn Sigimor ritt los und Ewan hielt gerade einmal eine Minute durch, bis der Schmerz ihn ins Dunkel stürzte.

20

Hallo, Vater.«

Ewan öffnete behutsam die Augen und schaute auf den kleinen Jungen, der an seinem Bett stand. Das Nächste, was ihm ins Bewusstsein drang, war, dass er auf seinem Bauch lag und sein Rücken nicht mehr diese Anhäufung glühender Qualen darstellte, die er vorher gewesen war. Seine Erinnerung daran, wie er in sein Bett gelangt war und wer seinen Rücken wie versorgt hatte, war äußerst trübe. Instinktiv wusste er, dass mehr als nur ein paar Stunden vergangen waren, seit er auf dem Ritt zurück auf Scarglas ohnmächtig geworden war.

»Hallo, Junge.« Seine Kehle war so trocken, dass sie sich anfühlte, als hätte er Sand gegessen.

»Ich werde jetzt nicht mehr einfach nur Jungchen gerufen. Ich habe einen Namen.«

In dieser Feststellung schwang so viel Stolz und Freude mit, dass Ewan schmunzeln musste. »Und wie lautet dein Name?«

»Ciaran MacFingal oder Ciaran Cameron. Sigimor und Großvater streiten sich darüber noch.«

»Ein schöner Name, so oder so. Wer hat ihn dir denn gegeben?«

»Meine neue Mutter. Sie hat sogar den Priester geholt, damit ich ganz ordnungsgemäß getauft werde. Wir wollten, dass du dabei bist, aber du bist noch immer krank gewesen.«

»Ich war krank?«

Ciaran nickte. »Tagelang. Tag für Tag. Mama und Mab haben dir Medizin zu trinken gegeben und überall auf deinem Rücken eine Brühe verschmiert.«

»Sehr nett von ihnen. Ähm, Ciaran, meinst du, du könntest mir etwas zu trinken bringen?«

»Das mache ich.« Ewan schaute seine Frau prüfend an, als sie sich dem Bett mit einem Krug näherte und sich auf die Bettkante setzte. Sie wirkte gelassen, aber vielleicht ein wenig zu gelassen. Ihrer Berührung mangelte es an Empfinden, als sie ihm die Hand unterschob und ihm half, den Kopf anzuheben, damit er den kalten Apfelmost trinken konnte, den sie ihm anbot. Es bestand kein Zweifel: Sie war wütend.

»Wie lange war ich krank?«, fragte er, nachdem er mit dem Trinken fertig war und sie sich vom Bett erhob.

»Drei Tage.« Sie stellte sich neben Ciaran. »Ich habe mir überlegt, auf dich zu warten, damit du bei der Namensgebung für unseren Sohn behilflich sein kannst und dabei zusehen kannst, wie er ordentlich getauft wird, aber ich konnte es nicht ertragen, dass er länger als einen Tag immer noch keinen Namen hatte. Selbst das war eine Prüfung. Dein Vater hat ihm versprochen, dass er, sobald du gesund bist, eine anständige Feier und ein Fest bekommen würde, an dem er offiziell allen seinen Onkeln und Cousins vorgestellt wird und sein Name in das Buch eingetragen wird.«

»Aha, das Buch.« Er lächelte Ciaran an. »Eine sehr wichtige Angelegenheit. Ein sehr großes Buch«, murmelte er, wobei er an das Hauptbuch dachte, in dem sein Vater alle seine Söhne und deren Söhne, die Tage ihrer Geburt, ihrer Taufe, die Namen ihrer Mütter und alle anderen Informationen eintrug. Auch seine Töchter hatte er darin aufgeführt, aber unter der Vielzahl von Söhnen gab es nur drei. »Ich freue mich, dass du dich eingelebt hast, Ciaran. Allerdings hoffe ich, dass du nicht auf die Feier wartest, um alle kennenzulernen.«

»Nein. Ich muss einen nach dem anderen kennenlernen«, sagte der Junge mit ernster Stimme. »Es sind so viele, und ich will ihre Namen nicht vergessen. Es ist sehr wichtig, den Namen eines Menschen zu wissen.«

»Das ist es sicherlich.« Ewan bemerkte ein plötzliches Bedürfnis, sich zu erleichtern. »Oh, sind welche von meinen Brüdern in der Nähe? Ich könnte ihre Hilfe brauchen.«

»Ja, ich hole einen«, sagte Ciaran, als er auch schon zur Tür flitzte und sie aufriss. »Ich brauche hier einen Bruder«, brüllte er. »Mein Vater muss pissen!«

»Oh mein Gott«, knurrte Ewan, der ebenso heftig wie Fiona zwischen Verlegenheit und Lachen hin- und hergerissen war, wobei sie allerdings versuchte, es zu verbergen. »Ich schätze, er *hat* sich gut eingelebt.«

»Oh ja«, sagte sie mit erstickter Stimme. »Im Laufe der drei Tage ist er schließlich zu der Überzeugung gelangt, dass es das ist, was mit *Hilfe brauchen* gemeint ist. Ich werde gehen und dir etwas zu essen holen.«

»Keinen Haferschleim bitte«, rief er ihr hinterher, nachdem sie Ciaran an der Hand gepackt und davongeeilt war, wobei sie auf dem Weg an einem lachenden Gregor vorbeikam.

Ewan sah ihn nur zornig an, während Gregor ihm bei der Verrichtung seiner persönlichen Bedürfnisse half. Er war froh darüber, dass er sich nicht so schwach fühlte, wie er es befürchtet hatte. Bald schon würde er einer solchen Unterstützung nicht mehr bedürfen. Als er sich auf der Bettkante niederließ, stellte er fest, dass er ungemein neugierig auf das war, was geschehen war und ihn drei Tage lang das Erinnerungsvermögen gekostet hatte.

»Du warst leicht fiebrig«, erzählte ihm Gregor, der sich auf einen Stuhl neben dem Bett setzte. »Damit wir dich davon abhalten konnten, um dich zu schlagen und deinen Rücken zum Bluten zu bringen, banden wir dich zwei Tage lang im Bett fest. Fiona hat dir ein paar sehr weiche Fesseln gemacht.«

Trotz seiner Bemühungen, es nicht zu werden, spürte Ewan, wie er ein wenig rot wurde, übersah aber tapfer das Aufglitzern von Neugierde in Gregors Augen. »Das war sehr zuvorkommend von ihr. Und am dritten Tag?«

»Da hast du den Rest der Heiltränke ausgeschlafen, die sie und Mab dir einflößten, in dem Bemühen, dich ruhig schlafen zu lassen. Und dich ruhig zu halten. Vergangene Nacht bist du einmal aufgewacht, aber du warst nicht ganz bei dir. Du bist nicht ernsthaft krank gewesen, es war in erster Linie die Notwendigkeit, dich auf deinem Bauch festzuhalten, bis die Wunden auf deinem Rücken anfangen konnten, sich zu schließen.« Gregor warf einen kurzen Blick auf Ewans Rücken. »Sie sehen sehr gut aus. Ich nehme an, dass du nicht mehr länger als ein paar Tage auf deinem Bauch liegen musst. Sie gingen nicht tief genug, um genäht werden zu müssen, obwohl Fiona darüber aufgebracht war, dass diese Frau dir zweifelsohne ein paar weitere Narben eingebracht hat.«

»Und mir ist aufgefallen, dass mein Sohn sich gut eingelebt hat.« Ewan lachte, als er daran dachte, wie der Junge aus der Tür hinausgeschrien hatte, wobei seine Erheiterung nicht mehr von Verlegenheit gedämpft wurde.

»Ja, Fiona und dein Vater konnten nicht auf dich warten, um dem Jungen einen Namen zu geben. Dieses eine Mal stritten sie nicht, sondern stimmten voll und ganz darin überein, dass es ein Verbrechen war, das sofort in Ordnung gebracht werden musste.«

»Er scheint mit ihrer Wahl vollauf zufrieden zu sein.«

»Er stellt sich jedem vor, der ihm begegnet. Und wenn man ihn Junge oder Jungchen nennt, korrigiert er einen unverzüglich. Ich glaube, es wird eine Weile dauern, bis er eine solche Formlosigkeit zulässt. Allein schon für dieses Verbrechen hat dieses Miststück den Tod verdient.«

»Stimmt, aber ich wünschte, es wäre nicht Fiona gewesen, die sie umbringt. Seit sie hierhergekommen ist, hat sie reichlich Blut an ihre Hände bekommen.«

»Es war beide Male eine Frage von töten oder getötet werden. Mir sind keinerlei Anzeichen an ihr aufgefallen, dass sie Probleme hätte, weil sie Helena getötet hat. Tatsache ist, dass sie nicht einmal davonlaufen musste, um sich zu übergeben.«

»Nein, das hat sie nicht getan.«

»Von dem Augenblick an, als sie dich dort beim Cottage hat hängen sehen, wünschte sie sich den Tod dieser Frau. Meiner Meinung nach hat sie sich seitdem noch ein paar Mal gewünscht, sie erneut umbringen zu können, besonders was ihre Behandlung deines Sohnes betrifft.«

»*Unseres* Sohnes«, flüsterte Ewan, der sich plötzlich der Bedeutung von Fionas Worten bewusst wurde: Aufnahme. »Er bezeichnet sie als seine Mutter.«

Gregor nickte. »Ja, du hättest dir keine Sorgen darüber machen müssen, ob sie ihn aufnimmt oder nicht. Selbst als sie ihm zum ersten Mal begegnet ist, hat sie schnell ihr Entsetzen verborgen und war äußerst freundlich und einladend. Auch Vater geht gut mit dem Jungen um. Es ist seltsam, aber wenn ich ihn mit Ciaran beobachte, fallen mir Sachen ein und, na ja, trotz seiner ganzen Fehler ist er ein sehr guter Vater gewesen.«

»Hast du gedacht, dass er das nicht gewesen wäre?«

»Ich habe nie viele Gedanken darauf verschwendet, seit sich in meinem Kopf festgesetzt hat, wie verschroben er war. Es noch immer ist, obwohl er viel ruhiger geworden ist, so als ob er, tja, glücklich ist.«

Ewan nickte und warf einen Blick zur Tür. Sein Magen knurrte. »Meinst du, dass sie mir Haferschleim bringen wird?«

»Nur wenn sie der Auffassung ist, dass das irgendwie ihre Wut bezähmt. Du legst dir besser ein paar gute Erklärungen dafür zurecht, dass du ihr nichts von dem Jungen erzählt hast. Sie kann sich nicht entscheiden, ob es einfach nur *männliche Dummheit* gewesen ist, wie sie es ausdrückt, oder ob du sie beleidigt hast, indem du gedacht hast, sie würde verärgert sein und das an dem Jungen auslassen.«

»Männliche Dummheit?«, knurrte Ewan.

»Ja.« Gregor grinste. »Es sieht so aus, als würde Sigimors Schwester das sehr gerne sagen, und er ist überzeugt, dass Fiona Ilsas schlechte Angewohnheiten angenommen hat. Fiona hat ihm erzählt, dass ihre Gilly oft über das Gleiche schimpft und nicht nur Ilsa eine intelligente Frau ist.«

»Sie streitet mit Sigimor?« Ewan musste bei dem Bild der kleinen, zarten Fiona, die gegenüber dem groß gewachsenen Sigimor in Angriffstellung ging, schmunzeln.

»Ja, und dein Vater findet das alles sehr belustigend. Er und Sigimor kratzen und beißen sich ebenfalls. Das Bündnis, das du haben wolltest, Ewan, ist beständig. Vater hat diese Camerons, die er so lange verflucht hat, jetzt akzeptiert.«

»Das ist gut. Doch warum sind denn die Camerons noch immer hier?«

»Sigimor behauptet, dass er nach so vielen Jahren, in denen die Tore bei seinem Näherkommen zugeschlagen wurden, entschlossen sei, alles über uns in Erfahrung zu bringen. Es sagt, wir wären nicht die Einzigen, die erfreut darüber wären, einen Verbündeten zu gewinnen. Er steht nicht mit allen seinen Nachbarn auf Kriegsfuß, aber sie sind auch nicht gerade Verbündete. Er und Vater mögen miteinander streiten, aber das kommt daher, weil sie es gerne machen. Wenn alle Geschichten, die Sigimor erzählt, der Wahrheit entsprechen, dann ist dieser Clan fast ebenso seltsam wie dieser hier.« Gregor sah zur Tür, die aufging und durch die Fiona mit einem Tablett voller Essen trat. »Ah, es besteht Hoffnung, Bruder«, flüsterte er. »Es ist kein Haferschleim.«

Gregor half Fiona dabei, das Tablett auf einem kleinen Tisch neben dem Bett abzusetzen, und brach anschließend auf. Sie setzte sich auf den Stuhl beim Bett und wartete, ob Ewan beim Essen Hilfe benötigte. Sie war froh zu sehen, dass er nicht sehr schwach war. Trotz aller Versicherungen Mabs, dass weder das Fieber noch die Wunden sehr ernst wären, hatte sie sich Sorgen gemacht. Jetzt konnte sie einfach nur noch wütend sein.

Sobald er fertig war, half sie ihm, sich auf den Bauch zu legen. Doch als sie sich entfernen wollte, packte er sie am Handgelenk und zog sie zu sich. Sie setzte sich auf das Bett und sah ihn an. Angesichts des leicht reuevollen Blicks, den er ihr zukommen ließ, legte sich ihre Wut etwas.

»Ich war nicht darüber besorgt, dass du den Jungen nicht annehmen würdest«, sagte er. »Ich war darüber besorgt, wie du mir gegenüber empfinden würdest, weil ich ihn gezeugt habe.«

Sie schaute mit großen Augen auf ihn hinunter und überlegte sich, dass er inzwischen offenbar sehr gut mit Worten umzugehen verstand, wenn er mit einem einzigen Satz fast ihre gesamte Wut so leicht hinwegfegen konnte. »Ewan, das ist acht Jahre her. Damals war ich gerade einmal elf oder zwölf Jahre alt. Herrje, damals war unsere Gilly noch nicht einmal auf Deilcladach, und ich wurde noch wie ein weiterer Bruder erzogen.«

»Jetzt, wo ich klar denken kann, weiß ich das. Doch damals konnte ich keinen klaren Gedanken fassen. Ich hatte von dieser Frau seit jenem Tag, an dem sie mich an Hugh Gray verraten hat, nichts mehr gehört und gesehen, und plötzlich bekomme ich eine Botschaft, dass sie mir einen Sohn geboren hätte und er sich im Cottage des alten Robbie aufhalte. Bestimmt hat dir Gregor alles darüber erzählt und dass wir dachten, es handle sich um eine Falle, ich aber dorthin musste, um sicherzugehen. Ich bedurfte nur eines einzigen Blickes, um zu wissen, dass er mein Sohn ist.«

»Mehr brauchte ich auch nicht.«

»Nun, das war ein Schock. Dann, oh Gott, Fiona, hören zu müssen, dass sie ihm noch nicht einmal einen Namen gegeben hat oder ihn taufen ließ. Die Leute nannten ihn Bastard.« Er verstärkte leicht den Griff um ihre Hand, als sie ihre ineinander verschlungenen Hände zum Mund hob und seine Fingerknöchel küsste. »Er fragte, ob er, wenn er auf Scarglas kommt, drinnen schlafen darf.« Ewan nickte, als sie einen Fluch ausstieß. »Wenn sie mir nur von ihm erzählt hätte, hätte ich ihm das alles ersparen können.«

»Was geschehen ist, ist geschehen. Ciaran ist ein sehr robuster Junge. Es mag Wunden in seinem Herzen geben, die vielleicht niemals ganz verheilen werden, aber er wurde so wagemutig und frech, wie ein siebenjähriger Junge es sein sollte – und das kam, sobald er akzeptiert wurde, so schnell, dass es ihm sicher gut gehen wird. Jetzt weiß ich allerdings, warum er sich über das kleine Bett im Kindergemach so wahnsinnig freute. Helena behandelte ihr eigenes Kind, als wäre es nichts weiter als ein streunender Hund. Wie kann eine Mutter nur so etwas tun?«

»Darauf habe ich keine Antwort, meine Süße. Ich habe noch nicht einmal wirklich eine Antwort auf die Frage, warum ich dir nicht sofort von ihm erzählte. So viele Gedanken gingen mir im Kopf herum. Mir fielen sogar die ganzen bitteren Auseinandersetzungen zwischen meinem Vater und seinen Frauen um seine unehelichen Kinder wieder ein.«

»Hättest du mit einer anderen Frau ein Kind gezeugt, während du mit mir verheiratet bist, wäre das keine Auseinandersetzung, die dich beunruhigen müsste, sondern eine Schlacht, vielleicht sogar eine schmerzhaft langsame Entmannung.«

Er grinste und zog sie so nah zu sich, dass er ihren verdrießlich wirkenden Mund mühelos küssen konnte. Offensichtlich hatte allein schon der Gedanke an einen Ehebruch seinerseits ihren Ärger erregt, und das beglückte ihn. Eifersucht mochte nicht das Beste aller Gefühle sein, aber sie war für gewöhnlich ein Hinweis darauf, dass das Herz einer Frau im Spiel war. Wenn er soweit hergestellt war, dass er wieder mit ihr schlafen konnte, würden sie ein ernsthaftes Gespräch über ihre gegenseitigen Gefühle miteinander führen müssen. Es war an der Zeit, dieser ganzen Rätselei und Angst vor den Antworten ein Ende zu machen. Während er genas, würde er genug Zeit haben, sich Mut zu machen. Einige ihrer Handlungen und Reaktionen in den letzten paar Tagen hatten ihm die Hoffnung geschenkt, die er brauchte, um dies auszuführen.

»Ich war durcheinander, Fiona, nicht mehr und nicht weniger. An dem Tag, an dem ich von Hugh und Helena erfasst wurde, wollte ich ihn nach Hause bringen.« Er machte ein nachdenkliches Gesicht. »Weiß Ciaran, was mit seiner Mutter geschehen ist?«

»Ja, ich habe es ihm erzählt.« Sie seufzte. »Ich hatte mir überlegt, ihm nur einen Teil davon zu sagen oder ihn sogar anzulügen, aber am Ende berichtete ich ihm alles. Es handelt sich dabei um eine Geschichte, die viel zu oft erzählt werden wird, als dass sie ihm nicht zu Ohren käme, und ich wollte, dass er sie zuerst von mir erfährt. Ihm war bekannt, dass sie versucht hat, dich umzubringen, und was sie sonst alles mit dir gemacht hat. Ich erwähnte nur die Peitsche, und er wusste genau, was sie getan hat. Ihm war auch klar, was diese Male auf deinem Rücken verursacht hat.«

»Oh nein, sie hat doch nicht …« Er fluchte, als sie nickte.

»Er hat keine schlimmen Narben, also beherrschte er es entweder gut, wegzulaufen oder sich zu verstecken, oder es gab auf der Burg ein paar Leute, die sie aufhielten. Außerdem hatte er Mary, die er liebt, und so wie es klingt, liebt auch sie ihn. Ich sagte ihm also, dass ich Helena getötet hätte, weil sie versucht hätte, mich umzubringen. Er zweifelte nicht eine Minute daran. Dann schien er alles zu verdrängen. Er erwähnt sie überhaupt nicht mehr.«

»Das war schwer für dich, ich weiß, aber die Wahrheit war das Beste. Und vielleicht interessiert es ihn gar nicht so sehr, was mit ihr geschehen ist.«

»Sie war ihm schließlich nicht wirklich eine Mutter, oder?«

»Nein, das war sie nicht. Aber du wirst es sein, nicht wahr? Er nennt dich bereits so.«

»Das war seine Entscheidung. Ich sagte ihm, dass er mich Fiona nennen könne, wenn er es möchte, oder Mutter, aber dass er jetzt unser Sohn sei.«

»Ich danke dir.«

»Für was? Er ist nur ein kleiner Junge, ein verletzter kleiner Junge, du und ich, wir kannten uns nicht, als du ihn gezeugt hast. Und oh, Ewan, er sieht selbst die kleinste Kleinigkeit, die du für ihn tust, als ein solches Geschenk an, dass es mir das Herz bricht. Ich war so froh, als ich ihn wie einen richtigen kleinen Jungen aus dieser Tür hinausschreien hörte, dass ich ihn noch nicht einmal für die Worte, die er gebrauchte, tadelte. Das Schwierigste wird sein, ihn nicht zu verwöhnen. Das und ihn nicht jedes Mal zu umarmen, wenn er diesen gewissen Ausdruck in den Augen bekommt, diese Unsicherheit und Angst. Ich fürchte, es wird lange dauern, bis er ganz und gar hinnehmen kann, dass er hier willkommen ist.« Sie gähnte. »Entschuldige.«

Ewan schob sich ein wenig über das Bett, drehte sich behutsam auf die Seite und zog sie neben sich. »Schlafe hier.« Er nahm sie in seine Arme und drückte ihren Rücken gegen seine Brust.

»Dein Rücken«, widersprach sie.

»Ich liege nicht darauf. Wir haben schon vorher so geschlafen, und ich habe mich bis zum Morgen nicht auf den Rücken gedreht. Ohne die Heiltränke, die du und Mab mir gegeben habt, würde ich es sowieso in Sekundenschnelle spüren, wenn ich mich auf den Rücken drehen sollte, und meine Lage verändern, bevor ich Schaden nehmen könnte.«

Das stimmte allerdings, dachte sie bei sich, als sie schon die Augen schloss. Sie wusste, warum sie müde war, und würde es ihm bald erklären müssen. Zu vielen Leuten waren ihr gesegneter Appetit und ihre Ruhepause am Nachmittag aufgefallen. Bald würde darüber geredet werden, und sie wollte nicht, dass er durch Getratsche erfuhr, dass er im Begriff war, Vater zu werden – erneut.

»Helena war eine sehr schöne Frau«, murmelte sie.

»Nur äußerlich. Als ich sie wiedergesehen habe, erlitt ich einen kurzen Moment restloser Beschämung darüber, dass ich sie jemals berührt hatte.«

»Ach, hättest du es nicht getan, wäre Ciaran nicht hier.«

»Wie wahr, das wäre ein Jammer.« Er küsste sie auf das Haar. »Es gab einen Augenblick, in dem sich ihre Hässlichkeit in ihrem Gesicht verriet. Ich habe mich gefragt, warum Gott eine solche Scheußlichkeit in eine so schöne Haut gehüllt hat. Ich denke, dass die Lust mich gegenüber dieser Verdorbenheit blind gemacht hat, aber ich spreche mich selbst frei, indem ich mir sage, dass ich ein Jüngling gewesen bin.«

»Hm. Allerdings ein nicht ganz kopfloser. Sie musste zu dir kommen.«

»Stimmt. Vielleicht war da noch ein kleines bisschen Verstand in meinem dummen männlichen Kopf übrig geblieben.«

Sie kicherte schläfrig. »Ja, vielleicht.«

»Ich habe dich noch nicht dafür getadelt, dass du ein solches Risiko eingegangen bist.« Er ließ seine Hand über ihre Seite hochgleiten, um ihre Brust zu umfassen, und lächelte über den leisen Ton von Zufriedenheit, den sie von sich gab.

»Du kannst mich in ein paar Minuten tadeln.«

»Warum ein paar Minuten warten?«

»Weil ich bis dahin eingeschlafen sein werde und es mir nicht anhören muss.«

»Was für ein unverschämtes Mädchen. Du hast dich selbst in Gefahr gebracht, Fiona.«

»Wie du es für mich auch getan hättest. Und es war keine sonderlich große Gefahr. Sogar du weißt, dass sie zögern würden, mich zu töten. Selbst wenn sie erraten hätten, wer ich wirklich bin, und die Chance war sehr klein, hätten sie mich nicht sofort getötet. Wir mussten nur ein paar Minuten haben, in denen alle Augen auf etwas Bestimmtes gerichtet waren, damit unsere und Sigimors Männer ungesehen über den offenen Raum gelangen konnten. Dir wird es wahrscheinlich nicht gefallen, aber selbst du musst zugeben, dass ich die perfekte Wahl war.«

Er verzog das Gesicht und gestand sich widerwillig ein, dass dies stimmte. »Ja, das warst du, und ja, mir gefällt das nicht.«

»Ich habe sie aber zum Narren gehalten, oder etwa nicht?«

»Ja, das hast du, aber wenn du nochmals etwas derart Gefährliches machst, *lege* ich dich *übers Knie.*«

»Du kannst es ja versuchen.«

Und er würde es vielleicht sogar, überlegte sie sich, während sie den Schlaf über sie kommen ließ. Sobald sie ihm von dem Kind erzählte, das sie erwartete, würde es nicht lange dauern, bis ihm auffiel, dass sie schon während seiner Rettung schwanger gewesen war. Gregor und Sigimor würde es nicht anders ergehen. Sie würde sich auf eine Strafpredigt einstellen müssen, von der ihr die Ohren klingelten. Sie legte ihre Hand auf seine Hand, die auf ihrer Brust ruhte, und stellte fest, dass es ein geringer Preis dafür war, ihn wieder zurück auf Scarglas zu haben, lebend und brummig, seine schlimmsten Feinde tot und beerdigt.

Ewan lächelte, als er spürte, wie sich ihr Körper im Schlaf entspannte. Sie empfand Zuneigung zu ihm. Daran zweifelte er nicht. Es mochte eine Weile dauern, diese in Liebe zu verwandeln, aber er konnte es sich jetzt vorstellen.

Es war vielleicht an der Zeit, mit Gregor zu sprechen. Zwar ärgerte es ihn, zu seinem jüngeren Bruder gehen und ihn um Rat fragen zu müssen, aber es war kein Geheimnis, dass Gregor im Gegensatz zu ihm eine gewinnende Art gegenüber Frauen hatte. Es war an der Zeit, seine Frau zu umwerben, diese Zuneigung, die sie empfand, in Liebe zu verwandeln. Er wünschte sich, dass sie mit Körper, Herz und Kopf an ihn gebunden sein würde und umgekehrt er an sie. Gregor war vielleicht in der Lage, ihm bei seiner Unfähigkeit zu helfen, diese netten, verliebten Worte auszusprechen, die Frauen so zu mögen schienen.

So erbärmlich seine Bemühungen auch gewesen waren, er würde damit aufhören, sie auf Abstand zu halten. Ewan war bewusst, dass sie ein Teil seines Lebens sein wollte, seines ganzen Lebens. Sie hatte versucht, dezent zu sein, aber oftmals hatte er ihre Enttäuschung über sein Zögern, ihr etwas zu erzählen, von seinen Gedanken und Gefühlen mit ihr zu sprechen, ihr seine Zukunftspläne mitzuteilen, gespürt. Fiona zögerte nie, ihm solche Sachen zu erzählen, und es war Zeit, dieses Vertrauen und ihren Glauben an ihn zu erwidern.

Das Geräusch der sich öffnenden Tür lenkte ihn von seinen Gedanken darüber ab, wie er seine Frau gewinnen könnte, und er beobachtete, wie Ciaran sich an das Bett heranschlich. Der Junge sah Fiona, und Ewan konnte die Sehnsucht in seinen Augen erkennen. Ciaran wünschte sich eine Mutter, und Ewan wusste, dass er dem Jungen keine bessere hätte geben können.

Sie würde bestimmt, aber doch sanft mit Ciaran umgehen, und sie würde wissen, wie sie seine Wunden heilen konnte. Aufgrund ihrer Erziehung würde sie zudem Toleranz gegenüber den typischen Eigenschaften von Jungen besitzen, die so viele andere Frauen vielleicht nicht aufbrachten.

»Ist sie krank?«, fragte Ciaran mit leiser, ein wenig zittriger Stimme.

»Nein«, flüsterte Ewan zurück. »Sie ruht sich nur ein kleines bisschen aus.«

»Sie hat sich sehr angestrengt, damit es dir besser geht.«

»Ich weiß.«

»Es tut mir leid, dass meine alte Mutter versucht hat, dir und meiner neuen Mutter wehzutun.«

»Das muss dir nicht leidtun. Du hast es nicht getan und wolltest nicht, dass sie es tut, oder?« Ciaran schüttelte energisch den Kopf. »Also musst du nicht denken, dass du dich für das, was sie getan hat, entschuldigen musst. Sie mag deine Mutter gewesen sein, aber sie war eine erwachsene Frau und hat ihre eigenen Entscheidungen und ihre eigene Wahl getroffen.«

»Das haben mir Mama und Großvater auch gesagt.«

»Sie haben recht. Ein Kind sollte nicht die Last der Fehler seiner Eltern zu tragen haben.«

»Aber es *tut* mir leid, dass meine alte Mutter meine neue Mutter dazu gebracht hat, sie zu töten.«

»Mir auch, aber es ist passiert und man kann es nicht mehr ändern. Es ist Vergangenheit und sollte in Ruhe gelassen werden.«

Ciaran nickte, dann gähnte er, wobei er sich verspätet daran erinnerte, sich die Hand auf den Mund zu legen. »Ich glaube, ich bin auch ein kleines bisschen müde.«

Ewan musste sich ein Lächeln verbeißen, obwohl er gleichzeitig einen Anfall von Zärtlichkeit erlitt. Der Junge schaute mit brennendem Verlangen auf Fiona und das Bett. Er bezweifelte, dass das Kind wirklich schlafen wollte, aber ganz gewiss wollte er sich für eine Weile an seine neue Mutter kuscheln. Diese Gefühlsregung konnte Ewan voll und ganz verstehen.

»Na gut, wenn du aufpasst, dass du sie nicht aufweckst, ist genug Platz für dich, um dich an sie zu kuscheln.«

Der Junge bewegte sich schnell. Er bewegte sich auch mit einer Verstohlenheit, die Ewan zu sehr daran denken ließ, wo und warum er eine solche Fähigkeit entwickelt hatte. In dem Augenblick, in dem Ciaran sich neben Fiona gelegt hatte, murmelte sie seinen Namen und legte ihm ihren Arm um die Taille, um ihn eng an sich zu ziehen. Ein leiser Ton entkam dem Jungen, ein Ton reinster Glückseligkeit, während er sich behutsam an Fiona schmiegte.

Ewan hob seinen Kopf gerade hoch genug, um auf Fiona und Ciaran sehen zu können. Innerhalb der drei kurzen Tage, in denen er geschlafen hatte, hatten sich die beiden offenbar auf eine Weise aneinandergebunden, die er wahrscheinlich nie verstehen würde. Selbst im Schlaf hatte Fiona den kleinen Jungen erkannt, der sich da an sie schmiegte, so wie eine leibliche Mutter ihr Kind erkennen würde.

Das war seine Zukunft, überlegte er sich. Diese Frau, dieses Kind und welche Kinder auch immer Fiona ihm schenken würde. Er legte sich wieder hin und begrub sein Gesicht in ihrem Haar, in seinen Augen spürte er ein Brennen, das er entschlossen unter Kontrolle zu bringen versuchte. Sein ganzes Leben lang, von dem Augenblick an, in dem er erkannt hatte, dass Männer und Frauen füreinander geschaffen waren, hatte er sich nach einer Frau verzehrt, die er sein Eigen nennen konnte. Jung und dumm, wie er war, hatte er für kurze Zeit gedacht, Helena sei diese Frau. Fionas Erscheinen in seinem Leben hatte ihm gezeigt, wie töricht das gewesen war. Das hier war das, wonach er sich verzehrt hatte, und er würde alles tun, was er tun musste, es zu behalten.

21

Ich kann es nicht glauben. Heiraten?« Ewan starrte seinen Vater und Mab an, die neben seinem Stuhl in der großen Halle standen, dann sah er zu seiner Rechten auf eine schmunzelnde Fiona. »Er ist doch noch immer mit der Frau verheiratet, die davongelaufen ist, oder etwa nicht?«

»Nein«, gab Fiona zu verstehen. »Allem Anschein nach ist sie vor drei Jahren gestorben. Ich erwähnte diese Frau zufällig gegenüber Ciaran, und er hat es mir gesagt. Ein Fieber hat sich innerhalb des Clans ausgebreitet und hat sie getötet. Er erinnert sich sehr genau an sie, da sie und seine Mutter sich gegenseitig hassten und oft miteinander kämpften. Es scheint, als hätten beide Hugh begehrt. Dein Vater hat mit dem Jungen gesprochen und gesagt, dass es sich um dieselbe Frau handelt. Er ist also ein freier Mann.«

»Und ich werde Mab heiraten«, bekräftigte Fingal mit mürrischem Blick auf Ewan. »Ich fühle mich ziemlich albern, dass ich wie ein Junge zu dir kommen muss, aber du bist der Laird, und es ist recht und billig, dass du gefragt wirst. Sag also Ja und lass uns damit anfangen, die Feier zu planen.«

»Ach, Vater«, begann Ewan zögernd, »ich mag Mab.«

»Ja und?«

»Tja, du hast dich nicht gerade als sonderlich guter Ehemann erwiesen.«

»Ach nein, das stimmt. Aber für diese anderen Frauen habe ich mich nicht sehr interessiert. Annie war nicht so schlecht, aber ich hatte sie nicht gern genug, um treu zu sein. Sie hätte mir vielleicht Kinder geboren, aber sie mochte das mit dem Schlafen nicht, wenn du weißt, was ich meine. Aber Mab hier, die mag das mit dem Schlafen sehr gern ...«

»Fingal!«, protestierte Mab, die schamrot wurde und der kichernden Fiona einen bösen Blick zuwarf.

»Und ich hab sie gern«, fuhr Fingal fort, als hätte sie ihn nicht unterbrochen. »Mir ist plötzlich aufgefallen, dass sie und ich, na ja, Freunde waren. Ich bin kein junger, wollüstiger Kerl mehr, obwohl ich immer noch mannhaft bin und, na ja, ich möchte eine Frau haben. Ich habe Mab gesagt, dass ich treu sein werde, und ich gebe dir die Erlaubnis, mich zu ohrfeigen, wenn ich danach aussehe, als hätte ich mein Versprechen vergessen.«

»Wenn du das Versprechen gibst, Vater, dann bezweifle ich, dass du es vergisst«, sagte Ewan. »Keiner kann jemals an einem Versprechen zweifeln, das du gibst.«

»Ja, ja. Deswegen bin ich vorsichtig, eines zu geben. Man kann nie wissen, wann man sich vielleicht in Schwierigkeiten befinden wird, nur weil man irgendeinem Dummkopf sein Wort auf etwas gegeben hat.«

»Das hat Hand und Fuß«, murmelte Ewan, der es vermied, Fiona anzuschauen, wusste er doch, dass er ihre Belustigung sehen würde und nicht imstande wäre, seine eigene zu verbergen.

»So? Werden wir also ein Hochzeitsfest planen?«

»Willst du diesen Wüstling haben, Mab?«

»Ach ja, wollte ich schon immer. Ned wäre nicht hier, wenn es nicht so wäre. Ich hatte aber nicht die Absicht, mich anzustellen. Jetzt wird da aber nur die eine sein.« Sie lächelte schwach, doch ihr Gesicht spiegelte reinste Boshaftigkeit. »Ich kenne da ein paar Heiltränke, die die umherschweifende Art jeden Mannes heilen können.«

Fingal lehnte sich nach hinten und sah sie stirnrunzelnd an. »Ich habe ein Versprechen gegeben und damit ist die Sache erledigt.«

»Natürlich, mein Liebster.«

»Dann werden wir also ein Hochzeitsfest haben«, sagte Ewan. »Wann habt ihr vor zu heiraten?«

»In zwei Tagen.« – »Gut, ich nehme an, bis dahin können wir ein schönes Fest ausrichten.«

Fingal nickte und schritt, Mab noch immer an der Hand haltend, aus der großen Halle hinaus. Ewan wandte sich Fiona zu. »Hast du gewusst, dass das geschehen wird?«

»Ja und nein«, antwortete diese. »Ich hatte den Eindruck, dass sie sich sehr viel nähergekommen waren, aber soweit das deinen Vater betrifft, muss das ja nichts zu bedeuten haben. Sie war diejenige, die ihn tröstete, als er an all die Schmerzen in seiner Vergangenheit erinnert wurde, und ich glaube, das war der Augenblick, wo er allmählich zu erkennen anfing, dass sie nicht einfach nur Mab ist, sondern eine Freundin, vielleicht sogar mehr.«

»Ich gehe davon aus, dass das zu einer gewissen Aufregung führen wird. Keiner schlimmen, sondern nur Verblüffung, vielleicht Belustigung und ganz bestimmt Übermütigkeit. Hoffentlich verletzt das Mab nicht.«

»Nein. Sie ist schon viel zu lange hier und weiß ganz genau, wie was gemeint ist. Die Jungen, wie sie sie nennt, mögen sie alle. Sollte es irgendwelche Bedenken wegen dieser Hochzeit geben, dann wird es, wie ich glaube, wohl Besorgnis um sie sein.«

Ewan nickte. »Ja, sie werden sich sorgen, dass er sie vielleicht schlecht behandelt und ihre Gefühle verletzt.«

Fiona lachte leise über den erstaunten Ausdruck, der noch immer auf Ewans Gesicht lag. Unmittelbar darauf lachte auch er. Sie hoffte, dass sie recht in der Annahme ging, dass Fingal sich soweit verändert hatte, dass er ein guter Ehemann für Mab sein würde, aber das war das Risiko, das Mab einging. Trotzdem konnte diese Sorge um ihre Freundin nicht ihr Vergnügen an dieser Situation mindern.

Während sie ihr Mahl beendeten, beobachtete sie ihren Ehemann sehr genau. Es war das erste Mal, dass er aus dem Bett war, und obwohl es schien, als würde er wieder zu Kräften kommen, war es das erste Mal, dass er seine Wunden über längere Zeit einer Prüfung unterzogen hatte. Sie glaubte zwar nicht, dass sie sich nach zehntägiger Heilung noch leicht öffnen würden, aber sie waren noch immer empfindlich. Schmerz konnte einen Menschen ebenso leicht ermüden wie etwas beliebig anderes, und sie hielt scharf Ausschau nach irgendwelchen Anzeichen für diese Erschöpfung.

Innerhalb von kurzer Zeit gingen Ewans Brüder und Neffen in der großen Halle ein und aus, um ihre Gefühle hinsichtlich einer Hochzeit ihres Vaters und Großvaters mit Mab zu äußern. Wie Fiona erwartet hatte, machten sich die meisten Sorgen über Mabs Gefühle. Nach einer Stunde voll solcher Gegenüberstellungen wirkte Ewan etwas blass, und Fiona zögerte nicht, seine kürzliche Krankheit und seine Wunden zu benützen, um ihn auf ihr gemeinsames Schlafzimmer zu bekommen. Manche seiner Brüder würden ihn dort gewiss aufsuchen, aber es würden nicht viele sein.

Ewan ließ sich langsam auf das Bett nieder und lächelte Fiona an. »Du hast ein wahres Talent darin entwickelt, meine Familie in die Flucht zu schlagen, wenn es notwendig wird.«

»Sie haben zwei Tage Zeit, um ihre Meinung kundzutun.« Fiona schenkte ihm einen Krug mit Apfelmost ein. »Es ist eine Schande, dass sie deinem Vater nicht zutrauen, ein guter Ehemann zu sein, obwohl sie alle überzeugt sind, dass er ein Versprechen hält. Aber das ist die Schuld deines Vaters.«

»Stimmt«, pflichtete ihr Ewan bei, als er das Getränk annahm. »Es ist das erste Mal, dass er so unverblümt zugegeben hat, dass ihn seine Frauen nicht sonderlich interessierten. Man fragt sich, warum er ständig wieder geheiratet hat.«

»Die erste Frau war wegen Scarglas. Die übrigen wegen ehelicher Söhne.«

»Natürlich. In gewisser Hinsicht ist das traurig.« Er gähnte. »Verdammt noch mal, ich sollte nicht so erschöpft sein.«

»Du bist nicht mehr so erschöpft, wie du gestern oder vorgestern gewesen bist. Ich bin überzeugt, dass eine solche Erschöpfung Teil des Heilungsprozesses ist. Es bedarf einer Menge Kraft, um gegen ein Fieber zu kämpfen oder eine Wunde zu heilen. Du hattest beides.« Sie nahm ihm den leeren Trinkkrug ab und stellte ihn auf den Tisch neben dem Bett. »Ruhe dich aus, die nächsten paar Tage wirst du wohl deine Kraft brauchen.«

»Willst du dich nicht auch ausruhen?« Er lächelte und klopfte auf das Bett neben ihm. »Genug Platz.«

»Nein, ich fange besser damit an, Anweisungen zu erteilen und Pläne für dieses Fest zu machen.«

Er lachte leise, als sie ging, und gähnte. Es fühlte sich nicht richtig an, mitten am Tag zu schlafen, aber er würde es tun, und er würde damit fortfahren, eine Ruhepause einzulegen, wann immer er die Notwendigkeit dazu verspürte. Er wollte wieder das Liebesspiel mit seiner Frau genießen, und dazu brauchte er seine ganze Kraft. Sollte er die nächsten beiden Tage durchschlafen müssen, um bis zur Hochzeit seines Vaters auf der Höhe seiner Kraft zu sein, würde er das tun.

Hochzeiten schienen Frauen reif für eine Werbung zu machen, und er hatte die Absicht, seine Frau zu umwerben. Er wollte ihr vor, während und nachdem er mit ihr geschlafen hatte, liebevolle Worte sagen. Und er beabsichtigte, über die Gefühle, die er ihr gegenüber hegte, zu sprechen, und dann würde sie ihm hoffentlich sagen, dass sie ihn liebte. Ewan hatte die Zeit seiner Genesung dazu benutzt, sich selbst langsam beizubringen, seine Gedanken mit seiner Frau zu teilen. Fiona war so eindeutig erfreut gewesen, dass er sich etwas schämte, es noch nicht früher versucht zu haben. Nun würde er den Versuch unternehmen, darüber zu sprechen, was er ihr gegenüber empfand.

Schon allein der Gedanke an eine solche Unterhaltung bereitete ihm Unbehagen, aber der Preis, nach dem er sich so sehnte, befand sich fast in seiner Reichweite. War es dazu erforderlich, sich in solcher Weise zu entblößen, würde er sich dafür rüsten und es tun. Er konnte nur hoffen, dass seine eigenen Hoffnungen und Wünsche ihn nicht etwas sehen ließen, was nicht da war, sondern Fiona wirklich eine gewisse Zuneigung zu ihm empfand.

»Bist du dir dessen wirklich sicher, Mab?«, fragte Fiona ihre Freundin, während sie ihr beim Ankleiden für die Hochzeit behilflich war.

»Ja«, antwortete Mab. »Der Mann hat sich verändert. Vielleicht liegt es an seinem Alter, vielleicht an der Befreiung seines Herzens und Verstandes von Schmerz und Wut der Vergangenheit, aber er *hat* sich verändert. Es ist an der Zeit, dass ich das Risiko eingehe und er die Chance hat, sich an sein Versprechen zu halten und aufzuhören, sich wie ein brünstiges Schwein aufzuführen, das keinen Rock sehen kann, ohne ihn hochheben zu wollen.«

Fiona lachte. » Ja, obwohl er kurz nach meiner Ankunft aufgehört hat, sich wie dieses Schwein aufzuführen.«

»Das ist mir aufgefallen.« Sie lächelte Fiona zu. »Mir ist auch aufgefallen, dass Ihr entspannter zu sein scheint, mehr mit Euch im Reinen, wenn Ihr so wollt.«

»Das bin ich. Ewan hat sich auch verändert. Erst recht in den beiden Tagen, seid ihr, du und sein Vater, gesagt habt, dass ihr heiraten wollt. Vielleicht habe ich ihn endlich mürbe gemacht. Es war manchmal nicht einfach, geduldig zu bleiben, aber es scheint funktioniert zu haben. Oh Mab, er hat mit mir, seit wir ihn aus Hughs Fängen befreit haben, mehr gesprochen als in all den Wochen zuvor.«

»Es freut mich für Euch, Mädchen. Dieses Mitteilen ist vor allem bei einem Mann wie Ewan ein sehr gutes Zeichen.«

»Tja, wenn er nur auch seine Gefühle mitteilen würde.«

»Geduld, Mädchen.« Mab lachte, als Fiona die Augen verdrehte. »Ein kleiner Schritt nach dem anderen. Eine Ehe ist für die Ewigkeit. Was sind schon ein paar Monate der Unsicherheit und harten Arbeit im Vergleich dazu, vor allem wenn diese Arbeit ein so wunderbares Geschenk ist wie die Liebe eines Mannes, wie eine Liebe, die voll und ganz erwidert wird?«

Fiona wurde bewusst, dass Mab jahrelang geduldig gewesen war, und sie nickte. »Es erstaunt mich, dass du diesen alten Esel nie aufgegeben hast.«

»Ich hätte es vielleicht getan, wenn irgendein guter Mann dahergekommen wäre und mir seine Liebe und die Ehe angeboten hätte. Er ist nicht gekommen. Da mir keine Versuchung vor den Augen baumelte, war es nicht schwer zu warten. Ich packte einfach meine Liebe zu ihm in eine Ecke meines Herzens und wurde allmählich Fingals Freundin, eine Gefährtin, die um nichts bittet und ihm nicht nehmen ließ, was er haben wollte, wenn er es haben wollte.«

»Du hast Nein zu ihm gesagt?«

»Von dem Moment an, in dem ich erfahren habe, dass er verheiratet ist. Und ich werde es auch weiterhin sagen, bis der Priester damit fertig ist, über unseren Köpfen zu murmeln. Ich habe es in erster Linie wegen meines eigenen Seelenfriedens gemacht, aber an jenem Tag, an dem Ihr und ich entdeckten, dass er mit uns anders spricht als mit den anderen Frauen, habe ich mir das genau angesehen. Es ist eine Frage der Achtung. Er achtet die anderen Frauen einfach nicht sonderlich, wenn überhaupt. Fingal weiß die Tatsache zu schätzen, dass Ihr und ich uns gegenüber ihm behaupten. Mir war das nie aufgefallen, aber ich habe die ganzen Jahre genau das getan, was richtig und notwendig war, um diesen Mann zu gewinnen. Wäre seine Frau Annie im Schlafzimmer nicht kalt gewesen, wäre diese Ehe vielleicht zu einer guten Ehe geworden, denn auch sie wusste sich gut zu behaupten, und er empfand deshalb eine gewisse Zuneigung zu ihr.«

»Wie traurig.«

»Sehr traurig. Zumal ich glaube, dass all diese Mädchen, die so freigiebig ihre Unterröcke hochwerfen, nicht wirklich *warm* sind. Sie wissen nur, wie sie einen Mann glauben machen können, dass sie es sind.«

Fiona trat einen Schritt zurück und musterte Mab sorgfältig. »Du siehst sehr schön aus. Du wirst Fingal an der kurzen

Leine halten müssen, oder er stürmt mit dir davon zum Schlafzimmer, bevor der Priester den Segen zu Ende gesprochen hat.« Sie schmunzelte, als Mab rot wurde und wie eine junge Braut kicherte. »Du würdest die Feier sicher nicht gerne verpassen, nachdem wir alle so hart dafür gearbeitet haben.«

»Nein. Wenigstens möchte ich, dass die Jungen sie genießen und ihren Vater und mich für eine Weile als Mann und Frau sehen, bevor Fingal das Bett mit mir teilt. Ich möchte, dass es ihnen in guter Erinnerung bleibt.«

»Ja, das wäre das Beste.«

»Ihr seht auch sehr schön aus. Warum glaube ich nur, dass das noch andere Gründe hat als meine Hochzeit?«

»Weil du scharfe Augen hast. Dein Einblick reicht offenbar über das hinaus, was eine Frau vielleicht in ihrem Schoß trägt. Ich habe mich für eine Verführung angezogen«, gestand Fiona und strich die weichen Röcke über ihrem tiefroten Kleid glatt. »Ich habe mich außerdem so angezogen, dass ich mich als wunderschön und mutig empfinde, denn ich habe die Absicht, heute Nacht Ewan zu sagen, was ich für ihn empfinde.«

Mabs Augen wurden groß. »Das ist mutig und ein sehr großer Schritt.«

»Ich hoffe nur inständig, dass mich dieser große Schritt nicht über eine Klippe hinunterstürzen lässt.« Fiona seufzte. »Er hat sich so angestrengt, mich zu einem Teil seines Lebens zu machen. Das kann ich sehen, fühlen. Doch jetzt gibt es da ein Zögern. Vielleicht liegt es daran, dass er es nicht gewöhnt ist, seine Gedanken und Vorhaben so frei zu äußern. Vielleicht liegt es auch daran, dass er sich in gewisser Weise noch immer unsicher in Bezug auf mich ist.

Nun, heute Nacht werde ich ihn wissen lassen, wie fest er mich in Händen hält, und sehen, wohin das führt. Und sei es auch nur, weil ich die Worte nicht länger hinunterschlucken kann.«

»Traurig, aber wahr, die Frau muss oft die Erste sein, die Herz und Seele offenlegt.«

Fiona hakte sich bei Mab unter, und sie verließen das Gemach. Sie stimmte ihr zu. »Äußerst ungerecht. Aber jemand muss diesen ersten Schritt machen. Da ich ihm heute Nacht auch von dem Kind erzählen muss, das ich erwarte, entschied ich mich, dass ich ebenso gut mit allen meinen kleinen Geheimnissen herauskommen könnte, und fertig. Siehst du, was für eine romantische Närrin ich bin?« Mab und sie lachten, während sie zur großen Halle gingen, und Fiona betete, dass sie schon bald die Gelassenheit und Freude finden mochte, die Mab jetzt besaß.

»Warum bist du so nervös?«, fragte Gregor, der sich in den Stuhl am Kamin setzte und zusah, wie Ewan in seinem Schlafgemach auf und ab ging. »Nicht du heiratest heute.«

Ewan blieb vor dem Feuer stehen und starrte in die Flammen. »In gewisser Hinsicht tue ich das.«

Gregor sah einen Moment lang nachdenklich aus, dann seufzte er und schüttelte den Kopf. »Du hast dem Mädchen noch nicht erzählt, dass du es liebst.«

»Einem Mann fällt so etwas nicht leicht.«

»Nein? Du öffnest einfach nur den Mund und sprichst diese Worte aus.«

»So redet nur ein Mann, der noch nie ein Mädchen geliebt hat, der ein paar mächtig begehrt hat, aber nie ein Mädchen geliebt hat.«

»Ich hege den Verdacht, dass ich es eines Tages tun werde.«

»Ja, das wirst du, und wenn es so weit ist, dann verspreche ich dir, dass du den Mund öffnen wirst, und all diese Worte weigern sich, über diesen plötzlichen Kloß in deiner Kehle hinauszukommen. Vielleicht wird es dir leichterfallen, wenn das Mädchen, das du schließlich liebst, dir frei und offen sagt, was es empfindet. Wenn es das nicht tut, wenn du dir ganz einfach nicht sicher sein kannst, dass es das Gleiche fühlt, dann wird jener Kloß für diese kleinen Worte den Weg ins Freie blockieren. Ein Kloß aus reinster Angst. Und warum ich dir sagen kann, was ich empfinde, ihr aber nicht, weiß ich nicht«, brummte Ewan.

»Vielleicht ist es leichter, weil wir Brüder sind, die durch Blut und Zuneigung fest miteinander verbunden sind und sich ihr ganzes Leben lang kennen.« Gregor nippte an seinem Kelch mit würzigem Wein. »Ich weiß nicht so recht, ob mir dieses Gerede über Angst behagt, ich wusste nicht, dass Liebe auch Angst einschließt.«

Ewan verschränkte die Arme über der Brust und lehnte sich gegen die schwere Steinummantelung des Kamins. »Sie schließt auch jede Menge weiterer eher unangenehmer Gefühle ein. Bedenken, Unsicherheit, Zweifel über den eigenen Wert …«

»Es reicht, bitte, oder willst du, dass ich der Liebe und den Mädchen für den Rest meiner Tage abschwöre?« Er grinste, als Ewan kicherte, wurde aber sofort wieder ernst. »Sie liebt dich, Ewan. Dessen bin ich mir ganz sicher.«

»Ich würde es mir dringend wünschen, mir dessen auch sicher zu sein. Ich würde mir aber nicht einmal sicher sein, wenn sie es mir sagt, wenigstens für eine ganze Weile nicht. Was ich genau weiß, ist, dass sie Zuneigung zu mir verspürt und mit mir verheiratet sein möchte. Dass sie damals bei meiner Rettung geholfen hat und die Art, wie sie sich mir und meinen Wunden gegenüber verhalten hat, weckte die Hoffnung in mir, dass ich mir einen Platz in ihrem Herzen erobert hätte. Es ist an der Zeit, mein Glück zu versuchen und zu sehen, ob sie die Worte, deren ich bedarf, zurückhält, weil auch sie von Unsicherheit gequält wird.«

»Du liebst sie wirklich, nicht wahr?«

»Ich glaube, ich habe es von Anfang an getan, obwohl ich es Begehren genannt habe. Für einen Mann ist das ein leicht hinzunehmendes Gefühl. Ich versuchte den Abstand zwischen uns aufrechtzuerhalten, weil ich wusste, dass sie mich in einen festen Knoten verwandeln und meine Innerstes zerstören könnte. Es hat nicht funktioniert. Ich habe nur das große

Glück, dass sie nicht von der Sorte Frau ist, die das, was ich empfinde, nicht gegen mich gebraucht, noch nicht einmal in Ansätzen.«

»Nein«, stimmte ihm Gregor zu, als er austrank und aufstand. »Ich glaube, dass sie dich liebt. Und wenn sie es jetzt noch nicht ganz tun sollte, ist es da und kann aus ihr herausgelockt werden. Du hast nicht gesehen, wie sie sich verhalten hat, als sie erfuhr, dass du gefangen genommen wurdest, wie es sie, jedes Mal, wenn man dir Schmerzen zufügte, gequält hat. Und du hast nicht gesehen, wie sehr deine Bemühungen, sie auf Armeslänge von dir fernzuhalten, ihr Probleme bereiteten, ja sie verletzten. Ich habe es gesehen, fast alle unsere Brüder haben es. Und wir alle haben von Anfang an gesehen, dass es eine passende Partie ist, und zwar lange bevor wir wussten, was sie in eine Ehe mitbringen kann.«

»Ich weiß nicht, ob mich das alles überzeugt, aber es macht mir ganz bestimmt Mut.«

»Ach Ewan, sie ist einfach nur ein kleines Mädchen.«

»Sie ist mein Herz, meine Zukunft«, sagte Ewan leise. Dann fügte er, ohne auf den etwas verblüfft wirkenden Gesichtsausdruck Gregors zu achten, hinzu: »Los, lass uns gehen und zusehen, wie der alte Esel heiratet. Wieder einmal.«

Fiona schniefte und wischte sich eine Träne weg, als Fingal seine errötende Braut küsste. Sie ignorierte Ewans Schmunzeln, als er sie zu ihrem Tisch führte. Männer schienen im Gegensatz zu Frauen bei einer Hochzeit nie innerlich bewegt zu sein, und sie hielt dies für einen traurigen Fehler.

Die Feierlichkeiten kamen schnell in Fahrt, und sie war froh zu sehen, wie gut sich alles entwickelte. Das Essen war reichlich und heiß. Die Musik war gefällig anzuhören. Selbst Peter war sauber, obwohl das einen Kampf gekostet hatte, an den sie sich nicht zu erinnern wagte. Wie ein so kleiner Mann sechs schwergewichtige MacFingals zerbeult und zerschunden zurücklassen konnte, war ihr nicht klar. Ihr Blick fiel auf Ciaran, der mit einigen der jüngeren Jungen lachte, und sie spürte, wie süße Freude ihr das Herz erwärmte. Im Augenblick schien alles mit der Welt in Einklang zu sein, und sie hatte die Absicht, dieses Gefühl zu genießen.

»Der alte Esel scheint mit sich ziemlich zufrieden zu sein«, bemerkte Ewan, der ihre Hand in seine nahm und einen Kuss auf den Handrücken hauchte.

»Das tut er«, antwortete sie nach einem schnellen Blick auf Fingal, der fröhlich mit Sigimor debattierte. »Die Veränderung in diesem Mann grenzt an ein Wunder, oder nicht?«

»Ein Wunder, in der Tat. Jetzt ist er einfach nur noch ein kleines bisschen sonderlich.«

Sie lachte. »Mab wird ihm guttun. Genau genommen hat sie ihm seit Jahren gutgetan, eine wirkliche Freundin und Gefährtin.«

»Nachdem ich eine Weile über alles nachgedacht habe, ist mir das auch aufgefallen. Sie war immer da, für ihn, für uns, seit dem ersten Tag, an dem sie auf Scarglas geritten kam. Eigentlich war sie für uns eher eine Mutter als alle seine anderen Frauen. Wahrscheinlich ist das der Grund, warum so viele meiner Brüder sich wegen dem hier Sorgen machten. Das Schicksal der Ehefrauen meines Vater war nie, nun ja, gut, und mir ist bewusst geworden, dass sie alle fürchteten, dass auch sie bald weg sein würde.«

Fiona nickte. »Ich hatte auch dieses Gefühl. Aber sie geht nirgends hin, und ich denke, dieses Mal hat dein Vater die Frau seines Lebens gefunden. Mab ist nicht die gedankenlose, verwirrte Närrin, für die sie manche halten.«

»Oh nein. Selbst im schlimmsten Fall kann sie ein Problem geradewegs bis auf den Kern zerschneiden. Ich glaube, sie ist mit sich selbst mehr im Reinen. Vieles von dem, was die Leute dazu bringt, unfreundlich über sie zu denken, ist weg. Ich habe mich gefragt, ob das daran liegt, dass sie in dir endlich eine Gefährtin gefunden hat, jemanden, mit dem sie, außer mit meinem Vater, sprechen konnte. Zuvor hatte sie das nicht wirklich.«

»Das könnte bis zu einem gewissen Grad daran liegen, aber ich habe herausgefunden, warum sie so, äh, seltsam und abwesend wirken konnte.«

In der Hoffnung, dass er nicht fragen würde, wie sie es geschafft hatte, erzählte sie Ewan alles, was sie über Mabs besondere Gabe herausgefunden hatte. »Sie verstecken zu müssen hat die Dinge für sie sehr erschwert.«

»Du hältst es nicht für Hexenwerk oder so?«

»Man muss die Murrays nicht sehr lange kennen, um festzustellen, dass solche Sachen nichts weiter als eine besondere kleine Gabe von Gott sind. Dieser Clan besitzt viele Angehörige mit solchen Gaben. Mab und ich arbeiten daran, wie sie diese Fähigkeiten einsetzen kann, ohne den Leuten Angst damit einzujagen.«

Ewan nickte und lächelte Ciaran zu, als der Junge herbeihüpfte und sich auf Fionas Stuhl quetschte, ja sich ihr fast auf den Schoß setzte.

»Genießt du das Fest, Ciaran?«

»Ja.« Der Junge stopfte sich den Mund mit einem kleinen Kuchen voll. »Großvater hat mir eine Großmutter geschenkt.«

»Das hat er.«

Ciaran schaute zu Fiona. »Hast du eine?«

»Nein, und ich fürchte, ich kann dir auch keinen Großvater oder keine Großmutter schenken. Ich habe nur Brüder. Jetzt hast du noch ein paar mehr Onkel. Ich habe den Verdacht, dass du sie bald kennenlernen wirst.«

»Werden sie mich mögen?«

»Sofort.« Sie küsste ihn auf die Stirn, und er kicherte.

»Werden Sie meinen Vater mögen?«

»Natürlich.«

»Sofort?«

»Vielleicht, aber vermutlich werden sie es ihm eine ganze Weile nicht zeigen. Er hat mich ohne ihre Erlaubnis und all so was geheiratet. Sie müssen ihn erst ein bisschen böse anfunkeln, bevor alles in Ordnung kommt. Das ist eine männliche

Eigenschaft.« Sie lachte, als Ciaran finster dreinschaute. »Sehr gut gemacht.«

»Ein sehr guter männlich-grimmiger Blick, mein Sohn«, sagte Ewan, der Fiona scheinbar ernst ansah. »Ich glaube, ich muss sehr darauf achten, was du dem Jungen beibringst.«

»Mir werden eine Menge Sachen beigebracht«, bestätigte Ciaran.

»Genau das habe ich befürchtet«, murmelte Ewan und grinste, als Fiona ihn mit einem Stirnrunzeln bedachte, wobei ihre Augen vor Lachen funkelten.

Ciaran sprang zu den anderen Jungen zurück, und Ewan wurde ernst.

»Glaubst du, dass es mit deinen Brüdern Probleme geben wird?«

»Ach nein, keine sonderlich schlimmen. Man hat mir erlaubt, mir meinen Ehemann selbst auszusuchen. Es ist nur so, dass Connor, auch wenn er verstehen wird, warum es so war, gereizt sein wird, weil du ihm so lange nicht gesagt hast, wo ich bin.«

»Gereizt, he?«

»Ja, gereizt. Nichts, worüber man sich Gedanken machen müsste.« Sie legte die Stirn in Falten, als ihr auffiel, dass alle in der großen Halle sehr still geworden waren.

»Was ist los?«

»Ich vermute, dass sie alle denken, was ich denke.«

»Und was ist das?«

»Dass diese Gereiztheit nicht ganz so besorgniserregend aussehen sollte.«

Fiona bemerkte, dass jeder, Ewan eingeschlossen, in Richtung Hallentor sah, und zuckte zusammen. Zuerst warf sie einen Blick auf Sigimor, und sein breites Grinsen bereitete ihr noch mehr Unbehagen.

Langsam drehte sie sich um, um dahin zu schauen, wohin alle schauten. Im Eingang standen drei ihrer Brüder, mehrere angespannte MacFingals umringten sie.

Gereizt war eindeutig das falsche Wort, um Connors Gesichtsausdruck zu beschreiben, als er seinen Blick auf Ewan und sie richtete.

Sie fragte sich, wen von ihnen beiden Connor in Gedanken gerade in winzige blutige Stückchen haute.

»Würdest du sagen, dass das ein gereizter Gesichtsausdruck ist?«, fragte Ewan leise.

»Ich würde sagen, mörderisch, sogar blutrünstig. Ich wünsche mir nur, ich würde wissen, wen von uns beiden er gerade in Gedanken abschlachtet.«

22

Fiona!«

»Ich schätze, zuerst mich.« Fiona sank ein wenig auf ihrem Stuhl zusammen, als Connor, Diarmot und Antony auf den Tisch zumarschierten und Gillyanne und Ilsa hinter ihnen hereilten.

Ewan stand auf, als sich Fionas Familie näherte. Trotz des finsteren und wütenden Ausdrucks auf dem Gesicht ihres Bruders Connor spürte Ewan, wie etwas in ihm erleichtert war, ein Zweifel unverzüglich verschwand. Connor MacEnroy war groß, blond und hatte Narben. Dies war ein harter Mann, der den Kampf ums Leben und viele Schlachten kennengelernt hatte. Dies war ein Mann, den er verstehen, den er mühelos durchschauen konnte, da sie sich in vielerlei Hinsicht ähnlich waren.

Er verspürte das Bedürfnis, den grollenden Mann zu bitten, eine Minute zu warten, weil er jetzt mit Fiona sprechen müsse. All seine Bedenken in Bezug auf seine Narben, in Bezug auf seinen ernsten Charakter waren weggewischt. Ewan wusste, ohne noch daran zu zweifeln, dass Fiona solche Dinge wirklich nichts bedeuteten. Wahrscheinlich war sie diesbezüglich sogar entspannter als jede andere Frau, die er kannte. Sie war unter solchen Männern aufgewachsen.

So gelassen wie möglich und mit Rücksicht darauf, dass er einem Mann gegenüberstand, der geradezu vor Verlangen, ihn bewusstlos zu schlagen, schäumte, übernahm Ewan die Vorstellung und bot danach Fionas Familie an, sich zu setzen. »Wir feiern die Hochzeit meines Vaters«, erklärte er, als er seinen Sitz wieder einnahm und quer über den Tisch Connor fixierte.

»Wenn wir schon von Hochzeit sprechen …«, begann Connor.

»Ich freue mich so, Euch zu sehen«, warf Fiona ein und erwiderte Connors grimmigen Blick mit einem süßen Lächeln. »Ich hatte befürchtet, dass Monate vergehen würden, bis ihr herkommen könnt.«

»Mädchen, das Spiel funktioniert nicht. Ich habe die Absicht, mit deinem Gatten zu sprechen. Danach habe ich die Absicht, mit dir über hirnlose Mädchen zu sprechen, die auf einem widerspenstigen Pferd davonreiten, während ein Geisteskranker sie um jede Ecke herum verfolgt.«

»Connor, du kannst mir jetzt keine Strafpredigt mehr halten. Ich bin eine verheiratete Frau. Nur Ewan kann mich zurechtweisen.«

»Du bist keine verheiratete Frau, bis ich es sage.«

Fiona schloss bei dieser Bemerkung, die sie für ziemlich dumm hielt, kurz die Augen. Dann fiel ihr Blick auf Gilly, die Ewan musterte. Eben überlegte sie sich, Gilly zu fragen, was sie denn sehen würde, da wandte sich diese zu ihr um und schmunzelte ihr zu. Das Zwinkern, das ihr die Frau ihres Bruders zukommen ließ, ließ Fionas Herz einen Sprung machen.

»Jetzt setzt du dich hin und bist still«, befahl Connor, der die gestrengen Blicke, mit denen seine Frau und Ilsa ihn bedachten, überging, »während dieser Dummkopf und ich uns miteinander unterhalten.«

Fiona war versucht, ihm zu widersprechen, doch Ewan umfing ihre Hand mit seiner und drückte sie leicht. Fürs Erste würde sie alles ihm überlassen. Sie hatte ihrem Bruder jede Menge Sorgen verursacht und ihn viel zu lange nicht wissen lassen, dass sie sich in Sicherheit befand. Er besaß ein Recht darauf, verärgert zu sein, aber sie würde es nicht zulassen, dass er Ewan allzu lange prügelte.

»Ich las Euren Brief und will zugeben, dass Ihr eine gute Wahl für meine Schwester seid«, sagte Connor, der seinen Blick unverwandt auf Ewan gerichtet hielt.

»Ich danke Euch«, murmelte Ewan. »Es war unmöglich, Euch früher, als ich es tat, eine Nachricht zukommen zu lassen.«

»Das habt Ihr erklärt, dennoch begegneten uns keine Schwierigkeiten, während wir hierher ritten.«

»Seit ich Euch schrieb, hat sich die Situation etwas verändert. Der Schlimmste unter unseren Feinden ist jetzt tot, und sein Clan hat bereits eine kleine Friedensgeste gezeigt. Der neue Laird der Grays ist der Fehde inzwischen genauso überdrüssig wie wir. Es sind diejenigen, die jede Reise von hier auf Deilcladach oder zurück sehr tückisch gemacht haben.«

»Da meine Schwester Eure Geisel war und hier ohne einen Verwandten weilte, der eurer Heirat zustimmen oder sie davor beschützen hätte können, dazu gezwungen zu werden, könnte ich dieser Ehe ein Ende machen.«

Eis floss durch Ewans Adern, doch bevor er etwas sagen konnte, war neben ihm eine leise Stimme zu hören: »Ihr werdet mir nicht meine Mutter wegnehmen.«

Ewan sah hinunter und erblickte Ciaran, der Connor mit einem äußerst männlich-grimmigen Blick bedachte. Trotz der Angst, die Connors Worte in seinem Herzen ausgelöst hatten, musste er fast lachen. »Nein, Ciaran, das wird er nicht.«

»Das muss erst noch entschieden werden.« Connor sah zu Ciaran. »Da ich weiß, dass dieses Kind nicht von Fiona sein kann, darf ich vielleicht fragen, warum er behauptet, dass sie seine Mutter wäre?«

»Weil er mein Sohn ist und sie meine Ehefrau.«

»Ja«, sagte Ciaran, »und sie wird hierbleiben, oder ich muss sehr böse werden.«

»Still, Ciaran«, sagte Fiona, die den Jungen zu sich zog. »Es wird alles gut werden. Lass einfach die Männer miteinander sprechen, und wenn sie irgendwelche dummen männlichen Sachen sagen, können wir sie später richtigstellen.«

»Wie großzügig von dir, Fiona«, knurrte Connor.

»Ich bin nur geduldig«, sagte sie, verbarg aber in dem Blick, den sie Connor zuwarf, nicht ihre Verärgerung. »Ich bin eine verheiratete Frau und eine Mutter, und so ist es wichtig, Geduld zu üben. Wenn ich mit Männern zu tun habe, finde ich das oft auch sehr nützlich.« Ein Lachen flackerte in den Augen ihres Bruders auf, aber noch war sie nicht fähig, sich zu entspannen.

»Geduld? Ich wusste nicht, dass du dieses Wort überhaupt in deinem Wortschatz führst.« Connor sah wieder zu Ewan. »Das Ganze hat mir absolut nicht gefallen. Ich kenne Euch und Euren Clan nicht, aber das wenige, was ich herausfinden konnte, gibt mir hinsichtlich dieser Ehe kein besseres Gefühl. Geschichten über Mord und Hexenwerk, die Tatsache, dass Ihr Euch mit beinahe jedem Clan innerhalb von zwei Tagesritten in Krieg befunden habt und dass Ihr die Camerons vor den Kopf stoßt, indem Ihr Euch MacFingal nennt.«

»Diese Beleidigung nehme ich wirklich übel«, warf Sigimor charmant ein.

Connor ignorierte Sigimor, obwohl seine Lippen leicht zuckten. »Sie war eine gute Partie, und ich frage mich nur, ob sie geraubt wurde oder sich geschenkt hat.«

»Ein bisschen von beidem«, gab Ewan unumwunden zu.

»Wenn zu all den anderen Schwierigkeiten mit dieser Ehe auch noch ein wenig Gewaltanwendung hinzukommt, reicht das aus, um sie aufzuheben.«

»Ich würde Euch nicht vorschlagen, es zu versuchen.«

»Es reicht«, herrschte Fiona sie an. »Dies ist ein Hochzeitsfest. Sir Fingal hat gerade Mab geheiratet.«

»Nach allem, was ich gehört habe, ist eine Hochzeit von Sir Fingal ein ziemlich häufiges Ereignis«, raunte Connor.

Fiona überhörte es. »Ich werde nicht zulassen, dass all dieses männliche Gehabe die Feier kaputtmacht.« Sie war froh zu sehen, das Ilsa und Gillyanne nickten. »Meine Heirat mit Ewan war nicht erzwungen.« Als Ewan etwas sagen wollte, legte sie ihm die Hand auf den Mund. »Sie war es nicht. Nichts mehr darüber, sie aufzulösen. Du magst in der Lage sein, so etwas zu machen, aber ich werde es nicht dulden.«

»Nein?« – »Nein. Er ist mein Ehemann, ich liebe ihn, und wir werden ein Kind bekommen.« Sie spürte unter ihrer Hand, wie Ewans Körper zusammenzuckte. »Ich denke, damit ist alles erledigt. Lasst uns also einen netten Besuch haben, lernt Euch gegenseitig kennen und …« Sie kreischte auf, als Ewan plötzlich von seinem Sitz aufsprang, sie auf seine Arme hob und zu den Toren ging. »Ewan«, begann sie zu protestieren und wurde unter dem Grinsen und den Rufen, die in ihre Richtung zielten, rot.

»Still!«, befahl er mit belegter Stimme. »Sei für einen Augenblick still.«

Da ihre Brüder ihm nicht mit gezückten Schwertern nachjagten, beschloss Fiona nichts mehr zu sagen. Als sie die Halle verließen, verriet ihr ein schneller Blick über die Schulter, dass ihre Brüder ebenfalls grinsten, und Fiona wurde misstrauisch. Sie fragte sich, ob Connor etwa versucht hatte, Ewan dazu zu drängen, sich zu erklären. Wenn ja, dann war er gescheitert, denn sie war diejenige gewesen, die sich erklärt und Connor Dinge gesagt hatte, die er bereits kannte. Sie hatte ihre Gefühle für Ewan in jenem Brief, den sie geschrieben hatte, deutlich ausgedrückt. Da sah sie das angespannte Gesicht ihres Mannes und fragte sich, ob Connor wirklich gescheitert war. Ganz bestimmt hatte er von Ewan eine Reaktion zu sehen bekommen. Fiona blieb still und überlegte sich, ob sie wohl bald entdecken würde, warum diese ganz bestimmte Reaktion Connor so offensichtlich begeisterte.

»Sehr gut gemacht«, gratulierte Sigimor und grinste Connor zu.

»Danke.« Connor nahm sich etwas vom Essen. »Ich hatte eigentlich auf ein paar Worte von diesem Dummkopf gehofft, aber so war es auch gut.«

»Mein Sohn ist in das Mädchen vernarrt«, sagte Sir Fingal.

»So scheint es«, stimmte ihm Connor zu, »aber Ihr müsst einem Bruder verzeihen, der eher ein Vater als ein Geschwister war, wenn er sich wünscht, sie glücklich zu sehen. Nach allem, was sie in ihrem Brief an mich gesagt hat, war er damit nicht ganz erfolgreich gewesen.« Er zwinkerte Gillyanne zu. »Manchmal muss ein Mann mit dem Rücken zur Wand stehen, bevor er anfängt, Vernunft anzunehmen.«

»Heißt das, dass Ihr nicht versucht, meine Mutter fortzunehmen?«, fragte Ciaran, der auf Fionas Stuhl kletterte.

»Ja«, antwortete Connor. »Ich glaube, dein Vater würde sehr erbittert dagegen ankämpfen.«

»Ja. Ich auch. Ihr seid also meine Onkels?«

»Ja, obwohl es den Eindruck macht, als hättest du bereits jede Menge davon.«

»Man kann niemals genug Familie haben.«

»Wahrere Worte wurden nie gesprochen, Ciaran«, sagte Fingal, bevor er die MacEnroys finster anblitzte. »Ich nehme an, Ihr wollt auch für eine Weile hierbleiben?«

»Wenigstens so lange, bis ich die Möglichkeit habe, meine Schwester zu sehen«, sagte Connor, der schmunzelte, als er seinen Bierkrug zu einem kurzen Toast hob. »Meiner Meinung nach wird es geraume Zeit dauern, bis das so weit ist. So wie dieser Dummkopf aussah, als er sie hinaustrug, meine ich, dass sie eine ganze Weile brauchen, ihre Angelegenheiten zu regeln.«

»Es wird Zeit«, sagte Mab und wurde rot, als jeder lachte.

Fiona fand sich nackt und ausgestreckt auf Ewans Bett wieder, bevor sie sich auch nur ein Wort, das sie hätte sagen können, überlegt hatte. Als er hastig seine Kleider ablegte und sich auf dem Bett zu ihr gesellte, wurde sie schnell von jedem Bemühen um ein Gespräch abgelenkt. Sein Liebesspiel war geradezu fieberhaft, und bald hatte sie sich an die Leidenschaft verloren, die er in ihr weckte. Er trieb sie mit seinen Händen und dem Mund zum Wahnsinn, ließ keine Stelle an ihr ohne Berührung, ohne Kuss. Trotz der Wildheit, die durch seinen groß gewachsenen Körper zu beben schien, fühlte sie sich liebkost.

Sie erreichten zusammen ihren Höhepunkt, ihre Schreie mischten sich zu einem Einklang, den sie unbeschreiblich schön fand.

Ewan wühlte sich mit der Nase in Fionas Busen, während er sich von der Verrücktheit, die ihn überfallen hatte, zu erholen versuchte. In dem Augenblick, in dem sie gesagt hatte, dass sie ihn lieben würde, es vor allen, die in der großen Halle versammelt waren, verkündet hatte, hatte sein ganzer Körper voller lauter Verlangen, mit ihr zu schlafen, geradezu gellend aufgeschrien. Sie war sein, ganz und gar sein, und sie trug sein Kind unter dem Herzen. Er legte ihr seine zitternde Hand auf den Unterleib.

»Bist du dir sicher?

»Ja.« Sie kämmte mit ihren Fingern durch seine Haare und betete, dass die Nachricht über das Kind nicht der einzige Grund für sein Verhalten gewesen war. »Ich weiß es schon seit einiger Zeit, aber ich wollte sichergehen, dass es sich fest in meinem Schoß eingenistet hat. Mab spürt, dass es das hat. Freust du dich?«

»Großer Gott, natürlich freue ich mich, aber ich habe zugleich Angst.« Er ließ seine Hand zärtlich über ihre Hüften gleiten. »Du bist so schmal.«

»Connor behauptet, ich würde genau so aussehen wie meine Mutter, und sie hat ohne irgendein Problem sechs gesunde Kinder zur Welt gebracht. Mab meint zu spüren, dass ich ebenfalls keine Probleme haben werde.«

»Ich möchte das Kind haben, aber noch viel mehr will ich dich haben.«

»Willst du das, Ewan?«

Er sah sie an, stützte sich auf einen Ellbogen und bewegte sich ein wenig, damit er eher neben ihr lag. »Ja, Mädchen.« Ewan küsste sie und flüsterte: »Sag es noch einmal.«

»Ich liebe dich.«

Er drückte seine Stirn auf ihre und schloss die Augen angesichts der Macht der Gefühle, die ihn durchströmten. »Ich habe lange gehofft, dass du es vielleicht tust. Eines Tages. Nachdem ich dich heftig umworben und glücklich gemacht hätte.«

»Du machst mich glücklich.«

»Nicht restlos, Fiona.« Er drehte sich ganz auf die Seite und zog sie in seine Arme. »Ich konnte das sehen. Meine Brüder konnten das sehen. Ich habe mich sehr angestrengt, dich von mir fernzuhalten. Ich war ein Feigling, hatte Angst davor, mehr als nur Leidenschaft zu empfinden. Schon einmal hatte ich das versucht und wollte diesen Schmerz des Versagens nicht wieder empfinden.«

»Ich bin nicht wie Helena«, fuhr sie auf.

Er lachte und küsste sie auf den Kopf. »Nein, das bist du nicht, aber vergib einem dummen Mann seine Ängste. Nein, ich wusste fast von Anfang an, dass du nicht wie sie bist. Andererseits war das ein Teil des Problems.«

»Wie konnte das sein?«

»Weil ich eben ein Dummkopf bin.« Er schmunzelte, als sie leise lachte und ihr warmer Atem seine Brust liebkoste. »Mir war klar, dass ich dich mehr begehrte, als ich sie jemals begehrt habe. Mir ist auch sehr schnell aufgefallen, dass du mich weitaus schwerer verletzen könntest, als sie es jemals gekonnt hätte oder getan hat«, fügte er mit leiser Stimme hinzu.

»Ich würde dich nicht verletzen, Ewan. Nicht absichtlich.« Sie umarmte ihn und küsste seine Brust.

»Das weiß ich. Auch das fand ich vor Wochen heraus. Ach, und dann fing ich an, mir Wege zu überlegen, um dich zu umwerben, um dein Herz zu gewinnen.«

»Du hast es fast von Anfang an in deinen Händen gehalten.«

»Aber ich konnte nicht sicher sein. Ich bin ein dunkler Mann voller Narben.«

»Ich finde dich wunderschön.«

»Ja, ja, Wir können später über unsere Sehschwäche reden.« Ihm fiel auf, dass er den Klang ihres Lachens liebte. »Du bist schön, meine Liebe, äußerlich wie innerlich. Ich verstehe nur nicht, wieso du mich begehren kannst. Es überrascht mich immer ein bisschen, wenn du dich in meinen Armen zu so süßer Glut verwandelst. Langsam fing ich zu glauben an, dass du mich ein wenig gernhast, dass ich, wenn Gott gnädig wäre, imstande sein könnte, deine Liebe zu gewinnen. Ich brauchte sie unbedingt, verstehst du, denn du hast meine gewonnen.« Er spürte etwas Feuchtes auf seiner Brust, nahm ihr Kinn in seine Hand und drehte ihr Gesicht seinem zu. »Das bringt dich zum Weinen?« Fiona küsste ihn, schlang ihm ihre Arme um den Nacken und presste ihr Gesicht an seinen Hals. »Vor Glück. Vor Erleichterung. Vor blinder Freude schlechthin. Wann hast du festgestellt, dass du mich liebst?«

»Als Menzies dich gefasst hatte. Ich habe es vielleicht nicht Liebe genannt, daran kann ich mich nicht mehr erinnern, aber ich wusste, dass mir nichts bleiben würde, dass ich keine Zukunft hätte, wenn ich dich verlieren würde. Dann dachte ich mir Wege aus, dich zu umwerben. Da kam Ciaran, und ich hatte Angst, dich zu verlieren. Als du schließlich zu meiner Rettung geeilt bist, habe ich gesehen, dass du mich mehr magst, als mir bewusst gewesen war, und ich kämpfte darum, den Mut zu finden, dir meine Gefühle zu zeigen. Ich wollte es dir heute Nacht erzählen, nach dem Fest.« Er streichelte ihre Wange, als sie den Kopf hob, um ihn anzusehen.

»Auch ich hatte vor, dir heute Nacht zu bekennen, dass ich dich liebe. Und dir anschließend von dem Kind zu erzählen.«

»Warum hast du es mir nicht erzählt, als dir bewusst wurde, dass du schwanger bist? War es wirklich, weil du dir erst sicher sein wolltest?«

»Ja und nein. Ich wollte mir sicher sein, aber ich wollte auch Zeit gewinnen für den Versuch, deine Liebe zu mir zu wecken, bevor du wusstest, dass ein Kind unterwegs ist. Hättest du von dem Kind erfahren, bevor ich wusste, was du fühlst – na ja, ich hatte Angst, dass ich mich verrückt machen würde, indem ich bei jedem Wort und bei jeder Handlung herauszufinden versuche, ob es bedeutet, dass du dich nur für mich interessierst oder für die Frau, die dein Kind erwartet.« Sie hauchte einen Kuss auf sein Kinn und flüsterte: »Ewan, du hast diese Worte genau genommen nicht ausgesprochen.«

»Ich liebe dich«, sagte er nah an ihrem Mund, bevor er sie mit all der Leidenschaft küsste, die er verspürte. »Du bist mein Herz, meine Zukunft. Ich weiß, ich beherrsche süße Worte nicht gut …« Er hielt stotternd inne, als sie mit ihren Lippen über seine strich, um ihn zum Schweigen zu bringen.

»Ich brauche keine süßen Worte. Ich brauche keine Schmeicheleien, keine Gedichte, Lieder oder Geschenke. Ich brauche nur, dass du mir hin und wieder sagst, dass du mich liebst.«

»Das wird nicht mehr ganz so schwer sein, nicht wenn du es auch sagst. Es ist sonderbar, aber ich habe meine Gefühle für eine Schwäche gehalten, und das glaube ich jetzt nicht mehr. Zu wissen, dass du mich liebst, gibt mir auf seltsame Weise ein Gefühl von Stärke, von Ganzheit.«

»Als ob ein Teil von dir endlich da ist, wohin er gehört«, sagte Fiona. »In dem Augenblick, in dem ich dich sah, wusste ich, dass es mit dir etwas Besonderes auf sich hat. Es dauerte nicht lange und ich erkannte, dass du derjenige bist, auf den ich gewartet habe. Nachdem du mich in der Kräuterhütte geküsst hast, war ich davon überzeugt, dass du der Mann meines Lebens bist, und ich war entschlossen, es dir auch zu verstehen zu geben.« Sie seufzte ziemlich dramatisch. »Mir war nicht bewusst, dass du so lange brauchen würdest, es zu verstehen.«

Ewan lächelte über ihre Neckerei, war aber von ihren Worten tief bewegt. Es würde ihn einige Zeit kosten, bis er voll und ganz hinnehmen konnte, dass diese wunderschöne, leidenschaftliche Frau ihn liebte, ihn als schön empfand, als den Mann ihres Lebens. An solche große Geschenke musste man sich erst gewöhnen.

Er drehte sie sanft auf ihren Rücken und begann sie zu lieben, begann seine Liebe Zentimeter für Zentimeter ihrer zarten Haut zuzuflüstern. Sie erwiderte jede seiner Liebkosungen, erzählte ihm in Worten und Berührungen von ihrer Liebe zu ihm. Als er ihre Körper vereinte, schaute er ihr in die Augen und spürte Demut vor dem, was er dort erblickte.

»Ich liebe dich«, flüsterte er, und mit jedem Mal, wenn er es sagte, fiel es ihm leichter.

»Und ich liebe dich.« Plötzlich schmunzelte sie, packte ihn an den Hüften und schob ihn tief in sie hinein. »Und ich werde dich sogar noch mehr lieben, wenn du dich rührst.«

Ewan lachte und begann sich zu bewegen. Trotz seiner Bemühungen, es hinauszuzögern, erreichten sie schon bald gemeinsam ihren Höhepunkt. Als er sich, ihre Körper noch immer vereint, auf den Rücken rollte und mühsam um Atem rang, hielt er sie fest an sich gedrückt.

»Das ist es, was mir hätte sagen sollen, dass ich dich liebe, dass du mich liebst. Ich hätte erkennen müssen, dass eine solche Glückseligkeit nicht ohne wahre, tiefe Gefühle möglich ist. Ich habe nie zuvor solche Leidenschaft empfunden.« Er hauchte ihr einen Kuss auf den Mund, als sie zu sprechen anfing. »Nein, nicht einmal mit ihr. Sie war Lust und vielleicht ein Hauch von Eitelkeit und Stolz. Ich bin nicht mit vielen Frauen zusammen gewesen, hatte immer Angst, wie mein Vater zu werden. Einer der Gründe, warum ich dich als solche Prüfung empfunden habe, war, dass du das Tier in mir geweckt hast, diese Leidenschaft und das Feuer, von denen ich glaubte, dass ich sie bestens unter Kontrolle hätte.«

Fiona setzte sich auf, und drehte und wendete sich hin und her, als sie spürte, dass er in ihr hart wurde. »Ich mag dieses Tier.«

»Ich fange auch an, es zu mögen.« Er glitt mit seinen Händen über ihre Rippen und ihre Brüste. »Ich habe es als eine dunkle Seite von mir gesehen, etwas, das man einsperren muss, dennoch glaube ich, dass es mir geholfen hat, die Hand nach dir auszustrecken. Es wäre nicht mehr still gewesen, es hätte sich nicht mehr in die Fesseln schlagen lassen, die ich ihm angelegt hatte. Jedes Mal, wenn du in Sichtweite kamst, hat es sich aufgebäumt.«

»Manchmal, wenn ich dich anschaue, fühle ich mich auch ein bisschen ungezähmt.«

»Das klingt faszinierend.« Er glitt mit der Hand nach unten und streichelte ihren noch flachen Bauch. »Fiona, ich hatte Angst vor diesem Teil von mir. Hatte Angst, dass er mich in einen nachlässigen Mann wie meinen Vater verwandeln würde. Doch als er sich zu ändern begann, verstand ich, dass weder seine lüsterne Natur noch Verrücktheit das eigentliche Problem waren. Ich sah allmählich ein, dass meine eigene lüsterne Natur nur von dir geweckt werden konnte, dass es kein hirnloses Tier in mir war, sondern ein Teil dessen, was ich für dich empfand.«

»Und deine lüsterne Natur täte gut daran, sich auch in Zukunft nur von mir wecken zu lassen«, warnte sie ihn und tippte dabei mit ihrer Faust leicht an sein Kinn.

»Nur von dir allein, meine kleine Fiona-mit-den-zehn-Messern.«

»Und ich werde niemals einen anderen als dich begehren, mein dunkler Krieger.«

»Wenn du dich weiterhin so hin und her drehst, wird sich das Tier dieses dunklen Kriegers einmal mehr aufbäumen.«

»Das ist meine Absicht.«

Er lachte und zog sie in seine Arme hinunter. »Liebe mich, meine süße Fiona.«

»Immer.«

Weltbild Buchverlag
–Originalausgaben–
Deutsche Erstausgabe 2009

Published by Arrangement with KENSINGTON PUBLISHING
CORP., New York, NY, USA

Dieses Werk wurde vermittelt durch die Literarische Agentur
Thomas Schlück GmbH, 30827 Garbsen.

Projektleitung: Gerald Fiebig
Übersetzung: Andrea Hahn
Redaktion: Michael Köberle
Umschlag: Zeichenpool, München
Umschlagabbildung: Victor Gadino via Agentur Schlück GmbH
Satz: Dirk Risch, Berlin
Gesetzt aus der Adobe Garamond 11,2/12,5 pt
Druck und Bindung: CPI Moravia Books s.r.o., Pohorelice

Gedruckt auf chlorfrei gebleichtem Papier

Printed in the EU

ISBN 978-3-86800-218-8